U0038706

陳寅恪晚年詩文釋證

余英時　著

余英時典藏套書引言

國立臺灣大學歷史系教授
陳弱水

余英時先生（一九三〇～二〇二一）於去年八月一日離世，一年之後，三民書局要重出他原在該書局出版的六本書，邀我為這六本書寫一篇引言。我大學時代就開始研讀余先生的作品，後來在博士班成為他的學生，淵源很深，我長年閱讀他的論著，既然受邀，覺得難以推辭。不過，余先生著述宏富，學問至廣，我雖然長年接觸他的文字，又曾受教於他，要寫出恰如其分的引言，還是很不容易。本文基本上在介紹這幾本書的主要議題和余先生的若干重要看法，希望能幫助讀者進入他的學術與思想世界。此外，這幾本書雖然只構成余先生著述的一小部分，但反映不少他的一貫關心和觀點，這篇引言說不定也能增進讀者對余先生的整體認識。

這次重新出版的六本余先生著作是：《會友集——余英時序文集》（上、下兩冊，增訂版)、《中國文化與現代變遷》、《歷史人物與文化危機》、《論戴震與章學誠——清代中期學術思想史研究》、《陳寅恪晚年詩文釋證》(增訂新版)、《猶記風吹水上鱗——錢穆與現代中國學術》。這六本可以分為兩個類別。前三本是文集,裡面的文章大多是通論的性質,而非專門研究,構成一類;後三本雖然也是單篇文章的結集,但各書主題單一,有專書的實質,內容則以專門研究為主。不過,余先生的著作有個重要特色,就是通論性或評論文章往往立足於學術基礎,學術論著則常具思想意味,甚至含有時代意義。關於傳統中國的論著,通常學術性強,但在涉及近代和當代課題的文章,往往是學術、思想、評論的因子交光互影,上述兩個類別的分野並不絕對。

為了讓讀者對余先生這六本書有比較具體的認識,我這裡還是要依照類別進行介紹,兩類之中,各本書也分別討論,但在這個過程,我會儘量揭示余先生在這些書中所顯露的通盤關心,希望讀者能對各書的關聯有所了解。

我要從前三本的文集開始。首先是《會友集——余英時序文集》,就如本書副題所顯示,這是余先生為他人書籍所寫序文的結集,所以這本書包羅廣泛,沒有特定的宗旨,寫序的書主題是什麼,序文就往那個方向開展。不過正因為如此,這本序文集大幅度展現了余先生的學識和思考的問題，很適合作為介紹他的學思世界的起點。

《會友集》是現任浙江大學教授彭國翔受余先生之託所編集，初版在二〇〇八年由香港明報出版社出版，收有余先生序文三十八篇，兩年後三民出臺灣增訂版，增加了十三篇，共計五十一篇。余先生一生為人作序甚多，這五十一篇雖然不是全豹，遺漏已經不多了。在一般的印象中，序文經常是應酬文字，少有精華之作，但余先生個性認真，不願辜負他人的付託，也不想浪擲自己的時光，他寫作序文，儘量把它當作自己主動要寫的文章，戮力以赴。余先生是學者，他常見的做法是對書的主題進行一番研究，然後把重要心得寫入序文，和作者形成對話，也期望讀者有實際的收穫。因此，書籍不論是否為學術性質，序文往往有相當程度的學術內涵以及深思熟慮的意見。余先生在《會友集・自序》中說：「我生平不會寫應酬式的文字，友人向我索序，我必儘可能以敬慎之心回報。首先我必細讀全稿，力求把握住作者的整體意向；其次則就我所知，或就原著旨趣加以伸引發揮，或從不同角度略貢一得之愚。但無論從什麼方向著筆，我都堅守一個原則，即序文必須環繞着原作的主題發言。換句話說，原作為主，序文則居於賓位。序文的千言萬語都是為了凸顯原作的貢獻及其意義。」（頁一）我引述這一大段文字，是想表明，《會友集》所收錄雖皆為序文，都是余先生的心血之作，由於序文集的特性，它展現了余先生心靈的多個方面。

彭國翔教授編輯《會友集》，把余先生的序文分為「內篇」和「外篇」，剛好就是三民版上、下冊，彭教授表示，內篇「論學術」，外篇「議時政」（頁七〇九）。不過，我覺得這些序文可以再進一步分為三類：「內篇」（上冊）是歷史學術——特別是傳統中國史——相關的序文，「外篇」（下冊）並不只是「議時政」，其中既有關於近現代中國史（包括中共歷史）的研討，也有對當代中國情勢的論說。整體而言，《會友集》的學術成分相當高，但近現代中國史與中國的現實關係密切，則是沒有問題的。興趣主要在歷史學術的讀者，不妨先看本書上冊，對近現代中國或余先生的思想特別關注的人，則可從下冊開始閱讀。

這裡想要進一步指出，《會友集》的三個重點：以傳統中國史為中心的歷史研究、近現代中國史、當代中國情勢，反映了余先生一生整體關心的大部分，這幾個重點也或多或少出現在三民版的其他兩本文集：《中國文化與現代變遷》、《歷史人物與文化危機》，《會友集》的內容有不少可與這兩本呼應的地方。

余先生是世界知名的中國史大家，在近代以前思想史方面的成就尤其高，他為學術書籍寫序，自然涉及不少重要的史學問題，這方面的特點，下文論及余先生學術專著時會稍作說明，這裡先略過。至於余先生對於中國近現代史的研究和討論，他從年輕時代開始，就具有公共知識分子的性格，對近當代史事非常留意，但他為文探討這方面的問題，是一九八〇年代以後的事，當時已五十餘歲，就學院的標準來說，並不是近代史的專業研究者。余先生進入中國近現代史領域，有兩個主要來源。一是對中國現代學術以及歷史學、人文學特性的關心。余先生年輕時就廣讀現代中國史學大家的著作，他在香港、美國又親炙幾位史學界重要人物：錢穆（一八九五～一九九〇）、洪業（一八九三～一九八〇）、楊聯陞（一九一四～一九九〇），很早就有機會聽聞學界內部的訊息。一九八〇年代以後，由於一些特定的機緣，例如陳寅恪全部著作出版、胡適資料的刊布，余先生得以開始利用他積蓄已久的認識和心得，開展對中國近現代學術史的撰述。

余先生探討中國近現代史還有一個主要來源：對中共問題的關注。共產黨的興起和取得政權，是二十世紀中國的最大事件，對余先生個人和整個中國都是絕大的衝擊。一九四九年十月中共政權建立時，余先生人在北京，是燕京大學學生。他本來完全沒有離開中國本土的想法，但各種事情巧合，讓他在一九五〇年到香港探親後，最終決定留在香港，從此改變一生的命運。中共極權統治造成無人道的景況以及對中國社會文化的全面破壞，人在海外的余先生痛心疾首。一九八〇、一九九〇年代以後，他以深厚的史學造詣，對中共的歷史和特性提出很有洞見的解說。這部分在《會友集》「外篇」有相當的表現。余先生對中共歷史和相關問題的探討出於他的現實關懷，是很明顯的，他在《會友集》中議論時政的部分，也是以中國和中共問題為主，就是很自然的了。

余先生對於近現代中國歷史和當代局勢的見解有何特殊之處？《會友集》表現最清楚的是他對中共極權體制和中共集團性質的解釋。中共政權建立以後，對於中共統治方式的來源，西方和日本流行一個觀點，主張以毛澤東為首的中共統治是中國帝王體制的延續，中國傳統是中共政權型態的最深來源。余先生對此不表同意，他認為中共統治的方式和傳統君主政治相差很遠，中共政權特點的最主要來源是蘇聯的蘇維埃體制，中國傳統的色彩大多是附加的。但中共集團的構成則有很深的傳統背景，余先生認為，中共的主導人物既不是知識分子，也不是一般的農民，而是各種型態的社會邊緣人，在傳統時代，這類人就是歷代反叛動亂的要角，在現代中國，他們在激烈的「革命」中找到了出路。中共的文化特色也可以從集團構成上得到若干了解。

可以看出，余先生探討近現代歷史和當代議題，懷有宏觀的視野，他的傳統中國史造詣讓他能對現代中國的變局指出一般學者不易看出的要點。除了中國史知識，余先生的文章也常引用西方觀念。余先生從年輕時起，就對西方思想和哲學有高度興趣，瀏覽、購買、閱讀有關書籍是他日常生活的一部分，他往往從這些閱讀中獲得了解事物的啟發，但他不會生搬硬套，削足適履，總是力求認識事實的關鍵，再尋求適切的解釋。運用廣闊的知識和豐富的思想資源，以清朗的文字訴說對各項問題和現象的看法，是余先生通論文字的重大特色。

總之，由於《會友集》是以文章體裁為準編輯而成，網羅了余先生對各式各樣問題的論說，讓我們可以相當清楚看出他論學寫文的重點以及基本風格。

再來要談另一本文集《中國文化與現代變遷》。這本書出版於一九九二年，搜集余先生從一九八八年到一九九一年的通論性文字。前面說過，《會友集》涉及的問題大概有三類：以傳統中國史為中心的歷史研究、近現代中國史、當代中國情勢，這也反映了余先生學思的大部分重點。顧名思義，從書題看來，《中國文化與現代變遷》中的文章多集中於文化和近現代中國這兩點。近現代中國的課題已如前述，「文化」的確是余先生長期關心的另一主要問題，它之所以沒有明顯出現在《會友集》，應該是因為請余先生寫序的書沒有以此為主題的。

「文化」是當代人文學科和社會科學的重大議題，也是這些學科和一般談論中時時使用的核心概念，內涵多樣。余先生談這個問題，主要是取文化的領域意義，也就是相對於政治、社會、經濟等領域的文化。這個意義的文化包括的社會生活要項很多，例如教育、學術、思想、宗教、藝術、文學、各種價值系統，傳統中國的儒家也屬於文化的範疇，大概來說，就是以精神生活為中心的領域。余先生的一個基本觀點是，文化具有獨立性和超越性。獨立性，是指相對於其他力量，如政治、市場，文化不是附屬品，它有自身的能動性，甚至可以影響、改變其他領域的狀態；超越性，則主要是指文化能創造自己獨立的標準，超乎功利和權力的考慮。

余先生一生最大——至少是持續最久——的關懷是中國社會如何從殘破的境地重新復甦，恢復健康，他認為獨立而有活力、深度的文化是關鍵。在他對近現代中國歷史的討論中，他也最同情胡適（一八九一～一九六二）的觀點：以文化為本的漸進改革，而不是急切的政治革命，才是中國應該走的路。我不知道在余先生全部的評論文字中，對於文化觀念的討論占多少分量，不過我一九八〇年代在耶魯大學求學時，社會變革應以文化為本，深化文化，是余先生常向我表達的看法。這是他堅定的信念。到了晚年，學術與文化中的人文重建尤其是他的重要關懷。（參見余英時，《人文與民主》，時報文化出版公司，二〇一〇）

在《中國文化與現代變遷》有關近現代中國的文章，我特別推薦〈中國知識分子的邊緣化〉、〈費正清與中國〉這兩篇。〈中國知識分子的邊緣化〉試圖展示，邊緣化是二十世紀中國知識分子的突出特徵，知識分子從傳統上處於核心的士人地位，變成在社會、政治乃至文化各方面邊緣化，這個現象的另一面，則是原來的邊緣人構成了政治權力的核心。這個討論可以幫助我們對中國共產黨的興起和特質有深入了解，在某種程度上，國民黨也有類似的情況。〈費正清與中國〉是在費正清 (John King Fairbank, 1907–1991) 過世後所寫的紀念文章，其實是一篇有分量的歷史論析。費正清是哈佛大學教授，美國中國近代史領域的重要開拓者，也是具有外交實務經驗，並對美國對華政策有影響的學者。費正清對國民黨反感極深，很早就主張美國承認中共政權，在二次大戰後很長的時間，在臺灣國民黨和親國民黨的圈子，他被當成美國親共學閥的代表。余先生在哈佛大學求學，曾修過費正清的課，在哈佛任教後，又是同事，和他有二十多年的淵源。在這篇文章，余先生融合他對現代中國史、美國漢學發展以及費正清個人的認識，對費正清個人和美國對華政策的特性，提出豐富而有見解的說明。此文不但有助於我們了解二十世紀中期的美、中、臺關係，在臺灣當前局勢的思考上，也可以有所啟發。

最後一本通論性文集《歷史人物與文化危機》出版於一九九五年，其中的文章大都寫於一九九一至一九九五年之間，文章的主題就如書題所顯示，很多與「文化危機」和「歷史人物」有關。「文化危機」也屬於余先生關心的文化問題，但重點在現代中國歷史上的一個重要現象。簡單說，中國由於在現實上嚴重挫敗，從十九、二十世紀之交，出現了對自身文化喪失信心的情況，轉而師法西方學說，以西方為尊，最後終結於「五四」後期的激烈反傳統思潮。另外一方面，中國社會又不甘於全力西化，產生對西方又羨慕又憎惡的心理，與此相連的則是許多激烈而簡單化的訴求，共產黨席捲中國，和這一情勢有關。有關「文化危機」的文章（包括該書自序）是對這個現象的揭示和檢討。

至於「歷史人物」，談的都是近現代中國的人物。政治人物方面，主要是毛澤東和周恩來，這是余先生析論中國共產黨的一部分。與前兩本書集中於政治人物不同，這本書還收入了幾篇有關近現代中國學術思想人物的文章，包括曾國藩、魯迅、周作人、郭沫若、林語堂，余先生在這方面也是很有心得的。

現在進入三本比較專門性的學術書籍，首先是《論戴震與章學誠——清代中期學術思想史研究》。這是三民版的六本書中寫作年代最早，專門性最強的一本，也是余先生學術生涯的一座里程碑。余先生研究中國史，是從漢代史起家，他從在香港當研究生的時期進入這個領域，一直耕耘到一九八〇年代後期，最主要的著作完成於一九五〇年代後期和一九六〇年代，涉及文化、思想、社會經濟、中外關係種種方面，大約到一九七〇年代末，他在西方漢學界還有漢史專家的形象，雖然這時他精通多領域的聲譽已經開始傳布了。

余先生於一九六二年在哈佛大學獲得博士學位，之後到密西根大學任教，一九六六年又回哈佛擔任教職。在此前後，余先生把他的研究重心轉到明清思想史，特別是清代思想史，《論戴震與章學誠》於一九七六年由香港龍門書店出版，是他這方面研究成果的一個總結，一九九六年的三民版是修訂二版，對初版頗有補正，可說是這本書的「定本」。

清代是中國歷史上學術最發達的時代之一，尤其以中晚期的考證學最受矚目。中國近代人文學興起之時，由於距離清代很近，加上當時知識分子對「科學」觀念的認知頗受考證學的影響，因此學者對清代學術有相當的興趣。梁啟超（一八七三～一九二九）就撰有《清代學術概論》和《中國近三百年學術史》；余先生的業師錢穆也寫有和梁啟超書同名的《中國近三百年學術史》，是一本經典作品。和先輩的研究相比，余先生的研究有兩大特色。首先是帶進了西方思想史研究取向，特別注意從思想內部演變探尋新思潮發生的緣由，他在《論戴震與章學誠》就對儒學傳統何以從講究天道和心性問題的宋明理學變化成性質差異很大的清代考證，做了「內在理路」的說明。其次，過往研究清代的學術思想，對於重要學者的學術業績和思想都有論述，但是對考證學本身的思想史涵義，比較缺乏明確的問題意識。余先生透過戴震（一七二四～一七七七）和章學誠（一七三八～一八〇一）的學術反思以及他們與當代學界的關係，來探討這個問題，這是本書何以以這兩位作為主題人物的緣故。《論戴震與章學誠》是清代和中國近世思想史研究上的一個突破，不但在余先生個人的學術生涯上有重要意義，它也是中文學界開始受到現代西方思想史觀念洗禮的一個主要泉源，這本書在一九七〇、一九八〇年代是很受學界矚目的。

至於《陳寅恪晚年詩文釋證》，一共結集三次，初版和增訂版分別於一九八四、一九八六年由時報文化出版公司出版，一九九八年的三民版是最後的總結集。這是一本很有影響的書，一九八〇年代初刊的時候，掀動一時之視聽，還引起中共官方主導反駁，餘波延續恐怕有二十年。

這本書起源於余先生〈陳寅恪的學術精神和晚年心境〉（一九八二）一文的寫作。一九八〇年前後，《陳寅恪文集》出版，這是陳寅恪（一八九〇～一九六九）最完整的著作集。一九四九年中共政權建立後，陳先生在出版上一直碰到困難，不但新作不能出版，舊作的整理也無法問世。陳寅恪是二十世紀中國的傳奇歷史學家，他在一九五〇年代中葉以後，放棄研究已久的中古史，在目盲的情況下，由助理協助，改治明清史事，以兩位女子——《再生緣》作者陳端生（一七五一～一七九六）、錢謙益妾柳如是（一六一八～一六六四）——為中心，寫成《論再生緣》、《柳如是別傳》，後者尤其是卷帙浩繁的大著。陳寅恪的改變引人好奇，余先生向來留意陳先生的著作，自己又研究明清史，《陳寅恪文集》出版後，立刻細讀《柳如是別傳》和新刊布的詩作。此外，余先生在一九五八年二十八歲時，看了流傳海外的《論再生緣》油印本，認為這本書不純是客觀研究，而涵藏了有關個人身世與當代時勢的心曲，特別撰寫〈陳寅恪「論再生緣」書後〉，將其表而出之。事隔二十餘年，余先生再讀陳先生新作，一定也有再探其心聲的想法。余先生投入新發布的陳先生著述，還有一個原因，他當時告訴我，他想藉此考驗自己的程度。陳先生不但史學精湛，而且古典文學造詣極深，他的詩風曲折幽深，義蘊豐富，一九四九年以後，由於痛惡中共統治，詩文隱語尤多，加上陳先生是學者，所用典故以及運用的方式和一般人不同，文字索解有困難之處，讀其詩文是有意思的挑戰。總之，由於多重原因，在一九八〇年代初，余先生有一段時間沉浸於陳寅恪的著作，特別是新出詩文。

不過，余先生原來並沒有以陳寅恪為主題再次為文的想法。一九八二年他和《中國時報》金恆煒先生在美國偶爾見面，他向金先生談起陳寅恪的晚年著作以及自己的一些想法，金先生聽了大感興趣，鼓動余先生把想法寫出，表示《中國時報・人間副刊》可以不限篇幅刊出。這就是〈陳寅恪的學術精神和晚年心境〉誕生的緣由。這篇文章其實是對陳寅恪學術、思想、價值的整體討論，特點在於，是第一篇把陳氏晚年詩文當作重要材料的論說。該文刊出後一年多，余先生又專門針對陳氏晚年詩文索解的問題，寫了〈陳寅恪晚年詩文釋證〉，余先生的兩篇文章引出一連串的反應，有不信駁斥者，有問難商榷者，更重要的是，在往後多年有關陳寅恪的種種書寫和議論中（一九九〇年代中國有「陳寅恪熱」），余先生的文章成為必有的背景。在這種情勢下，余先生也陸續寫了一些回應和補充文字，有的並不限於陳寅恪的晚年心境，而涉及他的整個學術和思想生命。《陳寅恪晚年詩文釋證》的書首有余先生的增訂新版序、〈書成自述〉以及一九八六年版自序，是成書過程的記錄和回憶，讀者可以參看。

《陳寅恪晚年詩文釋證》的內容雖然很多是專門細緻的文史考證，「陳寅恪熱」也退潮多年，這本書仍然具有其命維新的價值。主要的原因是，這是對一位現代中國特殊人物反反覆覆的探討，由於二十世紀中國特殊的歷史以及陳寅恪特殊的人格，陳寅恪的心境表達往往繁複隱晦，需要有偵探式的研究。余先生的努力是值得的，陳寅恪生命中的很多元素有恆久的意義，值得後世的人了解和省思。

最後一本是《猶記風吹水上鱗——錢穆與現代中國學術》，這本書出版於一九九一年，錢先生去世次年，從書題看來，它的性質和前一本《陳寅恪晚年詩文釋證》一樣，探討一位現代中國重要的學術和思想人物。但這本和論陳寅恪的書有三個主要不同。首先是具有私人性質。從余先生的一生看來，現代中國文史學者中，他受三人影響最深：胡適、陳寅恪和錢穆。三人之中，余先生沒有見過胡適和陳寅恪，而錢穆則是他的老師，余先生的中國史學訓練啟蒙於錢先生，錢先生至為器重余先生，兩人情感深厚。這本書只有一篇是紀念文字：〈猶記風吹水上鱗——敬悼錢賓四師〉，其他都是對與錢先生相涉的近代中國學術思想問題的討論，但論述文字的根據，不少來自余先生的親身見聞，也有錢先生的私人信件。就這一點，本書與余先生對陳寅恪和胡適的研究，性質有相當的差異。

其次，本書有關錢穆的討論，以思想或「學術精神」為主。錢穆學問深廣，兼包四部，但根本上是歷史學者，尤其精通學術思想史，在這方面貢獻最大。不過這本書主要討論思想方面的問題，對於錢穆的史學，余先生晚年寫了〈《國史大綱》發微——從內在結構到外在影響〉（《古今論衡》第二十九期，二〇一六年十二月），讀者可以參看。第三，這本書雖然以錢穆為主題，但內容涉及了近現代中國思想史的幾個關鍵問題。

〈錢穆與新儒家〉討論一九五〇年代以後在香港和臺灣頗具影響的新儒家，〈《周禮》考證和《周禮》的現代啟示——金春峰《周官之成書及其反映的文化與時代新考》序〉檢討近現代中國的烏托邦思想（此文亦收入《會友集》上冊），〈中國近代思想史上的激進與保守〉則是對近代中國思想激烈化與保守之意義的通盤解說，這篇置於此書，正因為錢穆是保守立場的重要人物。諸篇文章合而觀之，本書頗有思想史的色彩，很適合對近代中國思想有興趣的讀者閱覽。

以上是對三民版余英時先生六書的介紹。這六本書有相當的分量，也投射出余先生一貫關心的許多方面，但整體來說，仍然只是他的業績的一小部分。余先生在〈一生為故國招魂——敬悼錢賓四師〉中說，他的這篇文章「遠不足以概括錢先生在現代中國學術思想史上的貢獻和意義。任何人企圖對他的學術和思想作比較完整的評估，都必須首先徹底整理他所留下的豐富的學術遺產，然後再把這些遺產放在現代中國文化史的系統中加以論衡。這是需要長期研究才能完成的工作。」（《猶記風吹水上鱗》頁十七、十八）這些話的基本意思也可以適用於余先生自己。對於余先生學術和思想的深入認識和評估，也需要很多人的長期努力。這是一筆寶貴的資產。

陳寅恪晚年詩文釋證

目次

陳寅恪晚年詩文釋證

陳寅恪晚年詩文釋證序

陳寅恪研究的反思和展望

——新版序

今年是陳寅恪（一八九〇～一九六九年）先生誕生的一百二十週年，大陸上出版了不少涵有紀念性質的專書。最重要的是陳流求、陳小彭、陳美延三姊妹合寫的《也同歡樂也同愁》（北京：三聯）、卞僧慧《陳寅恪先生年譜長編》（北京：中華）和蔡鴻生《讀史求識錄》（廣州：廣東人民）。同時廣州《時代周報》也在八月九日出版了紀念專頁（李懷宇編）。可知陳先生逝世雖已四十一年，他不但仍然活在女兒和弟子們的心中，而且繼續受到新一代知識人的崇敬。

在這一特殊氛圍的感染之下，我也忍不住要對陳先生再度表示一點誠摯的敬意。自從《陳寅恪晚年詩文釋證》增訂本出版以後（臺北：東大，一九九八年），我已退出了陳寅恪研究的領域。但是我對這一領域的關注卻沒有中止，十幾年來稍有關係的論著我大致都曾過目。現在借著《釋證》重新排印的機會，我想就這些新論著中與《釋證》相關的部分，略抒所見、所思、所感。

一九九七年十月我為《釋證》增訂本寫了一篇〈書成自述〉，其中涉及大陸官方對我有關陳寅恪論述的一些反應。當時陸鍵東《陳寅恪的最後二十年》出版不久，所引檔案資料相當豐富，然而在官方反應這一具體問題上，則尚欠完備。因此我的〈書成自述〉也祇好概括言之，未能深入。現在新材料出現了，我覺得應該對這一問題重新回顧一番。

新材料中最重要的是關於我第一篇文字——〈陳寅恪先生論再生緣書後〉和《論再生緣》在香港正式出版。這兩件事自始便分不開，因為如果《論再生緣》不能與讀者共賞，那麼我的〈書後〉便不免陷入「皮之不存，毛將焉附」的狀態了。關於印本《論再生緣》如何進入大陸以及官方的最初反應，我以前祇看到下面兩條記載：第一、胡守為《陳寅恪傳略》說：

一九五九年《論再生緣》的油印本流出香港後，被某出版商據以翻印，又在小冊子之前寫了一篇〈關於出版的話〉……香港《大公報》一位記者把這小冊子帶回廣州，交給陳寅恪。陳對這篇〈出版的話〉非常不滿，即把書送到中山大學黨委書記馮乃超處，並說明自己沒有送書到香港出版。當時馮乃超指出，〈出版的話〉無非想挑撥他同黨的

關係，陳表示同意這一分析。（收在《文史哲學者治學談》，長沙：岳麓書社，一九八四年，頁四一）

作者是陳先生在嶺南大學教過的學生，一九五九年恰好「受黨的委派」，以黨員的身分擔任了陳的「助手」（見陸鍵東《陳寅恪的最後二十年》，臺北：聯經，一九九七年，頁一八七）。所以《傳略》所記的事實輪廓應該是可信的，至於陳先生是否對〈出版的話〉「十分不滿」以及「同意」黨委書記的「分析」，則是另一問題，可以置之不論。第二、蔣天樞《陳寅恪先生編年事輯》：

（一九五四年）二月，《論再生緣》初稿完成。自出資油印若干冊。後郭院長沫若撰文辨難，又作〈校補記〉。（增訂本，上海古籍，一九九七年，頁一五八）

郭沫若參加《再生緣》的論辯，我最早得之於《編年事輯》（初版，一九八一年），後來才在陸鍵東《最後二十年》中獲悉其全部經過（頁八九～九三）。但這兩個事件之間有無關聯，則至今還不清楚。我曾有過一個推想，以為《論再生緣》傳至北京，也許另有途徑，未必是廣州中山大學呈報上去的。一九五九年十一月二十五日陳垣給澳門汪宗衍的信說：

> 久不通消息，正懷念間，忽奉到《論再生緣》一冊，在遠不遺，至為感謝。惟書前缺去三、四頁，美中不足。倘能再賜我完整者一部，更感謝不盡。

同年十二月五日汪覆函云：

> 《論再生緣》一書乃寅老數年前之作，冼三家（按：冼玉清）屢為言之，乃其未成之稿，後流入港肆，被人盜印出售。偶得一冊，而書中間有累句，出版說明更推波助瀾，多違時之語，故特抽出三紙。頃承垂詢，檢出補寄，並另購一冊郵呈，祈查收。（均見陳智超編注《陳垣來往書信集》，上海古籍，一九九〇年，頁五一一）

從這兩封信可知，一九五九年十一、十二月，陳垣已收到兩冊《論再生緣》，又汪宗衍同年四月一日來函，賀陳垣「批准入黨」（同上，頁五一〇）。援菴老人新入黨，想必遵守黨紀，既知《論再生緣》在香港被「盜印」，斷無不向黨報告之理。因此我頗疑北京黨中央知有此事，或直接間接與陳垣有關。但在缺乏證據的情況下，我也衹能存疑而已。

徐慶全〈陳寅恪論再生緣出版風波〉(見《南方周末》二〇〇八年八月二十八日 D23 版）是對此案發掘得最深入的文字，但因原文太長，不便徵引。下面我想通過卞僧慧《陳寅恪先生年譜長編》(以下簡稱《年譜》）來處理這一公案。這部五十萬字的《年譜》是卞先生以九十九歲的老人，先後費去二十多年的功夫才完成的。全書對於相關史料的收集既廣，審查也嚴格。關於《論再生緣》一案，《年譜》不但充分運用了上面提到的徐慶全的專文，而且還參考了不少其他記載。以下我將順著《年譜》的時間次第，對此案始末先作一扼要的交代，然後再試加解說。

《年譜》一九五八年條末：

> 秋，余英時在哈佛大學偶然讀到《論再生緣》的油印稿本，後在香港《人生》雜誌一九五八年十二月號發表〈陳寅恪先生論再生緣書後〉一文，推斷《論再生緣》「實是寫『興亡遺恨』為主旨，個人感懷身世猶其次焉者矣！」（頁三〇九）

又，一九五九年六月條：

余英時在美國哈佛大學發現的《論再生緣》油印本，由香港友聯出版社出版。在海外轟傳一時，議論紛紜。書前加了一篇序言，說像這樣的書稿，在大陸上是不能出版的。（頁三一一）

卞先生將我的〈書後〉和《論再生緣》的出版寫入《年譜》中，是因為這兩個互相關聯的事件很快便在譜主生命中激起波瀾，先後延續了三、四年之久。

《年譜》一九六〇年十二月二十一日條：

楊榮國（英時按：時任中山大學歷史系主任）致函中華書局，云：「至於著作出版問題，中央同意，則貴局和陳進行商酌如何？」這裡所說的「著作出版問題」，只能是已經驚動齊燕銘、郭沫若、康生等中央領導人的《論再生緣》了。中華書局擬出版《論再生緣》，這實際上是對余英時以此做文章的回應。否則，我們很難解釋郭沫若會在一年之內排炮般地發表文章，因為如果是單純的學術研究的話，以郭沫若職務眾多、雜務纏身的情況看，恐怕是很難把精力集中於此的。與郭沫若有過交往的陳明遠，在談及此事時說，一九六一年郭沫若在研究《再生緣》之前，曾與康生交換過意見，隱約揭示出郭突然對《論再生緣》產生興趣的深層背景（陳明遠，《我與郭沫若、田漢的忘年交》）。如果陳明遠所言不虛，則郭沫若的研究實是負有使命。（頁三一四）

上面一段敘事是我以前完全不知道的，而且讀了之後仍然不免疑信參半。我的一篇〈書後〉和《論再生緣》在香港刊行何至於嚴重到必須「驚動……中央領導人」親自披掛上陣？關於這一點，下面我將提出個人的觀察，暫不多及。但上述的一切努力最後還是歸於泡影，《論再生緣》既未能在大陸出版，郭沫若「排炮般的」文章也無疾而終。

最後，《年譜》一九六二年一月條（頁三二三），卞先生總結此案，分別徵引了三則史料：

香港出版《論再生緣》，一時轟動海外，引起北京方面的注意。有關方面與郭沫若、周揚、齊燕銘等人交換意見後，決定在內地出版先生著作與郭沫若校定的十七卷本《再生緣》，以回應海外議論。然而，由於這部乾隆年間的虛構作品語涉「征東」，在上世紀六十年代初的特殊國際環境下，周恩來、康生出面中止對《再生緣》的討論，先生著作與郭沫若校訂本也被擱置起來。（徐慶全〈陳寅恪論再生緣出版風波〉，《南方周末》二〇〇八年八月二十八日）

先生《論再生緣》出版一事，據當年中宣部幹部黎之回憶：「有一次周揚正在教育樓主持部分文藝領導人會議。康生突然進來，站著說：『那個「孟麗君」(《再生緣》中的主人公) 可不能再宣傳了，那裡面講打高麗，朝鮮方面有意見。』他講完轉身走了。」(黎之〈回憶與思考——從一月三日會議到六月批示〉，《新文學史料》一九九八年第三期)

年初，周恩來總理曾經讓人給郭沫若打招呼：「不要再在報紙上討論《再生緣》，以免由此傷害中朝友誼，在國際上造成不良影響。」郭沫若後來未再就此續寫文章，從此在報紙上停止了這場討論。(穆欣〈郭沫若考證再生緣〉，《世紀》二〇〇六年第五期)

綜合以上三種來源不同的史料，我們可以完全斷定，《論再生緣》事件確曾上達中共黨內最高決策的層次，所以最後必須由「周恩來、康生出面中止」。接著我要討論兩個相關的問題：一、郭沫若為什麼參加有關《再生緣》彈詞的討論？二、陳寅恪《論再生緣》為什麼最後還是不能在大陸出版？限於篇幅，我對於這兩個問題都祇能點到為止，而不能展開論證。

先說第一個問題。《年譜》斷定郭沫若研究《再生緣》並非出於學術興趣，而是「負有使命」，這一斷案在所引種種史料中已得到充分的證實，可以無疑。問題在於郭的「使命」究竟屬於何種性質？我認為這是為《論再生緣》在大陸出版作開路的準備。郭研究《再生緣》涉及兩個方面：一是校訂出一部比較完善的《再生緣》版本；一是考證作者身世，與陳寅恪《論再生緣》一較高下。他的第一篇長文，〈再生緣前十七卷的作者陳端生〉（《光明日報》一九六一年五月四日），便同時顯露出這一雙重意圖。從《年譜》所引史料看，這是最初康生代表黨方和郭沫若、周揚等共同商定的策略。黨的構想似乎是先出版《再生緣》校訂本和郭的考證，經報刊響應，先造成一個以郭沫若為中心的「《再生緣》熱」；然後在這一熱空氣中，將《論再生緣》推出。這樣一來書中以含蓄文言所傳達的批判意涵便不致太引人注意了。郭沫若的「使命」便在於落實這一構想。他在上舉第一篇長文中僅僅「不經意地提到陳寅恪和《論再生緣》，而且用了挑剔辯駁的口吻」，以致引起有些讀者的不滿（見陸鍵東，前引書，頁九一）。其實這正是因為他一方面既要佈置《論再生緣》出場，另一方面又必須儘量減低它在讀者心中的份量。

其次，關於第二個問題，我也想作一點補充。《年譜》揭出「朝鮮戰爭」的忌諱使郭校本《再生緣》印行一事，胎死腹中，這大概是實錄。今本《論再生緣》結尾引作者詩句「青丘金鼓又振振」，自注云：「《再生緣》間敘爭戰事。」（《寒柳堂集》，北京：三聯，二〇〇九年，頁八六）但一九五八年我所讀過的油印原本，這句注語則是「《再生緣》敘朝鮮戰爭」（引在我的〈書後〉一文）。注語的更改是否出於陳先生之手，今不可知，但足證《年譜》紀事確有根據。不過《年譜》中引康生的話——「朝鮮方面有意見」——似不盡可信，因為我們很難想像當時北韓方面有人讀過《再生緣》彈詞。「傷害中朝友誼」的顧慮大概來自中共內部。

但陳先生《論再生緣》最後未能出版並不能完全歸咎於「朝鮮戰爭」的禁忌。一個更重要的原因是他不肯遷就出版者的任何修改或補充的要求。根據廣東省檔案館藏一九六一年《陳寅恪近況》，這年五月中華書局總經理金燦然曾拜訪過陳先生，提出請他將《論再生緣》一稿修改後交中華書局刊行。「陳也有此意，但目前尚未著手修改」（見陸鍵東，前引書，頁三一八）。當時郭沫若正在考證陳端生身世方面與陳先生唱反調，並引出了新材料，所以他也有意對初稿有所補正。遲至一九六四年才寫成的〈論再生緣校補記〉，便是修改的成果。但最可注意的是一九六二年七月二十五日中華書局上海編輯所給陳先生的信，信上說：

> 我所編印之不定期刊《中華文史論叢》，在各方大力支持下，第一輯即可出版……。我們希望的是能得到先生的文章，以光篇幅。大作《再生緣考》雖未公開發表，但學術

> 界早已遐邇傳說，均以未見印本為憾。據聞香港商人曾盜印牟利，實堪痛恨。為滿足國內讀者渴望，此文實有早予公開發佈必要。是否可交《論叢》發表，如何？甚望即加考慮，示覆為感。

此函寫在《再生緣》討論中止以後，可知黨方仍未放棄出版《論再生緣》的計劃，但方式卻有所修正。一年多前金燦然以中華總經理的身分親自登門請求，顯然是準備出一部專書，以示隆重看待之意（另有一九六二年人民文學出版社也有刊行此書的計劃，不知可信否。《最後二十年》，頁三六五）。而此時則改由該局上海編輯所出面，希望將此稿收入一個不定期的學術刊物，作為其中的一篇論文。這正是因為原始的構想流產，不得不大大降低出版規格，把它的流通空間壓縮到不能再小的限度。八月一日陳先生的覆信說：

> 又拙著《論再生緣》一文尚待修改，始可公開付印，目前實無暇及此。（以上兩信都出於高克勤〈陳寅恪文集出版述略〉，《文匯報》二〇〇七年六月三日八版，引於《年譜》頁三二七）

他的答覆基本上和一年多前一樣，但他此時對書局出版他的著作，無論新舊，都不再抱任何不現實的期待了。為什麼呢?因為早在一九六一年或六二年初，他已將舊稿集成《金明館叢稿初編》送交中華，而遲遲沒有出版。《年譜》一九六二年「早春」條編者按語云：

慧按：蔣秉南（即天樞）見告：當時因先生原作有「黃巾米賊」語，出版方堅持更改，先生不同意其要求，直至先生沒世未得出版。（《年譜》，頁三二四）

蔣天樞一九六四年親至廣州拜壽，盤桓十餘日（五月二十九日至六月十日），此語必親聞之陳先生，絕對可信。又一九六二年五月間陳先生為《金明館叢稿初編》和《錢柳因緣詩釋證稿》（按：即《柳如是別傳》）兩書出版事，覆中華的上海編輯所云：

拙稿不願意接受出版者之修改或補充意見。（見高克勤，前引文，《年譜》，頁三二五）

正可與蔣天樞轉述的話相印證。不但如此，陳先生最後在〈論再生緣校補記後序〉中說：

《論再生緣》一文乃頹齡戲筆，疏誤可笑。然傳播中外，議論紛紜。因而發見新材料，有為前所未知者，自應補正。茲輯為一編，附載簡末，亦可別行。至於原文，悉仍其舊，不復改易，蓋以存著作之初旨也。（《寒柳堂集》，頁一〇六～一〇七）

〈校補記〉痛駁郭沫若的考證，語多譏諷，讀者可自行參究。〈後序〉末數語堅持「不復改易」的原則，充分表現出他一貫的凜凜風骨。他至死未及見《論再生緣》在大陸印行，是出於他自己的價值選擇，並無遺憾可言。

上面記述了我第一次寫有關陳先生的文字及大陸官方的反響。現在我要轉入第二次的風波，那已是陳先生身後的事了。關於第二次風波的實際內容，我在《釋證》全書中已有詳細的討論，這裡但補充一下官方的反響及其過程。

讓我徵引陸鍵東《陳寅恪的最後二十年》中的敘述，先將事件的大輪廓呈現出來：

一九八三年，余英時在香港《明報月刊》的第一、第二期上推出他在一九八〇年代的研究心得〈陳寅恪的學術精神和晚年心境〉。……一年半後，余英時又一次在《明報月刊》上分別刊出〈陳寅恪晚年詩文釋證〉、〈陳寅恪晚年心境新證〉等兩篇長文。並在同年七月的《中國時報》上刊載〈陳寅恪的「欠砍頭」詩文發微〉等文。一九八四年，余英時〈文史互證、顯隱交融——談怎樣通解陳寅恪詩文中的「古典」和「今情」〉一文，分別在十月份的臺灣《聯合報》副刊上連載五天。余英時近十萬字的文章可以稱得上是一輪排砲，在海外學術界引起相當反響。……一九八四年八月，署名「馮衣北」的辯駁文章〈也談陳寅恪先生的晚年心境——與余英時先生商榷〉在第二二四期的《明報月刊》刊出。如前文已述，「馮衣北」的反駁是在當時任中共中央政治局委員的胡喬木的指示下及廣東省委文教戰線負責人的布置下進行的。……一年後，「馮衣北」再撰〈陳寅恪晚年心境再商榷〉一文。兩個月後，余英時以〈弦箭文章那日休〉作答，發表在同年十月號的《明報月刊》上。（頁四九六～四九七）

以上引文中的敘事基本上是實錄，其中將幕後發蹤指示的人正式宣佈出來，尤為重要。事實上，早在一九八三年年尾，我已知道胡喬木在積極布置向我進攻了。事有湊巧，當年中國社會科學院有一位明清史專家來耶魯大學訪問，一見面便向我索閱《明報月刊》所刊長文。我很詫異，問他怎麼會知道我寫了此文？他說，在他訪美前，社科院院長胡喬木曾有意讓他出面寫反駁我的文章，並說明：祇有在他應允以後才能將那兩期的《明報月刊》交給他。他婉拒了這一任務，因此也失去了讀我原文的機會。很顯然的，胡喬木在北京一直未能覓得他所需要的寫手，最後才通過「廣東省委文教戰線負責人」找到了一個「馮衣北」。關於「馮衣北」，陸鍵東先生告訴讀者：

在胡喬木的指示下，廣東省委有關方面開始布置寫論戰文章。此重任落在一九六〇年代畢業於中山大學中文系的一位寫手身上。反駁文章先後在一九八四、一九八五年的香港《明報月刊》登出。（原注：署名「馮衣北」。）（頁三五九）

其實「馮衣北」的官方身分我也早在一九八四年便已一清二楚。這是因為《明報月刊》編輯部為了要我答辯，不得不以實情相告。編者信上說，「馮衣北」的兩篇〈商榷〉都是香港新華社轉交的，其中一篇文稿且在北京、廣州、香港之間週流了半年以上。所以我在答文中特別點名「馮衣北」是「中共官方某一部門」的代言人。最有趣的是「馮衣北」關於這一問題的回應。一九八六年「馮衣北」把他的兩篇〈商榷〉和我論陳先生的文字合成一「書」，算是他的「著作」，題為《陳寅恪晚年詩文及其他》（廣州：花城），其中大號字四十四頁是他的「正文」，而我的文字則以小號字排印，共一六七頁，作為「附錄」。儘管如此，我還是很感謝他；若不是托庇在他的兩篇〈商榷〉之下，大陸讀者是看不到我關於陳先生「晚年心境」的一系列文字的。「馮衣北」在此「書」的〈跋〉中說道：

> 區區一支禿筆，竟讓余先生產生「某個部門」的錯覺，則筆者倒真有點「受寵若驚」了。

這是一個很巧滑的回答：上半句從我這一方面下筆，而有「錯覺」云云，但在他那一方面卻無一字否認自己「官方代言人」的身分。下半句表面上好像是在回應我的「錯覺」，其實卻是暗中報幕後主人的知遇之感。祇有如此理解，「受寵若驚」四個字才有著落。我的「錯覺」不但沒有半分恭維之意，而且適得其反，有何「寵」之可言？這裡我要特別感謝陸鍵東先生《最後二十年》對我的幫助。若不是他把胡喬木和寫手「馮衣北」的事調查得清清楚楚，並一一紀錄了下來，我討論第二次風波的「官方反響」便會發生如何取信於讀者的困難了。

最後，我想對《最後二十年》所涉及的一個重要問題提出一點不同的觀察。陸先生論這次風波說：

我們最關心的還不是這場論戰，而是胡喬木覺得有必要反駁余英時觀點的心態。陳寅恪不是一個家喻戶曉、具備新聞效應的熱門人物，理解陳寅恪的學術精神，遠非平民百姓樂意議論的話題。故此余英時的文章其實沒有太多的宣傳效應。促使胡喬木布置「反駁」，除了政治鬥爭的需要外，有一因素也許起著相當重要的作用，那就是二十餘年前，胡喬木與陳寅恪有過這麼一次談話。陳寅恪留給這位中央大員的印象，顯然有別於余英時所說的那樣。（頁三五九～三六〇）

我過去也不很理解，為什麼官方學術界在陳寅恪問題上對我竟如此一再糾纏不已？（見《釋證》一九八六版自序——〈明明直照吾家路〉）不過我不相信，如上引《最後二十年》所說的，這是因為胡喬木對陳先生別有「印象」之故。

現在關於第一次風波的事實已充分顯露出來了，我認為胡之所以全力布置對我進行「反駁」，主要仍是執行黨的決定。我為什麼能作此推斷呢？從前面有關《論再生緣》風波的討論，我們已看到官方那種如臨大敵的神情，以至康生、郭沫若都必須披掛上陣。此案在黨內留有檔案，決無可疑。我當年已是主犯，現在又變本加厲，大寫什麼陳寅恪「晚年心境」，則觸黨之怒，更不在話下。但老一代如郭沫若之流已逝世，胡喬木以社科院院長的身分正好取代了郭的位置；由他出面來佈置「反駁」自然是十分適當的。以黨紀而言，他的布置不大可能是完全自作主張，而事先未曾取得（至少在形式上）組織的認可，不過具體的過程和可能涉及的人事現在還無從知道，衹有等到檔案解密以後了。所以我認為第二次風波仍出於「黨的決定」，而且是第一次風波的直接延續。

胡喬木布置「反駁」的情緒表現得異常強烈，其中是不是含有某種個人的動機呢？我衹能說，可能性是存在的，不過不是陸鍵東先生所猜的「印象」。我記憶中有一件小事可能與第二次的風波有關，姑妄言之，以備一說。一九七八年，我參加美國漢代研究代表團在中國大陸各地進行學術交流，前後整整一個月之久（十月十六日～十一月十七日）。接待我們的機構恰好是中國社會科學院，由副院長之一于光遠先生出面主持。在這一個月中，代表團受到了高規格的禮遇。由於擔任了團長的職位，我個人所得到的照顧更是特別週到（詳見我的《十字路口的中國史學》，何俊主編，李彤譯，臺北：聯經，二〇〇八年）。此行我們並未見到院長胡喬木。但在離開北京前兩天，我有機會和俞平伯、錢鍾書兩先生談話，這件事我已記在〈我所認識的錢鍾書先生〉一文中（收在我的《情懷中國》，劉紹銘主編，香港：天地，二〇一〇年，頁一四七～一五四）。我們最初的討論集中在「曹學」、「紅學」的問題上，因為我在七十年代曾指出：幾十年來的所謂《紅樓夢》研究其實衹是曹雪芹家世的研究。這個評論此時已傳到了北京，平伯先生便很同情我的看法。默存先生在討論中不經意地插了一句話，他說「喬木同志」也認為「曹學」之說在國內很少受注意，還要靠海外漢學家指出來（原話當然無法復原了，但「喬木同志」四字則記得很清楚）。我當時祇是聽聽而已，沒有接口。現在回想起來，這也許是胡喬木對我表示善意的一種間接方式。以中共官方接待外賓的慣例而言，他們對於來訪者的背景事先一定經過非常澈底的調查，然後才決定如何對待。我以往的一言一行，祇要是有文獻可稽的，社科院有關部門大概都已弄得很清楚；我在《論再生緣》一案中的罪行當然更逃不過他們的注意。胡喬木當年雖未直接捲入第一次風波，然而他一九六二年春曾拜訪過陳寅恪，並為陳的著作出版作過努力，他對《論再生緣》案瞭如指掌，是可以斷言的。在這一背景下，他依然願意以善意相待，總算是很難得的。上面這段記憶是不是發生過如我所推測的作用，我完全不敢確定。無論如何，我在接受了中國社會科學院的招待之後，仍然寫出「晚年心境」這種「是可忍孰不可忍」的文字，僅憑這一點，胡喬木非要對我窮追猛打不可，也是可以理解的。

官方學術界對於《陳寅恪晚年詩文釋證》的正式反應，到一九八六年（即馮衣北《陳寅恪晚年詩文及其他》出版之年）告一段落，但餘波似乎仍在盪漾。大陸上出版我的著作已不在少數，甚至其中有些文字我以為可能通不過檢查的，最後居然都發表了出來。但唯有關於陳寅恪的研究，除了少數幾篇外，一律為政治編輯所否決，包括有些已「附錄」在馮衣北書中流傳多年的文章。這種情形並不限於一兩家出版社，而是各處皆然；也不是一時的事，而是自始至今無不如此。由於南北各大出版社政治編輯的口徑之驚人一致，使我不能不疑心黨中央機構或有指示下達全國所有出版單位，對我所寫有關陳寅恪的文字都必須從嚴審查。如果所測不誤，則我的檔案中的「黑材料」還在繼續發揮作用。

上面的討論都焦聚在官方反應的部分。祇就這一方面著眼，則我的陳寅恪研究似乎從一開始便已被官方扼殺，在大陸上未能發生任何影響。但是如果換一個角度看，民間學人的反應則完全是另一種景觀。我關於陳先生的論述分別在一九八四、一九八六和一九九七年作過三度集結，每一次新版差不多都擴大篇幅至一倍左右。這三種版本雖都不能正式進入大陸，但是由私人攜帶入口的事畢竟防不勝防。我清楚地記得：上世紀八十年代中以後大陸外訪學人向我索書的，每月總有幾起；我請求出版家寄大批贈本來，先後也不計其數。另一條讀我的文字的途徑則是前面已提到的，即通過「馮衣北」書中的「附錄」。關於這一點，胡文輝先生在《陳寅恪詩箋釋》（廣州：廣東人民出版社，二〇〇八年）的〈後記〉中有很親切的記述。他說：

回想起來，我在中山大學就讀時，即一九八九年以前，恐怕還不知陳寅恪其人。對於寒柳堂詩的興趣，則是後來因馮衣北先生的《陳寅恪晚年詩文及其他》而起的，準確地說，是由馮著所附余英時先生的論述而起的。（見下卷，頁九五六）

當時大陸學術界的朋友們也往往寫信給我，說他們從馮著得讀我的論文，恰可與胡先生的經驗相印證。最近研究陳先生詩集頗有心得的沈喜陽先生來信說：

先生《陳寅恪晚年詩文釋證》，喜陽所讀，亦購自書商複印本。（二〇一〇年七月二十日函）

我的《釋證》有大陸書商「複印本」，這是我以前不知道的。

大體上說，從八十年代到九十年代，陳寅恪先生在大陸學術界越來越受到敬重。其中關鍵並不在他的專門絕學，而主要繫於他的「獨立之精神，自由之思想」。這兩句話並不祇是說說而已，在最後二十年中他是以殉道的精神加以實踐的。在整個九十年代，大陸上很有不少知識人為良知所驅使，不知不覺中對他「不降志，不辱身」以及「未嘗侮食自矜，曲學阿世」

的人格表現發生了很深的認同感。我相信這是當時所謂「陳寅恪熱」興起的文化心理背景。在這一氛圍下，我的《釋證》大概也更受到新一代讀者的注意，一九九五年陸鍵東先生的《最後二十年》便是顯證。這部書所發掘出來的事實和我的「晚年心境」極多息息相通之處，兩者幾乎可以說是互為表裡。

但是直接接著我的《釋證》而進行陳寅恪研究的，則屬於更年輕的一代，上面已提及的胡文輝先生即是其中成績最大的一位。他的《陳寅恪詩箋釋》詮釋了陳先生現存的全部詩作，包括聯語以至殘句。全書不下八十萬言，古典今情，各極其致。書中對我的說法質疑商榷者，不一而足。這一點最使我欣悅莫名，因為這是學術研究後來居上的唯一保證。他在書末寫了四首七絕，其第三首云：

> 義寧心史解人難，夜夜蟲魚興未闌。後世相知吾不讓（陳詩：「後世相知或有緣」），
> 欲將新證補潛山（余英時原籍安徽潛山）。

末句是他的謙詞，我有自知之明，決不敢承當。他的朋友羅韜先生在〈序一〉中也說：

自潛山余英時氏以義寧解錢柳之法，還治其詩，拈出今典，鐵函乍發，石破天驚。余氏之勝，在內證法，善以義寧之書證義寧之詩，辨其寄托，啟後來無盡門徑。此後解人繼起，聚訟紛紜，而文輝後出，加其邃密，得總其成。（頁二）

羅先生的獎飾之詞，我同樣受之有愧，但他推重胡文輝先生為解陳詩之集大成者，我則舉雙手贊成。胡先生解陳詩，一字都不放過，雖或有時而可商，然精解妙悟，觸處皆是；他最得意的「虛經腐史」，便是一個最好的例子（詳見上卷「虛經腐史」條，頁三八四～三八八）。在這部《陳寅恪詩箋釋》完成之後，他仍然繼續不斷地搜求新史料以解決陳寅恪晚年生命史上的重要疑點。二〇〇九年他根據《陳君葆日記全集》和《陳君葆書信集》，完全證實了陳先生在一九四九年曾有遷居香港的準備（見胡文輝〈陳寅恪一九四九年去留問題及其他〉，《東方早報．上海書評》二〇〇九年五月二十四日第八版）。無獨有偶，他的朋友張求會先生，另一位深研陳先生家世與傳記的學人，也在今年發表了〈陳寅恪一九四九年有意赴臺的直接證據〉一文（見《南方周末．副刊》二〇一〇年四月二十九日，E28 版），根據傅斯年致臺灣省警務處的一份代電，證明陳先生這一年的五月曾有「自廣州攜眷來臺工作」的計劃。胡、張兩先生都同樣聲明他們的考證是為了支持我在《釋證》中最後修訂的假設，這一點尤其使我不勝惶悚。我的《釋證》不過在陳寅恪研究的領域中扮演了一個「擁彗先驅」的角色，現在後起的健者早已遠遠地把我拋在後面了。但是他們仍不忘我這個早已脫隊的老兵，我終究是感到安慰的。

把眼光從官方移向民間，展望陳寅恪研究的將來，我是極其樂觀的。

余英時

二〇一〇年十二月十日於普林斯頓

增訂版序

這次增訂版是《陳寅恪晚年詩文釋證》的第三次結集，同時我相信也將是最後一次結集。從一九五八年在香港《人生》雜誌上偶然發表了〈陳寅恪論再生緣書後〉一文以來，想不到我竟和陳寅恪先生結下了不解之緣，先後延續至四十年之久。本書第一次結集在一九八四年。這是因為我在八十年代初寫了〈陳寅恪的學術精神和晚年心境〉及〈陳寅恪晚年詩文釋證〉兩篇長文。當時我認為這件公案已了，所以合以上三篇文字成一小書，單獨刊行，就此作一結束。但〈晚年心境〉和〈釋證〉激起了經久不息的爭議。一方面為了回應質難文字，另一方面則由於陳寅恪的佚詩不斷出現，我又陸續寫了幾篇考釋。這樣才有本書一九八六年的擴大新版。當時我又以為對於陳寅恪的問題從此將擱筆了。

這次增訂新版也是因新史料的大量出現而促成的。其中最重要的是陳美延和陳流求合編的《陳寅恪詩集》（一九九三年），吳學昭《吳宓與陳寅恪》（一九九二年），《吳宓自編年譜》（一九九五年）和陸鍵東《陳寅恪的最後二十年》（一九九五年）。增訂版所收〈後世相知或有緣〉、〈陳寅恪與儒學實踐〉、和〈試述陳寅恪的史學三變〉三篇文字便是參考上述幾種新史料，在最近一年中撰寫的。此外比較重要的還有〈跋新發現的陳寅恪晚年的兩封信〉，成於一九八七年。這次也彙集於新版，以便讀者參考。對於新出現的史料，我祇有在斷定其真實性毫無可疑時才酌予採用；否則寧可存而不論。例如最近轟動一時的張紫葛《心香淚酒祭吳宓》（一九九七年）中便有一章（第三十六章）記述了陳寅恪和吳宓在廣州的對話，但因材料來源不明，所以我一字未提。但這本書中也有真史料。吳宓一九五二年七月八日在重慶《新華日報》上發表的〈改造思想，站穩立場，勉為人民教師〉一文便是第一手文件（頁二一一～二二二），有書末圖版可證。這使我們第一次認識到陳、吳之間畢竟還存在著思想上的差異。不過這一點和本書的主旨無關，毋須深究。

但這次集結並不僅僅是量的增加，而同時也是重點的轉換。〈儒學實踐〉和〈史學三變〉兩篇長文都是通陳寅恪的一生而論，並不限於晚年。〈儒學實踐〉討論他的價值系統，〈史學三變〉則追溯他的認知系統在史學上的發展。這兩方面在他的生命中既是互相制約的，又是互相支援的，因此無法截然分開。他的價值意識和史學觀念大致在三十歲前後已基本定型，以後如有變化也不過是在細節方面。這兩篇論文便是要研究他的價值系統和認知系統在越來越快的世變中是怎樣操作的。從這個意義上說，本書的重心已超越了以前「晚年心境」的論旨。但「超越」並不等於「跳過」。用他自己的語言表達之，他的最後二十年適逢中國「劫盡變窮」，進入了「滔天沈赤縣，掘地出蒼鵝」的境地。他的價值系統和認知系統卻也由於最後這一場嚴峻的考驗才發揮到了極致。因此在〈儒學實踐〉與〈史學三變〉兩文中我仍然不得不用相當大的篇幅分析他的晚年詩文。

過去我討論他的「晚年心境」，一方面強調他的文化關懷，另一方面則注意他的個人遭遇。個人遭遇是他晚年所特有的，文化關懷則貫注於他的全部生命，並非晚年始見，但仍然要到晚年才特顯光彩。刊行以來，讀者的眼光大多集中在個人遭遇的一面，文化關懷則未能獲得同樣的重視。新增的兩篇論文便是為了糾正這一偏向而作。

正是出於文化關懷，他晚年才超越了專業史學的觀點，「捐棄故技，用新方法，新材料，為一游戲試驗」。所以《論再生緣》與《柳如是別傳》和他中年以前的一切專著為絕對不同類的作品。為什麼他願意費十年的工夫寫《柳如是別傳》呢？這是因為通過錢柳姻緣來探索明清興亡的歷史大悲劇，一方面既能寄托他個人晚年的遭遇和感慨，另一方面又恰好可以傳達他在新「五胡亂華」（出自「蒼鵝」之典）時代的文化關懷。我們再也想不出中國史上還有任何論題能夠這樣一箭雙鵰地適合他的需要了。

說他晚年超越了專業史學的觀點並不等於說他不再遵守專業史學的戒律。我想問題應該這樣看：他的價值系統決定了他選擇《柳如是別傳》這一專題，但是他的認知系統則決定了他處理這一專題的作業程序。他早年受乾嘉學風的薰陶，故信奉「讀書須先識字」的格言。中年以後接受了現代史學的訓練，因此又常說：「你不把基本的材料弄清楚了，就急著要論微言大義，所得的結論還是不可靠的。」這一認知系統在他那裡已是「淪肌浹髓」，揮之不去。所以儘管《別傳》「不同於乾嘉考據之舊規」，其宗旨更非僅憑考據即能完成，我們絕不能因其中考據繁複而誤認它是中年以前著述方式的延續與擴大。前面提到他的價值系統和認知系統互相制約，也互相支援，這便是一個具體的例證。

以上是我對於此次本書增訂版的特色所作的簡略說明。本書撰述過程先後垂四十年，其間經歷亦頗有值得記述的，故別為〈書成自述〉一篇，附於序末，以供讀者參考。

一九九七年十月十四日於普林斯頓

書成自述

這部《陳寅恪晚年詩文釋證》在我個人的生命史中具有非常獨特的意義。現在第三次增訂刊行，我想略述成書的經過，並對先後關心過它的朋友——包括相識與不相識的——表示我的感謝。

首先我要說明，我從來沒有過研究陳寅恪的打算，這本書從萌芽到成長都是意外。而且除了一九五八年刊布的〈陳寅恪論再生緣書後〉第一篇文字外，其餘都不是我主動撰寫的，而是由各種客觀因緣逼出來的。所以我想先交代一下我為什麼會寫〈論再生緣書後〉這篇文字。

我在書中已說過，一九五八年秋天我在哈佛大學偶然讀到《論再生緣》的油印稿本，引起精神上極大的震盪。現在我願意補充一點，即這一精神震盪和我自己當時的處境很有關係。

那時我在美國的法律身分是所謂「無國籍之人」(a stateless person)，因為我未持有任何國家頒發的「護照」。最初我對此並不十分在意，因為我一向認為沒有「國籍」並不能阻止我在文化上仍然做一個「中國人」。但終一夕之力細讀《論再生緣》之後，我不禁深為其中所流露的無限沉哀所激動。這首為中國文化而寫的輓歌在以後幾天之中都縈迴在我的胸際，揮之不去。我在香港住了五、六年，對於當時大陸上摧殘文化，侮弄知識分子的種種報導早已耳熟能詳。但在那個冷戰高潮的時期，報章上的文字都無可避免地受到政治意識的侵蝕。我平時讀這些文字，終不能無所存疑。《論再生緣》是我第一次聽到的直接來自大陸內部的聲音，而發言的人則是我完全可以信任的陳寅恪。他一生與政治毫無牽涉，但就其為中國文化所化而言，則可以說是王國維以來一人而已。《論再生緣》中並無一語及於現實，然而弦外之音，清晰可聞：中國文化的基本價值正在迅速地隨風逝去。

顧亭林曾有亡國與亡天下之辨，用現代的話說，即是國家與文化之間的區別。我已失去國家，現在又知道即將失去文化，這是我讀《論再生緣》所觸發的一種最深刻的失落感。「天末同雲黯四垂，失行孤雁逆風飛，江湖寥落爾安歸！」王國維這幾句詞恰好是我當時心情的寫照。「亡天下」的惶恐也牽動了「亡國」的實感。一個「無國籍之人」想要在自己的文化中安身立命似乎祇是一種幻覺。

說到這裡，我不能不順便解釋一下：我怎麼會變成了「無國籍之人」？一九五五年春天哈佛燕京學社接受了新亞書院的推薦，讓我到哈佛大學訪問一年。但從三月到九月，臺灣國民黨政府一直拒絕發給我「中華民國護照」。據說這是因為我在香港刊物上寫過不少提倡民主、自由的文字，屬於所謂「第三勢力」。錢賓四師雖曾出面說明我其實祇是新亞書院的一名「助教」，但仍未發生效力。最後由於友人介紹，得到亞洲協會 (Asia Foundation) 駐港代表艾維 (James Ivy) 先生的說項，美國領事館允許我到律師事務所取得一種臨時旅行文書 (affidavit in lieu of passport)，以「無國籍之人」的身分發給簽證。所以我一直遲至十月初才抵達哈佛大學，已在開學兩個星期之後了。

我提起這一段往事並不表示我今天對此還耿耿於懷，而是因為敘事中無法省略。在「黨」高於一切的現代中國，「護照」不是公民的權利，而是政府控制人民的手段，原是一種常態。而且事後來看，我早年沒有「國家」，因此思想也不受「國家」的限制，其中得失正未易言。不過當時「無國籍之人」的法律身分確曾使我每年受美國移民局的困擾，他們很難決定是不是應該延長我的居留權。這個身分在五、六十年代的美國好像是很少見的。

現在回想，當年「亡國」而兼「亡天下」的奇異感受也許正是使我讀《論再生緣》而能別有會心的重要背景。無論如何，這個背景和《論再生緣》中所謂「家國興亡哀痛之情感」

是恰好能夠交融的。我情不自禁地寫下那篇〈書後〉，並將《論再生緣》稿本寄交香港友聯出版社刊行，其根本動力也出於我個人所經歷的一種深刻的文化危機感。

但在我的認同危機不久便經過自我調整而化解了。此後我漸漸淡忘了這篇〈書後〉，更不曾動過研究陳寅恪的念頭。一九七〇年初，陳寅恪的死訊初傳到海外，一時掀起了悼念的熱潮。這年三月俞大維〈懷念陳寅恪先生〉一文對學術界的影響尤大。連向來不大寫通俗文字的楊蓮生師也寫了一篇〈陳寅恪先生隋唐史第一講筆記引言〉。楊先生撰文的那天晚上還打電話要我代查所引《資治通鑑》中的一段文字。俞大維先生當時希望在哈佛的中國學人都能以文字參加紀念。所以我也收到了他的文章的單行本。楊先生更鼓勵我加入紀念的行列。但我自問既未曾受教於陳寅恪，又無新資料可憑，更不想重複十幾年前在〈書後〉中說過的話。所以始終未著一字。甚至我也沒有接受楊先生的建議，把〈書後〉寄給《談陳寅恪》一書的臺北編輯委員會。在整個悼念期間，我一直保持緘默，因為借題發揮不但毫無意義，而且是對死者的大不敬。

再度提筆寫陳寅恪是一九八二年底，上距〈書後〉已整整二十四年之久。這次完全是出於偶然，而且不是由我主動的。其時陳寅恪的《柳如是別傳》、《寒柳堂集》等已出版了一年多，我也曾反覆讀過多次，祇是為了想進一步瞭解他晚年的史學取向，但毫無見獵心喜，以他本人為研究對象之意。理由很簡單：我的專業是十八世紀以前的中國史，不是現代史，根本不可能有時間去研究陳寅恪的「晚年遭遇」。我細讀《柳如是別傳》主要還是為了研究明遺民的政治動向。一九七二年我出版了《方以智晚節考》一部專題研究，指出方氏逃禪以後並未真與政治絕緣，最後自沉於惶恐灘。八十年代初大陸上有幾位學人專就此一斷案和我爭論，文字往復不少。《柳如是別傳》所研究的恰好是同一時代、同一範圍。我曾在其中找到不少可以助證我的論點的材料。

一九八二年友人金恒煒先生旅居美國，主編《中國時報．人間副刊》。我們偶而見面，也曾談到陳寅恪和他的晚年著作。恒煒對我的一些看法極感興趣，一再慫恿我把這些意見正式寫出來，〈人間副刊〉願意為我提供發表的園地，而且篇幅不加限制。我經不起他的盛情鼓舞，終於寫出了那篇惹禍的長文——〈陳寅恪的學術精神和晚年心境〉。當時董橋先生主編香港的《明報月刊》對我的文字也有偏好，要求同時刊出此文，這才流入了中國大陸。生平文字闖禍，事已多有，而未有甚於此者，尚在《紅樓夢》爭議之上。但我有自知之明，並不是這篇文字涵有特別的價值或特別的荒謬，而是由於其中道破了一些歷史疑點，為人人心中所已有，適逢其時，竟釀成一大公案，至今未了。這正應了陳寅恪「人事終變，天道能還」的預言。現在我必須趁增訂本出版的機會向金恒煒和董橋兩位老朋友致最誠摯的謝意。無論是功是罪，他們兩位恐怕都不能不和我共同承當。

今天我們已確知寅恪先生當年是熟悉我的〈書後〉的內容的。那麼他自己究竟有過什麼樣的反應？答案在十年前便已揭曉了。現在我既已決心告別陳寅恪研究，經過再三的考慮，我認為不應該再繼續讓這一重要的事實埋沒下去。一九八七年十月二十五日香港大學的李玉梅博士寫了一封信給我，茲摘抄其中最有關係的部分於下：

> 晚正研究史家陳寅恪，因於八月下旬結識陳老二女兒陳小彭、林啟漢夫婦，暢談陳老事，至為投契。小彭夫婦于一九五四年調返中山大學，據稱此乃周恩來之意，好便照顧陳老云云。今則居港七、八年矣。
>
> 於細讀　教授有關陳老大作後，小彭命我告知　教授數事如下：
>
> (一)陳老當年於讀過　教授〈陳寅恪論再生緣書後〉一文後，曾說：「作者知我。」
>
> (二)教授《釋證》頁七〇（按：此指一九八六年新版）有「陳先生是否真有一枝雲南籐杖」之疑，答案是肯定的。
>
> (三)陳老夫婦確曾有為去留而爭執之事。
>
> 小彭夫婦對　教授之註陳老思想，能得其精神，深覺大慰，特命余來信告之。

我還清楚地記得，我當時讀到寅恪先生「作者知我」四字的評語，心中的感動真是莫可言宣。我覺得無論我化多少工夫為他「代下註腳，發皇心曲」，無論我因此而遭受多少誣毀和攻訐，有此一語，我所獲得的酬報都已遠遠超過我所付出的代價了。這次增訂版加寫了〈儒學實踐〉和〈史學三變〉兩篇研究性的長文，也是為了想對得住寅恪先生「作者知我」這句評語。

但是當時我的〈晚年心境〉、〈詩文釋證〉都在遭受質疑的階段。如果我用任何方式公開了這封信的內容，都等於拖人下水，硬把陳小彭女士和李玉梅博士劃入我這一邊，也許因此給她們製造意想不到的困擾。那便適成其為「以怨報德」了。此信「留中不發」（一笑）至十年之久，其故端在於是。小彭女士長期侍奉老父於側，吳宓《日記》一九六一年九月一日條還有「小彭攙扶盲目之寅恪兄至，如昔之Antigone」的記載（《吳宓與陳寅恪》，頁一四五）。我讀了十分感動。我相信她一定願意寅恪先生晚年的一言一行都留在歷史記錄上，否則她便不會鄭重托人向我傳話了。李玉梅博士也早已治學有成，我最近讀到她〈柳如是別傳與詮釋學〉一文，發表在《柳如是別傳與國學研究》（一九九六年）上面。現在事過境遷，當年的種種顧慮早已不復存在，如果我再不公開此信，則未免埋沒了小彭女士的苦心與孝思。小彭女士和我從無一面之雅，但她當年遠道傳其父語，曾對我發生了極大的鼓舞作用，至今感念不忘。所以我寧可不避自炫之嫌，也要坦白說明：寅恪先生「作者知我」一語是本書增訂版問世的一個最重要的原動力。

最後，我要談一談今天大陸上所謂「陳寅恪熱」和本書的交涉。從一開始大陸官方宣傳人員及其海外的附和者便對本書採取了一種先聲奪人的栽贓策略。其具體運作的方法則是先給我戴上一頂政治帽子，然後再順理成章地給本書貼上一條政治標籤。而這頂「帽子」和這條「標籤」則早在大陸上醜化了好幾十年，是大陸上老、中輩知識分子一見即義憤填膺或鄙夷不屑的。這樣一來，我對陳寅恪晚年詩文所做的一切解釋便都成為「別有用心」而不足採信了。政治栽贓本是國際共產黨人的一貫手法，但中共繼承衣缽以後又加以「名教化」，因此更是妙用無窮。在馬家店的新名教之下，「帽子」和「標籤」形成了一套一套的「名」的系統，一般人祇要看見某種「名」便習慣成自然地發出某種條件反射。這當然是指從五十年代初到七十年代末的狀況，尤以所謂「文化大革命」時期為然。由於種種原因，馬家店的新名教今天確已漸漸失靈了。但不可否認的，祇要極權的政治體制不變，新名教的餘威便不可能完全消失，「帽子」和「標籤」也依然會繼續發揮一定的效用。我對此有切身體驗，深信不疑。

四十年前我在〈書後〉中早已指出陳寅恪對極權統治是深惡痛絕的。任何人對他的價值意識稍有所知都必然會得到同樣的論斷。無論就個人或民族言，他都持「獨立之精神，自由之思想」為最高的原則。馬家店的極權體制不但是從外面移植過來，強加於中國民族之上，而且對個人獨立精神和自由思想的摧殘壓制更超過古今中外的一切專制統治。陳寅恪絕不可能接受這樣一個澈底否定他的價值系統的政治制度。四十年後的今天我仍找不出任何理由來改變原有的觀點。相反的，由於史料的大量出現，我的觀點祇有更強化了。

大陸官方學術界和我的爭執主要便集中在這個觀點上面。他們加給我的「帽子」和「標籤」一直未收回，但持以駁斥我的具體說法則因時勢的推移而屢有變易。一九七八年廣州《學術研究》復刊號說陳寅恪「曾多次表示對毛主席和共產黨的感激」。一九八五年胡喬木的寫手「馮衣北」已不得不稍稍降低調門，改說陳寅恪在一九五〇年的詩中表達了「不意共產黨待我如此之厚」的意思。一九九五年《陳寅恪的最後二十年》出版了。這似乎表示官方也不想或無法再阻止陳寅恪「晚年遭遇」的問題曝光了。至少它已默認了陳寅恪在中共統治下受盡踐踏和侮弄這一事實。但在這一事實的基礎上卻出現了下面這個新論說：不錯，陳寅恪最後二十年確實遭遇了一波接一波的苦難，並終於「迫害至死」（《最後二十年》，頁二七）。然而政治是俗人之事，對於高雅出塵的陳寅恪來說，卻是無足輕重的。陳寅恪對於中國文化是那樣地一往情深，他最後二十年的生命已完全托付了給它，一切著述也都是為了闡發它的最深刻的涵義。不但如此，他的文化癡情又和他的土地苦戀是那樣緊密地連成一體，以致他無論怎樣也不肯「去父母之邦」。所以一九四九年他在人生旅途中已作出了最有智慧的抉擇。即使他在當時能預知以下二十年的一切遭遇，他的決定也不會兩樣。為了文化，他「雖九死其猶未悔」。中國文化傳統中過去曾有一條絕對的「孝道」原理，叫做「天下無不是的父母」。陳寅恪則創造性地發展了這一絕對原理，使之成為「天下無不是的父母之邦」。陳寅恪這位超群絕倫的文化大師的全部偉大便在這裡。所以今天談陳寅恪絕不應再涉及政治，因為一說到政治，便會害得他在九泉之下仍不能安穩。怎麼談陳寅恪呢？我們祇需反覆不斷地說：文化、文化、文化……。

以上可以算是今天大陸上為了消解陳寅恪「最後二十年」而發展出來的最新論說的一個基本模型。這個模型自然是由我模擬而成，不能指實為某一個人或某一部著作的特有觀點。而且在模擬的過程中，我把一些緊要的潛臺詞也點破了。用西方學術界的術語說，這是建立一個「理想型」(ideal type)；這種「理想型」是為分析和討論的便利而設，在方法論上是必要的。就我閱覽所及，上面所擬的論說模型可以適用於近來大陸上許多關於陳寅恪的討論文字。我絕不敢說，上面試建的「理想型」已達到了恰如其分的地步，因此我歡迎別人肯加以指摘和改進。但是我相信，以整體的意向而言，它大概可以說是雖不中亦不甚遠。

這一套最新的論說即使不是完全針對著我的《詩文釋證》一書而發，意中也必有我所提出的「晚年心境」在，這是毫無可疑的。冷眼旁觀的人也已經看出了這一點（見程兆奇《也談陳寅恪》，《中國研究》，一九九六年九月號，頁五〇～五七）。那麼對於當前這一具有典型意義的新論說，我究竟應該怎樣看待呢？

這裡既不可能，也無必要對它作系統而全面的回應。但是我願意指出它的幾點特色：

第一，上面所擬的模型可以使我們更清楚地看出，這一新論說其實是企圖提出另一種「陳寅恪的晚年心境」來取代我的看法。但持論者似乎完全沒有意識到這是一個十分嚴肅的史學工作——重建陳寅恪晚年的生活和思想世界。歷史重建的最低限度的要求是通過文獻研究所得到的證據 (evidence) 和經過謹嚴推理所建立的論辯 (argument)。二者缺一不可。相反地，他們好像是陳寅恪親自授權的發言人，可以隨時隨處告訴讀者陳寅恪晚年在一切問題上是怎樣思考，怎樣判斷，怎樣感受的。他們不但對一個歷史人物的內心隱曲暢所欲言，而且出之以如數家珍的方式。他們似乎假定讀者都像天真無知的兒童聽成人講故事或神話一樣，一個個張開嘴巴、睜大眼睛，完全信以為真，絕不會發生半點疑問。

第二，新論說的另一個特色是把政權隱藏在中國大陸這塊土地的後面來加以維護。這是對於「投鼠忌器」的普遍心理的一種巧妙運用。「感謝共產黨」、「共產黨待我如此之厚」之類的話，當然消失了。甚至黨內的「極左派」和「文化大革命的瘋狂」曾對陳寅恪造成嚴重傷害，現在也不妨直認不諱，因為這早已是公開的祕密。何況「社會主義初級階段」正迫切需要對「極左」和「史無前例」展開猛烈的批判？

陳寅恪與中共政權「認同」的問題今天自然已無從談起，而且也失去了政治上的重要性。在國家社會主義（即「中國特色的社會主義」）的新意識形態之下，大陸上研究陳寅恪的基調已明顯地轉換為「愛國主義」（一九九四年季羡林在廣州中山大學召開的關於《柳如是別傳》討論會上的主題講詞便是明證。見〈陳寅恪先生的愛國主義〉，收在《柳如是別傳與國學研究》中，頁一～七）。陳寅恪可以不認同政權，但絕不可能不認同國家。依照大陸官方的邏輯，祇要你承認了陳寅恪「愛國」這個前提，你就不能不接受下面這個必然的結論：「難道祖國是抽象的嗎？不愛共產黨領導的社會主義的新中國，愛什麼呢？」（見《鄧小平文選》，頁三四七）當然，在陳寅恪研究中，這句話祇是潛臺詞，不必說破，也不能說破。如果你說陳寅恪愛的是中國文化，邏輯的結論也還是一樣。季羡林說得很透徹：

> 文化必然依托國家，然後才能表現，依托者沒有所依托者不能表現，因此文化與國家成為了同義詞。（前引文，頁四）

因此在新論說中，一九四九年陳寅恪的「去」、「留」問題仍所必爭。但所爭已不在政權認同，而在「留在大陸」還是「出走海外」。愛國或不愛國、人品識見之或高或下、道德意識之或強或弱，無不由「留」或「去」而判。如果有人引《詩經》「逝將去汝，適彼樂國」、《論語》「乘桴浮於海」、或曾子「小杖則受，大杖則走」之類的典據與之爭議，企圖說明儒家文化未嘗不允許陳寅恪當年離開大陸，那就未免「書生氣」到了可笑而又可憐的地步了。陳寅恪今天之所以被描寫成一個神祕不可思議的「戀土情結」的精神病患者，有如胎兒之不能須臾離開母體，正是因為「去」、「留」問題不僅具有歷史意義，而且更取得了新的現實意義。試看季羨林在上引講詞中開頭的幾句話：

> 陳寅恪先生一家是愛國之家，從祖父陳寶箴先生、其父散原老人到陳先生都是愛國的，第四代流求、美延和他們的下一代，我想也是愛國的。(頁一)

我初讀時大惑不解，陳寅恪的二女小彭在父親晚年侍奉最力，有蔣天樞《編年事輯》與吳宓《日記》可證，為什麼竟被排除在「愛國之家」以外了呢?稍一尋思，我終於恍然大悟，原來小彭女士早已於八十年代前後移居香港，她已失去「愛國之家」的資格了。現在香港已「回歸祖國」，我盼望她能恢復陳寅恪女兒的自然身分。

第三，新論說中以文化取消政治也是一個極其顯著的特色。這一點我在前面所擬的模型中已有所說明。新論說與舊論說最大不同之處在於它明白承認陳寅恪在政治上備受折磨，但卻堅持政治絲毫不影響他的文化追求。他們好像想藉著政治與文化一刀切斷的辦法來推崇陳寅恪的高潔。一九四九年以後陳寅恪能留在「父母之邦」，胎息於中國文化之中，那已是生命的最大充實。其他一切不幸，雖也不免令人歎息，卻已不值得計較了。所以在新論說中，陳寅恪對於折磨他二十年以至於死的政治始終沒有一個明確的看法。他的許多感事詩，當時他的朋友已看出是「謗詩」，甚至黨委書記也說是「諷刺我們」，現在都被解釋成為「文化苦吟」。他在一九五三年〈對科學院的答覆〉，在我們俗人看來明明是「痛斥極權統治者箝制思想」，竟在新論說家的筆下變成了「文化苦痛」的一種表現。不用說，他在「文化大革命」期間「終于活活給嚇死了」（《最後二十年》，頁四八〇），那也祇好怨他自己經不起「文化恐怖」。

不過真要想把陳寅恪說成一個祇有「文化」概念而無「政治」概念的人，也不是一件容易的事。經過「文化大革命」以後，我曾讀到許多老學人引用趙元任先生的名言：「說有容易說無難。」不知為什麼新論說家竟那樣健忘？陳寅恪晚年詩文中的反證太多，但這裡不能涉及。現在姑引吳宓《日記》中一句話以概括之。吳宓一九六一年九月一日記陳寅恪的談話有一條說他「堅信並力持：必須保有中華民族之獨立與自由，而後可言政治與文化」(《吳宓與陳寅恪》，頁一四五)。這裡他明明把「政治」和「文化」劃分為兩個互相獨立的領域，而且「政治」還置於「文化」之前。他怎麼可能對日日身受其苦的政治沒有一個明確的整體概念呢?如果真對政治全無概念，他又如何能大談清談與政治的關係?更如何能寫出《唐代政治史述論稿》呢?

我很理解新論說家的苦心孤詣。他們是為了要駁斥我的謬說而不得不然。但其實這是由於胡喬木及其寫手們有意栽贓而引出的。我從來便認定陳寅恪的終極關懷是文化而不是政治。不過我同時也指出他出身於近代變法的世家，對政治既敏感也關心。因此在他的思想中政治與文化是互相關涉的。由於中共官方的刻意歪曲，大陸學人中頗多相信我的《晚年詩文釋證》一書祇是為了證明陳寅恪「認同於國民黨政權」。他們也相信我曾提出「陳寅恪最初準備追隨國民黨去臺灣」之說。事實上這兩點恰好都是適得其反。大陸學人對於本書大概耳聞者多，目見者寡。他們能讀到的也是「馮衣北」《陳寅恪晚年詩文及其他》一書的〈附錄〉，已先經過了一道「批判」程序。而且「馮衣北」與我「商榷」時，其口吻簡直是在同一個國民黨的宣傳人員作「階級鬥爭」。其意顯然是為了要給我扣上一頂「帽子」，以達到「鬥垮」、「鬥臭」

的目的。

今天新論說家文明多了，但仍然一口咬定我用「政治」污染了陳寅恪的「文化」。所以他們反其道而行之，專以「文化」來消滅我的「政治」。他們甚至不惜棄車保帥，推出「馮衣北」與我同斬，說雙方「都無法抹掉『弦箭文章』的色彩」（見《最後二十年》，頁五〇二）。我已考出陳寅恪用「弦箭文章」之典出於汪中〈弔馬守真文〉，意指代「府主」作文章，說的是「府主」腹中之語。「馮衣北」的「府主」是胡喬木已有明證，不成問題。那麼我的「府主」又是誰呢？圖窮匕首見，新論說家原來是在暗中為我補行加冕禮。這樣看來，他們的「文化」也並不那麼「純」，它消滅了我的「政治」，卻又以走私的方式挾帶進自己的「政治」。這與以國土認同掩護政權認同的手段不但異曲同工，而且殊途同歸。總之，新論說的「文化」並未飄逸出塵，它的立足點恰恰是今天在大陸上流行的「政治文化」(political culture)。

我這本書大概短期內還不可能在中國大陸流傳。「眾口鑠金，積毀銷骨」，它所受到的種種曲解和誣毀則仍在擴散之中。但這一層全不在我的心上，我以偶然的機緣，竟能在先後四十年間為陳寅恪的晚年詩文「代下註腳，發皇心曲」，而今天終於親見「陳寅恪熱」的出現，這是我在一九五八年寫〈論再生緣書後〉時所根本不敢想像的。我在精神上所得到的滿足已足夠補償我所化費的時間與精力而有餘。更重要的是通過陳寅恪，我進入了古人思想、情感、價值、意欲等交織而成的精神世界，因而於中國文化傳統及其流變獲得了較親切的認識。這使我真正理解到歷史研究並不是從史料中搜尋字面的證據以證成一己的假說，而是運用一切可能的方式，在已凝固的文字中，窺測當時曾貫注於其間的生命躍動，包括個體的和集體的。這和陳寅恪所說藉史料的「殘餘片斷以窺測其全部結構」（《金明館叢稿二編》，頁二四七），雖不盡同而實相通。如果我當初從他的劫餘詩文中所窺見的暗碼系統和晚年心境，居然與歷史真相大體吻合，那麼上面所提示的方法論至少已顯示了它的有效性。在中國現代史學家中，陳寅恪是運用這一方法論最為圓熟的一位先行者。我曾一再說過，我儘量試著師法他的取徑，他怎樣解讀古人的作品，我便怎樣解讀他的作品。從這一點說，這本書不能算是我的著作，不過是陳寅恪假我之手解讀他自己的晚年詩文而已。

但我不否認我對此書有一種情感上的偏向。因為它已不是外在於我的一個客觀存在，而是我的生命中一個有機部分。它不但涉及歷史的陳跡，而且也涉及現實的人生，不但是知識的尋求，而且更是價值的抉擇。此書不是我的著作，然而已變成我的自傳之一章。因此在告別陳寅恪研究之際，特寫這一篇〈自述〉，敘成書因緣，作為我個人生命史上的一種紀念。

一九九七年十月十二日於普林斯頓

「明明直照吾家路」
——一九八六年版自序

《陳寅恪晚年詩文釋證》初版刊於一九八四年。自出版以來，這部書曾引起了不少討論和爭辯，因此在過去兩年中我又續寫了好幾篇文字，補釋了以前未及考證的詩文。現在我選出其中四篇，收入新版，篇幅比初版差不多增加了一倍。初版中所存在的若干錯誤和疏漏也趁著再版的機會得到了修正和補充。但原來的論旨不但沒有改變，反而因此更加強和更深入了。

新增的四篇文字是〈陳寅恪晚年心境新證〉、〈古典與今典之間〉、〈著書今與理煩冤〉、和〈「弦箭文章」那日休？〉。第一篇曾先後刊載於香港《明報月刊》和臺北《中國時報》的〈人間副刊〉上。第二、第四篇僅發表於《明報月刊》，第三篇則單獨出現在〈人間〉。這次彙集重印，各篇文字也略有改動。

這幾篇新增的文字主要是為了答復中共官方學術界代言人「馮衣北」而寫成的。最近我看到一份大陸出版的新書預告，才知道「馮衣北」也已將他的商榷文字收集了起來，將在一九八七年一月由廣州人民出版社正式發行單行本。預告上並說該書將附入我的原文，以資對照。這件事頗使我感到意外。「馮衣北」和廣州人民出版社並沒有事先徵得我的同意，因此我也不知道他們選收了那幾篇，以及是否有所刪節。時報文化出版公司恰在此時為本書印行增訂新版，真可謂機緣巧合了。

最近有幾位大陸訪美的學人曾先後對我表示，「馮衣北」不值得理會，勸我不必把這種政治表態的文字看得太認真。我承認這個看法有道理，但我仍然覺得不應完全緘默。其原因正在於「馮衣北」不是某一個人，而是中共官方學術界某一部門的「代號」。我從明報月刊社方面獲悉，「馮衣北」的兩篇「商榷」文字都是由新華社轉交的。其中一篇且在北京、廣州、香港之間週流了半年以上，原因是原文詞語極不客氣，《明報月刊》堅持要修改。所以我現在很想看看明年廣州出版的「馮衣北」原作究竟說些什麼。據我所知，這次「馮衣北」的反擊是由北京某一學術機構發號施令的，但主要執筆人似在廣州，大概是陳先生晚年的及門弟子。不過我一直有一種直感，認為這位執筆者本人對我毫無惡意，他寫這些「弦箭文章」也不是出於本心。事實上，「馮衣北」三個字已給我們提供了線索。「馮」即是「憑」，如「馮馮翼翼」、「左馮翊」中之「馮」。所以「馮衣北」者憑依北京也。這是作者告訴我，他寫這些文字完全是依照北京的指示辦事。執筆人既曾受業於陳先生，他當然也有相當程度的古典文學的修養。因此，「馮衣北」三個字的古典根據也許是出於古詩「胡馬依北風，越鳥巢南枝」。「胡」與「馬」則可能暗示作者的姓氏。更可能作者姓「胡」並自稱是「馬」克思主義者。如果所測不誤，這顯然是繼承了陳先生「暗碼系統」的衣鉢。當然，我這次的「索隱」將永遠得不到證實，因為執筆人是決不會公開承認的。無論如何，「馮衣北」給我提供了好幾條有關陳先生晚年的重要資料，特別是「六億人民齊躍進，十年國慶共歡騰」那幅歇後語的門聯。不論是出於無心還是有意，在客觀上他確是幫了我的大忙。我願意在此對他表示謝意。此外我也要感謝友人汪榮祖先生；他的質疑問難使我有機會更深入地研究陳先生的晚年詩文。我們之間的爭論並不是最重要的事情；孰是孰非，只有讓時間來判定。

中共官方學術界對此書的敵愾完全是出於狹隘的黨派觀點；也許是為了顧全顏面，他們一定要堅持一種說法，即陳先生至少一度向中共政權認同過，那怕這個「一度」只延續了「一剎那」那麼短暫也沒有關係。然而這在事實上是辦不到的。我確實不理解中共何以在全無劫材的情況下必爭此無關全局死活的小劫。陳先生在中共政權下生活了二十年；這二十年的歷史將來的史家自有公平的論斷，現在還不是定案的時候。如果毛澤東真是周武王，陳先生也不過是伯夷、叔齊之流的人物。何以中共竟不能容一「舉世非之，力行而不惑」之人？如果毛澤東真是桀、紂，中共今天正在「幹父之蠱」，為什麼不肯還陳先生以本來面目，而竟如此悍然不顧一切地「欲改衰翁成姹女」？

無論別人相信不相信，我都要再重複聲明一次：我這本書在政治上只有歷史的意義而無現實的意義。我無法在書中避開政治，是因為受到了陳先生的詩文本身的內在限制。但是陳先生雖涉及政治，卻並未陷入政治；他基本上是從文化的觀點對現實政治施以最猛烈的批判的。蓋棺定論，他是一個廣義的「文化遺民」，而不是狹義的「政治遺民」。

如果我這本書還值得擴大再版，以廣流傳，它的意義決不在其中所涉及的政治恩怨。隨著時間的推移，這些具體的政治恩怨都將逐漸褪色，直到變得完全無足輕重為止。這本書的主要用意是通過對陳先生著作的較深入的疏解，以瞭解中國的文化傳統和學術傳統。由於我的重點是在「瞭解」而不在「評價」，所以我一再強調我個人對他的文化反應十分「同情」，而未必完全「同意」。但是我在此書中並不進一步說明我在那些地方「同意」他，又在那些地方「不同意」他。因為那是屬於「評價」的範圍，在學術研究上是沒有意義的。文化不是掛在嘴上的空洞口號，而是體現在個人的全部言行之中的。現代人類學研究文化的方法比較注重從一個社群的集體言行來觀察它的價值系統。但是歷史學也可通過個別的代表人物的具體表現來研究某一文化，特別是在這個文化面臨著遽烈變動的時代。陳先生的《元白詩箋證稿》和《柳如是別傳》已為我們提供了成功的範例。孔子說：「視其所以，觀其所由，察其所安。人焉廋哉？人焉廋哉？」這便是從個人的言行觀察他所體現的文化價值的最好方法。陳先生身上真正體現了傳統文化中許多中心的價值，這是大家所有目共覩的。正如他說王國維一樣，他自己也是一個「中國文化精神所凝聚之人」。他生在中國文化變動最劇烈的時代，而且深知這個變動是不可避免的。但是他面對「當世之巨變」，既不是一味抗拒，也不是盲目擁抱。從知識分子的立場說，他畢生所特別強調的「獨立之精神，自由之思想」便已打通了傳統與現代之間的隔閡。「獨立之精神，自由之思想」是現代知識分子的特徵，但在中國士的傳統中也有其根源，不過不夠澈底而已。在「獨立之精神，自由之思想」的前提下，他毋寧是歡迎文化變遷的。因為唯有如此，中國文化才能通過長時期自覺而理性的抉擇，以求「一方面吸收輸入外來之學說，一方面不忘本來民族之地位」。陳先生不僅是一個「中國文化精神所凝聚之人」，而且又曾直接接觸過西方古典文化的本原，他在「五四」第一代的知識分子中代表了保守和進步之外的另一典型。因此，他在最後二十年中國「劫盡變窮」之際的文化反應才特別值得我們深入地加以分析。

在他自己的研究領域內，陳先生也曾相當有效地把中國的人文學術從傳統帶進了現代。一般地說，他的文史論著是中國的傳統學人和現代專家所都能相悅以解的。傳統學人能接受他，因為他的概念結構(conceptualization)是從中國文獻的內在脈絡中自然呈露出來的。這是他「舊學邃密」的一面。現代專家能欣賞他，則因為他所處理的問題完全是現代的。這又是他「新知深沈」的一面。更重要的是，在他所處的早期過渡的階段，這種「舊學」和「新知」的結合無論在精神上或形式上都順理成章，不見勉強牽湊的痕跡。讓我們舉一個比較突出的實例來作說明。他在《隋唐制度淵源略論稿．敘論》中說：

> 此書本為供初學讀史者參考而作，其體裁若與舊史附麗，則於事尤便，故分別事類，序次先後，約略參酌《隋唐史志》及《通典》、《唐會要》諸書，而稍為增省分合，庶幾不致盡易舊籍之規模，亦可表見新知之創獲，博識通人幸勿以童牛角馬見責也。

陳先生體裁上不肯「盡易舊籍之規模」便是因為他的概念結構是順著史料的內在脈絡發展出來的，而不是襲取任何西方觀念然後強加於史料之上的。但是這部書所分析的「淵源系統」及其流變則是嶄新的現代史學觀念。這正是他所說的「新知之創獲」。

我當然不是說陳先生是老一輩中國人文學者中唯一從傳統過渡到現代的人，更不是說他已完成了這個「過渡」的歷程。這個歷程一時是走不完的，我們今天也已不可能仍停留在他的階段。我祇是要用上引的一段文字來說明：陳先生確是企圖自覺地在人文學術方面創闢一條化傳統為現代的道路，然而這一創闢的嘗試在他的最後二十年的學術生涯中竟不幸耆然而止。他晚年的一切著作主要都是為了「紀念當日個人身世之感」而寫成的。「考評陳、范文新就，箋釋錢、楊體別裁」、「珍重承天井中水，人間唯此是安流」，這些詩句告訴我們：他的著述體裁改變了，《論再生緣》和《柳如是別傳》都不過是他個人的「所南心史」而已。這在現代中國學術史上真不能不說是一大悲劇！

儘管如此，陳先生的學術精神雖在晚年也絲毫沒有失去光輝，而且在某些方面還由於環境的逼迫而獲得更進一步的發揚。本書已有較詳細的討論，此處不贅。最後，我祇想極其概括地談一談陳先生的學術淵源及其在今天中國人文研究方面所可能發生的啟示作用。過去評衡陳先生的治學途徑的人，有的說他上承乾嘉考證，有的說他融會中西，也有人說他「雖不唯物，然而辯證」。這些說法都各有根據、各有所見，不過從今天的理解來看，尚嫌不夠明確。首先我要強調，陳先生考釋文史的方法雖然不可避免地受到西方學風的波動，但基本上是從中國傳統中發展出來的。他在這一方面也作出了化傳統為現代的貢獻。如果用我們今天熟悉的觀念來說明他的治學方法，我們可以說他是「實證」和「詮釋」參伍以求，交互為用的。「實證」是求取知識的常法，「詮釋」則是通解文獻涵意的竅門。這兩種方法在中國和西方都各有傳統，而源流則彼此不同。陳先生在德國留學很久，對西方「實證」與「詮釋」的兩大傳統至少都有過接觸。例如他在文獻考證方面可能受到蘭克（Ranke）一派史學的影響。這在當時有「科學的史學」之稱，是注重「實證」知識的。但另一方面，他強調「神遊冥想，與立說之古人，處於同一境界」的「真了解」，這又露出德國詮釋傳統中所謂 Verstehen 的痕跡了。然而我們細讀他的著作，他的「證」與「釋」的兩部分則顯然都是中國傳統的「推陳出新」。他在「實證」方面自然憑藉了乾嘉考據學的基礎，但他的「詮釋」也是「漢家故物」的現代發展。中國古人早就發現了「言不盡意」的道理。孟子便已說過：「說詩者，不以文害辭，不以辭害志，以意逆志，是為得之。」這一「詮釋」傳統在中國不但一直沒有中斷過，並且在朱子手中更得到了各種層次的開展。特別值得注意的是：中國的「實證」與「詮釋」和西方的情況不同，二者不是互相對立、互相排斥的。相反地，它們是相反而又適相成的。朱子解經、注《楚辭》、考韓文都結合著「實證」與「詮釋」兩種成分。近人較重視朱子為考證開先河，但他在中國詮釋學上的貢獻則尚待我們作有系統的研究。我在別處曾初步討論到這個問題，這裡不能涉及（見 Ying-shih Yü, "Morality and Knowledge in Chu Hsi's

Philosophical System," in Wing-tsit Chan, ed., *Chu Hsi and Neo-Confucianism*, University of Hawaii Press, Honolulu, 1986.)。陳先生也和朱子一樣，把「實證」與「詮釋」有機地結合起來，加以靈活運用；我們根本不能分清何處是「證」，何處是「釋」。他的論著往往給人以層次複雜的深度感，其原因便在這裡。

最近二、三十年來，西方詮釋學的方法論有了新的進展，在哲學領域內甚至漸有與「實證」派分庭抗禮的趨勢。因此今天中國學人也已感染到這股新的風氣；其中似乎還有人希望「詮釋」可以取代「實證」，以便於我們重新理解中國的傳統。我可以武斷地說：抱有這種想法的人至少對中國學術傳統是缺乏認識的。今天西方詮釋學的理論紛繁，莫衷一是。這些爭論在西方哲學、文學、和神學上孰是孰非，我完全沒有資格斷定。中國有詮釋傳統而沒有發展出系統的方法論，所以西方的討論確有足供參照的地方。例如伽德默 (Hans-Georg Gadamer) 所談的「預解」(preunderstanding)、「傳統」、「境界交融」(fusion of horizons) 之類觀念也大致可以說明中國的詮釋現象。但是伽德默否認我們有瞭解作者「本意」的任何可能，這便和中國的詮釋傳統大相逕庭。作者「本意」不易把捉，這是中國古人早已承認的。但是因為困難而完全放棄這種努力，甚至進而飾說「本意」根本無足輕重，這在中國傳統中無論如何是站不穩的。從孟子、司馬遷、朱熹，以至陳先生都注重如何遙接作者之心於千百年之上。通過「實證」與「詮釋」在不同層次上的交互為用，古人文字的「本意」在多數情形下是可以為後世之人所共見的。「本意」自有其歷史的客觀性，不因主客交融便消失不見；這在中國的人文傳統中是屢試而已驗的。陳先生研究庾信、杜甫、白居易、元稹以至錢謙益與柳如是都可以作證。所以就西方詮釋學中的「本意」問題而言，我是寧捨伽德默而取貝諦 (Emilio Betti) 和赫爾希 (E. D. Hirsch, Jr.) 的。由此可見，陳先生循著中國文獻的內在結構而開拓的新考證和新詮釋正為我們指出了一個明確的方向，使我們有可能更進一步把中國的人文學術從傳統轉化為現代。不識傳統而空言「現代轉化」是無濟於事的。概念結構（或概念化，conceptualization）確是現代人文學術的特徵之一，但是概念化並不等於硬套西方的理論和方法，這與現代化不等於西化是同一道理。陳先生的概念化來自中國的深厚傳統，因此才能反照這個傳統，使它重新發出現代的光芒。我想借朱子的一首詩來說明這種情況：

古鏡重磨要古方，眼明偏與日爭光。明明直照吾家路，莫指并州作故鄉。

這是陳先生的著述對我們的最大啟示。我們要珍重這一啟示，否則我們不但看不見回家的路，而且將無可避免地陷入「無端又渡桑乾水，卻認并州是故鄉」的困境。

一九八六年十月廿四日，序於美國康州之橘鄉

附記：「馮衣北」的「商榷」已正式出版，題名《陳寅恪晚年詩文及其他》（廣州，花城出版社，一九八六年七月）。此書收入「馮」文兩篇，以大號字排，共四四頁，收入我的文字五篇，以小號字排印，共一六七頁，作為「附錄」。關於「馮衣北」的代表性問題，該作者最後在〈跋〉中說道：「區區一支禿筆，竟讓余先生產生『某個部門』的錯覺，則筆者倒真有點『受寵若驚』了。」特錄出以便讀者自作判斷。

讀陳寅恪先生《寒柳堂集》感賦二律

——代序

一

又譜玄恭萬古愁，隔簾寒柳報殘秋，
哀時早感浮江木[1]，失計終迷泛海舟；
嶺外新篇花滿紙[2]，江東舊義雪盈頭[3]，
誰教更歷紅羊劫[4]，絕命猶聞嘆死囚[5]。

1 韓昌黎〈送李翱〉：「譬如浮江木，縱橫豈自知。」

2 先生辛丑七月答吳雨僧詩：「著書唯賸頌紅妝。」並自註云：「近八年來草《論再生緣》及《錢柳因緣釋證》等文凡數十萬言。」

3 《世說新語》支愍度事先生詩文中屢用之，蓋自誓不樹新義以負如來也。此用先生〈辛卯送朱少濱退休詩〉原句。

二

看盡興亡目失明，殘詩和淚寫孤貞，
才兼文史名難隱，[6]智瀓人天劫早成；
吃菜事魔傷後死，[7]食毛踐土記前生，[8]
逢蒙射羿何須怨，[9]禍世從來是黨爭。

4 舊傳丙午丁未為厄會，必有事變，謂之紅羊劫。一九六六年恰值丙午之歲也。

5 先生卒前不久被迫作「口頭交代」，有「我現在譬如在死囚牢」之語。

6 先生己酉預輓夫人聯有「廢殘難豹隱」句。

7 「吃菜事魔」乃宋人斥摩尼教語。先生〈己亥春盡病起〉三首之三：「老去應逃後死羞。」

8 「食毛踐土」乃清廷公文中常語，見《柳如是別傳》。按：先生早已戲言「生為帝國之民，死作共產之鬼」，故二句括其意。

9 先生壬辰有〈呂步舒〉詩，蓋有感而作，聞先生生前死後受門弟子之害最甚。

丙申六十七歲初度曉瑩置酒為壽
賦此酬謝
紅雲碧海映重樓初度盲翁六七秋織素心情
還置酒然脂功狀可封侯（時方箋釋河東君詩）
平生所學供埋骨晚歲為詩欠斫頭幸得
梅花同一笑炎方已是八年留

附註：此為陳寅恪「欠斫頭」詩原稿墨迹（參看本書頁二九～三一的討論）。

陳寅恪晚年詩文釋證

陳寅恪的學術精神和晚年心境

一、學術上的四根支柱

陳寅恪先生（一八九〇～一九六九年）是本世紀中國最重要的史學家之一，這是五六十年來學術界所公認的。自從他一九二五年應聘為清華國學研究院導師以來，他的天才和博學便不斷地在學術界傳播了開來，使他早在中年時代已成為一個傳奇性的人物。陳先生一生從來不寫通論性的文字（〈與劉叔雅教授論國文試題書〉和〈馮友蘭中國哲學史審查報告〉不能算是正式論文），所以他可以說完全沒有俗世的聲名，不像梁啟超、胡適、馮友蘭、郭沫若那樣在中國變成了幾乎是家喻戶曉的姓名。他自始至終衹是一位道地的學院型人物。但是在中國學術界中，王國維以後便很少有人像陳先生那樣受到人們普遍的崇敬和仰慕了。具體地說，我個人認為陳先生的「學術權威」是建立在四大支柱之上：第一是博通多種古典語文，如希臘、拉丁、梵文、巴利以及其他中亞和中國邊疆文字。元史及西北地理的研究自錢大昕以來即受學者注意，十九世紀以後更成為顯學。但早期中國專家並不通中亞及邊疆文字，不能閱讀原始資料。陳先生是唯一能通解與此有關的一切文字的人（包括蒙文、藏文、滿文、波斯文、及土耳其文等）。他回國後立即受到老輩與同輩學者的一致推重，自是順理成章的事。他特別精研梵文、巴利文和藏文則是為治唐史與佛教史作準備（見〈與妹書〉），這更不是一般中國傳統史學家所能望其項背的了。

第二根支柱則是他對西方古典文化的親切瞭解。他在一九〇九年至一九二五年期間，先後留學法國、德國、美國達十年以上，除了專治東方古文字以外，他也旁及希臘、拉丁文與英、德、法各國的語文與學術。「五四」運動時期是中國知識界最崇拜西方的時代，但是兼通西方古典與近代語文的人卻寥寥無幾。陳先生則能直接閱讀希臘、拉丁文的原典，如荷馬史詩、柏拉圖與亞里斯多德的哲學，西色羅的經典作品、奧古斯丁的《上帝之都》等。在近代文學、學術方面，他對英、德、法三國的傳統也都有親切的認識。但他並不是一個泛濫無歸的人，他的重點始終是放在廣義的文化史方面，姑舉一二例來加以說明。陳先生在〈大乘義章書後〉一文中說：

> 《宗鏡錄》最晚出，亦最繁博。然永明之世，支那佛教已漸衰落，故其書雖平正篤實，罕有倫比，而精采微遜，雄盛之氣，更遠不逮遠基之作。亦猶耶教聖奧古斯丁 (St. Augustine) 與巴士卡兒 (Pascal)，其欽聖之情，固無差異，而欣慼之感，則迥不相侔也。

這短短一句話便充分地顯示出他對東西宗教思想與宗教情感的歷史變遷具有深刻的體會。而且也只有熟讀了奧古斯丁的《上帝之都》、《懺悔錄》和巴士卡兒的《思維錄》的人才能得出這樣精確的論斷。他在讀《高僧傳》的筆記中有云：

> 間接傳播文化，有利亦有害：利者，如植物移植，因易環境之故，轉可發揮其特性而為本土所不能者，如基督教移植歐洲，與希臘哲學接觸，而成歐洲中世紀之神學、哲學及文藝是也。其害，則輾轉間接，致失原來精意，如吾國自日本美國販運文化中之不良部分，皆其近例。然其所以致此不良之果者，皆在不能直接研究其文化本原。（蔣天樞《陳寅恪先生編年事輯》，頁八三所引）

陳先生精治梵文和佛教史，顯然便有這一西方文化史的背景在胸中；他研究中國中世史特別注重民族與文化的問題也是從西方中古史方面獲得了啟發。陳先生對西方文化不但察識入微，而且直探本原，這就使得當時一般浮慕西方的學者對他也不能不肅然起敬。

第三，陳先生所掌握到的與史學有關的輔助學科遠比同時一般的史學家為豐富。自天文、曆法、語言、音韻以至醫學、本草，他都具有一定程度的專業知識。董作賓著《殷曆譜》在天文曆法方面曾得到他的啟發和指示（見董氏該書〈自序〉及陳先生〈與董彥堂論殷曆譜書〉），又如湯用彤研究《太平經》也要向他請教有關天文曆數的問題（見湯氏致陳函，收入《編年事輯》民國二十四年條）。此外，他運用音韻語言學的知識而寫出〈四聲三問〉、〈東晉南朝之吳語〉、及〈從史實論切韻〉等名篇，又運用中國醫學知識而寫〈胡臭與狐臭〉之文，則更是大家都知道的。這一類專門知識在他的文史之學的著作中觸處皆是，不必一一列舉了。

第四，陳先生最使學術界心折的自然還是他在中國文獻資料的掌握方面所達到的驚人的廣度和高度。「博聞強記」本是傳統學人所共同嚮往的一種學問的境界，雖然它不算是最高的境界。但是陳先生的淵博則已超出傳統的格局之外：他是以「問題」為中心的現代史學研究者，不是徒以記誦炫耀於人的傳統讀書人。他的「博聞強記」基本上是為他所研究的歷史問題服務的。他之所以特別獲得儕輩的敬重正是因為他常能在重大的史學問題上為專門研究者提供關鍵性的文獻證據。例如胡適曾考出陶弘景《真誥》有竊取《四十二章經》之處，並自喜為發千餘年未發之覆。但陳先生當時即托傅斯年轉告胡氏，這一竊案早已為朱子偵破，《朱子語類》已先著其說了（見胡適〈陶弘景的真誥考．後記〉）。又如傅斯年與朱希祖辯論明成祖的生母問題，陳先生也為他增添了《明詩綜》、《陶庵夢憶》、《棗林雜俎》等書中的證據（見傅斯年〈明成祖生母記疑〉）。可見陳先生雖以魏晉南北朝和隋唐史專家著稱，但宋、明以下的重要典籍，他實亦無不遍窺。至其記憶力之驚人更於此可見一斑。傅斯年說陳先生「在漢學上的素養不下錢曉徵」，決非溢美之詞（見傅斯年《史學方法導論》之〈史料論略〉章）。

最值得注意的是一九五八年中共在批判所謂「厚古薄今」運動中一方面對陳先生展開批判，而另一方面則宣稱要在史學資料的佔有和掌握方面超過陳先生的成就。郭沫若在一九五八年五月十六日給北京大學歷史系師生的一封〈關於厚今薄古問題〉的信上有一段說：

> 資產階級的史學家只偏重資料，我們對這樣的人不求全責備，只要他有一技之長，我們可以採用他的長處，但不希望他自滿，更不能把他作為不可企及的高峰。在實際上我們需要超過他。就如我們今天在鋼鐵生產等方面十五年內要超過英國一樣，在史學研究方面，我們在不太長的時期內，就在資料佔有上也要超過陳寅恪。這話我就當到

陳寅恪的面也可以說。「當仁不讓于師」。陳寅恪辦得到的，我們掌握了馬克思列寧主義的人為甚麼辦不到？我才不相信。（此文收入郭氏《文史論集》，北京，一九六一年，上引文見頁一五）

這顯然是要用舉國之力來和陳先生一人在史料掌握方面作競賽了。此文所攻擊的資產階級史學家基本上即是以陳先生為對象，「偏重資料」、「不可企及的高峰」這些話都是當時針對陳先生而發的。在一篇以「北大歷史系三年級三班研究小組」名義發表的批陳文章中，作者首先便點出「資產階級學者認為陳寅恪先生的著作，是魏晉南北朝、隋唐史研究的最高峰」（見〈關於隋唐史研究中的一個理論問題——評陳寅恪先生的「種族－文化論」觀點〉，刊於《歷史研究》，一九五八年第十二期）。可見陳先生在史料掌握方面的權威性一直對中共官方史學構成一極嚴重的挑戰。郭沫若在上文中斷言陳先生這種「資產階級史學家只偏重資料」，語氣上且有故示不屑之意。事實上，陳先生不僅充分地佔有了史料，而且在史學上也具有理論的深度。他的理論比他的資料更使中共感到難以應付。所以上引批評陳先生之文，其重點便正是討論他在中世史研究方面所持的中心理論。從一九五八年到今天（一九八二年），四分之一個世紀已經過去了，「在資料佔有上要超過陳寅恪」的豪語徒成笑柄而已。陳先生的博聞卓識固然頗淵源於家庭傳統、社會背景、時代學風、以及特殊的教育過程，但這些因素都祇是外緣性的。最起決定性的作用自然還是他個人得天獨厚的秉賦：其中除了章學誠所分析的記性、作性、悟性之外（見《文史通義》外篇〈答沈楓墀論學〉），還得加上西方文學批評家所特別重視的「感性」(Sensibilities)。這決不是專憑意志和強力——尤其是政治強力——便能「辦得到的」。「彼人也，予亦人也，有為者亦若是」，誠不失為一種有價值的教育原理，足以鼓舞學者的上進心。但事實上沒有兩個人是完全一樣的，陳先生「辦得到的」，別人就是「辦不到」。馬克思列寧主義在此不但絲毫幫不上忙，恐怕反而會形成不必要的障礙吧！

上面舉出陳先生的學術權威所賴以樹立的四大支柱，祇是從有形方面說的，這也是大家所有目共睹的。至於陳先生學術精神之所在及其在研究方法上的運用之妙卻遠非這些有形的東西所能盡的了。以下所論將不再涉及這些有形方面，而側重在陳先生內心對世變的感應。我覺得唯有深入陳先生的內心世界之後，我們才能理解他的文化觀、歷史觀、以至社會觀。但本篇不算是有系統的論文，而屬於漫談的性質，散碎無統和掛一漏萬是不可避免的，希望讀者不要過於求全責備。

二、思想傾向在現代中國的典型意義

陳先生一九三二年為馮友蘭《中國哲學史》下卷寫〈審查報告〉，曾自稱「思想囿於咸豐、同治之世，議論近乎湘鄉（曾國藩）、南皮（張之洞）之間」，這是很忠實的自我解剖。但是在「五四」以後，反傳統的思潮瀰漫於中國的時代，說這種話是需要高度的道德勇氣的，至少也要像顧炎武所說的，必須「胸中磊磊，無閹然媚世之習」。尤其值得稱道的是陳先生在三十年後仍堅持原來的觀點。據吳宓先生一九六一年八月三十日的《日記》所載：

> 寅恪兄之思想及主張毫未改變，即仍遵守昔年「中學為體，西學為用」之說（中國文化本位論）。在我輩個人如寅恪者，決不從時俗為轉移。（《陳寅恪先生編年事輯》，頁一五八引）

「中學為體，西學為用」正是張之洞所提出的著名口號。陳先生在雖經過「反右」和「厚古薄今」各種運動的衝擊，卻絕不肯「曲學阿世」，樹新義以負如來。其學養之深厚與節操之堅定在同時代、同遭遇的學人之中更屬少見了。陳先生在馮著《哲學史》〈審查報告〉中自謙他的思想是味酸的舊酒，姑注於新瓶之底，以求讀者一嘗。不料三十年後馮友蘭先生早已自毀其「新瓶」，不屑一顧，反而是陳先生的「舊酒」，時間愈久而愈顯其清醇。

陳先生不是思想家，更從不標榜某家某派，但從他一生的言行來衡量，他可以說是近代極少數真正符合儒家標準的知識分子之一。當代許多自負得儒門正傳的哲學家或思想家，在陳先生的榜樣之下，是不免有些相形遜色的。所以陳先生雖然不是思想家，但他所表現的思想傾向在中國現代思想史上卻仍具有一定的代表性。

研究二十世紀中國思想史的人往往祇注意所謂進步與保守兩種極端的傾向；前者以西方為楷模，後者則堅持中國文化自具系統、不必也不能捨己從人。前一派的代表人物很多，自陳獨秀、胡適、魯迅、陳序經以下以至馬克思主義者都屬之。至於後一派，通常我們的注意力總是集中在專講文化系統或哲學系統少數思想家的身上，如梁漱溟、熊十力、馬一浮等人。但事實上，中國現代思想界並不能如此簡單地一分為二。在所謂「進步」與「保守」的兩極之間，還有一大批知識分子對中西文化問題不持籠統之見、極端之說。他們一方面承認西方文化確有勝於中國傳統而為中國所必須吸收之處，但另一方面則認為中國文化自有其特性，外來思想也要經過改變然後始能適合中國環境而發生作用。但是由於他們不相信任何簡單的公式可以解決文化問題，他們的基本立場與觀點便無法由一兩句響亮的口號表達出來，因此也就不為一般讀者所知。就我個人所知，如吳宓、蕭公權、湯用彤、洪業諸先生都可以歸在這一類知識分子之中，而陳先生更是其中比較突出的代表人物。其實不僅陳先生這一代人如此，比他早一輩的人物如嚴復或早半輩的王國維早已表現出這種謹嚴而分析的傾向。他們的共同信念大概可以用陳先生下面的話來表示，即「必須一方面吸收輸入外來之學說，一方面不忘本來民族之地位」（亦見前引〈審查報告〉），這種說法表面上看來似乎很接近「中學為體，西學為用」的「本位文化論」。但是祇要我們略察陳先生和他同類學人對西方文化的修養之深厚，以及他們在治學方面所受西方訓練的嚴格，我們便不會把他們和一般提倡「本位文化」的論客等量齊觀了。另一方面，陳先生在學術觀點上與注重抽象系統的思想家如梁漱溟先生等人截然異趣，也是十分明顯的事實。

陳先生與王國維在清華共事而成為忘年之交，他受有王氏的影響是很自然的。因此胡適曾說陳先生頗有「遺少」的氣味。不過這種「遺少」氣味大抵流露於詩文中的情感部分；在純學術領域內，陳先生的精神則是非常「現代」的。王國維在治學方面嚴守科學方法的分寸是大家都知道的。陳先生的史學觀點則表現出更徹底的現代的和西方的色彩。他一貫注重社會經濟因素在歷史進程中的基本作用，這一點便最能說明他早已參預了近代西方社會經濟史學的主流（陳先生曾提出「預流」與「未入流」之說，見〈敦煌劫餘錄序〉）。所以他論唐代的衰亡，歸結到唐末東南諸道財富之區的破壞和汴路運輸之中斷。他的結論是「藉東南經濟力量及科舉文化以維持之李唐皇室，遂不得不傾覆矣」（見《唐代政治史述論稿》）。這是一種很明顯的社會經濟史觀。他在晚年最後一部專著《柳如是別傳》中也依然持同一觀點不變。因此他在討論吳江盛澤鎮「聲伎風流之盛」足以比美金陵板橋時，特別指出這實在是「由經濟之關係有以致之」。他說：

> 吳江盛澤實為東南最精絲織品製造市易之所，京省外國商賈往來集會之處。且其地復是明季黨社文人出產地，即江浙兩省交界重要之市鎮。吳江盛澤諸名姬，所以可比美於金陵秦淮者，殆由地方絲織品之經濟性，亦更因當日黨社名流之政治性，兩者有以相互助成之歟？（見第三章）

這種論點幾乎已逼近現代史學界流行的「上層建築」和「下層基礎」之說了。對歷史文化變遷抱如此看法的人至少在理智上是不可能成為「遺老」或「遺少」的；但情感上是否心甘情願地接受這種變遷所帶來的後果則又是另外一回事。陳先生在〈王觀堂先生輓詞序〉中對此點尤其有詳盡的發揮。其言略曰：

吾中國文化之定義，具於《白虎通》三綱六紀之說，其意義又為抽象理想最高之境，猶希臘柏拉圖所謂 Idea 者。……夫綱紀本理想抽象之物，然不能不有所依託，以為具體表現之用；其所依託以表現者，實為有形之社會制度，而經濟制度尤其最要者。故所依託者不變易，則依託者亦得因以保存。吾國古來亦嘗有悖三綱違六紀無父無君之說，如釋迦牟尼外來之教者矣，然佛教流傳播衍盛昌於中土，而中土歷世遺留綱紀之說，曾不因之以動搖者，其說所依託之社會經濟制度未嘗根本變遷，故猶能藉之以為寄命之地也。近數十年來，自道光之季，迄乎今日，社會經濟之制度，以外族之侵迫，致劇疾之變遷；綱紀之說，無所憑依，不待外來學說之擠擊，而已銷沉淪喪於不知覺之間；雖有人焉，強聒而力持，亦終歸於不可救療之局。蓋今日之赤縣神州值數千年未有之鉅劫奇變；劫盡變窮，則此文化精神所凝聚之人，安得不與之共命而同盡，此觀堂先生所以不得不死，遂為天下後世所極哀而深惜者也。

這樣深刻的歷史觀察是專重文化系統的思想家們所棄置不顧的；而一般「文化本位」論者則往往見不及此。陳先生在字裡行間對中國傳統文化流露出無限戀戀不捨之情，但他所嚮往的並不是已過時的具體制度，而是抽象的文化理想。所以他在〈王觀堂先生紀念碑銘〉中又說：

> 先生以一死見其獨立自由之意志，非所論於一人之恩怨，一姓之興亡。

如果我們要說王國維和陳先生是「遺民」（無論是「遺老」或「遺少」），那麼他們也衹能是廣義的文化遺民，而不是狹義的、忠於一家一姓的政治遺民，這和梁濟在民國七年的自殺在意義上非常接近。梁先生曾特別聲明，他的死並不真是「殉清」，不過在具體的意義上不妨說成「殉清」而已。換句話說，他所殉的其實也是王國維所最看重的中國傳統中的文化理想與道德價值。

陳先生雖然認為文化理想不能不寄托在社會經濟制度之中，然而他畢竟不是一個決定論者，因此他依然肯定，思想觀念可以推動歷史的發展，而學術上的變動往往竟能影響及於世局的推移。他在一九四二年所撰〈突厥通考序〉中曾說：

> 考自古世局之轉移，往往起於前人一時學術趨向之細微，迨至後來，遂若驚雷破柱，怒濤震海之不可禦遏。

在此序中他更舉出親歷的史例對此點加以說明：

……光緒……時學術風氣，治經頗尚《公羊春秋》……後來今文公羊之學遞演為考偽疑古，流風所被，與近四十年變幻之政治及浪漫之文學殊有連繫，此稍習國聞之士所能知者也。

正由於他深信思想同樣可以成為社會發展的動力，所以他也肯定人的主觀努力有改變客觀形勢的可能性。

他在一九六四年所寫的〈贈蔣秉南序〉中說：

歐陽永叔少學韓昌黎之文，晚撰《五代史記》，作義兒馮道諸傳，貶斥勢利，尊崇氣節，遂一匡五代之澆漓，返之淳正。故天水一朝之文化，竟為我民族遺留之瓌寶，孰謂空文於治道學術無裨益耶？

陳先生此文反映他的晚年處境和心理狀態，下面將另外有所闡釋。這裡只須著重地指出：他顯然相信傳統儒家的道德理想即使在今天的中國也仍然可以發揮移風易俗的作用。由此可見他對中國文化的價值不但自始至終都予以基本的肯定，而且其肯定的程度更隨著世變的激化而加深。這可以從他對宋代文化的評價來加以說明。一九三五年他為陳垣《西域人華化考》撰序，首倡清代史學「遠不逮宋人」之說。抗日戰爭期間他不但承認中國文化「歷數千載之演進，造極於趙宋之世」，並且推斷未來的發展必歸於「宋代學術之復興，或新宋學之建立」（見〈鄧廣銘宋史職官志考證序〉）。一九五三年著《論再生緣》時因痛感學術研究受政治的桎梏，他更特別強調宋代「思想最為自由」這一點。最後在上引〈贈蔣秉南序〉中則更轉而從道德的觀點對宋學的貢獻作了最高的讚禮。在一九六四年的中國大陸能這樣表態，最可見他對中國文化的理想抱有何等堅定的信仰。

陳先生始終深信中國文化自具特質。中國的傳統到了現代雖已不得不變，但這種改變終不應、也不能完全脫離民族文化的原有軌道。他因此斷定北美（指實驗主義）或東歐（指馬克思主義）之思想在中國決不能居最高之地位；而且這些外來的思想若不經中國化，最後必「歸於歇絕」（亦見前引〈審查報告〉）。尤其難能可貴者，他不僅發揮這一信念於早年，並且堅持之於晚節。在馬列主義已成官方神學的威勢之下，他的信念卻絲毫不因之稍有動搖。一九五九年周揚與陳先生對話的一段記錄值得引在這裡：

> 我與陳寅恪談過話……一九五九年我去拜訪他，他問，周先生，新華社你管不管，我

說有點關係。他說一九五八年幾月幾日，新華社廣播了新聞，大學生教學比老師還好，只隔了半年，為什麼又說學生向老師學習，何前後矛盾如此。我被突然襲擊了一下，我說新事物要實驗，總要實驗幾次，革命、社會主義也是個實驗。買雙鞋、要實驗那麼幾次。他不大滿意，說實驗是可以，但是尺寸不要差得太遠，但差一點是可能的……。(見《陳寅恪先生編年事輯》，頁一五六所引)

他這裡所說的「尺寸」，自然是以中國文化為標準而訂出來的。他的深刻的歷史知識使他無法輕信任何一種「西方的真理」可以成為立起中國沈痾的萬靈藥。陳先生並不是一味排斥「新的」或「西方的」，也不是對「舊的」或「中國的」都要加以保存。一九四九年他留在大陸不走，說明他對中國共產黨至少也曾經抱著一種觀望的態度，甚至在觀望之中還不免帶著幾分期待。但是他由史學訓練而得來的批判精神畢竟不允許他在任何政治力量面前放棄平生所堅持的原則，正如吳宓在一九六一年所說的，他的「思想及主張毫未改變」。和同時代的一些系統思想家相較，陳先生在這一方面的態度似乎更缺乏彈性。熊十力與梁漱溟兩位先生也是極少數能在中共壓力下堅持原則與信仰的人。但是梁先生至少在最初兩年內曾一再公開檢討過自己的「錯誤」，並且有限度地承認中共領導的「正確」；熊先生則在《原儒》中把「周禮」

比附成社會主義，又在《乾坤衍》中把古代的「庶民」比附為「無產階級」。這些不得已的適應自然並無損於他們兩位人格與思想的光輝，雖則這種適應也多少反映了他們對中共所標榜的社會主義理想曾受到一定程度的炫惑。在陳先生的言行中則連此類無關輕重的適應也渺無痕跡可尋。我們與其說陳先生比梁、熊兩位更頑固、更保守，則不如說看慣了興亡的史學家畢竟不像理想主義思想家那樣容易流於樂觀。從這一點說，我願意再一次指出，陳先生雖不是思想家，但在中國現代思想史上卻具有一種典型的意義。

三、「通古今之變」的史學精神

俞大維先生曾說，陳先生治中國史的主要目的是「在歷史中尋求歷史的教訓」。因此陳先生強調「在史中求史識」的重要性（見俞大維〈談陳寅恪先生〉，收在《談陳寅恪》一書中，臺北，傳記文學叢書，一九七〇年）。這一點十分重要，是我們瞭解陳先生的學術精神的關鍵所在。陳先生早年精治多種東方古文字，並曾利用這些文字來考證中亞史地；中年以後，他的研究興趣則偏向中國文史的領域。也許有人會覺得他在思想上先後有所改變。其實他的治學重心自始即在中國中世史（以隋唐為主）方面，這在他一九二三年在《學衡》上所發表的〈與妹書〉中已表示得很明白了。我們試查蔣天樞所編的《論著編年目錄》，便可見陳先生自一九三三年起開始把研究與著作的重點轉移到魏晉南北朝和隋唐的歷史與文學方面來了；這和他一九三一年以後在清華大學的中文與歷史兩系及研究所所開的課程恰好是互相配合的。他自己曾解釋這一轉變道：

> 寅恪平生治學，不甘逐隊隨人，而為牛後。年來自審所知，實限於禹域以內，故謹守老氏損之又損之義，捐棄故技，凡塞表殊族之史事，不敢復上下議論於其間，轉思處身局外，如楚得臣所謂馮軾而觀士戰者。（〈突厥通考序〉）

據此我們可以斷言，陳先生早年對「塞表殊族之史事」發生興趣大概是受了晚清以來研究西北史地的風氣所感染。但中年以後自覺一個人的精力畢竟有限，不得不有所取捨，所以才放棄了中外關係史的顯學而專門致力於中古文化史的研究。這種轉變似乎並不表示陳先生在思想方向或治學方向上有什麼基本的改變。因為研究中外交通的歷史也同樣可以從其中吸取「歷史的教訓」。陳先生早年雖然頗受乾嘉考據學派和德國歷史語言學派的影響，但他自始即不在「考據」或「漢學」的門戶之內（上面引述他對宋學的態度便是明證）。他治史學的最後目的是要尋求意義的，不過他同時也強調史家在發揮「微言大義」之前，必須先把立說的根據考證得一清二楚。因此他說：

> 你不把基本材料弄清楚了，就急著要論微言大義，所得的結論還是不可靠的。（見趙元任〈憶寅恪〉，收入《談陳寅恪》）

總而言之，陳先生的史學觀點與方法從早年到晚年都是一以貫之的，祇有具體的研究對象先後不同：他要通過最嚴格最精緻的考據工作來研究中國史上的一些關鍵性的大問題，並盡量企圖從其中獲得關於當前處境的啟示。這正是司馬遷以來所謂「通古今之變」的中國史學傳統；因此陳先生在他的歷史論著中常常在有意無意之間發出「通識古今」的感慨。在史學研究上如此，在文學研究上亦然。所以他解釋古人的詩文，不但求其最初出處的「古典」，而且還要發掘出代表「當時之事實」的「今典」。從早期的中古史研究到晚年關於明、清文學的專著，其中都貫穿著這一「通古今之變」的精神。

但是另一方面，陳先生卻並不因為要「在歷史中尋求歷史的教訓」，便歪曲歷史的真相以達到所謂「古為今用」的目的。如果這樣，那麼他的工作便和中國大陸上三十年來——特別是所謂「文革」時代——的「影射史學」沒有分別了。相反地，他堅持史學家必須盡力保存歷史的客觀真相，不能稍有「穿鑿附會」。他在馮著《中國哲學史》上卷的〈審查報告〉中曾說：

> 今日所得見之古代材料，或散佚而僅存，或晦澀而難解，非經過解釋及排比之程序，絕無哲學史之可言。然若加以聯貫綜合之搜集，及統系條理之整理，則著者有意無意之間，往往依其自身所遭際之時代，所居處之環境，所薰染之學說，以推測解釋古人之意志。由此之故，今日之談中國古代哲學者，大抵即談其今日自身之哲學者也；所著之中國哲學史者，即其今日自身之哲學史者也。其言論愈有條理統系，則去古人學說之真相愈遠……。

陳先生這番話不但在當時為針對學弊而發，即在今天也還不失其時效。最近幾十年來，大陸上有關中國哲學史的著作之附會馬列主義自不在話下，海外不少關於中國哲學史的專著也往往不免此病。用康德、海德格解釋宋明理學的人其實都是在宣揚自己的哲學觀點，不但與程、朱、陸、王相去甚遠，即持康德、海德格之說以衡之，亦多有未合。陳先生對於曲解史實、附會古今一點最視為史家的大戒，縱使犯戒者是他所尊重的前輩學人，他也不肯輕輕放過。

例如沈約在《宋書．陶淵明傳》上說淵明「自以曾祖晉世宰輔，恥復屈身異代，自（宋）高祖王業漸隆，不復肯仕」。陳先生認為這是最可信的記載，但是梁啟超在〈陶淵明之文藝及其人格〉一文中則認為陶潛只是看不過當日仕途混濁，才不屑為官，並非真是「恥事二姓」。陳先生委婉地指出：

> 斯則任公先生取己身之思想經歷，以解釋古人之志向行動，故按諸淵明所生之時代，所出之家世，所遺傳之舊教，所發明之新說，皆所難通，自不足據之以疑沈休文之實錄也。（見〈陶淵明之思想與清談之關係〉）

因此，從比較全面的觀點來看，陳先生追尋歷史教訓的要求不但沒有違背現代求真的客觀精神，而且是徹底地建築在「真」的基礎之上。其實這也是中國史學傳統中所早已具有的精神。司馬遷一方面雖提倡「通古今之變」，而另一方面則說：

> 居今之世，志古之道，所以自鏡也，未必盡同。（見〈史記．高祖功臣侯者年表序〉）

歷史並不重複，但往事則未嘗不可以供鑑戒。這是陳先生在歷史上求教訓或「在史中求史識」的確切涵義。

我們必須先知道陳先生這種「通古今之變」的史學精神，然後才能懂得為什麼他的著作中充滿著今昔之感和興亡之歎。以陳先生所發表的專著和單篇論文而言，幾乎全是純學術性的考據之作，與現實人生似乎毫無交涉。他在表面上給人的印象完全是一位不食人間烟火、不問當世理亂的古典型的學者。在這一點上，他甚至超過了王國維，因為後者在《靜庵文集》中還留下了不少早年關懷現實的文字。然而深一層看，陳先生一生的學術工作可以說都與現實密切相關：他自稱「喜談中古以降民族文化之史」（〈西域人華化考序〉），其實這正顯示出他所關切的是中國文化在現代世界中如何轉化的問題。所不同者，他從不肯像其他學人一樣，空談一些不著實際的中西文化的異同問題。他只是默默地研究中古以降漢民族與其他異族交往的歷史，以及外國文化（如佛教）傳入中國後所產生的後果，希望從其中獲得「歷史的教訓」。他之所以能斷定中國將來自創的思想系統必須「一方面吸收輸入外來之學說，一方面不忘本來民族之地位」，其根據便全在歷史：因為這是「道教之真精神，新儒家之舊途徑，而二千年吾民族與他民族思想接觸史之所昭示者也」。在這一方面，陳先生和湯用彤先生的取徑尤其契合無間。湯先生精研中國佛教史，其終極的目的也在為解答中西「文化思想之衝突與調和」這一大問題提供歷史的線索。這在湯先生的《漢魏兩晉南北朝佛教史》和《往日雜稿》（特別是書末所附兩篇評論文化問題的文章）中表現得非常清楚。我在上文特別指出陳、湯諸先生在中國現代思想史上具有一定的代表意義，其故便在於此。他們事實上是以畢生的學術研究來尋求關於現代中國思想問題的答案；這是對待思想問題的一種最嚴肅、最負責的態度。

陳先生對世事的關懷也往往流露在他一般歷史問題的研究之中。他在《唐代政治史述論稿》中曾提出了「外族盛衰之連環性」的著名論斷。其中有一段話說得最明顯：

> 唐代武功可以稱為吾民族空前盛業，然詳究其所以與某甲外族競爭，卒致勝利之原因，實不僅由於吾民族自具之精神及物力，亦某甲外族本身之腐朽衰弱有以招致中國武力攻取之道，而為之先導者也。國人治史者於發揚讚美先民之功業時，往往忽略此點，是既有違史學探求真實之旨，且非史家陳述覆轍，以供鑑誡之意。故本篇於某外族因其本身先已衰弱，遂成中國勝利之本末，必特為標出之，以期近真實而供鑑誡，兼見其有以異乎誇誣之宣傳文字也。

這裡兩用「鑑誡」一詞，最可見此書的命意所在。《唐代政治史述論稿》是一九四一年在香港寫成的；那時正值抗戰的嚴重關頭。珍珠港事變未發生前，中國的國際處境十分困難，陳先生這個時候特別注意到「外族盛衰之連環性」的問題，當然不是偶然的。不但如此，他還更進一步地指出外族侵略會直接影響到朝代的衰亡。所以他在全書的結尾說：

> 史家推迹龐勛之作亂，由於南詔之侵邊，而勛之根據所在適為汴路之咽喉，故宋子京曰：「唐亡於黃巢，而禍基於桂林。」嗚呼！世之讀史者儻亦有感於斯言歟？

陳先生的深刻觀察力和歷史敏感性早已使他看到日本的侵略的外患必將引發中國的內憂，所以他才以「嗚呼」的感歎結束全書。不出十年，「唐亡於黃巢，而禍基於桂林」之事果然重見於中國。治史而不能「通古今之變」是絕不可能洞察及此的。

關於陳先生「考古以證今」（借用清初魏禧語）的治史途徑，他曾有一番很親切的自白。他說：

> 寅恪僑寓香港，值太平洋之戰，扶疾入國，歸正首丘……回憶前在絕島，蒼黃逃死之

際，取一巾箱坊本建炎以來繫年要錄，抱持誦讀。其汴京圍困屈降諸卷，所述人事利害之迴環，國論是非之紛錯，殆極世態詭變之至奇。然其中頗復有不甚可解者，乃取當日身歷目睹之事，以相印證，則忽豁然心通意會。平生讀史凡四十年，從無似此親切有味之快感，而死亡饑餓之苦，遂亦置諸度量之外矣。（〈陳述遼史補注序〉）

陳先生治史隨時隨地以古今互相印證，這是最明白的第一手證據。他之所以特別對北宋亡國的往事感到「親切有味」，顯然是因為在一九四一年底香港陷落的親身經歷對照之下，這一段往事已不再是死的歷史，而變成活的現在了。克羅齊 (Benedetto Croce) 認為史家對已往史實的興趣永遠是和他對當前生活的興趣連成一體的（見 *History, Its Theory and Practice*, Russell & Russell 重印本，一九六〇年）。陳先生恰好為克氏的歷史觀提供了一個最生動的例證。

最後，讓我特別鄭重介紹陳先生兩篇與現實有關的唐史論文，以為先生「通古今之變」的史學精神作一種具體的說明。第一篇論文是〈論李懷光之叛〉。這篇文字甚短，茲節引原文大旨如下：

唐代朱泚之亂，李懷光以赴難之功臣，忽變為通賊之叛將，自來論者每歸咎於盧杞阻懷光之入覲，遂啟其疑怨，有以致之，是固然矣。而於神策軍與朔方軍糧賜之不均一事，則未甚注意。

在徵引了史料說明糧賜不均的情況之後，陳先生感慨地說：

夫李晟所統之神策軍者，當時中央政府直轄之禁軍也，李懷光所統之朔方軍者，別一系統之軍隊也，兩者稟賜之額既相差若此，復同駐咸陽一隅之地，同戰朱泚一黨之人，而望別一系統之軍隊其士卒不以是而不平，其將領不因之而變叛，豈不難哉！豈不難哉！

最後復總結道：

然則懷光之所以能激變軍心，與之同叛者，必別有一涉及全軍共同利害之事實，足以供其發動，不止其個人與盧杞之關係而已。

這篇文章最初發表於民國廿六年七月出版的《清華學報》（第十二卷第三期）上面。細按文章的內容和出版的時間即可知這是陳先生受了民國二十五年十二月十二日西安事變的刺激而特別撰寫的。李懷光的地位、處境，以及叛變經過都和西安事變前後的張學良頗為相似。當時東北軍之不滿中央，除了要求一致對外的大題目外，自覺在待遇方面受到歧視也是重要的促成因素。據張學良《西安事變反省錄》，他決意舉行兵諫也受到一些所謂「惡緣」的刺激。其中包括為東北軍「請求撫卹、補給，皆無結果」。以及雙十節政府受勛有馮玉祥而無張學良之類（張氏的《反省錄》尚未刊行，此從李雲漢〈西安事變的前因與經過〉（一）之注六十轉引，見《傳記文學》第三十九卷第六期，中華民國七十年十二月號，頁二二）。陳先生當日未必深知西安事變的詳細情形，但他客觀地研究歷史上相類的史例，所得的結論竟大有助於我們對西安事變的瞭解，足見他平日所持「在歷史上求教訓」之論決不是一句空話。陳先生不早不遲地在西安事變之後寫〈論李懷光之叛〉一文，並兩發「豈不難哉！」的感慨，他關懷世局的心情豈非昭然若揭乎？

第二篇文章是〈論唐高祖稱臣於突厥事〉，成於一九五一年春，刊於同年六月出版的《嶺南學報》（第十二卷第二期）。這篇文章主要是指出隋末北方群雄如劉武周、梁師都等幾無人不受突厥的可汗封號和狼頭纛，以示臣服。李淵初起事時也曾正式接受同樣的封號與旗幟，而主其事者實為李世民。不過因為舊史記載諱飾太甚，一般人都不大清楚這一段經過。陳先生則詳列史料說明真相，而結語曰：

> 嗚呼！古今唯一之「天可汗」（按：指李世民），豈意其初亦嘗效劉武周輩之所為耶？初雖效之，終能反之，是固不世出人傑之所為也，又何足病哉！又何足病哉！

這段結語真是畫龍點睛，一望而知是針對毛澤東向蘇聯「一面倒」的政策而發。陳先生本與人為善之意，希望毛氏效法唐太宗，在統一中國之後即改弦易轍，所謂「初雖效之，終能反之」，仍可不失為「不世出人傑」。但毛澤東此時對斯大林「狼主」的恐懼遠甚於怨恨，根本不敢稍萌異志。一九五七年「鳴放」，龍雲還因為「反蘇」而大受圍剿，何況是一九五一年呢？幸而當時中共黨內並無人真正懂得此文的用心何在，否則陳先生一九五八年受批判時的罪名將絕不僅是「厚古薄今」了。

這篇文章之所以能斷定為針對毛澤東的「一面倒」而發，是有堅強的理由的。第一，陳先生關於此一史事之考證早已見於《唐代政治史述論稿》。該書引《舊唐書．李靖傳》云：

太宗初聞靖擒頡利（按：突厥可汗）大悅，謂侍臣曰：朕聞「主憂臣辱，主辱臣死」。往者國家草創，太上皇（高祖）以百姓之故，稱臣於突厥，朕未嘗不痛心疾首，志滅匈奴，坐不安席，食不甘味。今者暫動偏師，無往不捷，單于款塞，恥其雪乎？

然後加以按語曰：

隋末中國北部群雄並起，悉奉突厥為大君，李淵一人豈能例外？溫大雅《大唐創業起居注》所載唐初事最為實錄，而其紀劉文靜往突厥求援之本末，尚於高祖稱臣一節隱諱不書，逮頡利敗亡以後，太宗失喜之餘，史臣傳錄當時語言，始洩露此役之真相。然則隋末唐初之際亞洲大部民族之主人是突厥，而非華夏也。

〈論唐高祖稱臣於突厥事〉的要旨實已全見於此。然則陳先生竟在一九五一年特撰一文，鄭重發揮此旨並結之以「初雖效之，終能反之」的激勵之語，其借古諷今之意豈不是十分明顯嗎？

第二，陳先生以蘇聯比突厥早已見於一九四五年所寫的一首詩中。其詩題曰：〈余昔寓北平清華園嘗取唐代突厥回紇吐蕃石刻補正史事今聞時議感賦一詩〉。據吳宓〈玄菟〉詩的附註：

時宋子文與蘇俄訂約，從羅斯福總統雅爾達秘議，以中國東北實際割讓與蘇俄，日去俄來，往復循環，東北終非我有。此詩及前後相關數詩，皆詠其事而深傷之也。（見《編年事輯》，頁一二六所引）

此詩正在〈玄菟〉詩之後，可證「時議」即指中蘇訂約事。原詩曰：

唐碑墨本手摩挲，回憶當時感慨多。邏逤不煩飛驛鳥，和林還別貢峰駝。賜秦鶉首天仍醉，受虜狼頭世敢訶。自古長安如弈戲，收枰一著奈君何。

詩中「邏逤」即拉薩的唐代譯名，指吐蕃而言，「飛驛鳥」即《舊唐書．吐蕃傳》下所謂「飛鳥猶中國驛騎也」（按：敦煌已發現藏文「飛鳥」文書）。「和林」即外蒙古喀喇和林，元代舊都，但突厥以來便是酋長建牙之地。「貢峰駝」或指貞觀十七年薛延陀獻馬、牛、羊、駱駝之事，也可能指元代事，俟再考。第五句用庾信〈哀江南賦〉語：「以鶉首而賜秦，天何為而此醉。」指梁岳陽王詧以內亂而至乞援西魏，卒陷江陵而滅梁室（參考陳先生〈庾信哀江南賦與杜甫詠懷古跡詩〉）。第六句則責備國民政府與蘇俄訂屈辱條約；「受虜狼頭」即是突厥的「狼頭纛」，此句借突厥以指蘇俄，最為明白。我們通過這首詩便能徹底瞭解〈論唐高祖稱臣於突厥事〉一文的命意所在了。

陳先生無時不「在歷史中求歷史的教訓」，〈論李懷光之叛〉與〈論唐高祖稱臣〉兩篇文字便是最有力的證明（補註：我最近又發現他在一九三二年四月所發表的〈高鴻中明清和議條陳殘本跋〉是完全針對著上一年「九一八事變」而發。此跋尤具有先見之明，現已收入《金明館叢稿二編》，頁二二九～二三二）。古今中外可以稱得上「偉大」兩字的史學家幾乎未有不關懷現實、熱愛人生的，雖則「關懷」與「熱愛」並不是構成史學家的充足條件。從這一點說，陳先生之被公認為二十世紀中國的偉大史學家之一，是絕對當之無愧的。

四、晚年心境

在未正式討論陳先生的晚年心境之前，讓我先引一九七八年廣州《學術研究》復刊號編者在陳先生遺稿《柳如是別傳．緣起》前面所加的一段有趣的按語。按語略云：

解放後，黨和政府對陳寅恪先生的工作和生活給予妥善的照顧，使這位早年雙目失明的學者的著述工作，從未中斷。對此，他曾多次表示對毛主席和共產黨的感激。陳寅恪先生於一九六九年逝世。他在去世前用了十幾年的工夫，研究了大量明末清初的史學、文學材料，終於完成了《柳如是別傳》，這種學術鑽研精神是難能可貴的。蔣幫的一些無恥文人、政客，因為陳寅恪先生十多年沒有發表文章，便大談他的晚年遭遇，並借此進行反共宣傳。這部洋洋數十萬言的著作，就是給他們一記響亮的耳光。

這段按語最使我覺得有趣的有兩點：第一，它明說陳先生「曾多次表示對毛主席和共產黨的感激」，因為「黨和政府」對他的「工作和生活給予妥善的照顧」。第二，它指出：陳先生寫成了《柳如是別傳》這部大書便是給海外大談他的「晚年遭遇」的「無恥文人、政客」「一記響亮的耳光」。關於第一點，可惜在陳先生的晚年詩文和蔣天樞先生所著《陳寅恪先生編年事輯》中都找不到痕跡。中共中南局書記陶鑄確曾對陳先生很禮遇，但「文革」開始後陳先生反而因此大受連累；他也許會對陶鑄個人很感謝，但似乎不大可能「多次」表示感激「毛主席和共產黨」吧！至於陳先生是否因為中共給他安排了工作和生活就必須感激涕零，最好還是由他自己來答覆這個問題。《四庫全書總目提要》別集類朱鶴齡《愚庵小集》條說朱鶴齡曾暗示錢謙益既已「足踐」滿清之「土」而「口茹」滿清之「毛」，則不應對滿清有任何「訕辭詆語」。陳先生引《提要》之文後，說道：

寅恪案，牧齋之降清，乃其一生污點。但亦由其素性怯懦，迫於事勢所使然。若謂其必須始終心悅誠服，則甚不近情理。夫牧齋所踐之土，乃禹貢九州相承之土，所茹之毛，非女真八部所種之毛。館臣阿媚世主之言，抑何可笑。回憶五六十年前，清廷公文，往往有「食毛踐土，具有天良」之語。今讀《提要》，又不勝桑海之感也。（《柳如是別傳》下冊，頁一〇二四）

根據我們在上一節中對陳先生「考古證今」的史學風格的認識，這一段「桑海之感」毫無疑問是針對他自身和其他知識分子的處境而發的。當時中共動不動就要知識分子向「黨」和「毛主席」感恩。陳先生所引「食毛踐土」之「毛」字尤屬畫龍點睛之筆。其實陳先生和所有知識分子所踐之土，也仍然是「禹貢九州相承之土」；而所茹之毛，也不是毛澤東和共產黨所種之「毛」。陳先生這一段話真是給了中共「一記響亮的耳光」。

關於第二點，即《柳如是別傳》是不是給了海外談陳先生「晚年遭遇」的人「一記響亮的耳光」呢？事實又恰恰相反。這部書完全坐實了以前海外人士關於陳先生「晚年遭遇」的推測。詳情此處暫不多談。我們只要把一九七八年第一期《學術研究》所刊布的〈緣起〉一章和一九八〇年正式出版的《柳如是別傳》加以互校就可以對陳先生的晚年心境有親切的體認了。《學術研究》所刊原文將陳先生所寫的九首律詩完全刪去了；而這些詩正是瞭解陳先生著述宗旨和晚年心理狀態的重要資料。茲舉〈丙申五月六十七歲生日，曉瑩於市樓置酒，賦此奉謝〉一首為例，稍加說明。《柳如是別傳》所刊詩的原文云：

> 紅雲碧海映重樓。初度盲翁六七秋。織素心情還置酒，然脂功狀可封侯。（原註：時方撰《錢柳因緣詩釋證》）平生所學惟餘骨，晚歲為詩笑亂頭。幸得梅花同一笑，嶺南已是八年留。

此詩頸聯不僅對仗不工，意義不明，而且文字幾可謂之不通。什麼叫做「平生所學惟餘骨」？難道其中全無血肉？「笑亂頭」三字則根本不知所云，且不必說「笑」字如何能與「惟」字屬對了。但是當我們再查《寒柳堂集》中《寅恪先生詩存》所載同一首詩，後四句中文字竟大有異同。《詩存》本云：

平生所學供埋骨，晚歲為詩欠□頭。幸得梅花同一笑，炎方已是八年留。（編者蔣天樞註云：按詩中脫一字，以□代之）

末句「炎方」改作「嶺南」，暫不置論：「供埋骨」、「欠□頭」則與《別傳》本大相逕庭。「供埋骨」者，謂在中共統治下，陳先生畢生所治之學已全失其價值，僅足供他死後埋骨之用而已。「欠□頭」三字中則尚有文章。陳先生這首詩早就流傳到海外了，我曾看到原詩箋的複印本，字跡與《論再生緣》題簽一致，是陳夫人唐篔女士的手筆，所脫之字作「斫」。由此可知，《柳如是別傳》中的「惟餘骨」、「笑亂頭」是中共官方的改筆，故拙劣得至於不通，而《詩存》所脫一字則或是蔣天樞先生有所顧忌，故意隱去「斫」字，並不是原詩真有脫落。至蔣先生的處境是值得同情的，其苦心尤不可埋沒，因為他保留了陳先生原詩的本來面目。至於所缺之「斫」字則是任何稍懂舊體詩的人都能補上去的（反正不是「斫」字，便是「殺」字）。「晚歲為詩欠斫頭」，則透露出陳先生「晚年遭遇」之一斑。否則何以早年、中年之詩都沒有問題，而單單「晚歲」在中共統治下的詩「欠斫頭」乎？

陳先生此詩其實脫胎於陸放翁的〈江樓醉中作〉，茲引之以備讀者參證：

淋漓百榼宴江樓。秉燭揮毫氣尚遒。天上但聞星主酒。人間寧有地埋憂。生希李廣名飛將。死慕劉伶贈醉侯。戲語佳人頻一笑。錦城已是六年留。(《劍南詩稿》卷九)

兩相比照，陳詩不僅與陸詩用同一韻腳，且末兩句融化未淨，斧鑿之痕顯然。陳先生取放翁此詩為模型，當是有感於其中「人間寧有地埋憂」的名句。但陳詩中憂憤之情必須進一步分析其遣詞用典才能完全顯豁。頷聯「織素心情還置酒，然脂功狀可封侯」特別值得注意。「織素」以字面而言自然是來自〈孔雀東南飛〉的「十三能織素」。但是若典據僅止於此，則不過一句極普通的對陳夫人的讚詞，同一句中「心情」與「還」等字眼便不免要落空了。陳先生是最重「今典」的人，他的「織素」一詞自然尚有今典的一面。我們應該記得他在《論再生緣》中解釋戴佩荃〈織素圖次韻詩〉中的「織素」兩字時，曾特別指出其中尚含有竇滔妻蘇蕙「織錦為迴文旋圖詩」之意。故「織素人」之夫必是「以罪謫邊」者。所以陳先生此句是以戍邊之罪人自況，其意蓋謂陳夫人在此情況下「還」有「心情」置酒祝壽，尤非常人所能及。「然脂」典出徐陵〈玉臺新詠序〉：「於是然脂冥寫，弄筆晨書。」這當是讚陳夫人日夜為他抄寫《錢柳因緣詩釋證》稿，其功足以封侯。這一聯的意思是和《論再生緣》篇末第一首詩中「戍邊離恨更歸遲」及「不覓封侯但覓詩」兩語遙相呼應的。此詩末句原作「炎方」，不是「嶺南」，因為「炎方」與江淹〈待罪江南思北歸賦〉中的「炎土」相呼應：「況北洲之賤士，為炎土之流人，共魍魎而相偶，與蟰蛸而為鄰。」可見「炎方」與「纖素」有關合，且與《論再生緣》中所引「北歸端恐待來生」詩句相應，若改為「嶺南」兩字則索然無餘味了。

總而言之，我們從這首詩之不見於《學術研究》及其發表時一再經過改易與掩飾，即可見陳先生晚年遭遇之沈痛實有非局外人所能想像於萬一者。我對此詩的分析，完全師法陳先生《柳如是別傳》的例範，決非有意地穿鑿附會。他既然用剝蕉見心的方法箋釋古人的詩，則他自己的詩也必須通過同樣剝蕉見心的箋釋才能完全瞭解，這個道理是極其明顯的。事實上吳雨僧先生早已指出了這一點。吳先生在一九五九年抄錄了陳先生好幾首詩以後，曾加附記云：

> 諸詩藉閒情以寓意，雖係娛樂事而寅恪之精神懷抱，悉全部明白寫出，為後來作史及知人論世者告。至其記誦之淵博，用語之綰合，寄意之深遠，又寅恪勝過他人處。

吳先生並舉陳詩「桑下無情三宿了」句（原註：見《後漢書．襄楷傳》及〈東坡別黃州詩〉）

而特加解說云：

> 桑下三宿，佛徒所戒，此固人人知之，而宓讀襄楷傳乃知楷之言天象實指人事，蓋當時濫刑多殺，士氣鬱湮，故致天變，襄楷等非方士，乃直諫之忠臣耳。要須久久細讀方可盡寅恪詩中之意。（見一九五九年七月廿九日吳宓《日記》，《陳寅恪先生編年事輯》，頁一五七引）

我們都知道，自一九五八年以來毛澤東「大躍進」、「人民公社」政策所帶來的災害已開始泛濫，知識分子在「反右」之後已「士氣鬱湮」，彭德懷則於一九五九年七月「廬山會議」之前提出了七萬言意見書，向毛澤東進行「直諫」。這樣看來陳詩（「桑下無情三宿了，草間有命幾時休」）吳註實字字都有著落，而與當時的時事密切相應。陳先生晚年詩文都寄托遙深，必須依照吳先生「久久細讀」的指示，才能獲其正解。但經過這樣一分析《柳如是別傳》這部「洋洋數十萬言的著作」就不免要給中共一記更為「響亮的耳光」了。這恐怕尤其出乎《學術研究》那位編者先生的意料之外吧！

海外談陳先生的晚年遭遇其實並不是陳先生身後的事。早在一九五八年《論再生緣》一稿流傳海外時即已開始了。這件事我自己是始作俑者，所以現在有必要在這裡交代一下。

一九五八年的秋天，我偶然在美國麻省劍橋發現了《論再生緣》的油印本，是輾轉由臺北中央研究院傳來的。讀了之後，我個人在精神上、情感上都受到極大的震動；深覺這不是一篇普通的考證文字，因為字裡行間到處躍動著作者的情感與生命。尤其是全文不僅充滿了家國興亡的感慨，而且隨處附見他自己所寫的詩篇。陳先生治佛教及文學史，最重視著作的體例。所以他解釋〈長恨歌〉首先要說明「文體之關係」，讀《洛陽伽藍記》則發明僧徒「合本子注」的體裁，甚至他自撰《隋唐制度淵源略論稿》也特別聲明其書體制是「微仿天竺佛教釋經論之例」。所以《論再生緣》一文的特殊風格乃出於陳先生的自覺的選擇。其目的便是為了使「家國興亡哀痛之情感，於一篇之中，能融化貫澈」(《論再生緣》中語)。我當時自信頗識作者用心，所以寫了一篇〈陳寅恪先生論再生緣書後〉，發表在香港一九五八年十二月號的《人生》雜誌上。與此同時，我又與香港的友聯出版社接洽，希望該社能把《論再生緣》正式排印出來，以饗海外讀者。當時友聯負責接洽者是已故友人胡欣平兄(即司馬長風)，但我不太清楚所借閱的「油印本」是否臺北中央研究院所刊布，更不清楚有無版權問題。為了謹慎起見，我特別請友聯在出版時不要提及我的關係，只詭稱在香港覓得即可。我並且請出版社不要把我的〈書後〉附載書末，以免攀附驥尾之嫌。所以友聯出版社在《論再生緣》的

〈出版說明〉中只說：

去年十二月，香港《人生》雜誌刊有余英時先生所作〈陳寅恪先生論再生緣書後〉一文，得知陳先生在一九五四年寫了《論再生緣》這部書。不過此書未見出版，余先生稱係從友人處見到一種油印本，想是此書不得在大陸出版，就有人鈔傳到海外來了。嗣經本所多方託人物色此油印本，最近始如願以償；核其內容，與余文中所提各節均極符合，而寫作章法和行文風格，與過去陳先生之著作亦毫無不同，因知這確是陳先生的手筆，並非贋品。

《論再生緣》出版後，在海外轟傳一時，我的〈書後〉並曾為陳先生惹了一些麻煩。這是我很多年以後才知道的。據牟潤孫先生〈敬悼陳寅恪先生〉一文所云：

我到香港後，陳先生曾托朋友帶來幾本《論再生緣》油印本，我讀後，很明瞭他老人家的心情，感覺十分淒涼，一句沒有講。有人借給友聯研究所一本，友聯將它排印出來，有人作了篇序（也許是跋，記不清了），大發揮其中蘊義。後來聽說，果然給他老人家招了禍。幸而有人替寅老解說，廣東的紅朝人員對他又正在優禮，沒追究下去。

（此文現已收入《談陳寅恪》一書中）

牟先生此文所說「有人作了篇序（也許是跋）」便指的是我的那篇〈書後〉，不過他的口氣顯然是責怪我多事，因此也就不好意思指名道姓。他不知道其實借給友聯油印本的人也是我。至於當時香港究竟有幾冊這樣的油印本，則我一點也不清楚。最近讀到大陸出版《寒柳堂集》中的《論再生緣》，其中有一九六四年陳先生所寫的一篇〈論再生緣校補記後序〉。〈序〉云：

《論再生緣》一文乃頹齡戲筆，疏誤可笑。然傳播中外，議論紛紜。因而發見新材料，有為前所未知者，自應補正。茲輯為一編，附載簡末，亦可別行。至於原文，悉仍其舊，不復改易，蓋以存著作之初旨也。噫！所南心史，固非吳井之藏。孫盛陽秋，同是遼東之本。點佛弟之額粉，久已先乾。裹王娘之腳條，長則更臭。知我罪我，請俟來世。

我讀到「傳播中外，議論紛紜」兩句，才知道我的〈書後〉果然給陳先生招來麻煩。不過此

「傳播中外」一語的「中」字則與我無關，所指的是郭沫若。《編年事輯》一九五四年條云：

二月，《論再生緣》初稿完成。自出資油印若干冊。後郭院長沫若撰文辨難，又作〈校補記〉。（頁一四八）

郭沫若有〈再生緣前十七卷的作者陳端生〉一文發表在《光明日報》上（一九六一年五月四日），堅持端生之夫為范秋塘。今〈校補記〉中所駁「論者」諸端便是針對郭氏之文而發。最可注意的是〈校補記後序〉中「至於原文，悉仍其舊，不復改易，蓋以存著作之初旨」及「所南心史」、「孫盛陽秋」等語。這說明陳先生「著作之初旨」並不僅在考證《再生緣》其書及其作者，而尤在借此以保存他的「心史」——即文中所抒的感歎和所附的詩篇。所以他堅持原文之舊，十年之後仍然一字不肯改易。《論再生緣》是一九五三年九月開始撰寫的，同年同月他在〈廣州贈別蔣秉南七絕〉二首之二中就已說道：

孫盛陽秋海外傳，所南心史井中全。文章存佚關興廢，懷古傷今涕泗漣。

可見他自始即以《論再生緣》為他個人的「心史」，並有意使其稿流傳海外。因此後來陳先生托人把油印本帶到香港，決不是偶然的。陳先生〈校補記後序〉中「孫盛陽秋，同是遼東之本」一語則大有事在，不可視為一般性的用典。按《晉書》卷八十二〈孫盛傳〉云：

> 晉陽秋詞直而理正，咸稱良史焉。既而桓溫見之，怒謂盛子曰：枋頭誠為失利，何至乃如尊君所說！若此史遂行，自是關君門戶事。其子遽拜謝，謂請刪改之。時盛年老還家，性方嚴有軌憲，雖子孫班白，而庭訓愈峻。至此，諸子乃共號泣稽顙，請為百口切計。盛大怒，諸子遂爾改之。盛寫兩定本，寄於慕容儁。太元中，孝武帝博求異聞，始於遼東得之，以相考校，多有不同，書遂兩存。

可見陳先生《論再生緣》初稿完成之後必曾直接受到政治壓力，要他「刪改」原文。但是陳先生則堅持「初旨」，「不復改易」。故所謂「孫盛陽秋，同是遼東之本」者，意即《論再生緣》一文只有「定本」而無改本也。此文完成於一九五四年，但始終不能出版，則中共官方的意態不難窺見。不但此文無發表的機會，甚至陳先生的舊論文稿彙集重印也受到長期的阻撓。據《陳寅恪先生編年事輯》，這些論文集「雖已交付書局多年，但卻遲遲不予出版」。一九六二年早春，陶鑄陪同胡喬木來拜訪陳先生，曾談起這件事。陳先生回憶說：

又談起我的舊論文稿集起來重印事，我早已交給書局，遲遲還沒有出版，因此我說「蓋棺有期，出版無日」。他（按：指胡喬木）笑著說：「出版有期，蓋棺尚遠。」（據陳先生〈第六次交代底稿〉，《編年事輯》引。見頁一五九～一六〇）

胡喬木說「出版有期」，其實仍是「無期」。從一九六二年春天到一九六六年「文化大革命」，中間足足有四五年的時間，論文集始終得不到出版的機會（按：《歷史研究》一九六二年第五期頁一七九～一八〇曾預告陳先生《錢柳姻緣箋證》即將完稿，及《金明館叢稿》在計劃編輯中，當與胡喬木來訪有關。但論文集始終沒有印出來，其間必有阻力，以致胡喬木也幫不了忙）。陳先生的「晚年遭遇」如何，不難由此想像。《學術研究》的編者所謂「黨和政府對陳寅恪先生的工作和生活給予妥善的照顧」，其真相竟是如此。

我在〈論再生緣書後〉一文中曾指出陳先生考證《再生緣》具有兩重意義：一是感懷身世，寓自傷之意，一則是感慨世變，抒發其對極權政治的深惡痛絕之情。所以文中附載各詩，合而觀之，便是一代之史。但是二十四年之前（一九五八年）我所能接觸到的資料只有《論再生緣》一文，因此所得結論或者尚不足以完全使人信服。現在《柳如是別傳》與《詩存》都已刊布，再加上蔣天樞先生的《編年事輯》，陳先生晚年生活和心情大體已很清楚。這些新材料不但證實了海外人士長期以來的觀察與推斷，而且更提供了無數具體的事實，說明陳先生晚年是如何一直在不屈不撓地維護著文化與學術的尊嚴。

我們特別強調陳先生所維護的是文化與學術的尊嚴，這是因為他徹頭徹尾是一位純正的學人，從來沒有任何實際政治方面的瓜葛，對於國共兩黨並無所偏倚。他在一九五一年所寫的〈舊史〉詩云：

> 厭讀前人舊史編，島夷索虜總紛然。魏收沈約休相誚，同是生民在倒縣。

這首詩是有感於國、共兩黨互以惡名相加而作。南朝沈約的《宋書》稱北朝為「索虜」，北朝魏收的《魏書》則稱南朝為「島夷」，但雙方都不顧人民是生活在倒懸之中，這首詩最可見陳先生就事論事，不取任何黨派的立場。但是不可否認地，陳先生在一九四九年前後對國民黨已十分失望，對共產黨則似乎是在無可奈何之中採取一種觀望的態度。他之所以終於沒有離開大陸，其原因即在於此。

陳先生對國民政府失望也有一個發展的過程，大體是以抗戰中期的政治腐化為起點。我在〈論再生緣書後〉一文中已引了陳先生〈從昆明到中共初期〉的幾首詩，說明他早已預料將出現一種「地變天荒」的結局。現在《詩存》中則有更多的材料可供參考。早在一九四〇年他到重慶出席中央研究院會議，已有「看花愁近最高樓」的感歎（〈庚辰暮春重慶夜歸作〉，關於此句的解釋，吳宓曾註曰：「寅恪赴渝，出席中央研究院會議……已而蔣公宴請中央研究院到會諸先生。寅恪于座中初次見蔣公，深覺其人不足有為，有負厥職。故有此詩第六句。」見吳學昭《吳宓與陳寅恪》，北京，清華大學出版社，一九九二年，頁一〇二）。一九四六年從倫敦回國以後，他所寫的詩篇更是充滿了悲觀的氣息。一九四九年正是陳先生所謂「地變天荒」的一年，因此現存己丑諸詩全是憑弔興亡之作。其中〈哀金圓〉一首七古寫金圓券發行後所帶來的社會慘狀，真是一篇最生動、最寫實的詩史。〈哀金圓〉有云：

> 黨家專政二十載，大廈一旦梁棟摧。亂源雖多主因一，民怨所致非兵災。譬諸久病命未絕，雙王符到火急催。金圓之符誰所畫，臨安書棚王佐才。（英時按：此詩責王雲五最嚴）

這一歷史判斷是很難動搖的。

但陳先生終不失詩人「溫柔敦厚」之旨，他對國民黨的失敗依然不勝其惋惜。〈己丑夏日〉一律最足為例。詩云：

> 綠陰長夏亦何為，消得收枰敗局棋。自我失之終可惜，使公至此早皆知。群兒只博今朝醉，故老空餘後死悲。玉石崑岡同一燼，劫灰遺恨話當時。

詩中「自我失之」之「我」和「使公至此」之「公」都是指的同一人，也就是「看花愁近最高樓」的「高樓」。尤其值得注意的是同年所寫的〈青鳥〉一詩：

> 青鳥傳書海外來，玉箋千版費編裁。可憐漢主求仙意，只博胡僧話劫灰。無醬臺城應有愧，未秋團扇已先哀。興亡自古尋常事，如此興亡得幾回。

這首詩當寫於一九四九年八月五日美國政府發表《白皮書》之後，因為「青鳥」從海外傳來的便是這部轟動一時的《白皮書》。詩中「無醬」一典是責國民黨將領或敗或降，不堪一戰。

此典出於《魏書．島夷蕭衍傳》：

> 衍每募人出戰，素無號令，初或暫勝，後必奔背。（侯）景宣言曰：城中非無菜，但無醬耳，以戲侮之。

這是侯景圍臺城時之事，「醬」與「將」同音，「菜」亦音近兵卒之「卒」（參看陳先生〈書魏書蕭衍傳後〉一文）。所以合起來看，此詩頸聯上句是說國民黨打敗仗固然祇能自愧，下句則指責美國捐棄團扇於秋涼之前，未免不夠味道。可見陳先生雖然在〈哀金圓〉一詩中對抗戰勝利後國民黨失去民心之事不稍寬假，但他對國民黨的失敗卻沒有絲毫幸災樂禍的意思；從他一九四九年所寫的幾首詩來看，他的心情毋寧是十分沈痛的。

陳先生〈第七次交代底稿〉中說：

> 當廣州尚未解放時，偽中央研究院歷史語言研究所所長傅斯年多次來電催往臺灣。我堅決不去，至於香港，是英帝國主義殖民地。殖民地的生活是我平生所鄙視的，所以我也不去香港。願留在國內。（引自《編年事輯》一九四九年條）

〈第七次交代稿〉是一九六七年十二月寫的，這時正是陳先生被紅衛兵鬥得死去活來之際。但陳先生當年不肯離開大陸則確非虛語。關於這一點，錢賓四師在他的《師友雜憶》的〈香港新亞書院〉一章中曾保存了一項非常重要的事實。錢先生回憶他一九四九年在廣州訪陳先生不遇的情況如下：

又一日，余特去嶺南大學訪陳寅恪，詢其此下之行止。適是日寅恪因事赴城，未獲晤面，僅與其夫人小談即別。後聞其夫人意欲避去臺北，寅恪欲留粵，言辭爭執，其夫人即一人獨自去香港。幸有友人遇之九龍車站，堅邀其返。余聞此，乃知寅恪決意不離大陸，百忙中未再往訪，遂與寅恪失此一面之緣。（錢穆《八十憶雙親．師友雜憶合刊》，臺北，東大圖書公司，一九八三年，頁二四五）

據此可知陳先生當日留粵之意甚堅決，以致與陳夫人發生了嚴重的爭執。這件事是陳先生晚年生活史上一個重要的轉捩點，下面談到《柳如是別傳》時再進一步加以說明。現在我祇想強調一點，即陳先生不肯離開大陸決不是出於任何政治動機。事實上，他在屢經亂離之後（陳先生一九四八年十二月十五日由北平飛南京途中曾有詩句云：「臨老三回值亂離，蔡威淚盡血猶垂。」），早已厭倦逃難了。而且以一九四九年的形勢來說，廣州既不能守，臺灣也未必足恃。傅斯年先生雖屢促陳先生去臺北，但他本人早已抱「蹈海」的決心，並大書「歸骨於田橫之島」以明志。陳先生則從來與國民黨無關，他不肯再多一重播遷是完全可以理解的。陳先生當時對共產黨的認識如何，今已無從知其詳。我們最多祇能說，他和許多知識分子一樣，對即將成立的新政權大概抱著一種「與人為善」的心理。他決不曾對中共存有任何更進一層的幻想，尤其不會「靠攏」或「認同」。事實上他自始即是以「野老」自居的。他在〈庚寅（一九五〇年）春日答吳雨僧重慶書〉一詩的結尾說：

> 千里報書唯一語，白頭愁對柳條新。

「柳條新」乃暗示新政權，這可以下引詩句為證。〈辛卯（一九五一年）廣州元夕用東坡韻〉首二句云：

> 嶺表春回欲雨天，新蒲細柳又爭妍。

「柳條新」與「新蒲細柳」所指相同，典出杜甫〈哀江頭〉。杜詩曰：

> 少陵野老吞聲哭，春日潛行曲江曲。江頭宮殿鎖千門，細柳新蒲為誰綠？

明、清易代之際，遺民不忘故國者所撰詩文集即曾題名《新蒲綠》，而盛傳一時（詳見陳垣《清初僧諍記》）。所以「細柳新蒲」四字早已成為興亡的代名詞了。「新蒲細柳又爭妍」自指當時許多忙於「靠攏」的知識分子而言，而陳先生本人則「白頭愁對柳條新」，他是不屑於「爭妍」的。又〈辛卯廣州端午〉七絕云：

> 菖蒲似劍還生綠，艾葉如旗不閃紅。唯有沈湘哀郢淚，彌天梅雨卻相同。

這真是一首「欠斫頭」的詩，任他菖蒲生綠，陳先生的艾葉就是不閃「紅旗」。他祇有屈大夫的哀淚和少陵野老的吞聲。陳先生對中共的態度竟表現得如此鮮明。

隨著時間的推移，陳先生的心境也變得愈來愈沉重，這在他的詩篇中流露得極其顯豁。一九五一年他聽說北京「琉璃廠書肆之業舊書者悉改新書」，曾有詩云：

> 迂叟當年感慨深，貞元醉漢託微吟。而今舉國皆沈醉，何處千秋翰墨林。

迂叟即張之洞，因張以司馬光自況也（〈王觀堂先生輓詞〉中所謂「南皮太保方迂叟」）。張之洞〈詠海王村〉嘗有「曾聞醉漢稱祥瑞，何況千秋翰墨林」之句，陳先生的感慨自然更深一層。北京琉璃廠舊書肆是明清以來的一個文化中心，然而竟不能見容於新政權，則中共對中國傳統文化的意態可以想見。陳先生的歷史意識異常敏銳，由一葉之落即知秋之已至了。我從前在〈論再生緣書後〉中推測陳先生所謂「欲使《再生緣》再生」，其意實在於要保存中國文化，「而今舉國皆沈醉，何處千秋翰墨林」這兩句詩正好提供了具體的證據。

陳先生雖畢生與實際政治絕緣，但深知政治必影響及於文化。因此他為陳垣《明季滇黔佛教考》作序，即指出「宗教與政治雖不同物，而終不能無所關涉」之義。宗教如此，學術、思想、文學亦無不如此。因此他對於政治的評價，所持的終極標準完全在其能否容忍知識分子保有他們的「獨立之精神，自由之思想」（〈清華大學王觀堂先生紀念碑銘〉）。中共政權之所以自始即使他失望，其關鍵端在於此。試讀〈癸巳（一九五三年）六月十六夜月食時廣州苦熱再次前韻〉一律的前半段：

> 墨儒名法道陰陽，閉口休談作啞羊。屯戍尚聞連浿水，文章唯是頌陶唐。

浿水指朝鮮，此時韓戰尚未結束（停戰協定要到同年七月才簽字），中共對知識分子的控制已加緊到了無法透氣的地步。他們無論屬於何家何派，都變成了閉口的「啞羊」，除了歌頌共產黨之外，再也不能發出別的聲音了。一九五四年〈聞歌〉一首說得尤其露骨：

> 江安淮晏海澄波，共唱梁州樂世歌。座客善謳君莫訝，主人端要和聲多。

陳先生早已看清楚了中共不容異見的專斷本質，所以他在一九五七年所謂「鳴放」時期噤不發一言。《光明日報》一九五七年五月十日曾有梁誠端的一篇訪問記。其文云：

> 這幾天的報紙，真個是大鳴大放，大概知名的學者、教授，無不發表了言論。怎麼當代著名的歷史家陳寅恪還未發表他的見解呢？我問過一位記者，他告訴我，這幾年陳先生在廣東很少發表意見。誰若問他對百家爭鳴有甚麼意見，他只淡然地讓你去看看他的門聯。這使我很納悶，為甚麼當代一家學者，獨默默而不鳴？……我們來在小樓

下，果然門上貼著一副對聯：萬竹競鳴除舊歲，百花齊放聽新鶯。（原註：指廣州京劇團名演員新谷鶯。此從何廣棪《陳寅恪先生遺詩述釋》，頁九〇～九一轉引。附載於《陳寅恪先生論文集補編》，臺北，九思出版社，一九七七年）

事實上陳先生對「鳴放」並不是沒有見解。這個見解是寫在一九五七年端午的一首七律中（〈丁酉五日客廣州作〉）：

照影湘波又換裝，今年新樣費裁量。聲聲梅雨鳴箏訴，（原註：王少伯詩「樓頭小婦鳴箏坐」，白樂天詩「絃絃掩抑聲聲思，似訴平生不得志」）陣陣荷風整鬢忙。好扮艾人牽傀儡，苦教蒲劍斷鋃鐺。天涯節物鰣魚美，莫負榴花醉一場。

可見他早看出所謂「鳴放」是毛澤東故意弄出來的新花樣（毛是湖南人，故用「湘波」極為適切）。這個「陽謀」曾騙得許多「樓頭小婦」的知識分子大吐苦水，而實際上他們不過扮演了一場艾人的傀儡戲而已。「苦教蒲劍斷鋃鐺」句尤有深味：知識分子乃是蒲葉，豈能真地斬斷中共統治的鎖鏈？「鋃鐺」又兼涵「入獄」之義，更暗示了「鳴放」的結局。

同年尚有〈丁酉七夕〉一詩。詩云：

> 萬里重關莫問程，今生無分待他生。低垂粉頸言難盡，右袒香肩夢未成。原與漢皇聊戲約，那堪唐殿便要盟。天長地久綿綿恨，赢得臨邛說玉京。

此詩初看辭旨奇詭，其實是為「反右」而作。「鳴放」之後緊接著便是「反右」。陰曆七夕時，毛澤東的「陽謀」早已公開化了。詩中「言難盡」即指毛澤東所宣布的「知無不言，言無不盡；言者無罪，聞者足戒」的約定。「右袒」句則指「右派」知識分子的好夢破滅。毛澤東的十六字保證原是「戲約」，而知識分子竟然認真了起來，終於用他們的血淚譜出了一曲新的〈長恨歌〉。陳先生平時絕口不言時事，然而他的詩篇卻深刻而細緻地反映了中國近幾十年間所經歷的世變。這些詩不僅是他所說的「所南心史」，並且客觀上具有少陵「詩史」的意味。可惜陳夫人當年手抄他的詩稿三冊竟已遺失，《寒柳堂集》中的《詩存》祇不過是劫餘的一點殘灰而已。

一九六八年四月十二日，「造反派」迫害陳先生時曾特別責令他解釋〈丁亥（一九四七年）春日清華園作〉那首七律（見《編年事輯》，頁一六九），原詩如下：

蔥蔥佳氣古幽州，隔世重來淚不收。桃觀已非前度樹，藁街長是最高樓。名園北監仍多士，老父東城有獨憂。惆悵念年眠食地，一春殘夢上心頭。

這首詩是陳先生在抗戰勝利後初返清華園所作，主要是寄托一己的感慨。此詩詞旨顯白，並無嚴重的政治涵義，不知何以竟成為「批鬥」的主要對象。詩中「藁街長是最高樓」是譏諷當時美國人在中國所處的優越地位，因為「藁街」是漢代長安「蠻夷邸」的所在地也。名園、北監則分指清華園與北京大學。大概此詩最成問題的是「老父東城有獨憂」一語。迫害陳先生的人也許是要他交代為誰而「憂」以及所「憂」何事之類。其實陳先生自比為陳鴻祖《東城老父傳》中的「老父」大體不外乎兩點：一是傳中所述「天下之人皆執兵」，即為當時國共內戰而「憂」。另一層則是傳中述「今北胡與京師雜處，娶妻生子，長安中少年有胡心」之事，換句話說，即以當時中國服飾風俗漸染西（美國）化為「憂」（參考陳先生〈讀東城老父傳〉一文）。這兩點之中，陳先生對第二點尤其關心。〈戊子（一九四八年）三月二十五日清華寓園海棠下作〉一詩便恰好可以為「老父獨憂」作註腳：

北歸默默向誰陳，一角園林獨愴神。尋夢難忘前度事，種花留與後來人。江城地瘴憐

> 孤豔，海國妝新效淺顰。（原註：李文饒謂凡草木之以海名者皆本從海外來也）賸取題詩記今日，繁枝雖好近殘春。

可見他所憂的正是效顰海國新妝將使中國淪於「殘春」的境地。所以這首詩實在與共產黨並無關係，它所批評的毋寧倒是國民黨統治下的社會狀態。但是陳先生在一九五一年重新改定了此詩，題為〈改舊句寄北〉。其中最不同的是「藁街長是最高樓」的「長」字改為「翻」字，「名園北監仍多士」的「仍」字改為「空」字，「老父東城有獨憂」的「有」字改為「賸」字。這一改卻是非同小可，大大加重了原詩的砝碼。當時中共對蘇聯是採取「一面倒」的政策，所以不僅「藁街翻是最高樓」，而東城老父也只「賸」下「獨憂」了。知識分子在中共政權之下既然只有「閉口作啞羊」的份，那麼清華、北大的教授們豈不都是名存實亡了嗎？把〈改舊句寄北〉與原詩加以對照，則中共政權在陳先生內心深處究竟何似就完全不需要再加說明了。

一九四九年以後，許多知識分子為了求生存，竟完全置廉恥氣節於不顧，而一味取媚於新政權。陳先生對這種現象最看不慣。他有〈男旦〉一詩，說得最好：

改男造女態全新，鞠部精華舊絕倫。太息風流衰歇後，傳薪翻是讀書人。

「改造」兩字正是指當時所謂「思想改造」而言，知識分子接受了這種「改造」之後便衹有在戲臺上表演「妾婦之道」了。陳先生的看法和他的清華舊同事雷海宗先生完全一致。雷先生在「鳴放」時期曾說過，一九四九年以後中國知識分子「一般地是一言不發的，或者只能希望他們發一套假言」（見翦伯贊《歷史問題論叢》，人民出版社，一九六二年，頁一二所引）。不過陳先生的詩沒有流傳，所以倖免於禍，而雷先生的公開言論卻給他帶來了一項「右派分子」的帽子，至死都沒有摘掉。

陳先生評論人物十分平恕，並不取理學家的深刻嚴酷。他寫《柳如是別傳》，一大部分也是為錢牧齋洗冤的。他一方面指出牧齋具有「熱中怯懦」的個性（見下冊，頁八三五），但另一方面則運用大量的史料來證明錢牧齋在入清以後基本上是「復明運動」的主要人物。又如侯朝宗等人之應舉，後世論者曾予以嚴厲的斥責。陳先生則指出其中實有不得已的苦衷：

蓋建州入關之初，凡世家子弟著聲庠序之人，若不應鄉舉，即為反清之一種表示，累及家族，或致身命之危險。……後世未解當日情勢，往往作過酷之批評，殊非公允之

論也。（《柳如是別傳》下冊，頁一一一八～一一一九）

可見陳先生「尊崇氣節」（見〈贈蔣秉南序〉）絕非強人之所難，他不過是希望讀書人能保住起碼的道德標準而已。但是如果一個人連這一道最後防線都守不住，那麼他就無法博得陳先生的同情了。兒子鬥爭父親、學生清算老師，這都超出了最後的道德防線。一九五二年陳先生有〈呂步舒〉七絕一首，值得注意：

證羊見慣借粗奇，生父猶然況本師。不識董文因痛詆，時賢應笑步舒癡。

呂步舒是董仲舒的弟子，讀董氏推說災異的文字而不知為師書，詆為「大愚」（見《漢書．董仲舒傳》）。但是陳先生的「時賢」則正因為知道是自己老師的作品才大施「批判」，因此自然不免要看不起呂步舒了。這首詩寓莊於諧，寫得十分沈痛，當屬有感而發，可惜今天已無從深究了。「證羊」出於《論語．子路》篇，是大家都知道的典故。「借粗」一詞則詩人比較少用，其實也不算僻典。賈誼〈陳政事疏〉有云：

商君遺禮義，棄仁恩，并心於進取，行之二歲，秦俗日敗。故秦人家富子壯則出分，家貧子壯則出贅。借父耰鉏，慮有德色；母取箕箒，立而誶語。（見《漢書・賈誼傳》）

顏師古註「借父耰鉏」云：

言以耰及鉏借與其父，而容色自矜為恩德也。

一九五二年正符合賈〈疏〉「行之二歲，秦俗日敗」的時間，可見陳先生是有意通過「借粗」的故實來指斥中共「遺義棄仁」的暴政。「『你們不仁。』正是這樣」。這本是毛澤東在〈論人民民主專政〉中的名言。所以此詩一方面雖深斥知識分子的賣師求榮，但另一方面則點出這種敗德傷義的根源所在。陳先生雖在憤怒之餘仍不失其溫柔敦厚的詩人本色。

「改男造女」是當時中國知識分子的一般命運，陳先生自然也曾在這一命運的籠罩之下，但是他卻始終保持了讀書人的節操。一九五二年〈偶觀十三妹新劇戲作〉之第一首云：

塗脂抹粉厚幾許，欲改衰翁成姹女。滿堂觀眾笑且憐，黃花一枝秋帶雨。

「衰翁」自是借劇中人物以自喻，可見他確曾有被人「改成姹女」的危險。「黃花」句則明顯地表示要保持晚節的芬芳。在一九五三年所寫〈詠黃籐手杖〉五古中，他以更堅決的口吻自誓道：

陳君有短策，日夕不可少。登床始釋手，重把天已曉。……摩挲勁節間，煩憂為一掃。無何目失明，更視若至寶。擿埴便冥行，幸免兩邊倒。（補註：「兩邊倒」原作「一邊倒」，乃諷刺中共向蘇聯「一面倒」的政策，此是諱改。一九九三年《陳寅恪詩集》本已改正，見頁八三）殘廢十年身，崎嶇萬里道。長物皆捐棄，唯此尚完好。支撐衰病軀，不作蒜頭搗。……獨倚一枝籐，茫茫任蒼昊。

此詩有序云：

十五年前客雲南蒙自，得黃籐手杖一枝，友人刻銘其上曰：「陳君之策，以正衺矢。」（英時按：「衺」即「邪」字，「矢」是「傾斜」之意）因賦此詩，時癸巳仲冬也。

今按：唐代南詔所產赤籐杖（亦稱紅籐或朱籐）極為有名，屢見於韓愈、張籍、白居易諸家的吟詠之中，而香山一集中尤屢見。白氏「三謠」之一的〈朱籐謠〉云：

朱籐朱籐，溫如紅玉，直如朱繩。自我得爾以為杖，大有裨於股肱。前年左遷，東南萬里。交遊別我於國門，親友送我於滻水……惟此朱籐，實隨我來。瘴癘之鄉，無人之地，扶衛衰病，驅呵魑魅。吾獨一身，賴爾為二……雖有佳子弟良友朋，扶危助蹇，不如朱籐……。

陳先生是否真有一枝雲南黃籐杖，抑因讀古人之作而逞馳其文學上的想像，在此都無關重要。總之，他用黃籐杖來比喻自己的「勁節」，則是毫無可疑的。

陳先生在一九六四年〈贈蔣秉南序〉中說：

默念平生固未嘗侮食自矜，曲學阿世，似可告慰友朋。至若追踪昔賢，幽居疏屬之南，汾水之曲，守先哲之遺範，託末契於後生者，則有如方丈蓬萊，渺不可即，徒寄之夢寐、存乎遐想而已。

這一段話同時反映了陳先生晚年心境的兩個方面：在消極方面，他不肯「侮食自矜，曲學阿世」。此處「未嘗侮食自矜」一語最值得注意，是表示決不為求食之故而向政治權威低頭。此語的最初出處是《文選》王元長〈三月三日曲水詩序〉中之「侮食來王」。李善注引《漢書・匈奴傳》：「壯者食肥美，老者食其餘；貴壯、賤老弱也。」但是陳先生引用此典則是從錢牧齋〈西湖雜感序〉（見錢曾《牧齋有學集詩註》卷三）轉手而來。錢序中有「侮食相矜」一語，是牧齋用來「罵當日降清之老漢奸輩」（見《柳如是別傳》下冊，頁一〇二三）。陳先生則借此以表明他決不在學術上向中共屈服之意。陳先生說：

> 解釋古典故實，自當引用最初出處，然最初出處，實不足以盡之，更須引其他非最初、而有關者，以補足之，始能通解作者遣辭用意之妙。（《柳如是別傳》上冊，頁一一）

讀陳先生晚年的詩文必須嚴守他自己所規定的方法論，然後始能得其確解。

在積極方面，陳先生所嚮往的則是仿效隋代王通的河汾講學，守先待後以延續民族文化的一線命脈。然而他深知這不過是夢想而已。他在〈王寅（一九六二年）小雪夜病榻作〉中也說：

疏屬汾南何等事，衰殘無命敢追攀。

所以陳先生對現實的批判其基本觀點徹頭徹尾是文化的，而不是政治的。蔣天樞先生說陳先生「對於歷史文化，愛護之若性命」（《編年事輯》，頁一七五）。這是完全不錯的。但是陳先生的文化觀點在他整個晚年階段不但得不到同情，而且恰成為攻擊和嘲笑的對象。他在一九五四年所寫的〈無題〉詩云：

世人欲殺一軒渠，弄墨然脂作計疏。猧子吠聲情可憫，狙公賦芧意何居。早宗小雅能談夢，未覓名山便著書。回首卅年題尾在，處身夷惠泣枯魚。

這時已經有不少官方的「哈吧狗」（即詩中「猧子」，見原註）向陳先生狂吠。這也許和他拒絕出任科學院歷史研究第二所所長有關。後來他在〈第一次交代稿〉中說：

一九五四年春，中央特派人叫我去北京擔任科學院第二研究所所長，我貪戀廣州暖和，又從來怕做行政領導工作，薦陳垣代我。李四光我在廣西教書時和他很熟，一九五四年中央要我擔任歷史二所時，他特地寫信來勸我去。我沒有聽他的話，自悔負良友。北京的朋友周培源、張奚若都是清華老同事，因公來廣州時，都來看我，也勸過我。（《編年事輯》，頁一四七）

陳先生從前一直在中央研究院歷史語言研究所擔任著第一組（歷史）主任的名義，但這時竟不肯就所長之職。難怪這件事最後終於成為他的罪名之一了。陳先生深知中共的政策是「朝三暮四」的（即詩中「狙公賦芧意何居」），所以一九五九年與周揚談話也特別指責這種「前後矛盾」的作風（見第二節所引）。他當然不肯任人塗脂抹粉把他這位「衰翁」改扮成「姹女」。此詩末句原註云：

昔年跋春在翁有感詩云，處身於不夷不惠之間。

事實上陳先生〈俞曲園先生病中囈語跋〉的原文說：

吾徒今日處身於不夷不惠之間，託命於非驢非馬之國。

他故意引用上半句，是仿唐人「歇後體」的辦法（參看〈讀東城老父傳〉）。在一個「非驢非馬」的國度裡，他當然會被世人目為非類了。這種「世人欲殺」的感覺在他晚年的詩中尤其顯得深切。一九六一年他說：

> 留命任教加白眼。（〈辛丑七月雨僧老友自重慶來廣州承詢近況賦此答之〉）

一九六二年也有句云：

> 賸有文章供笑罵。（〈壬寅小雪夜病榻作〉）

甲辰（一九六四年）元旦則寫道：

> 閉戶高眠辭賀客，任他嗤笑任他嗔。

這些詩句充分地說明了陳先生晚年的精神痛苦所達到的深度。本文完全不談陳先生在「文革」

以後的悲慘遭遇，儘管「涕泣對牛衣，卌載都成腸斷史；廢殘難豹隱，九泉稍待眼枯人」的聯語（這是預輓陳夫人而作）令人不忍卒讀，儘管「我現在譬如在死囚牢」的絕命語令人不忍卒聞（見《編年事輯》，頁一七二）。「文革」是一個普遍性的大災難，而且比陳先生遭遇更慘的也還大有人在。本文要說明的是：即使在「文革」發生以前，中共的政治空氣已壓得陳先生無法喘息了。

最後讓我們簡略地討論一下《柳如是別傳》這部大書在陳先生晚年生命史上的意義。陳先生在一九六一年贈吳雨僧先生的詩中有「著書唯賸頌紅妝」之句，並自註云：

近八年來草《論再生緣》及《錢柳因緣釋證》等文凡數十萬言。

我們當然禁不住要奇怪：陳先生為什麼晚年只「頌紅妝」呢？吳雨僧先生曾指出：

寅恪之研究「紅妝」之身世與著作，蓋藉以察出當時政治（夷夏）道德（氣節）之真實情況，蓋有深意存焉。絕非消閒風趣之行動也。（一九六一年九月一日吳宓《日記》，見《編年事輯》，頁一六五）

吳先生的話自是「知言」，所謂「深意」當然是指與現實有關。陳先生在《柳如是別傳》的〈稿竟說偈〉中，承認這是一部包含了「怒罵嬉笑」的作品。因此他之僅「頌紅妝」即是罵當世讀書人都已成了戲臺上的「男旦」。不但舊傳花蕊夫人有「二十萬人皆解甲，更無一箇是男兒」之詩（參看郎瑛《七修類稿》卷三四〈詩文類考論〉），而且明、清易代之際譏諷士大夫失節者也常有「座中若箇是男兒」或「今日衣冠愧女兒」等句（參看《續甬上耆舊詩》卷六二〈朱鈦詩注引僧澹歸詩〉及卷六三〈全吾麒和詩〉）。陳先生〈戲題河東君小影詩〉第三首有云：「衰殘敢議千秋事，賸詠崔徽畫裡真。」（《柳如是別傳》中冊，頁四四七）蓋亦所以曲達「今日衣冠愧女兒」之意。而另一方面，陳先生所頌之紅妝如柳如是卻反而「有烈丈夫風」（同上，頁六〇〇引徐釚語）。錢牧齋之終能懸崖勒馬實受河東君的影響。所以陳先生〈題牧齋初學集〉一詩有「誰使英雄休入彀」之句，並特加註語云：

明南都傾覆，牧齋隨例北遷，河東君獨留金陵。未幾牧齋南歸。然則河東君之志可以推知也。

陳先生晚年歌頌「紅妝」，尤其對柳如是傾倒備至，實已遠遠超出了理智判斷的範圍。他的

《柳如是別傳》（初名《錢柳因緣詩釋證稿》）是一九五四年開始屬稿的，至一九六四年初稿完成。在這一段期間，他開始用「金明館」的名號（《金明館叢稿》早在一九六二年以前即已送交書局）。一九六五年他開始寫自傳性的文字，又定名為《寒柳堂記夢未定稿》。現代一般人對館堂齋室之類的名稱似乎已失去了應有的敏感，因此陳先生的「金明館」、「寒柳堂」究竟何所取義，也就引不起讀者的深切注意了。事實上，金明、寒柳同取自柳如是〈金明池詠寒柳〉一詞，是陳先生對河東君特致傾慕的一種明確表示。但是這種傾慕絕不可能出於純理智的決定。陳先生畢生寢饋古籍，豈能在理智上判定柳如是是中國史上唯一值得他崇拜的作者，因而必須以「金明」號其館、「寒柳」名其堂？所以陳先生之傾服河東君祇有從心理與情感方面去尋求解釋。

這裡我們必須一提當年（一九四九年）陳先生不肯離開大陸而陳夫人堅欲去臺北的往事。陳先生事後必然深服陳夫人在這件大事上判斷比他正確。一九五一年他有〈題與曉瑩結婚廿三年紀念合影時辛卯秋寄寓廣州也〉：

> 短簷高屋總違時，相逐南飛繞一枝。照面共驚三世改，齊眉微惜十年遲。買山巢許寧能隱，浮海宣尼未易師。賴得黃花慰愁寂，秋來猶作豔陽姿。

此詩特別提到孔子「乘桴浮於海」之語正指兩年前的舊事。「未易師」者，是不能也，非不為也。而結尾兩句則以黃花晚節互相期勉。一九五五年陳夫人〈和寅恪乙未中秋見贈次原韻〉七律中有「天涯去住總優遊」、「不挂風帆萬里流」之句，則轉而慰解陳先生。其意蓋謂浮海之事既未成，不如從此隨遇而安，「去」或「住」皆不妨以「優遊」的態度出之也。

陳先生一九四九年不師宣尼之浮海，除了前面所說的意態消沉和避秦無地之外，也由於他對共產黨統治下的生活完全缺乏瞭解。但是一年之後他已深深地領略到其中滋味了。〈庚寅（一九五〇年）廣州七夕〉詩云：

> 嶺樹遮樓暗碧霄，柳州今夕倍無憀。金甌已缺雲邊月，銀漢猶通海上潮。領略新涼驚骨透，流傳故事總魂銷。人間自誤佳期了，更有佳期莫怨遙。

陳先生《詩存》頗多「七夕」之詩，所詠無不涉及世事，但有時辭旨較隱晦，不易遽解。前引〈丁酉七夕〉詠「反右」及此首則脈絡分明。至於他所領略的是何種透骨的「新涼」，而當時流傳的又是那一類驚心動魄的「故事」，讀者自可想像得之。此外如海上潮通、佳期自誤等語也都有所指，值得細細玩味。

陳先生當年不肯浮海，也並非完全由於失算。事實上，中共加入韓戰，終於導致臺灣與大陸的長期分立是任何人事先都無法估計得到的。在陳先生撰寫《柳如是別傳》期間，這種分立局勢已完全明朗化了。他回顧當時未曾早謀脫身，不但不勝其感慨而且更不免愧對陳夫人的膽識。《柳如是別傳》一書中便充滿了這種複雜的情感。此書在事實的層面所研究的是錢柳姻緣及復明運動。在這個層面上，陳先生的考證解決了無數複雜而深微的問題，在史學上有重大的突破。但是在意義層面上，此書卻絕不僅限於三百餘年前的明清舊聞，而處處結合著當前的「興亡遺恨」，尤其是他個人的身世之感。古典今情融化為一，這原是陳先生一貫的學術精神。一九六三年此書初稿草成時陳先生曾感賦二律，其第二首結語曰：

> 明清痛史新兼舊，好事何人共討論。

他自己已點明了書中興亡的兩重性。試問明清痛史是三百餘年前的舊事，尚何「新」之可言乎？

《柳如是別傳》不僅直接關繫「江左興亡」（陳先生有詩句曰：「興亡江左自關情」，古典今情躍然紙上，見《別傳》上冊，頁二八八），而且還間接涉及臺灣問題的遠源，所以處處都不免引起陳先生的切身感慨。茲略引其中最顯著者數事以見其悼古憫今之情於一斑。陳先生在討論明清爭東北一隅之後，忽發感歎說：

> 噫！三百五十年間，明清國祚俱斬，遼海之事變愈奇，長安棋局未終，樵者之斧柯早爛矣。（下冊，頁九八二）

「遼海之事變愈奇」即指韓戰後的新局面，這是他當初所意想不到的歷史發展。「長安棋局未終」一語尤可玩味，這顯然和他在一九四八年「消得收枰敗局棋」的判斷大有出入了。

在討論鄭成功據臺灣的問題時，他有一段話說得十分露骨：

> 鄭氏父子之興起，非僅由武力，而經濟方面，即當時中國與外洋通商貿易之關係有以致之。明南都傾覆，延平一系猶能繼續朱氏之殘餘，幾達四十年之久，絕非偶然。自飛黃大木父子之後，閩海東南之地，至今三百餘年，雖累經人事之遷易，然實以一隅繫全國之輕重。治史之君子，溯源追始，究世變之所由，不可不於此點注意及之也。（中冊，頁七二七）

這裡所說的當然不僅是歷史上的臺灣，因為他明言「閩海東南之地，至今……實以一隅繫全國之輕重」。而且由於這一隅之地已成為國際經濟系統中的一環，問題就變得更為複雜了。

尤其值得注意的是陳先生論錢、柳兩人當時對臺灣政權的態度有冷熱之不同。其言曰：

牧齋以為延平既以臺灣為根據地，則更無恢復中原之希望，所以辛丑逼除，遂自白茆港移居城內舊宅也。然河東君仍留居芙蓉莊，直至牧齋將死前始入城者，殆以為明室復興尚有希望，海上交通猶有可能。較之牧齋之心灰意冷，大有區別。錢柳二人之性格不同，即此一端，足以窺見矣。……（牧齋）有「逢人每道君休矣，顧影還呼汝謂何」一聯。意謂時人盡知牧齋以為明室復興，實已絕望，而河東君尚不如是之頹唐。……斯乃投筆一集之總結，愈覺可哀也。（下冊，頁一一八三）

其實柳如是留居芙蓉莊是否有政治涵義，殊難證實。陳先生下一「殆」字，即見其為推測之辭。但是我們把這一段話和一九四九年陳氏夫婦因去留問題發生嚴重爭執的往事加以對照，則頗覺古典與今事之間若合符節。陳先生已「心灰意冷」，所以不想再浮海，而陳夫人則「尚不如是之頹唐」，所以當時仍堅持要去臺灣。這是我們瞭解《柳如是別傳》的弦外之音的關鍵所在（陳先生又說：「河東君及牧齋之性格，一詼諧勇敢，一遲疑怯懦。」下冊，頁八六五。疑亦別有所指，而「遲疑」兩字尤值得玩味）。掌握了這一關鍵，我們才能更深一層地瞭解陳先生晚年著書何以祇頌「紅妝」，又何以特別對柳如是如此低頭膜拜，甚至把他畢生的論文都結集在「金明」與「寒柳」的名稱之下了。說得更明白一點，他是借柳如是來讚禮陳夫人啊！

但是陳先生始終與現實政治無直接關係，他畢生所關切的祇是他反覆強調的「獨立之精神」和「自由之思想」。他不能長期忍受「閉口休談作啞羊」的生活。所以晚年最使他低迴不能自已的乃是從前與友人自由商討學術的一段舊生活。他之所以特有感於河東君金明池〈詠寒柳〉一詞，其故實在於是。〈詠寒柳〉全篇都表現出對舊時交游的憶念與感傷，但其中最能觸動陳先生的情緒者則是「春日釀成秋日雨，念疇昔風流，暗傷如許」一段話。他是這樣解釋這幾句詞的：

> 昔時讀河東君此詞下闋「春日釀成秋日雨，念疇昔風流，暗傷如許」諸句，深賞其語意之新，情感之摯。……近……始恍然悟河東君之意，乃謂當昔年與幾社勝流交好之時，陳宋李諸人為己身所作春閨風雨之豔詞，遂成今日飄零秋柳之預兆。故「暗傷如許」也。……「釀成」者，事理所必致之意。實悲劇中主人翁結局之原則。古代希臘

亞力斯多德論悲劇，近年海甯王國維論《紅樓夢》，皆略同此旨。（上冊，頁三四〇）

以前他讀《再生緣》彈詞時，最受感動的是其中「豈是蚤為今日讖」一語，意謂中國之「地變天荒」早有先兆。現在他解〈寒柳〉詞中「釀成」兩字，著眼點依然在此。在他看來，他個人的結局固是一悲劇，而中國之終於淪為「舉國皆沈醉」（其實更正確地說，是「舉國皆狂」）更是人間一最大的悲劇。陳先生在研究明清這一段舊痛之際，他自己所親歷的興亡新痛時時襲上心頭、流於筆底，那是毫無可疑的。但陳先生治史的目的在於「通古今之變」，並「在歷史上尋求歷史的教訓」，他決不是用過去來影射現在。不過我們可以總結地說，凡是他感慨最深之處大概都是古典今事適相通貫的所在，也是歷史最能夠提供教訓的地方。明清的興亡和當代的興亡在許多方面都不能相提並論，這一點陳先生當然是完全瞭解的。但是一個政權或社會秩序的全面崩潰，終不能出乎客觀因素與主觀因素兩大範圍，也就是中國傳統史學上所謂「天」與「人」的問題。在這一方面，古今的興亡則未嘗不能比觀。陳先生論明亡有云：

嗚呼！建州入關，明之忠臣烈士，殺身殉國者多矣。甚至北里名媛，南曲才娃，亦有心懸海外之雲（原註：指延平王），目斷月中之樹（原註：指永曆帝），預聞復楚亡秦之事者。然終無救於明室之覆滅，豈天意之難迴，抑人謀之不臧耶？君子曰，非天也，人也！（下冊，頁一一一九～一一二〇）

「非天也，人也！」這一斷語令人讀來有筆力千鈞之感。其言似遠而其指實近，由此可見陳先生決不是一個歷史決定論者。

最後，讓我引用《柳如是別傳》的〈稿竟說偈〉來結束這篇文字。今本《別傳》之末作者合掌說偈曰：

刺刺不休，沾沾自喜。忽莊忽諧，亦文亦史。述事言情，憫生悲死。繁瑣冗長，見笑君子。失明臏足，尚未聾啞。得成此書，乃天所假。臥榻沈思，然脂瞑寫。痛哭古人，留贈來者。

此偈最可注意者是「述事言情，憫生悲死」兩語。作者等於明白地告訴我們，《柳如是別傳》在情感的層面上不但兼有古今，而且毋寧是「厚今薄古」的。不用說，他「憫」三百年後的生者必然多於「悲」三百年前的死者；「悲死」其實衹是「憫生」的延長。

但是〈稿竟說偈〉還有一本，是陳夫人手抄而保存在《陳寅恪先生編年事輯》中的。其文如下：

奇女氣銷，三百載下。孰發幽光，陳最良也。嗟陳教授，越教越啞。麗香鬧學，皋比決捨。無事轉忙，然脂瞑寫。成卌萬言，如瓶水瀉。怒罵嬉笑，亦俚亦雅，非舊非新，童牛角馬。刻意傷春，貯淚盈把。痛哭古人，留贈來者。（頁一六三～一六四）

這篇偈語頗透露出陳先生晚年遭遇的一些真相，《牡丹亭》中的陳教授，禁不起麗香鬧學，失去了說話的自由，祇有把滿腔幽憤都寄托在文字之中。然而這種情感當時是不許流露的。「刻意傷春，貯淚盈把」。他也失去了公開痛哭的自由。他在一九五八年康南海百歲生日獻詞中寫道：「玉溪滿貯傷春淚，不肯明流且暗吞。」對陳寅恪先生晚年心境的刻劃再也找不到比這兩句詩更恰當的了。

一九八二年十二月廿八日於美國康州之橘鄉，上距陳先生逝世已十有三年矣

陳寅恪晚年詩文釋證

我在〈陳寅恪的學術精神和晚年心境〉中已對他的晚年詩文作了一些詮釋。我所運用的即是陳先生所謂「古典今情」雙管齊下的方法。陳先生自始即注重古人詩文中所寓的時事，他有時也稱此為「今典」（見吳宓《空軒詩話．前言》）。這個方法在他中年的著作中已屢見（如《元白詩箋證稿》），但在晚年的《柳如是別傳》中則發揮了最大的效力。這是因為清初作者忌諱極深，詩文不得不力求隱晦。其中古典、今典往往涵蘊著很多層次，不僅非字面的瞭解所能為力，而且也不是僅憑典故的最初出處便能探驪得珠的。陳先生晚年所值的時代比清初文字招禍的情況只有過之而無不及，因此他的詩文也特別隱晦難懂。如果不是字字句句細加推敲，則無法確定其命意之所在。我在前文中雖鑿通了一小部分，但不解者仍多。最近閒中重讀《寒柳堂集》，又幸而有所啟悟，故補寫此篇，以為前文之續。

「七夕」詩

首先讓我們檢討一下他的「七夕」詩。我在前文中指出《詩存》中「七夕」詩無不涉及世事，但因辭旨較隱晦，不易遽解。當時我所能確解的是〈庚寅（一九五〇年）廣州七夕〉和〈丁酉（一九五七年）七夕〉。前者是他在中共統治下第一次渡七夕，剛剛領略到極權政治的滋味，又聽到了許多鬥爭清算的故事。他已開始後悔未聽從陳夫人的意見，及早謀身遠去。所以此詩的後半說：「領略新涼驚骨透，流傳故事總魂銷。人間自誤佳期了，更有佳期莫怨遙。」後者則詠「反右」和毛澤東的「陽謀」，我在前文中已解釋清楚了，不再重複。但此外還有三首詠七夕的詩，也是講時事的。其中〈丙申（一九五六年）七夕〉不須解說，因為他自己在題目中已說明「時蘇彝士運河問題方甚囂塵上也」。這首詩使我們知道，他所關心的並不限於國內的事態，國際局勢的重大演變也同樣在他的密切注視之中。蘇彝士運河事件與中共無關，不須顧忌，所以他敢公然在詩題中標出主旨。這又證明其他幾首未標明的必然隱藏著與中共有關的「今典」。我對〈庚寅廣州七夕〉和〈丁酉七夕〉兩首的解釋也因此而更為確實了。但是〈辛卯七夕〉和〈癸巳七夕〉兩首究何指？這兩首詩不能通解雖不致動搖〈丁酉〉、〈庚寅〉兩首的解釋，但究竟有點美中不足。而且「七夕」詩如不能盡解，則有些人終不免會懷疑「七夕」詩和時事有關的論斷。茲先錄原詩如下，再加解說。

辛卯七夕

乞巧樓頭雁陣橫，秦時月照古邊城。已涼秋夜簾深捲，難暖羅衾夢未成。天上又聞傷短別，人間虛說誓長生。今宵獨抱綿綿恨，不是唐皇漢帝情。

癸巳七夕

離合佳期又玉京，靈仙幽怨總難明。赤城絳闕秋閨夢，碧海青天月夜情。雲外自應思往事，人間猶說誓來生。笑他欲挽銀河水，不洗紅妝洗甲兵。

結論先說，這兩首是詠板門店和談，一在和談之始（一九五一年七月間），一在停戰簽字之後（一九五三年七月二十七日）。按：陳先生已佚詩中有一首題為〈熱不成寐次少老聞停戰詩韻〉，見《編年事輯》，頁一四六）。第一首「秦時月照古邊城」表面上可以解為廣州（番禺），不致引起猜疑。事實上則指樂浪。《史記．朝鮮列傳》說：「自始全燕時嘗略屬真番、朝鮮，為置吏，築鄣塞。秦滅燕，屬遼東外徼。漢興，為其遠難守，復修遼東故塞，至浿水為界，屬燕。」可見秦所佔有的朝鮮其地域比漢為大。所以後來衛滿「渡浿水，居秦故空地上下郶」。《索隱》引《漢書．地理志》：「樂浪有雲郶。」陳先生〈癸巳（一九五三年）六月十六夜月食時廣州苦熱再次前韻〉的第三句「屯戍尚聞連溟水」，即指韓戰尚未結束而言。第一首第三句「已涼秋夜簾深捲」疑指中國。當時國外稱中共為「竹幕」（「簾」）的後面。第四句「難暖羅衾夢未成」則指蘇聯。「羅」字甚妙，即「俄羅斯」（別有確證，詳後）。「難暖」者，蘇聯本是寒冷之地也。陳先生判斷發動戰爭的原動力來自蘇聯，但是好夢並未實現。五、六兩句指美國。「傷短別」疑指一九五一年四月十一日麥克阿瑟解職事；「誓長生」即指和談。但是他似乎對和談是否有長遠的效果頗為懷疑。所以用「虛說」兩字。最後兩句暗指「秦皇、漢武，略輸文采；唐宗、宋祖，稍欠風騷」的毛澤東。那時毛澤東正在「一面倒」，戰或和都不能真正自作主張，故「獨抱綿綿恨」也。我在舊文中曾討論過「論唐高祖稱臣於突厥事」的涵義，正可與這兩句詩互相發明。〈論唐高祖〉一文是同年春天寫成的，與「七夕」詩相去不過數月，故用意一貫。

第二首較第一首更為顯豁。首二句表示對這一協定不易理解。但可注意者是「玉京」，依道家之說乃在「大羅天之上」（葛洪《枕中書》），所以第一句仍暗含有俄羅斯之「羅」。可見他始終認為韓戰及談和都是由蘇聯在背後發蹤指示的。第三句「赤城絳闕」象徵中共的「紅旗」；第四句「碧海青天」則象徵國民黨的「青天白日旗」。國民黨在臺灣，所以又用「碧海」兩字。不但此也，此句明用李義山「嫦娥應悔偷靈藥，碧海青天夜夜心」，更有言外之意在。第五、六兩句承上聯而來。但第五句的「雲外」兩字應特別注意，實是「大羅雲外」（見後），藏有俄羅斯的「羅」字，意指蘇聯以外的世界，也就是自由世界。所以全句的意思是說自由世界應該想到國共和談的「往事」，為什麼現在又簽訂和約了呢？「虛說」在這裡改成「猶說」，因為協定已經簽字了。結尾兩句尤值得玩味，好像銀河水應洗的是「紅妝」而不是「甲兵」。挽銀河水以洗甲兵本是詩人常語，陳先生在〈丁亥（一九四七年）除夕作〉中便有「誰挽天河洗甲兵」的詩句（此詩《詩存》失收，見《陳寅恪先生編年事輯》，頁一三〇），那是他反對國共內戰的表現。那麼「紅妝」究竟何指呢？我不敢強作解事，只好留待讀者去猜想吧。

這兩首「七夕」雖然隱晦，但一經說穿了便毫無神祕之處。其關鍵是在把寫詩的時間和當時發生不久的大事件加以比勘。不過如果一個人對中國的舊詩不具備起碼的理解能力，對詩中的象徵符號完全不能領會，那麼再詳細、再清楚的分析也是無濟於事的。對於這樣的人，不但我這種粗淺的文字變成了廢紙，而且陳先生的《柳如是別傳》也是白寫了。

陳先生用「七夕」的題目寫時事並不是「自我作古」，而是遠有淵源的。他基本上是師承吳梅村（偉業）的。試看下面這首〈七夕感事〉（按：靳榮藩《吳詩集覽》題下有「或云為孔女四貞作」數字）：

天上人間總玉京，今年牛女倍分明。畫圖紅粉深宮恨，砧杵金閨瘴海情。南國綠珠辭故主，北邙黃鳥送傾城。憑君試問鵰陵鵲，一種銀河風浪生。

這不明明是陳先生〈癸巳七夕〉的藍本嗎？不但風格同、辭語同，而且韻腳也同（前半首簡直是次韻）。梅村所感何事已難詳考。但他既點出「感事」兩字，那便沒有懷疑的餘地了（靳氏《集覽》也說「未詳所指」）。此外梅村五律中也有〈七夕感事〉、〈七夕即事〉諸詩，同為詠時事之作。所以〈癸巳七夕〉乃仿自梅村〈七夕感事〉是不容爭辯的。陳先生論程嘉燧（松圓）〈朝雲詩〉之七與李商隱〈杜工部蜀中離席〉之間的關係說：

又松圓此詩與玉谿生擬杜七律關係密切，他不必論，即就兩詩同用一韻，可以推知。（上冊，頁一八六）

他既然這樣去理解前人的詩，他自己的詩當然也必須通過同樣的方法才能獲得確解了。陳先生這兩首詩特別隱晦，這當然是因為談韓戰已犯時忌，而他本人對韓戰所持的觀點更是犯了「欠斫頭」的大罪。關於談韓戰犯忌，我們可以舉出一個最明顯的例證。《論再生緣》之末附有〈感賦二律〉，其第二首第六句「青丘金鼓又振振」下原注說：「《再生緣》敘朝鮮戰爭。」這是海外出版的原本的寫法，可以覆按。但是在大陸後來印行的本子中，這句話卻改成「《再生緣》間敘爭戰事」，「朝鮮」兩字已不見了。我們無法斷定是誰改的。但「朝鮮戰爭」字樣觸犯時忌卻從這一修改得到了完全的證實。校勘學有助於考史，即此可見。

「七夕」詩討論至此已告結束。陳先生晚年有關「七夕」之作，現存者一共五首，每一首都是詠時事的，而且是當時國內外的最重大的事件，絕無例外。他對每一事件也都下了明確的論斷；這是他繼承杜甫以來的「詩史」傳統。這些論斷表達了他的主觀看法，讀者是否同意是另一問題。但是另一方面這些主觀論斷卻又是研究陳先生晚年心境的客觀材料。不能深入地掌握這批材料，陳先生晚年的生活是無從瞭解的。我之所以不惜辭費地闡釋他的「七夕」詩，主要是想為將來寫他的傳記的人提供一些最重要的線索。

「落花」詩

但是陳先生有關時事的詩篇絕不限於「七夕」一體。我在〈陳寅恪的學術精神和晚年心境〉中已經解釋過的，這裡不再重複。下面讓我介紹另外一首七律，這是他詠時事詩中的絕唱。我在寫前文時還未能解開它所蘊藏的深謎，最近才豁然貫通，真有撥雲霧而見青天之感。現在寫出來和讀者共同欣賞。

丙甲（一九五六年）春偶讀杜詩「唯見林花落」之句戲成一律

林花天上落紅芳，飄墮人間共斷腸。阿母筵開爭罵座，太真仙去願專房。按歌未信宮商換，學舞端憐左右忙。休問大羅雲外事，春陰終護舊栽棠。

這首詩是屬於「感春」、「落花」詩的體裁。近代最著名的當然是陳寶琛的〈感春〉四律和前後〈落花詩〉各四律。陳先生此詩也毫無疑問地是從陳寶琛的詩中脫化出來的。最明顯的是〈感春〉四首之二：「阿母歡娛眾女狂，十年養就滿庭芳。」、「可憐買盡西園醉，贏得嘉辰一斷腸。」和〈後落花詩〉四首之二：「無端又茹冬青痛，天上人間總斷腸。」等句。這都和陳先生詠「唯見林花落」之詩風格同、遣詞同、韻腳同。陳寶琛是散原老人的座師，陳先生對他的詩自然是熟極而流的，更何況王國維臨死以前為門人書扇即用了〈前落花詩〉的最後兩首呢！陳寶琛的〈感春〉、〈落花〉都是詠時事的，從中日甲午戰爭到民國十三年馮玉祥逼宮，都暗藏在這十二首七律之中（見吳宓《空軒詩話》第十三條）。

那麼陳先生所詠的時事是什麼呢？說穿了又是不值一文錢：這是詠當時蘇聯共產黨第二十次代表大會清算斯大林的事件。所以「唯見林花落」之「林」即是斯大林之「林」，並非泛指。「唯見林花落」出自杜甫〈別房太尉墓〉。房琯死在公元七六三年，杜詩作於次年，正指一死去不久的人。而且「太尉」也相當於斯大林的「大元帥」頭銜。可見陳先生的借喻非常合適。杜句出處既明，則此詩所詠非真正的「林花」，而是某一死者，即可完全確定。第一句「林花天上落紅芳」是說斯大林的威望忽然從天上掉到了地下。第二句尤妙，是指共產黨破產了。不但「共斷腸」之「共」是「共產黨」之「共」，而且「斷腸」兩字除了表面的意義之外還隱藏了「產黨」兩字。這是運用雙聲疊韻的關係：「斷」與「產」是疊韻，與「黨」是雙聲；「腸」與「黨」是疊韻，與「產」則又是雙聲。總結起來，這兩句詩是說斯大林垮了，共產黨也跟著破產了。「阿母筵開爭罵座」的「阿母」自然非赫魯曉夫莫屬，「爭罵座」是指會場上人人爭先恐後地罵斯大林。「太真仙去願專房」則顯然是說現在斯大林死了，赫魯曉夫要取代他的「專政」地位。可見「專房」兩字也不是隨手用成語來湊韻的。這裡用楊貴妃來暗指斯大林也是有意和不得不然的。因為「阿母」是女性，只有取代另一女性才能說「專房」。「按歌未信宮商換」是說共產黨的本質並未因此而改變，唱的仍然是老調。「學舞端憐左右忙」是指蘇聯的衛星國家，包括中共在內，面臨一種困境：究竟應該向「左」傾呢？還是向「右」傾呢？「休問大羅雲外事」的「羅」即是俄羅斯的「羅」，這可以確證〈辛卯七夕〉第四句「難暖羅衾夢未成」的「羅」也是暗指蘇聯。結句「春陰終護舊栽棠」指毛澤東對斯大林的袒護，即所謂三七開。所以最後兩句的意思是：不管蘇聯對斯大林如何清算，中共仍然要肯定他的。陳詩起句「林花天上落紅芳」和末句「春陰終護舊栽棠」又隱藏了一首陸游的七絕。放翁〈花時遍遊諸家園〉的十首之二曰：

為愛名花抵死狂，只愁風日損紅芳。綠章夜奏通明殿，乞借春陰護海棠。

陳氏全取放翁詩意，顯然可見。毛澤東「愛」斯大林正是「抵死狂」，深恐蘇共的批判「損」了「紅芳」。但此事在人間已無可挽回，祇有向天上玉皇大帝那裡去求乞「春陰」了。「通明殿」是宋代道教中玉皇殿的專稱，如蘇東坡〈次韻樂著作天慶觀醮〉：「無因上到通明殿，只許微聞玉佩音。」和〈上元侍飲樓上呈同列〉：「侍臣鵠立通明殿，一朵紅雲捧玉皇。」皆其證。

最後我還要指出一點，這首詩不僅有「林」、「共」、「羅」等字面，而且底層還有「俄羅斯」和「斯大林」的全名。所以順著讀下來，我們找到「阿」「羅」「事」（「俄羅斯」），倒著讀上去即可找到「事」「大」「林」（「斯大林」）；「事」字兩用。陳先生是南方口音，「斯」、「事」不分，猶之南方人有時也把斯大林譯成史達林。經過以上的分析，我們便不難看出，這首詩真是極盡迴環往復、婉轉曲折之能事。從字面上看，它確是一首詠落花的詩，而且自然之至，有如行雲流水。但在字底下，所詠的時事卻次序分明，意思是一層轉一層，事情是一節換一節。其中每一個字，甚至字的音都不是閒著的。謎面和謎底配合得如此天衣無縫，文心之細，真不能不令人嘆為觀止。祇有借用吳梅村「一卷芭蕉輾轉心」的詩句才可以勉強得其彷彿。我最初發掘出這首詩的底蘊時，頓然有石破天驚之感。我實在不忍埋沒陳先生的苦心孤詣，所以在百忙中趕寫出來以告今之讀者和天下後世。

我現在才完全明白陳先生為什麼要寫下「晚歲為詩欠斫頭」那句詩了。他留下這個路標，是為了要指引我們去發掘他在詩中所隱藏的無數珍寶。我在前文中雖然發現了寶藏的一部分，但是由於「七夕」詩尚未全部通解，「落花」詩更有待發之覆，所以還停留在「明而未融」的階段。理解力不足或別有懷抱的人多少還有強辯的餘地。他們可以說「欠斫頭」是詩人常有的誇張之詞，陳先生晚年的詩最多不過發發個人身世的牢騷而已，何至於觸犯禁網到了「欠斫頭」的地步？現在我們解開了「七夕」，落花及其他諸詩的謎底，反對論者至少在理性的層面上便再也找不到立足之地了。

其他「欠斫頭」的詩

陳先生所說「欠斫頭」的詩毫無疑問地是指「七夕」之類的隱晦詩篇而言的，決不是那些一望而知是感懷身世的作品。在這些極端隱晦的篇章裡，他不但大談政治，而且發出極為尖銳的批評和諷刺。吳宓《日記》（一九五九年七月廿九日）曾說：

錢詩如不引注原句，則讀者將謂此句為妄談政治。（見《編年事輯》，頁一五七所引）

這好像是說陳先生在詩中從不「妄談政治」，所以這個問題必須加以澄清。按陳先生原詩句及註出於〈春盡病起，宴廣州京劇團，並聽新谷鶯演望江亭，所演與張君秋微不同也〉（據《編年事輯》，此詩作於一九五九年）。其中第三句曰：

天上素娥原有黨。

陳先生原註曰：

錢受之中秋夕翫月詩云：天上素娥亦有黨。

吳雨僧先生在《日記》中的話便是指此句及註而言。陳先生這句詩必因新谷鶯是中共黨員而發。其意正存譏刺。儲安平在一九五七年所說的「黨天下」便是陳先生的「今典」，從「黨天下」到「天上黨」是極為自然的聯想。他借新谷鶯來表示連京劇演員也非要入黨不可的一番意思。他特別把錢謙益「天上素娥亦有黨」這句詩註在下面則是一種烟幕彈，故意把某一類讀者的注意力從「今典」轉移到「古典」上去。但是他畢竟不甘沈默，要讓天下後世的人知道他對中共的看法，所以終於寫下了「天上素娥原有黨」之句。如果真正怕談政治，又何必一定要借用錢牧齋這句詩？下句「人間紅袖尚無家」並不是很難屬對的。這個註正是所謂「此地無銀三百兩」，欲蓋而彌彰了。以「家」對「黨」即成「黨家」。他在〈哀金圓〉中便用過「黨家專政二十載」的春秋筆法。不過現在換了一個「黨家」而已。這正是文人故弄狡猾之處。吳雨僧先生豈是聞絃歌而不知雅意的人？正由於他為老友擔憂，所以才故意在《日記》中留此一筆。試想這句詩除了一個「黨」字外全無任何有礙的字眼，而陳先生必須忙著加註，吳先生也必須誠惶誠恐地寫《日記》，這豈不恰恰足以說明中共當時的政治是怎麼樣一種性質嗎？陳先生如果不是「妄談政治」，吳先生又何必在《日記》中說「要須久久細讀方可盡得寅恪詩中之意」呢？更何必特讚陳先生「記誦之淵博、用語之綰合、寄意之深遠」呢？（陳先生論錢牧齋詩之自註云：「牧齋之自註，必有深旨，非淺人初讀所能盡解也。」見《柳如是別傳》中冊，頁五二七。我希望讀《寒柳堂詩存》的人能懂得這句「夫子自道」的話）

事實上，吳先生是陳先生最能信任的少數友人之一，陳先生在他面前並不避諱「妄談政治」。一九六一年陳先生〈贈吳雨僧七絕〉四首之四：

> 弦箭文章那日休，蓬萊清淺水西流。鉅公謾（？疑是「漫」字之誤）詡飛騰筆，不出卑田院裡遊。

這是一首諷刺毛澤東的詩，可由「鉅公」、「飛騰」、「卑田院」諸詞的涵義而完全確定。《漢書・郊祀志上》：

> 群臣有言見一老父牽狗，言「吾欲見鉅公」，已忽不見。

注引鄭氏曰：「天子也。」張晏曰：「天子為天下父，故曰鉅公也。」「鉅公」既是「天子」，則自非毛澤東莫屬。韓愈〈符讀書城南〉古詩：

三十骨骼成，乃一龍一豬。飛黃騰踏去，不能顧蟾蜍。

《朱文公校昌黎先生集》卷六「飛黃」註，引《淮南子》：「飛黃，神馬也。」韓詩此處雖不指天子，但既言「龍」乘「神馬」而飛騰，自可取以配「鉅公」。陳先生此句指毛澤東乃益無可疑。卑田院即唐代的悲田養病坊，原屬佛教的慈善事業，專養殘疾的窮人（參看《舊唐書》卷十八上〈武宗本紀〉會昌五年十一月甲辰敕）。但陳先生用此典與悲田養病坊本身無關，而是借悲田為「施貧」之義以暗指「無產階級專政」的馬列主義。合「鉅公」、「飛騰」、和「卑田院」三個條件於一人之身，則當時中國除了毛澤東外更無第二人可以當得起。「鉅公漫詡飛騰筆，不出卑田院裡遊」兩句詩的意思至此已十分明顯：毛澤東儘管自負能舞文弄墨，而事實上翻來覆去地都不出馬列主義的範圍。

但是全詩的更深一層的諷刺涵意必須通過對第一、第二兩句的分析始能完全顯現。「弦箭文章那日休」中的「那日休」三字一望可知，即對毛澤東的馬列八股已不耐煩，希望他不要再寫了。「弦箭文章」在表面上似可解為文章如箭在弦上，一發而不能已。但是陳先生在寫此詩的三十年前也用過「弦箭文章」一語，我們不妨加以比較。〈閱報戲作二絕〉（題下原註「庚午」，即一九三〇年）第一首：

> 弦箭文章苦未休，權門奔走喘吳牛。自由共道文人筆，最是文人不自由。

這是諷刺某一位奔走權門的「文人」而作的詩。此處毋須考證其人為誰（我的推測是指吳稚暉）。「喘吳牛」乃用滿奮畏風，自謂「臣猶吳牛，見月而喘」的典故（見《世說新語．言語》）。則此人或是一吳地的文人。「文人」與「鉅公」地位懸絕，但同有「弦箭文章」，可見「弦箭文章」必有出典。就我所知，以「弦箭」來描寫「文章」的典故只有一個，即汪中的〈經舊苑弔馬守真文〉的〈序〉。汪中在〈序〉中說：

> 余單家孤子，寸田尺宅，無以治生；老弱之命，縣於十指。一從操翰，數更府主。俯仰異趣，哀樂由人，如黃祖之腹中，在本初之弦上。（見《述學．別錄》）

汪中自怨他一生遊幕，代府主作文章，說的都是別人的話。所謂「黃祖之腹中」是指禰衡在黃祖的幕下，所作書記，輕重疏密，各得體宜。黃祖持其手曰：「處士，此正得祖意，如祖腹中之所欲言也。」（見《後漢書．文苑傳下》）本初即袁紹。「本初弦上」亦有直接的出處。《文選》卷四十四陳琳〈為袁紹檄豫州〉李善注引《魏志》云：「曹公曰：卿昔為本初移書，但可罪狀孤而已。惡惡止其身，何乃上及父祖耶？琳曰：矢在弦上，不可不發。」總之，「如黃祖之腹中，在本初之弦上」是說代人作文章，文成即發出，有如箭在弦上，不由自主。〈弔馬守真文〉陳先生自然是熟讀成誦的。他在《論再生緣》的結尾處曾特別提及。不但如此，他在《柳如是別傳》中論錢謙益承馬士英之意上疏朝廷之事時，還說過這樣的話：

> 牧齋既已是袁紹弦上之箭，豈能不作黃祖腹中之語乎？（下冊，頁八三五）

我也正是因為受到這句話的啟示，才獲得「弦箭文章」一語的確解。

「弦箭文章」的涵義既定，問題也就隨之而來。那位「喘吳牛」的「文人」希承「權門」的意旨，所寫的當然是「不自由」的「弦箭文章」。毛澤東這位「鉅公」又何須作「黃祖腹中」之語呢？其實這恰恰顯出了詩人的諷刺本旨。毛澤東此時（一九六一年）剛剛和蘇聯決裂，當然不必再作赫魯曉夫的腹中之語。但陳先生要譴責他的便正在這個地方。中共在政治上既不必再「一面倒」，則首先便應該回到民族文化的立場，放棄從西方傳來的馬列主義。陳先生在三十年代即主張中國「必須一方面吸收輸入外來之學說，一方面不忘本來民族之地位」（見〈馮友蘭中國哲學史審查報告三〉）。在一九五一年希望毛澤東效法唐太宗；在寫《論再生緣》時更幻想使中國文化再生。他對現實政治的瞭解也許不免失之天真，但是他的中心思想是始終一貫的。這時最使他失望的是毛澤東在政治上不能再「一面倒」之後，在思想上依然繼續「一面倒」；而且由於兔死狐悲之感，仍奉斯大林為宗師。從這一點說，毛澤東雖是「鉅公」，他的文章卻仍「如黃祖之腹中，在本初之弦上」。

第三句「蓬萊清淺水西流」也與全詩同其呼吸。字面的典故是《神仙傳》中有名的故事，即麻姑見蓬萊水又淺於往昔，擔心滄海又將變為桑田。這自然是指陳先生晚年所經歷的「地變天荒」而言；但「蓬萊清淺」四字則是直接來自蘇東坡〈乞數珠贈南禪湜老〉的結語：「適從海上回，蓬萊又清淺。」「水西流」也出於東坡〈浣溪沙・遊蘄水清泉寺，寺臨蘭溪，溪水西流〉：「門前流水尚能西。」陳先生在廣州與被貶「過嶺」的東坡精神上頗為相契，故詩中常用東坡語。這也是瞭解他的晚年心境的一個重要關鍵。「蓬萊清淺水西流」的字面雖分別來自東坡的詩和詞，意思則完全是陳先生自己的。我們至少可以看出兩重涵義：第一，就「弦箭文章」而言，這是譏刺其為淺薄（「蓬萊清淺」）的馬列主義（「水西流」）。第二，再深一層看，他慨嘆這最後一次的滄桑大變竟使中國在文化上一面倒向西方的馬列主義，成為一無可挽救之局。可見「水西流」又是和「卑田院」互相呼應的。在陳先生看來，中國之所以終於在文化思想上完全喪失了獨立自主的精神，毛澤東是要負最大的責任的，因為他處於可為之勢而倒行逆施。他雖貴為「鉅公」，自詡有一枝「飛騰」之筆，事實上和「權門奔走」的「文人」同樣是「不自由」。這真是極盡諷刺挖苦的能事了。

我為陳先生一首七絕竟寫了近兩千字的解說，自己也早已感到不耐煩。但是如果我不把詩中的一切古典今典都清楚明白地交待出來，有的讀者一定會認為我有偏見，所以望文生義地曲解原詩。不用說讀者，便是我自己以前也不敢相信陳先生這首詩是罵毛澤東的。否則我在上一篇文章中豈能讓這樣一條吞舟之魚漏網而去。「七夕」、「落花」諸詩之通解才使我自己的思想獲得了解放，以前視若無覩的材料現在都發生了全新的意義。不必說，這當然更是陳先生一首「欠斫頭」的詩了。

下面還有一首贈吳雨僧先生的七律，也須略加註釋，然後再回到吳先生的《日記》中所透露的陳先生的晚年心境。

辛丑（一九六一年）七月雨僧老友自重慶來廣州承詢近況賦此答之

五羊重見九迴腸，雖住羅浮別有鄉。留命任教加白眼，著書唯賸頌紅妝。鍾君點鬼行將及，湯子拋人轉更忙。為口東坡還自笑，老來事業未荒唐。

前半不需解釋，而且第三、第四句已在上一篇文章中討論過了。第五句說自己已去死不遠。第六句也很淺顯，說明自己的心情。湯子是湯顯祖，「拋人轉更忙」者即《牡丹亭》的起句：「忙處拋人閒處住。百計思量，沒箇為歡處。白日消磨腸斷句，世間只有情難訴。」最後兩句用東坡詩而反其意，必須稍作說明。東坡〈初到黃州〉首二句：「自笑平生為口忙，老來事業轉荒唐。」東坡因烏臺詩案入獄，後被謫為黃州團練副使，元豐三年（一〇八〇年）到職。此詩即二月初到時所作。「為口忙」兼具明暗二義，明指口福，即詩中所言「魚美」、「筍香」；暗指口禍，即烏臺詩案。暗義當然比明義更重要。「老來事業轉荒唐」者，即〈答李端叔書〉所云：

得罪以來，深自閉塞。扁舟草屨，放浪山水間，與樵漁雜處，往往為醉人所推罵，自喜漸不為人識。（見傅藻編纂《東坡紀年錄》元豐三年條）

陳先生詩中的「為口」自然是取暗義，表示自己不像東坡那樣怕招「口禍」，仍在不斷著「頌紅妝」書和寫「欠斫頭」詩。此之謂「老年事業未荒唐」也。

詩意既明，讓我們再看《編年事輯》關於此次陳、吳相見的記載和轉引的吳雨僧《日記》：

> 秋七月，老友吳雨僧宓自重慶來廣州。詢先生近況，賦詩答之。別時，又贈以四絕句。（按四絕句師母所書目錄中不載）
>
> 吳雨僧《日記》：「寅恪兄之思想及主張毫未改變，即仍遵守昔年『中學為體，西學為用』之說（中國文化本位論）。在我輩個人如寅恪者，決不從時俗為轉移。」（一九六一年八月三十日《日記》）

吳先生的《日記》我在上一篇文章中已引及，但當時尚以為只是泛論。現在我們知道陳先生主張中國與蘇聯分裂以後應該突破「卑田院」，回到「中國文化本位」，這則《日記》的涵義便頗不尋常了。我們不難由此推測陳、吳兩人「暮年一晤」談話的大概內容。《編年事輯》的按語也值得注意。陳夫人《詩存》目錄中不載〈贈吳雨僧〉四首絕句恐怕是有所顧忌。「弦箭文章」一首畢竟關係太大；而第三首「圍城玉貌」也有問題（詳後）。〈丁亥春閱花隨人聖盦筆記深賞其遊暘臺山看杏花詩因題一律〉陳夫人也在詩稿上注「刪」和「不鈔」字樣，可為例證（見《編年事輯》，頁一三〇）。筆記作者黃濬（秋岳）是因替日本人作間諜而被處決的，不能無所忌。陳夫人是最瞭解陳先生詩意的人，她不肯把這四首詩收入《詩存》決不是偶然的。

我的假設及其修正

我在〈陳寅恪的學術精神和晚年心境〉中曾提出一個假設。我假設陳先生在一九四九年時不願意離開大陸，而陳夫人則有意要去臺灣，陳先生當時看不出再流離到臺灣或香港還有任何前途。他對國民黨已完全失望，對共產黨則看作一種未知數。無論如何，衰年病目，一家五口，他是走不動了。當時與政治無直接關係的知識分子大概都抱著這種態度，不僅陳先生一人為然。但是差不多一年之後，他在廣州已聽到了許多驚心動魄的鬥爭清算的故事。這便是〈庚寅廣州七夕〉中「領略新涼驚骨透，流傳故事總魂銷」兩句之所指。廣州初秋的氣候大概不致於涼到「驚骨透」的地步吧。所以「新涼」只能指政治氣候而言。下句「故事」和「新涼」在七律聯語中屬於同一單位，這是舊體詩的常識。陳先生一生未捲入實際政治，但是他對政治一直是非常敏感的，特別是在政治氣候對於學術思想和社會風氣的影響方面。因此他隨時隨地都關心政治，並且認為知識分子應該批評政治（見〈讀吳其昌撰梁啟超傳書後〉）。他自己從不公開寫政論文章，但他在詩中常常對政治有尖銳的諷刺，從〈王觀堂先生輓詞〉以至晚年的作品都是如此。他也借用「歷史的教訓」來批判政治和社會現實。我在上一篇文章中所舉的〈論李懷光之叛〉和〈論唐高祖稱臣於突厥事〉不過是兩個具體的特例而已。事實上，他一生的研究工作是和四十年的時代感受分不開的。他早期注重中外文化交通和國際關係，這反映他對中西文化和列強侵略中國的關切。中年所寫《唐代政治史述論稿》和《隋唐制度淵源略論稿》則從國際關係逐漸轉向中國內部的問題，包括政治制度、黨派糾紛、社會階級的分野、權力的轉移與合法化（王位繼承）各方面。國際關係顯已退居較次要的地位。所以《唐代政治史述論稿》中只有最後一篇是討論「外族盛衰之連環性」的。抗日戰爭的晚期他開始寫《元白詩箋證稿》，這就表示他的注意力又從政治轉移到社會風俗方面來了。中國現代社會風氣的惡化是在抗戰中期才特別顯著起來的。可見他的學術著作一直是與他自己經歷的各個歷史階段同其呼吸的。這一發展的脈絡是如此分明、證據是如此堅強，任何人也無法加以曲解（以上各階段是根據他的寫作和出版的重點而劃分的。至於他在研究過程中目光早已照顧到各方面，那是不必說的）。

我正是根據他的一生學術的發展，才判斷他晚年的詩文也必然反映政治社會的現實。除非我們可以證明陳先生在一九四九年以後確已脫胎換骨，完全變成了另外一個人（所謂「新社會把鬼變成了人」），否則我們實在無法相信他在最後二十年中再也不寫詩批評現實政治了，他的學術著作再也不反映他對時代問題的關切了。《論再生緣》之關心「思想自由」、關心中國文化是那樣的露骨，衹有不明文理或別有用心的人才能別生新解（《論再生緣》中「端生此等自由及自尊即獨立之思想」一語也是故弄狡獪。陳先生在這裡是故意重複他在〈王觀堂先生紀念碑記銘〉所強調的「獨立之精神，自由之思想」）。《柳如是別傳》之藏有深意則幸而有吳雨僧先生的證言在，使不明文理或別有用心的人無法否認。吳先生隱隱約約地指出：

> 總之，寅恪之研究「紅妝」之身世與著作，蓋藉以察出當時政治（夷夏）道德（氣節）之真實情況，蓋有深意存焉。絕非消閒風趣之行動也。（一九六一年九月一日吳宓《日記》，引自《編年事輯》，頁一六五）

誰真能相信陳先生的《論再生緣》和《柳如是別傳》，如他表面上所說的，乃是「不為無益之事，何以遣有涯之生」呢？

陳先生最後二十年是生活在中國歷史上文字獄發展到空前高度的時代，他不能不用各式各樣的「隱語」和「暗碼」來抒寫他的真實感受。他的中國文史知識既是那樣的豐富，表達能力既是那樣的巧妙，思想既是那樣的綿密細緻，感覺又是那樣的敏銳，那麼他的晚年詩文豈是我們的俗眼一望便能見得到底的嗎？他的作品如果真是如此的缺乏深度，他還值得我們這樣的重視嗎？他用什麼樣的曲折婉轉的方法去揭破清初詩文中的無數謎底，我們也得用同樣的方法才能解開他在詩文中所深藏的「隱語」和「暗碼」。清初的考證大師閻若璩（百詩）曾說：「古人之事應無不可考者，縱無正文，亦隱在書縫中，要須細心人一搜出耳。」（《潛邱劄記》卷六）後來另一位考證大師戴震也說：「閻百詩善讀書。百詩讀一句書，能識其正面背面。」（段玉裁《戴東原先生年譜》末所記「先生言」）陳先生是一位善讀書的細心人，他不僅能看到古人文字的「正文」、「正面」，也深入「書縫」、和「背面」。《柳如是別傳》便是深入「書縫」和「背面」的一個最高範例。

我在上一篇文章中更進一步推測一九四九年陳先生和他的夫人唐篔（字曉瑩）女士為了去不去臺灣的問題發生過歧見。當時有一個傳說，陳夫人曾獨自負氣去香港，足見兩人之間爭執之嚴重。但是一九五〇年以後，陳先生轉而傾向陳夫人的看法了，而且十分佩服她的膽識。關於這一段經過，陳先生的晚年詩文中頗有跡象可尋。這更是他往往把陳夫人和柳如是相提並論的一個主要原因。

但是最近我輾轉獲知大陸方面對我的假設有負面的反應。這自然不是意外，他們所持的最重要的一個反證則是上面那個傳說的失實。據陳先生的女兒（不知道是三位中的那一位）說，陳夫人一向是尊重陳先生的決定的。她決不會有負氣出走之事。那一次她去香港是為了買東西，與想去臺灣與否無關。至於陳先生夫婦之間究竟在去留問題上是否有過分歧，陳先生的女兒似乎沒有提及——至少我沒有聽到。

歷史考證必須建立在堅實可靠的證據上面，所以我願意修正我的假設。陳夫人既確有香港之行，則前引的傳說至少也證實了一半，決非空穴來風。我現在仍假設陳先生夫婦在去留問題上發生過分歧，不過不如傳說之嚴重。因為如果不是先有兩人意見分歧的流傳，陳夫人的香港之行似乎不大可能被見者誤會她想去臺灣。這個傳說在我的最初假設中本屬於旁證性質。現在我更把它降低到無足輕重的地位。我的目的祇是通過陳先生的詩文去瞭解他的晚年思想狀態，我的假設是被證據逼出來的；至少在自覺的層面上，我已儘量遵守「實事求是」的原則。

本文更是專以考釋陳先生晚年詩文為主要任務。以下所釋諸篇頗有兼涉及陳夫人之處，《詩存》中所附陳夫人的詩篇也取其較有關係之句稍加解釋。

遺民晚節

陳先生決定留在廣州不走，是因為他覺得已無地可逃。國民黨既不能在大陸上立足，也未必能長保臺灣。這本是當時一般人的共同心理。陳先生在國際學術界雖享有高名，但一九四九年他已屆六十高齡，兼之雙目已盲，無論到歐洲或美國去教書都已不大可能（後來胡適之先生在美國的經驗可以為證）。但是避地海外的念頭有時也會在他的腦海中一閃而過。早在他輓王國維時，他已用朱舜水來比擬王先生之避地日本（「還如舜水依江戶」）。一九四九年一月在從上海到廣州的船上，他有詩句說：

避地難希五月花。

「五月花」是一個洋典，即 Mayflower，指一六二〇年英國清教徒避國內宗教迫害來到美洲的海船。這至少表示在他的觀念中，到海外避難也不是完全不能考慮的。說他留在大陸只是為了「歸正首丘」，則未免把問題看得太簡單了。

陳先生從決定留在廣州的時候起，也同時便決定了要好好保住自己的「晚節」，決不與新政權發生任何關係。〈庚寅（一九五〇年）春日答吳雨僧重慶書〉：

> 絳都赤縣滿兵塵，嶺表猶能寄此身。菜把久叨慙杜老，桃源今已隔秦人。悟禪獦獠空談頓，望海蓬萊苦信真。千里報書唯一語，白頭愁對柳條新。

此詩毋須詳解。「菜把」是用杜甫〈園官送菜〉：「清晨蒙菜把，常荷地主恩。」的典故，暗涵著對陳序經聘請他到嶺南大學任教的感激之情。「獦獠」是六祖慧能的自稱。「望海蓬萊苦信真」句即不信有海上蓬萊之意，這才是他不肯去臺灣的主要原因。此句又和「桃源」句相呼應，說明已經無地可以避秦了。最後兩句是向老友堅決地表示他今後的態度，即他對新政權只有一個「愁」字，並無任何幻想。「柳條新」用杜甫「新蒲細柳」之句，上一篇文章中已有詳細的說明，這裡不再重複。這首詩可以說是他的「自誓」，以後二十年中他一直沒有違背這個誓言。

同年還有一首七絕足以說明他對當時在臺灣的國民黨的態度。〈霜紅龕集．望海詩云「一燈續日月不寐照煩惱不生不死間如何為懷抱」感題其後〉：

不生不死最堪傷，猶說扶餘海外王。同入興亡煩惱夢，霜紅一枕已滄桑。

這首詩初看起來似乎不過是讀前人詩的抒感之作，但細加研究之後便可發現其涵義非常豐富。完全出人意外地，它竟為後來《柳如是別傳》撰寫的主要動機提供了一條最重要的線索。這首詩指當時的臺灣，是一望而知的。「扶餘海外王」和「興亡」等字眼使任何人無法對它別作解釋。但全詩的意向則非揭開其中所隱藏的祕密不能確定。

首先我要說明《霜紅龕集》是清初遺老傅山（青主）的詩文集，一共十二卷。傅青主其人是一般讀者所耳熟能詳的，但他的《霜紅龕集》並不普及。陳先生故意不提作者的名字。因為一提名字，詩的隱旨便洩露了一半。傅詩本身即是隱語。他的「望海」便是望鄭延平在臺灣所延續的朱明政權。所以此「望」是「希望」、「寄望」之「望」，不是蘇東坡〈望海樓晚景〉詩僅為觀望之「望」。「日月」是「明」的代號，故曰「一燈續日月」。但是鄭延平長留臺灣，不反攻大陸，則明朝的「燈」雖然延「續」了下來，終只成一「不生不死」的局面。傅青主的「煩惱」便由此而起。現在陳先生竟和傅青主「同入興亡煩惱夢」，這是多麼嚴重的問題。不但如此，陳先生的詩意還有更深一層的含蓄。海外扶餘出於唐代傳奇《虬髯客傳》是人人都知道的。但是陳先生此詩所根據的並不是《虬髯客傳》。「不生不死最堪傷，猶說扶餘海外王」這十四字是一氣呵成的。從表面上看「不生不死」即從傅青主的「不生不死間」而來，典據已足，毋須再究，然而不然。他的隱語之中又另有隱語。不信請看下面所引張煌言〈上延平王書〉中的話：

古人云：寧進一寸死，毋退一尺生。使殿下奄有臺灣，亦不免為退步。孰若早返思明，別圖所以進步哉……夫《虯髯》一劇，祇是傳奇濫說，豈真有扶餘足王乎？（見《張蒼水集》，中華書局，一九五九年，頁二〇）

陳先生的兩句詩根本便是張蒼水這一段話的提要。有的讀者也許會以為這是由於我有偏見，所以才如此羅織成文。陳先生寫這兩句詩時可能並無張蒼水之文字在胸。我可以鄭重地回答，張蒼水這封信正是陳先生在《柳如是別傳》（下冊，頁一一八二～一一八三）中所引用過的，而且他的引文便恰恰中止在「豈真有扶餘足王乎」附近（下面只多一句「若箕子之居朝鮮，又非可以語於今日也」）。不但如此，緊接在引文之後便是陳先生下面這一段案語：

寅恪案，鄭氏之取臺灣，乃失當日復明運動諸遺民之心，而壯清廷及漢奸之氣者，不獨蒼水如此，即徐閽公輩亦如此。牧齋以為延平既以臺灣為根據地，則更無恢復中原之希望，所以辛丑逼除，遂自白茆港移居城內舊宅也。然河東君仍留居芙蓉莊，直至牧齋將死前始入城者，殆以為明室復興尚有希望，海上交通猶有可能。較之牧齋之心灰意冷，大有區別。錢柳二人之性格不同，即此一端，足以窺見矣。（同上，頁一一八三）

我在〈陳寅恪的學術精神和晚年心境〉中曾根據這一段案語推測這是陳先生借錢、柳二人的關係暗指他和陳夫人以前關於去留問題的歧見。但當時我尚未通解此詩的意向，故言之不能暢盡。我絕對沒有想到，為了研究這首「不生不死」之詩，陳先生所留下的路標最後竟又把我引回原地來了。我們平常都知道陳先生的思想很深，但萬萬料不到他是如此的深不可測啊！

夫婦贈答詩

陳先生最後二十年保持「晚節」十分得力於陳夫人所給予他的精神支持。這可以從《詩存》中他們互相贈答之作獲得充分之證明（《詩存》中附陳夫人詩即仿錢牧齋詩集的體製）。辛卯（一九五〇年）元旦陳夫人贈給陳先生的詩云：

浮海相攜嶺外家，守貧何礙到天涯。今朝週甲初安度，漂泊頻年無限嗟。

陳先生答詩云：

法喜辛勤好作家，維摩頭白逐無涯。夫妻貧賤尋常事，亂世能全未可嗟。

陳夫人詩表示願與陳先生「守貧」到底，即「不求聞達於諸侯」之意，故陳先生也用「苟全性命於亂世」為答。佛經上說維摩以法喜為妻。但維摩詰無家，法喜實為「見法生喜」之簡稱。陳先生借用此故實而不取任何其他典故，乃強調佛教離世之意。此猶蘇東坡元豐二年出獄後而有「隱几維摩病有妻」之句（見〈十二月二十八日蒙恩責授檢校水部員外郎黃州團練副使〉二首之二第六句），蓋自誓將以佛法終老。故讀者不可拘執。第二年辛卯（一九五一年）七月十七日（即結婚二十四年紀念日）陳先生〈贈曉瑩〉云：

一笑風光似昔年，妝成時世鏡臺前。群雛有命休縈念，即是鍾陵寫韻仙。

此詩第三句是勸陳夫人不必為三個女兒擔心。順便要指出一點，此句是借用他的父親散原老人的「群雛有命誰能恤」（〈酬濤園詩〉）。陳先生借用父親的詩句屢見不一見，姑舉此一例以待有心人參究）。第四句是用寫韻亭的典故。仙女吳彩鸞嫁士人文簫。簫家貧，彩鸞日寫孫愐《唐韻》一部，鬻之以給朝夕。所以陳夫人的「答韻」云：

陵谷遷移廿四年，依然笑語晚燈前。文吳韻事吾能及，同隱深山便是仙。

她堅決表示願意效法吳彩鸞，以完成陳先生的隱居之志。同年陳先生六十二歲生日（舊曆五月十七日）又有〈贈曉瑩〉二首。詩如下：

七載流離目愈昏，當時微願了無存。從今飽吃南州飯，穩和陶詩晝閉門。
扶病披尋強不休，燈前坐對讀書樓。餘年若可長如此，何物人間更欲求。

這兩首詩表現了一種平靜自足的氣氛，這自然也反映了此時他們的生活已安定了下來。雖然如此，陳先生依然念念不忘他一年以前對老友吳雨僧所作的關於堅守晚節的保證。關鍵便發生在「穩和陶詩」這一句上面。「和陶詩」當然是用蘇東坡和陶詩一百二十首的典故。但是我遍檢陳先生《詩存》和《編年事輯》中的佚詩存目，卻連一首和陶詩也找不到。那麼他為什麼偏偏要開出這樣一張不能兌現的空頭支票呢？其實這又是他的隱語。蘇轍在〈追和陶淵明詩引〉中引東坡來書有云：

> 然吾於淵明，豈獨好其詩也哉！如其為人，實有感焉。淵明臨終疏告儼等：吾少而窮苦，每以家弊。東西游走，性剛才拙，與物多忤。自量為己，必貽俗患。黽勉辭世，使汝等幼而飢寒。淵明此語，蓋實錄也。吾真有此病，而不早自知。半生出仕，以犯世患。此所以深愧淵明，欲以晚節師範其萬一也。

原來陳先生並不是真的要和陶詩，與東坡相同，他也是感於陶淵明的為人，「欲以晚節師範其萬一」而已。所以「和陶詩」不過是「師範晚節」的代語，而「穩」字也更有了著落。這句詩是他再次自誓要穩穩地守住「晚節」。不但如此，他的「吃飯」、「和陶」兩句是借用黃山谷〈跋子瞻和陶詩〉一詩。黃詩云：「子瞻謫海南，時宰欲殺之，飽吃惠州飯，細和淵明詩。彭澤千載人，東坡百世士。生處雖不同，風味乃相似。」陳先生的詩不但無一字無來歷，而且無一字無著落。

陳夫人是唯一真能助成陳先生晚節的人，同時也是最瞭解他的詩意的人。讓我們先來推敲一下陳先生的〈壬辰（一九五二年）春日作〉。這首詩頗不簡單，非詳解無以通其意。詩曰：

細雨殘花晝掩門，結廬人境似荒村。簡齋作客三春過，裴淑知詩一笑溫。南渡飽看新世局，北歸難覓舊巢痕。芳時已被冬郎誤，何地能招自古魂。

第一句不須釋。第二句指黃遵憲的「人境廬」，與他的住處頗近。第三句是他以逃難的陳簡齋自擬，第四句以元微之的妻子裴淑比擬陳夫人。其初典出於《元氏長慶集》卷十二〈樂天東南行詩一百韻序〉：「通之人莫知言詩者，唯妻淑在旁知狀。」但陳先生事實上不是真的以陳夫人比於裴淑，而是把她比作柳如是。他在討論錢牧齋〈庚寅人日示內〉二首及河東君〈依韻奉和〉二首時，即引及上述微之之〈序〉，他的案語說：

寅恪案，牧齋此兩詩南枝越鳥之思，東京夢華之感，溢於言表，不獨其用典措辭之佳妙也。詩題「示內」二字，殊非偶然，蓋河東君於牧齋為同夢之侶，同情之人，故能深知其意。觀河東君和章，可以證知。（中引元微之〈序〉，從略）夫河東郡君裴淑能詩，且能通微之之意。然其所能通者，與河東君柳如是之於牧齋，殊有天淵之別。……當日錢、柳之思想行動，於此亦可窺見矣。（下冊，頁九二四～九二五）

陳夫人之於陳先生自然也是「同夢之侶，同情之人，故能深知其意」者。她對陳先生詩的理解當然不像裴淑對微之詩那樣僅限於表面。陳先生寫《柳如是別傳》往往以錢柳關係比擬他和陳夫人之間的關係；上引一段案語又提供了一個最顯著的例證。

為什麼不肯「北歸」？

第五、六兩句是十二年前〈蒙自南湖作〉的翻新：

南渡自應思往事，北歸端恐待來生。（見《論再生緣》）

但意義已大變。第二次南渡他所「看飽」的是「新世局」，也就是中共的新政權。「北歸」句尤其值得研究。他在〈庚寅（一九五〇年）人日〉也有「催歸北客心終怯」之句，必是當時有人催他重返北京。一九五一年他又〈改舊句寄北〉，我在上一篇文章中已加分析，讀者可以參看。那首詩編在〈壬辰春日〉一詩之前，也許便是為了答復「催者」而改，以示決不「北歸」之意。尤其奇怪的是，一九五四年二月他在《論再生緣》中對「北歸端恐待來生」所加的案語：

> 寅恪案，十六年前作此詩，句中竟有端生之名，「豈是蚤為今日讖」耶？噫！

「端生」兩字甚為普通，出現在詩中固有巧合之處，似乎也不必如此大驚小怪，感慨系之。其實他在這裡使的是障眼法，故意要把讀者的眼光轉移到「端生」兩個字上，而案語的真正對象則是全句。他是說十六年前的一句詩竟成讖語，今生是再也不「北歸」了。我們必須注意，這正是中共施種種壓力，想聘他擔任科學院歷史研究第二所所長的時候（關於施壓力事，詳見上文所引〈第一次交代稿〉，本書，頁五五）。但是他一再堅拒北歸。他為什麼表現得這樣堅決呢？真是如他在〈第一次交代稿〉中所說，是「貪戀廣州暖和，又從來怕做行政領導工作」麼？十六年前在暖和的昆明，他為什麼又那樣懷念著要「北歸」呢？他從前不也擔任過中央研究院歷史語言研究所第一組主任的名義嗎？他又何嘗不知道「所長」也不過是一個空名，並無實際「行政領導工作」可言嗎？這裡我們必須要懂得他的思想與心理的背景。他的頭腦中充滿了顧亭林、王船山這些遺民典型，再加上他又出身於遺民的家庭，和王國維又有那樣深的關係。他是把「出處」看得非常認真的。他在〈王觀堂先生輓詞〉中曾諷刺梁啟超：「舊是龍髯六品臣，後躋馬廠元勳列。」他在〈輓詞〉的〈序〉中論三綱六紀時又說：

> 若以君臣之綱言之，君為李煜亦期之以劉秀；以朋友之紀言之，友為酈寄亦待之以鮑叔。

他當然深知現代中國社會的價值觀念已因制度的劇烈變遷而呈混亂狀態，但是他最痛恨的便是知識分子利用雙重道德標準而左右逢源。他在《元白詩箋證稿》中說過一段非常沈痛的話。他說：

> 縱覽史乘，凡士大夫階級之轉移升降，往往與道德標準及社會風習之變遷有關。當其新舊蛻嬗之間際，常呈一紛紜綜錯之情態，即新道德標準與舊道德標準，新社會風習

與舊社會風習竝存雜用，各是其是，而互非其非也。斯誠亦事實之無可如何者。雖然，值此道德標準社會風習紛亂變易之時，此轉移升降之士大夫階級之人，有賢不肖拙巧之分別，而其賢者拙者常感受苦痛，終於消滅而後已。其不肖者巧者則多享受歡樂，往往富貴榮顯，身泰名遂。其故何也？由於善利用或不善利用此兩種以上不同之標準及習俗以應付此環境而已。（文學古籍刊行社，一九五五年，頁七八）

這些話對於今天絕大多數的中國知識分子而言，也許已經毫無意義了。但是對於陳先生本人而言，這是他的宗教信仰，或者西方神學家所謂的「終極關懷」。我們對他這一套想法是否贊同是另一問題。不過我敢斷言，如果對他的終極關懷缺乏同情的瞭解（並不是同意），我們是絕對接觸不到他的學術生命的；他的一切著作和詩文也都將在可解與不可解之間。六十多年來，中國浮慕他的人不勝其數。但是說來說去，無非是佩服他博聞強記、語言工具充足、見解新穎、觀察力敏銳而深刻之類。這些當然都是令人為之神往的。但是僅僅浮慕他的才、學、識，而看不到貫注其間的整體精神，那便和豔羨某一人物擁有權勢或財富僅有程度上的差別了。陳先生晚年的詩文和生活表現尤其要通過他的價值系統才能求得相應的理解。由於「道德標準及社會風習之變遷」，他的價值系統受到了最嚴厲的實際考驗。平時儘可以持論極高，現在到了實踐關頭，便不是空談能夠搪塞得過去的了。「北歸」問題對他正是一次具體的考驗。

陳先生雖然沒有在國民政府時代作過官，但他過去畢竟是中央研究院的評議員，參加過院長選舉的會議，並且在會議上大發揮學術自由的議論，意在支持胡適為院長（見《胡適來往書信》中冊，頁四七四～四七五）。後來他又當選為第一屆院士。僅僅在大學中以研究和教學來維持生活，這並不違背他的道德標準。時代已變，清初遺老的種種避世方式如逃禪、隱遁、行醫、賣卜等都已不存在了。何況如他所說的，「夫牧齋所踐之土，乃禹貢九州相承之土，所茹之毛，非女真八部所種之毛」。但是到中國科學院去擔任所長，即使僅屬空名，也算是破壞了「白頭愁對柳條新」、「穩和陶詩晝閉門」的誓言。在他的價值系統之下，這便叫做「失節」。他便是這樣一個思想搞不通的人。

他之所以終能拒絕「北歸」自然是和陳夫人對他的支持分不開的。這裡有必要介紹他在《柳如是別傳．緣起》中的兩句詩。〈題牧齋初學集〉第五、六兩句說：

誰使英雄休入彀，轉悲遺逸得加年。

在第五句之下他自註道：

明南都傾覆，牧齋隨例北遷，河東君獨留金陵。未幾牧齋南歸。然則河東君之志可以推知也。（上冊，頁二）

表面上看，這兩句詩是分說柳如是和錢牧齋，仔細一看，又是以錢柳暗比他自己和陳夫人。而且「夫子自道」的成分還要多些。何以言之？牧齋既已「隨例北遷」即是「已入彀」，他後來因柳如是的堅持而南歸，也只能說是「出彀」。如果第五句是僅指柳如是，那便應改為「誰使英雄終出彀」了。這裡面真是大有出入的。他在《柳如是別傳》中曾一再強調牧齋之「隨例北遷」是其一生中最大的污點。陳先生為什麼那麼堅決地拒絕「北歸」？他為什麼以「驚天地泣鬼神的氣槩」去寫一部《柳如是別傳》？（這是他的助手黃萱女士說的話，見《編年事輯》，頁一六四）這是值得讀者深思的。陳先生在第六句之下也引了錢牧齋的詩作註：

苦恨孤臣一死遲。（《投筆集・後秋興之十二》）

牧齋「隨例北遷」所以有遲死之恨。陳先生決不「北歸」，自然無「恨」可言，但是他的〈春盡病起〉第三首第六句說：

早來未負蒼生望，老去應逃後死羞。（見《編年事輯》，頁一五七）

在他的觀念中，拒絕「北歸」正所以逃後死之羞。上句既取牧齋《東山詩集四》所附〈甲申元日〉之「衰殘敢負蒼生望」（《初學集詩註》卷二十下），則下句亦當有感於「苦恨孤臣一死遲」之句，可以必矣。人老了還必須「逃羞」終究是可悲的。然則「轉悲遺逸得加年」，究竟悲牧齋乎？抑自悲乎？這就更值得我們玩味了。

「誤芳時」與「終負人間雙拜月」

現在再回到〈壬辰春日作〉的最後兩句：「芳時已被冬郎誤，何地能招自古魂。」這兩句是用韓偓（冬郎）名作〈春盡〉一詩：「人閑易得芳時恨，地迥難招自古魂。」〈春盡〉僅見於《韓翰林集》，《香奩集》未收（按：《香奩集》是否為冬郎作品在文學史上還有爭論，此不旁及）。故可斷定，這是他晚年避朱全忠之禍入閩以後之作。據《舊五代史》卷一三四

〈王審知傳〉：

是時楊氏據江淮，故閩中與中國隔越，審知每歲朝貢，汎海至登萊抵岸，往復頗有風水之患，漂沒者十四五。

這便是冬郎「地迥難招自古魂」的歷史背景：閩中仍奉唐正朔但已與中國不甚相通。冬郎眷懷唐室，此句即表達其與故國遠隔，不易投效（招魂）之意。陳先生當然深明冬郎詩意，他在這裡以冬郎自況，其懷抱實已昭然若揭。但是陳先生的詩意比冬郎原句更轉進了一層：冬郎尚不過「地迥難招」而陳先生卻已招魂無地。此中關鍵即在冬郎未誤芳時，仍能遠走閩中，陳先生則誤了芳時，未及脫身以去。所以這兩句詩顯然是向陳夫人表示歉意，後悔當時沒有聽從她的話。這種歉意後來在〈乙未（一九五五年）中秋夕贈內〉中也有極曲折的流露。此詩結云：

終負人間雙拜月，高寒千古對悠悠。

陳先生夫婦白頭偕老，何得云「終負人間雙拜月」？錢牧齋《初學集》卷十七《移居詩集》之〈永遇樂〉詞「十六夜有感再次前韻」的後半闋云：

> 莫愁未老，嫦娥孤另，相向共嗟圓闕。長嘆憑闌，低吟擁髻，暗與陰蛩切。單棲海燕，東流河水，十二金釵敲折。何日裡，並肩攜手，雙雙拜月。

此詞與錢柳因緣有關，但成於柳如是訪半野堂之前。陳先生的「雙拜月」取自此詞的末句，毫無可疑（見《柳如是別傳》上冊，頁一一二～一一三）。牧齋當時希望有一天與柳如是「雙雙拜月」，故有此語。陳先生夫婦則早已「雙雙拜月」，何能用牧齋之詞？「負」者「背負」之意。今讀《詩存》，則陳先生夫婦確如當日的錢柳，是「同夢之侶，同情之人」，陳先生在什麼地方最後竟背負（「終負」）了陳夫人呢？我們今天所能推測的只有一九四九年兩人在去留問題上的歧見而已。但是這一點在牧齋詞中是完全找不到暗示的。最後我終於恍然大悟，陳先生的路標這一次竟不是指向詞內，而是指向詞外的。原來他是要我們注意牧齋的集名：《移居詩集》。他不正是在「移居」的問題上最後背負了陳夫人的意願嗎？此老之神龍變化真是到了令人不可思議的地步。打通這一關，我們才能完全懂得陳夫人〈和寅恪乙未中秋見贈次原韻〉。詩曰：

天涯去住總優遊，身世頻年一鉤（按：當是「釣」字之誤）舟。近岸魚兒常避影，高空桂子又知秋。獨邀明月三人醉，不挂風帆萬里流。珍重團欒今夕景，古來多少恨悠悠。

贈答之間至此才真能針鋒相對，「不挂風帆萬里流」之語絕非虛發。陳夫人是轉過來寬慰陳先生，不要再把往事放在心上。而陳先生〈庚寅（一九五〇年）七夕〉中之「人間自誤佳期了」亦必指未及早謀脫身而言，至此也得到了完全的證實。我在前一文中雖已隱約見到此意，但「終負人間雙拜月」之謎未解，尚不足以袪人之疑（補註：一九九三年陳美延、陳流求編《陳寅恪詩集》頁一四〇有新收入〈己巳（一九六五年）中秋作〉七絕三首。第三首云：「樓居身世兩悠悠，香霧雲鬟未白頭。若得人間雙拜月，姮娥天上亦銷愁。」更可證陳先生對「移居」問題背負了陳夫人一事，在十餘年後仍耿耿於懷）。

陳先生詩中以錢柳自況而涉及去留問題者又有一九六一年〈贈吳雨僧〉七絕四首之第三首。此四首是一氣呵成之作，因此不容割裂。除第四首〈弦箭文章〉已詳論於前，不再重錄外，其餘三首如下：

問疾寧辭蜀道難，相逢握手淚汍瀾。暮年一晤非容易，應作生離死別看。

因緣新舊意誰知，滄海栽桑事已遲。幸有人間佳耦在，杜蘭香去未移時。（原註：玉谿生重過聖女祠原句）

圍城玉貌還家恨，桴鼓金山報國心。孫盛陽秋存異本，遼東江左費搜尋。

四首詩中第一首敘二老暮年相值之不易。第二首前兩句言中國劫變已成，無復挽救之望；後兩句言吳雨僧先生事。我最近遇見由重慶來美的一位吳先生的學生，他告訴我吳先生晚年又結了婚，故詩中有「人間佳耦」之語。末句借用李義山當指吳先生早年（民國二十四年二月九日）失戀事。吳先生當時即曾改用義山詩而成「侍女吹笙引鳳去」之句也（見《空軒詩話》第五十則）。第三首轉至陳先生夫婦本身的生活與志趣。第四首歸結到「不出卑田院裡遊」的「弦箭文章」是民族文化不能獲得真正獨立的根本原因所在，與第二首「滄海栽桑事已遲」相呼應。由此可見這四首詩是有章法、有結構、有層次的，從友情、家庭、到國家都講到了。但是第三首孤立地看，好像是談錢柳因緣，然而又不盡合。「桴鼓金山」明明出於錢牧齋頌揚柳如是的詩句：「還期共覆金山譜，桴鼓親提慰我思。」（《投筆集》上〈後秋興之三〉第四首）牧齋是以梁紅玉來比柳如是。「圍城玉貌」是《戰國策》的故事。《戰國策·趙策》辛垣衍謂魯仲連曰：

> 吾視居此圍城之中者，皆有求於平原君者也。今吾視先生之玉貌，非有求於平原君者，曷為久居此圍城之中而不去也。

這個典故用在陳先生自己的身上是再合適也沒有了，但施之於牧齋則並不十分恰當。從四首詩的整個結構說，這一首則只能講陳氏夫婦自己。所以陳先生以陳夫人比擬柳如是在這首詩中也最為顯著。我們都知道，比擬永遠是限於某一部分的，即取兩不同事物中類似之一端互為說明，以加深瞭解。陳夫人與柳如是相同之處便在「報國心」這一點上。陳先生曾指出「牧齋以為延平既以臺灣為根據地，則更無恢復中原之望」。而柳如是則「以為明室復興尚有希望，海上交通猶有可能」。這一點正與陳氏夫婦在一九四九年關於去留的分歧有相似之處。因為有此分歧，陳先生雖「非有求於平原君」，而終陷於「圍城之中」。第三、四兩句指陳先生的著作而言。他的《金明館叢稿》早已交給書局，而遲遲不能出版。據一位大陸訪美的學人告訴我，其關鍵即在書局堅持要改掉「黃巾米賊」的字樣，而陳先生不肯答應。他判斷萬一身後問世，書局一定會照改不誤。此外如《論再生緣》與即將完成的《柳如是別傳》，其命運更不可知。所謂「孫盛陽秋存異本」大旨不過是如此，雖不中亦不遠矣。

最後還有〈乙未（一九五五年）陽曆元旦作時方箋釋錢柳因緣詩未成也〉也與陳夫人有關：

紅碧裝盤歲又新，可憐炊竈盡勞薪。太沖嬌女詩書廢，孺仲賢妻藥裹親。食蛤那知天下事，然脂猶想柳前春。炎方六見梅花笑，惆悵仙源最後身。

一般典故如「勞薪」、「太沖嬌女」、「食蛤」之類，世所習知，可不必釋。只有第四句和第八句需要稍加解釋。孺仲是東漢隱士王霸，夫婦皆有傳在《後漢書》，「孺仲賢妻」一語最早見於陶淵明〈與子儼等疏〉。但陳先生在這裡則用的是錢牧齋〈和東坡詩〉第一首中的「徒行赴難有賢妻」和〈己丑元日試筆〉二首之二的「孺仲賢妻涕淚餘」。他在解釋〈和東坡詩〉第一首之後並說：

牧齋實自傷己身不僅不能如東坡有長壯之子徒步隨行，江邊痛哭。唯持孺仲賢妻之河東君，與共患難耳。（《柳如是別傳》下冊，頁九一一）

這又是陳先生以陳夫人與柳如是相擬的明證。他在《柳如是別傳》這部晚年著作上，投入了全部的生命和情感。如果其中沒有極深刻的「切己之感」（即西方學人所謂“personal concern”），則這件事本身便成為完全不可理解的了。

「惆悵仙源最後身」是此詩中另一特別值得注目的句子。仙源即是桃花源的代稱，也就是避秦之地。「惆悵」是因為沒有避進桃花源，而且是最後一個留在外面的人。我疑心這是暗用吳梅村〈過淮陰有感〉第二首的「我本淮王舊雞犬，不隨仙去落人間」。陳先生暗用梅村語還有一證，一九五九年〈春盡病起〉之三第四句「草間有命幾時休」便是受了梅村名句「草間偷活」的啟示而來（〈賀新郎．病中有感〉）。所以這首與陳夫人有關的詩不但涉及了錢柳關係，而且最後又回到當年去留的問題上去了。

〈論韓愈〉——中國文化宣言

陳先生最後二十年始終是以「遺民」自待的。錢牧齋、吳梅村、傅青主等人的世界都化為他的世界了。但是他不是狹義的政治遺民，而是廣義的文化遺民。蔣秉南先生說他「對於歷史文化，愛護之若性命」是一點也不錯的。《論再生緣》固是間接想使中國文化「再生」，《柳如是別傳》更是要「表彰我民族獨立之精神，自由之思想」（上冊，頁四）。在他正式的史學論文中，〈論韓愈〉尤其值得重視。這是發表在有代表性的官方期刊上面（《歷史研究》第二期，一九五四年五月出版）的文字，其中自然涵有深意。這篇文章是和〈論唐高祖稱臣於突厥事〉同一年寫成的。後者既有所指，前者也不會是無的放矢。事實上他的〈論隋末所謂「山東豪傑」〉（一九五一年八月作，《嶺南學報》十二卷一期，一九五二年六月出版）和〈記唐代之李武韋楊婚姻集團〉（一九五二年夏作，《歷史研究》第一期，一九五四年二月出版）也都是反應世變的敏感文字。〈論韓愈〉一文之所以特別重要是因為它是陳先生個人的「中國文化宣言」。

首先我們必須注意，這篇文章的體裁在陳先生的著作中是獨一無二的。所以他開宗明義，特別點明：「今出新意，仿僧徒詮釋佛經之體，分為六門，以證明昌黎在唐代文化史上之特殊地位。」我曾指出，陳先生在《論再生緣》和《柳如是別傳》中隨處附載個人感慨的詩篇是故意如此的。他是運用一種特別的新體裁以表示這兩部作品都有他個人在內。他寫陳端生、寫錢牧齋和柳如是，但同時也兼寫自己和陳夫人。〈論韓愈〉之所以「分為六門」，是因為他要提出六條中國文化宣言的綱領。這是他以前的論文體裁所無法表達的。他的六條綱領是：

一曰：建立道統，證明傳授之淵源。
二曰：直指人倫，掃除章句之繁瑣。
三曰：排斥佛老，匡救政俗之弊害。
四曰：呵詆釋迦，申明夷夏之大防。
五曰：改進文體，廣收宣傳之效用。
六曰：獎掖後進，期望學說之流傳。

這正是吳雨僧先生所說的「中學為體、西學為用」和「中國文化本位論」。其中三、四兩條重複而著重地排斥佛教尤見命意所在。這正是他在「弦箭文章」一詩中所指的「卑田院」。他的態度很鮮明：中共如果接受這六條綱領，他是願意與之合作的。民族文化的「大防」守住了，其他一切都可以商量。在這篇文章裡，他又和韓愈認同了。他以韓愈自況，在詩中也不止出現一次，一九五三年〈廣州贈別蔣秉南〉云：

不比平原十日遊，獨來南海弔殘秋。瘴江收骨殊多事，骨化成灰恨未休。

這是用昌黎「知汝遠來應有意，好收吾骨瘴江邊」的詩句。一九六〇年他在〈寄懷杭州朱少濱〉則說：

東坡聊可充中隱，吏部終難信大顛。

上句以東坡喻朱師轍，下句更以不信大顛的昌黎自許。誰是他的「大顛」豈不已呼之欲出嗎？

「所南心史」與「顏粉已乾」——答海外讀者的一通密電

最後，我要重新檢討一下陳先生的〈再生緣校補記後序〉，因為我在上一文中的分析還沒有到家。〈序〉云：

《論再生緣》一文乃頹齡戲筆，疏誤可笑。然傳播中外，議論紛紜。因而發見新材料，有為前所未知者，自應補正。茲輯為一編，附載簡末，亦可別行。至於原文，悉仍其舊，不復改易，蓋以存著作之初旨也。噫！所南心史，固非吳井之藏。孫盛陽秋，同是遼東之本。點佛弟之額粉，久已先乾。裹王娘之腳條，長則更臭。知我罪我，請俟來世。

這是陳先生對海外議論紛紜的正式反響，其中必涵有某種意義，可不待言（按：陳先生用「中外」兩字主要指香港、臺灣和美國。《論再生緣》在大陸上第一次發表是在一九七八年的《中華文史論叢》上。此書在海外出版後當然引起中共的注意，但能讀到這本書的人只限於極少數學術界的領導人物，如郭沫若等而已）。〈序〉中既明言「著作之初旨」，可見《論再生緣》一文自有某種用意，決非純粹消遣之作。所謂「聊作無益之事，以遣有涯之生」不過是一種飾詞而已。他在一九五七年（丁酉）的一首詩中說：「歲月猶餘幾許存，欲將心事寄閒言。」（見《柳如是別傳》上冊，頁六）這才是他的真心話。那麼，他的「初旨」、「心事」究竟是什麼呢？海外讀者的推測是否完全錯了呢？我們自然希望能從這篇〈序〉中獲得確定的答案。

在討論正題之前，我想先解決一個小問題，即《論再生緣》自一九五四年二月完稿之後，除了陳先生自己出資油印若干冊外，為什麼一直沒有出版？海外初印此文已是一九五九年六月的事，上距脫稿也已五年有餘。關於出版問題，我間接聽到大陸上有兩種說法。第一個說法出現得很早。在海外「議論紛紜」之後，曾有人提出質問：「為什麼我們自己不先出版，讓海外的反動派搶在前面作反共宣傳?」第二個說法是最近才出現的。根據這個說法,陳先生寫此文純以自娛,並無意正式出版。第一個說法是可信的,大陸官方當時有此反應是很自然的。但此說與第二說有衝突,因為它事實上已承認不出版的責任是在官方。第二說大概是迎合官方的意旨製造出來的。因為《柳如是別傳》不能出版可以諉罪於「文化大革命」,而《論再生緣》則找不到任何藉口。問題是這個說法無論在原文、〈後序〉或蔣天樞先生的《編年事輯》中都沒有一絲痕跡可尋。相反地,〈後序〉中「亦可別行」之「行」正是「刊行」之意。陳先生生前對自己著作的出版一直是很關切的。《金明館叢稿》的問題已經討論過了,不必再說。關於《柳如是別傳》,陳先生在一九五七年一首七律的題目中說:

> 丁酉陽曆七月三日六十八初度,適在病中,時撰《錢柳因緣詩釋證》尚未成書,更不知何日可以刊布也。(見《柳如是別傳》上冊,頁六)

這恐怕正是有感於《論再生緣》的「出版無期」才發出的慨嘆吧。陳先生化了六七個月的工夫,辛辛苦苦地考證《再生緣》的作者,寫成後又自費油印,然而他竟從無出版之意。不但如此,陳先生對他的舊論文和撰述中的《柳如是別傳》都表示了那樣強烈的出版願望,唯獨不想刊布《論再生緣》。這是一種什麼邏輯呢？製造這一笨拙說辭的人，其智力也就可想而知。相信它的人大概也只有兩類：非愚則誣，二者必居其一。

現在讓我們再回到〈校補記後序〉的涵義問題。海外的「議論紛紜」如果完全是錯的，陳先生祇要簡單一句話便可以澄清了。他為什麼要說得那麼含糊其辭呢？難道他對海外的人也有所顧忌，以致必須用隱語嗎？所以僅從他的表達方式而言，我們已不難推測這篇〈後序〉必有言外之意、絃外之音了。

但是考證必須「實事求是」，字字句句求其確解，不能靠推測，也不能過分運用「默證」(argument from silence)。這篇〈後序〉很短，用意雖極深，但個別文句極少特別難解之處。若在過去，根本用不著詳加釋證。但是今天的情形不同。陳先生在《柳如是別傳》中講過一個有趣的故事：那位曾向柳如是說「一笑傾城」、「再笑傾國」的徐三公子，在柳如是眼中自然是一個「奇俗」的「蠢人」。但是他至少間接地知道李延年〈北方有佳人歌〉和白居易〈長恨歌〉。所以陳先生說：「今觀此『蠢人』與河東君之語……倘生今日，似不得稱為甚蠢。」（上冊，頁七〇～七一）這是罵世的話，但也是感慨的話。下面有些解說對於有文史常識的讀者是不必要的。但我是有感而發，不得不然。首先要解釋的是「所南心史，固非吳井之藏。孫盛陽秋，同是遼東之本」，這兩句話都是分別承上文而來。《論再生緣》既已「傳播中外，議論紛紜」，它當然不再是「吳井之藏」了。換句話說，心史不但已出井，而且已在海外流布了。「孫盛陽秋」句則更是明承「原文悉仍其舊，不復改易」之語。其涵義我已在上一文中詳細討論過，不再重複。現在竟有人說這兩句話是駁斥海外議論的婉轉之筆。上句表示《論再生緣》並非懷念前朝的所南心史，下句說陳先生沒有像孫盛那樣受到桓溫的壓迫，所以不需要存「異本」於遼東。這樣離奇的解釋雖然立場是站穩了，只可惜把陳先生變成了一個文理不通的人。

陳先生一再把《論再生緣》比作「所南心史」，海外也是這樣看待這篇文字的。如果陳先生要否認，首先便用不著如此委婉其詞。退一萬步說，即使他對這兩個典故有偏好，他也可以改寫成「吳井之藏，固非所南心史。遼東之本，同是孫盛陽秋。」這樣改寫雖然也有問題，至少可以勉強達到說明《論再生緣》不是「所南心史」的目的。可是照他在〈後序〉中的說法，無論我們怎樣挖空心思去曲解，也不能不承認他仍在《論再生緣》與「所南心史」、「孫盛陽秋」之間分別地劃上了等號。衹要是「所南心史」便脫不掉懷念前朝的嫌疑；衹要是「孫盛陽秋」便脫不掉桓溫壓迫的嫌疑。陳先生的中文表達能力竟會如此的低劣麼？

以上這兩句話本甚顯明，也不算隱語。序文中真正的隱語只有一句，即「點佛弟之額粉，久已先乾」。這是全文的主眼，此句不解則全文的意向不明。陳先生精治釋典，對這個佛教故事當然早已熟悉。但是他在〈後序〉中運用此故事則是因箋證錢柳因緣詩而得到靈感。錢牧齋《有學集詩註》卷七〈高會堂詩集序〉云：

> 點難陀之額粉，尚指高樓。

錢曾註「額粉」引《雜寶藏經》云：

> 佛在迦毗羅衛國，入城乞食，到難陀舍，會值難陀與婦作粉香塗眉間。聞佛至門中，欲出外看。婦共要言，出看如來，使我額上粉未乾頃，便還入來。

難陀即梵文Nanda〔關於難陀的問題，我曾得到佛教史專家陳觀勝(Kenneth Ch'en)先生的英文信指教，附此誌謝〕，是佛的異母弟。陳先生所謂「佛弟」即指此。牧齋用此故實與當時錢柳從事復明運動有關。據陳先生考證，牧齋於順治十三年九月曾去松江，旨在遊說馬進寶響應鄭成功率舟攻南京。河東君知其事頗涉危險，盼望牧齋能及時安全回家，故序中特用此典。陳先生推論此事說：

據「點粉」「汲井」之語，則牧齋所以滯留松江逾一月之久，實出於不得已，蓋其間頗有周折，不能及早言旋也。（《柳如是別傳》下冊，頁一一〇七）

陳先生逕取牧齋序中之語入自己的序文，其用意何在，實堪玩味。但這裡陳先生決不可能是以錢柳關係比他和陳夫人之間的關係，因為他和陳夫人並沒任何政治活動，更不曾分離過。而且「點佛弟之額粉」一語明明是說他自己。所以這句話的意思是說：他額上的粉已經乾了，而走了的人還沒有如約歸來。他當然是指在海外紛紛議論《論再生緣》的那些人了。我們只要瞭解錢牧齋用此典故的歷史背景，便能馬上領悟到他這句話的涵義有多麼嚴重了。他不但「晚歲為詩欠斫頭」，而且晚歲為文更欠斫頭。

下一句「裹王娘之腳條，長則更臭」是人人都知道的一句俗話，但這話是對國內說的。《論再生緣》已不受歡迎了，再加上一段〈校補記〉豈不是更長更臭了嗎？他這篇序文雖短，在結構上是頗費經營的。其中不但有起、承、轉、合，並且每一節分成兩股，一股說海外，一股說國內，有條不紊。抓住了這個結構上的特色，我們立刻便能明白原來「知我罪我」四字也是兩面分說的，絕非隨手拈來的一個成語而已。「知我」指海外，「罪我」則指國內。在中和外的「議論紛紜」之間，他同意的是那一方面，至此便再無可疑了。讀者如果不信，讓我把這篇序文拆開，依起、承、轉、合四段，分兩行排列於下：

「議論紛紜」（起）→所南心史（承）→額粉已乾（轉）→知我（合）
「悉仍其舊」（起）→孫盛陽秋（承）→王娘腳條（轉）→罪我（合）

如果不仔細分析，誰會想得到他居然留下這樣一通秘碼電報呢！

結語

陳先生在晚年詩文中埋藏下這許多隱語和心曲，但在當時的處境之下，他相信這些隱曲有大白於天下的一日嗎？答案是肯定的。事實上他在《柳如是別傳》的〈緣起〉中，早已借錢牧齋之口鼓勵後人去發現他的隱曲了。他引《有學集》卷三十九〈復（錢）遵王書（論己所作詩）〉云：

> 居恆妄想，願得一明眼人，為我代下註腳。發皇心曲，以俟百世。今不意近得之於足下。

接著他自己又下轉語道：

> 然則牧齋所屬望於遵王者甚厚。今觀遵王之註，殊有負牧齋矣。抑更有可論者，解釋古典故實，自當引用最初出處，然最初出處，實不足以盡之，更須引其他非最初，而有關者，以補足之，始能通解作者遺辭用意之妙。（上冊，頁一一）

在這部大書的開場處，他便留下了第一個線索，告訴我們他有「心曲」，要人代下「註腳」。他更進一步告訴我們怎樣才能「通解」他「遺辭用意之妙」。不僅此也，他還期望註者不要像錢遵王之於牧齋詩註那樣，辜負了他的「心曲」。但是陳先生所說的「明眼人」都在中國國內。他們雖然「眼明」，一時還不能「手快」。因此我只好不自量力，勉強「代下註腳」了。

這裡所說的種種都已成「陳跡」了。我寫這篇〈釋證〉自覺衹有「歷史意義」，而無「現實意義」——至少這是我的希望。我個人對陳先生的思想相當「同情」，但並不完全「同意」。不過有一點我是和陳先生相同的，即歷史的主要功能之一是可以給我們提供「歷史的教訓」。對待中國文化和知識分子究竟應該採取什麼樣的態度，陳先生的晚年詩文似乎提供了很重要的啟示。我已說過，陳先生是文化遺民而不是狹義的政治遺民。他晚年一直是在為中國文化請命的。他早已含冤死去，似乎再也無能為力了。然而他生前雖「閉口休談作啞羊」，死後還是能夠說話的。「明眼人」隨時隨地都有。陳先生的「心曲」，即使我不代他「下註腳」，也會有別人「代下註腳」的；即使今天不能「發皇」，將來也終會有「發皇」的一天。正如他自己一再強調的，「事實真理終不能磨滅」（《柳如是別傳》上冊，頁二八三）。我寫這篇文字，時時使我想起金庸的武俠小說。我不禁想到王重陽留下的天罡北斗陣，更想到金蛇郎君在華山洞中留下的「重寶秘術，付與有緣。入我門來，遇禍莫怨」。正如王安石所說的，「世間禍故不可忽，簣中死屍能報仇」（〈范雎〉）。

我自問寫此文的動機純是為了史學上的求真。但是我既「有緣」入了陳先生之「門」，發現了他留下的「重寶秘術」，即使惹禍招怨，也顧不得了。最後我要借用陳先生的一首七絕，改其中的「笑」字為「怨」字，「杜司勳」為「老河汾」，以結束這篇「王娘腳條」：

豐干饒舌「怨」從君，不似遵朱頌聖文。願比麻姑長指爪，儻能搔著「老河汾」。（原詩見《柳如是別傳》下冊，頁八五九。按：陳先生詩中「杜司勳」指錢牧齋，蓋用吳梅村〈題鴛湖閨詠〉之二「不知世有杜樊川」詩句。他在一九六四年〈贈蔣秉南序〉中則以王通自況）

一九八四年五月二十五日（舊曆四月二十五日）完稿

陳寅恪先生生於一八九〇年舊曆五月十七日，謹以此文紀念他九十五歲（照中國計算法）的冥誕。

陳寅恪晚年心境新證

我所撰〈陳寅恪的學術精神和晚年心境〉一文是一九八三年三月十八～廿九日刊布在《中國時報．人間》上，同時也刊在《明報月刊》二〇五、二〇六兩期上，大陸官方學術界對此文非常不滿意，這是我早已聽說過很多次的事了。最近《明報月刊》（二二四期）刊出了署名馮衣北的一篇大陸來稿：〈也談陳寅恪先生的晚年心境——與余英時先生商榷〉，大概可以算是這一反應正式見諸文字的第一次。同時今年臺北聯經出版公司也刊行了汪榮祖先生《史家陳寅恪傳》的增訂本，其中引了許多他一九八二年在中國大陸訪問陳先生的門生和家屬的談話錄。汪先生曾企圖根據這些訪問紀錄否定我在上文和一九五八年一篇舊作（〈陳寅恪論再生緣書後〉）中的說法。汪先生當然不是大陸官方學術界的代言人，他不過忠實地傳達了大陸內部所能公開流行的一些觀點而已。承汪先生的好意，今年五月間寄給我一份他的新作的校樣。

那時我正在撰寫〈陳寅恪晚年詩文釋證〉，因此曾針對汪先生書中絕不可能成立的若干論點有所討論。但是由於汪先生的書當時還沒有正式出版，故我未便公開引述。現在收到汪先生的新書，發現他還有一篇〈後記〉，其中有好幾處是正式駁我在〈晚年心境〉一文中的說法的。汪先生的論點和論據頗有與馮先生的文章相映成趣的地方，所以我在這篇〈新證〉中合在一起討論。

實在說來，馮、汪兩先生的質難我已不需特別答覆，因為我最近所寫〈陳寅恪晚年詩文釋證〉已預先答覆了他們所提出的一切問題。我之所以補寫此篇，主要是因為最近有重要的新資料和新事實出現，完全證實了〈晚年心境〉一文中的推測。尤其有趣的是其中有兩條史料正是中共官方的駁論文章（即上述馮衣北的文章）所提供的。在駁文中為對方論點提供資料，這樣的怪事殊不多見。所以特別值得提出來加以研究。

馮衣北先生的文章基本是為了表示政治立場而寫的。關於這一方面的討論，這裡不必涉及（我在《明報月刊》的答文中另有回應）。本文的主要宗旨在檢討有關陳先生晚年心境的新證據，浮辭泛論儘量避免。

馮文從「覆查」我的〈晚年心境〉中所提出的「證據」下手。他首先指出我對〈庚寅（一九五〇年）廣州七夕〉一詩的解釋有誤。我曾肯定此詩是陳先生初次有感於中共極權統治而作，其中並含有後悔未及早脫身浮海的意思，但是馮文卻說：

至於〈庚寅廣州七夕〉那首詩其實完全是懷念陳夫人唐篔女士的。錢賓四先生的《師友雜憶》說，一九四九年唐篔女士因去留問題與陳先生發生嚴重爭執，曾打算獨自去香港，後於九龍車站被一友人截回。此事錢先生係得自傳聞，尚未盡完全。據筆者向當時接近陳家的人了解，結果唐篔女士還是去了香港，借寓於香港大學文學院長馬鑑先生家裡。後來因為陳先生仍堅持不往，唐篔女士才又返回廣州，弄清了這個事實，那麼〈庚寅廣州七夕〉一詩就不待解而明：所謂「雲邊月缺」、「海上潮通」、「新涼透骨」、「銷魂故事」（按：指牛女雙星之故事）等等，無非都是對陳夫人的思念語。若照余先生的解釋尋繹下去，那麼結束二句就顯得十分奇怪——「人間自誤佳期了，更有佳期莫怨遙。」莫非以陳先生的史識，竟然會認為國民黨政權很快就能捲土重來麼？

讓我們記住，馮先生十分肯定地說這首詩是思念陳夫人的。在回答這一點之前，我要先引汪榮祖先生根據陳先生的「家屬、親友、學生」的回憶來駁我的一段話，汪先生說：

錢穆先生《師友雜憶》中所記陳寅恪夫婦因赴臺事起爭執，並非事實。陳氏家屬、親友、學生皆謂陳夫人唐曉瑩與陳寅恪一樣不願入臺，從未聞因此事而起爭執。陳夫人雖曾到過香港，然係別事，故事畢即返廣州。陳氏一家赴粵前在上海，胡適曾力勸赴臺，夫婦二人都說不去，蔣天樞教授在場，可以為證。錢氏所記乃憑傳聞，顯然有誤。若然，則余英時先生據此議論陳氏在《柳如是別傳》中嘆服陳夫人識見的弦外之音，便無著落。(《史家陳寅恪傳・後記》，頁二六一)

兩說相對照，好看煞人。馮、汪兩先生說的完全是同一件事。同根據「當時接近陳家的人」的證詞，而且目的也相同——即駁我的說法，但結論卻完全相反。那麼我們治史的人究竟將何所適從呢？如果我貪圖省力，我很可以用馮先生的說法來反駁汪先生：陳夫人既確與陳先生為赴臺事有嚴重爭執，那麼我所「議論」的「弦外之音」豈不是「有著落」了嗎？我也可以用汪先生的說法來反駁馮先生：陳夫人是因別事去香港，而且「事畢即返廣州」，那麼陳先生此詩當然不可能是「思念」陳夫人的了。我大可左右逢源兩邊得利。但是我不想這樣做，因為這將淪入虛無主義的詭辯，不是史學上「實事求是」的態度。同一史事的兩種相反報導只能俱誤，不能兩是（例如陳夫人可能根本沒有到過香港）。這是研究歷史的人很難碰到的好題目，我們正可藉此訓練判斷的能力。

讀者也許記得，我在〈釋證〉一文中，因為聽到傳聞有誤之說，曾修改了我的假設，但是我仍然肯定了〈庚寅廣州七夕〉中的「領略新涼驚骨透」，是指政治氣候，因為廣州的初秋天氣不至於涼到「驚骨透」的地步。那麼現在我究竟應該怎樣處理這個問題呢？兩說相較，我現在可以完全斷定馮先生的說法是當時事實的真相，而汪先生之說則全無可信的價值。這裡有三層理由：第一，汪先生是「外來人」。他的被訪問的對象都是身在大陸的人。他們怎麼會毫無顧忌地答覆汪先生所提出的任何帶有政治敏感性的問題呢？馮先生則是「自己人」，因此是有可能探出事實的真相的。第二，據汪先生的報導，陳先生的「家屬、親友、學生」一方面對陳夫人要赴臺一事矢口否認，另一方面又不得不承認陳夫人曾去過香港。但是他們都沒有對事實經過作明確的交代。其詞含混，啟人疑竇。馮先生則確實地舉出了當時在香港的人證——馬鑑先生——來坐實此傳說。馬鑑先生雖已逝世，但是他的家人仍在香港，馮先生是不可能信口開河的。第三，我在〈釋證〉中曾指出：「陳夫人既確有香港之行，則前引的傳說至少也證實了一半，決非空穴來風……因為如果不是先有兩人意見分歧的流傳，陳夫人的香港之行似乎不大可能被見者誤會她想去臺灣。」所以錢先生《師友雜憶》中所保存的傳說已完全獲得了證實，祇是不夠完整而已。汪先生輕率地斷定這個傳說「並非事實」，可見他對於史料的真偽缺乏鑑別和批判的能力。他好像不大了解什麼才叫做歷史的「證據」。像「訪談記」這一類的材料，在沒有得到第一手史料的直接或間接的印證以前，是不能用作「證據」的。而有關陳先生的第一手史料又是非常曲折而隱晦的。汪先生寫《史家陳寅恪傳》一方面不加分析地輕信傳述，另一方面對陳先生詩文的理解又僅僅停留在字面的層次。所以他才會以不誤為誤，遇到了像《師友雜憶》中所保存的真歷史，他反而當面錯過了。這是很值得惋惜的。

馮先生關於陳夫人的說法既是可信的，那麼他對於〈庚寅廣州七夕〉一詩的解釋是不是足以否定我的論斷呢？事實又恰恰相反：我在〈釋證〉中已論定陳先生現存的五首「七夕」詩都是詠時事的，但是「庚寅」這一首如果是為思念陳夫人而作，我的斷案當然便不能成立了。但是很奇怪的，馮先生在解釋這首詩時竟完全忘記了時間問題。陳夫人的香港之行是一九四九年的事，而庚寅則是一九五〇年。難道陳夫人一九四九年到了香港，在馬鑑先生家中一直住到一九五〇年的「七夕」以後才回廣州的嗎？這簡直是不可想像的事。中共是一九四九年十月間進入廣州的。陳夫人無論如何也必在此之前回去了。庚寅七夕陳先生夫婦明明同在廣州，他怎麼會寫詩「思念」陳夫人呢？馮先生的解釋至此已不攻自破。但是我必須對馮先生表示深切的感謝。如果不是馮先生提供材料，陳氏夫婦關於去留問題的爭執是無從證實的。我最初提出的假設不但用不著修正，而且已從假設變成歷史的事實了。汪先生現在也應該承認我的推斷並非「便無著落」了吧！

馮先生全力駁我關於陳先生不向中共政權「認同」與「靠攏」之說。他曾「引證了幾個重要的事實」和一條「最明顯證據」。他的「事實」是陳先生曾被中共任命為科學院的學部委員、人民政協委員、和中央文史研究館副館長。此外還有陳先生在一九五八年所撰的一副門聯。最妙的是馮先生竟事先預料我對他的「事實」會「諸多挑剔」。關於中共官方發表的名義是不是可以構成陳先生「認同」與「靠攏」的「證據」，讀者自能判斷，我不想「挑剔」了。但是陳先生自撰門聯則是第一手史料，不能輕易放過。馮先生告訴我們：

一九五九年十月一日，陳先生於收聽了中華人民共和國主席劉少奇在國慶大會上發表談話後，曾貼他一聯於宅門云：「六億人民齊躍進，十年國慶共歡騰。」

問題的關鍵當然在於這副門聯是不是真出自陳先生之手，馮先生也許預料我會懷疑它的真實性。又恰恰相反，經過仔細分析之後，我斷定這副門聯千真萬確地是陳先生寫的，先說此聯的歷史背景。

一九五八年毛澤東發動「大躍進」和「人民公社」，這是三年災害的發端。到了一九五九年，「大躍進」的嚴重錯誤已十分明顯，彭德懷也上了「萬言書」。廬山會議後，毛澤東退居第二線，由劉少奇出任國家主席。再以陳先生個人的遭遇說，一九五八年的「厚今薄古」運動展開以後，他無論在廣州中山大學歷史系或全國史學界都成為批判的一個重點對象。從此他就不再教書了（《柳如是別傳．稿竟說偈》中所謂「麗香鬧學，皋比決捨」）。陳先生在這兩年中的心境非常沈鬱；他對一浪高於一浪的「運動」，包括「大躍進」在內，感到非常痛苦，這是不需說的，我們只要參考蔣天樞《陳寅恪先生編年事輯》中一九五八年和一九五九年的記載已可見其大概（特別是周揚的《談話》和吳宓的《日記》）。現在中共已正式承認「大躍進」是錯誤的，也承認「反右」的擴大化是錯誤的了（見《鄧小平文選》，頁二五八～二六〇）。我想馮先生今天也一定不會再歌頌「大躍進」了。但是陳先生這副對聯的上句──「六億人民齊躍進」卻明明是歌頌這個運動的。馮先生似乎也應該問：以陳先生這樣「通古今之變」的學者，以他的「史識」，怎麼會對當時中國人民都看得見的嚴重錯誤反而加以歌頌呢？馮先生引用這副對聯時便確知我會「挑剔」，恐怕是因為他自己已先有點困惑不解吧！而且退一萬步說，以陳先生的文史造詣，即使他要歌功頌德，也會寫得比較得體、比較有深度一些。他何至於貼出這樣一副淺露、粗俗、甚至肉麻的門聯呢？這樣的作法，這樣的詞句，馮先生覺得和陳先生的一生言行很調和嗎？馮先生如果肯稍稍運用他和我「商榷」時的批判能力，我相信他便決不致貿然引這條材料作為反駁我的根據了。

我已說過，這副對聯確是陳先生寫的。像我所釋證的其他詩文一樣，陳先生此聯在語言表層之內尚隱藏了更深一層的涵義。馮先生是把反話當作正面來理解了。

我可以十分肯定地說，上句是陳先生曾指出的唐人歇後體。「六億人民齊躍進」的下面半截沒有說出來。六億人民一齊躍進什麼地方呢？躍進火坑、躍進地獄、還是躍進深淵？這是要讀者自己用想像去填補的。陳先生在《金明館叢稿初編》本的〈讀東城老父傳〉中特增寫一條論「歇後體」的文字。他說：「無論所歇落者為調，抑或語辭，但必是與上文高低相反或密切聯繫。」（頁三〇二）此條增補在一九五八年，比門聯僅早一年。此聯正是所謂「與上文高低相反者」，毫無可疑。

上句說的是「六億人民」的慘境，下句則正是譏刺共產黨的：「十年國慶共歡騰」的「共」即是共產黨的「共」。所謂「十年國慶」祇是「共」產黨的「國慶」，也祇有「共」產黨才「歡騰」。陳先生把「人民」和「共」產黨放在一副對聯的兩面，他的意思還不清楚嗎？他「靠攏」了嗎？「認同」了嗎？這個「共」字的雙關用法在陳先生早已不是第一次了。我在〈釋證〉中已指出，一九五六年「唯見林花落」一詩乃為蘇共清算斯大林而作。其中「飄墮人間共斷腸」的「共」字便是雙關語。不但如此，更早在一九五四年〈聞歌〉一首，他已如此用「共」字了。原詩如下：

江安淮晏海澄波，共唱梁州樂世歌。座客善謳君莫訝，主人端要和聲多。

「共唱梁州樂世歌」的「共」也是雙關的。共產黨自己歌頌太平，卻要知識分子跟著唱和，而「善謳」的「座客」也真多得令人驚訝，這是全詩的命意所在。

共產黨是主人，知識分子是客人；主（「共」）唱而客和。「共」字在這裡究當如何解法還有懷疑的餘地嗎？我們懂得了「六億人民齊躍進」是歇後體，「十年國慶共歡騰」的「共」字是指共產黨，便可斷定這副門聯確非陳先生莫辦了。謎面和謎底配合得天衣無縫，這正與詠「唯見林花落」一詩如出一轍，決不是他人所能偽造的。我必須再一次感謝馮先生為我提供了這樣一條好材料。

馮先生提出的最後一個「證據」，證明陳先生曾向中共政權「認同」或「靠攏」是〈庚寅廣州中秋作〉。原詩照錄於下：

秦時明月滿神州，獨對嬋娟發古愁。影底河山初換世，天涯節物又驚秋。
吳剛斤斧徒聞說，庾信錢刀苦未求。欲上高寒問今夕，人間惆悵雪盈頭。

馮先生是這樣解釋這首詩的：

此時前四句其義易明。五、六兩句，上句是寫病，謂自己雙目失明，雖有吳剛斫桂，亦難見月色；下句是說經濟拮据，故有苦未從商之歎。結束二句最堪注意，是化用蘇軾〈水調歌頭〉（明月幾時有）一詞句意，其中明白表示打算回到當時已成中共政權首都的北京去的想法，只是由於想到自己雪已盈頭，非復少壯，才又躊躇起來。由此可見，陳先生當時非但拒絕「乘桴浮海」，相反還頗欲「乘風歸去」。如果他真像余先生所說的，對中共政權充滿敵意的話，那麼，這又將如何解釋呢？

我很抱歉地說，馮先生想用這首詩把陳先生和中共政權連繫起來，恐不免枉拋心力了。〈水調歌頭〉和陳詩直接發生關係的是下面這幾句：

明月幾時有？把酒問青天。不知天上宮闕，今夕是何年。我欲乘風歸去，又恐瓊樓玉宇，高處不勝寒。

但是陳詩第七句「欲上高寒問今夕」的主眼是「問今夕」三字，而問的對象則是「青天」。所以此處「高寒」只是「青天」的代語，全句絲毫也沒有「我欲乘風歸去」的意思。此「問」是質問、責問之意，他要責問「青天」怎麼會弄到「今夕」這種情況。「今夕」又是什麼情況呢？是「河山初換世」、是「節物又驚秋」。五、六兩句都是追悔過去的事。以前只不過聽說吳剛的斤斧厲害，現在才真正領略到了，以前沒有去從商，現在要改行也來不及了。馮先生把第五句解為看不見月色是說不過去的。陳先生又不是生下來便失明的，難道他以前也從未見過月色麼？何況前面又有「嬋娟」、「影底」諸語呢？全詩顯然都在講自己的愁恨（發古愁之「古」即是「陳」字）。但是自己已老，責問青天也已太遲，只有留在人間悲傷下去而已，這便是結句「人間惆悵雪盈頭」的意思。陳先生的「欲上高寒問今夕」是極其淒苦的一句詩，怎麼可能從這裡看出他有上北京投奔中共政權的涵義呢？如果堅持對此句作政治性的解釋，那麼我只好說，「高寒」是「青天」的代稱，與我在〈釋證〉所釋〈癸巳七夕〉的「碧海青天」同指。陳先生在這裡責問的是國民黨政權。馮先生斷定「瓊樓玉宇，高處不勝寒」

指北京的中共政權，但是這必須假定陳先生確已奉中共為正朔。所以現在我們便得進一步考證一下陳先生此時對中共政權究竟抱什麼樣的態度。最近我看到《詩存補遺》，其中恰好有我們所需要的資料。

一九四九年（己丑）陳先生有〈報載某會有梅蘭芳之名戲題一絕〉。詩曰：

蜂戶蟻封一聚塵，可憐猶夢故都春。
曹蜍李志名雖眾，只識香南絕代人。

這個某會便是一九四九年九月間中共在北平召開的「人民政治協商會議」。梅蘭芳是政協代表之一，所以名見報章，這時中共尚未入廣州，但陳先生已決定不走了。這首詩正是專為當時「靠攏分子」而作的。首句暗用黃山谷的名句「蝗穴或夢封侯王，蜂房如自開戶牖」而結以「聚塵」兩字，輕侮極矣。「聚塵」者聚沙為土之意，言其必無所成，不過是烏合之眾而已（賈至詩「萬里平沙一聚塵」可證），第二句是說自己何必還懷念著這樣的故都，順帶點出會址在北平，使讀者更無可疑。

第三、四句尤見作者諷刺之意。第三句出於《世說新語．品藻》：

> 庾道季云：「廉頗、藺相如雖千載上死人，凜凜恆有生氣；曹蜍、李志雖見在，厭厭如九泉下人。人皆如此，便可結繩而治，但恐狐狸猯貉噉盡。」

他把所有投奔中共的政協代表都比作「厭厭如九泉下人」的曹蜍、李志，他對這個會議的觀感如何難道還不清楚嗎？第四句更極盡挖苦之能事。曹蜍、李志之流的代表雖然很多，但是陳先生卻只認得梅蘭芳一個人。試問這句詩置其他的代表於何地呢？

再看下面一九五〇年夏天的一首詩〈庚寅仲夏友人繪清華園故居圖見寄不見舊時手植海棠感賦一律即用戊子春日原韻〉：

> 小園短夢亦成陳，誰問神州尚有神。（原註：不信神州尚有神，王湘綺〈圓明園〉詞句也）吃菜共歸新教主，種花真負舊時人。鴻毛一例論生死，馬角三年換笑嚬。嶺表流民頭滿雪，可憐無地送殘春。

這首詩寫在中共政權成立之後，比上面所討論的〈庚寅廣州中秋作〉只早三個月左右。「誰問神州尚有神」句竟宣佈中國已經沒有「神」，也就是死掉了。這比王闓運僅僅「不信」還要進一步，因為他覺得連「問」都已多餘了。「吃菜共歸新教主」更是直截了當地把毛澤東比作「吃菜事魔」的摩尼教教主如方臘之流（其中「共」字又是暗指「共產黨」）。換句話說，在陳先生理解中，毛澤東是奉行外來邪教的中國首領（我寫〈讀寒柳堂感賦二律〉之二曾有「吃菜事魔傷後死」之句。當時尚未見陳先生此詩。不料卻與陳先生之意暗合）。方臘在中共史家筆下雖是正面人物，但是出自陳先生之手恐怕不能算是恭維之詞吧！陳先生在一九四九～一九五〇年期間對中共政權和毛澤東的看法是如此的明朗，他會在三個月之內忽然搞通了思想，要「乘風」去北京投在「吃菜事魔」教主的門下嗎？他對毛澤東的態度可以和蘇東坡對宋神宗的態度相比擬嗎？

不但如此，在〈庚寅廣州中秋作〉之後，緊接著便是〈霜紅龕集．望海詩……感題其後〉那首「欠斫頭」的詩。我在〈釋證〉一文已作了詳細的解說。那首詩所望的海正指臺灣。「霜紅」雖是傅青主的集名，但是也顯示了時序，即在深秋，故《詩存》和《編年事輯》都把它繫在〈中秋〉一首之後。如果中秋時陳先生已改變了態度，想「乘風歸去」北京，向中共政權「靠攏」，怎麼一個月之後又「望」起臺灣來了呢？陳先生庚寅一年寫了很多首評論時事和透露心境的詩。要確定〈庚寅廣州中秋作〉一詩的涵義必須通解前後有關各詩，要斷定全詩的意向則必須留意關鍵字句（古人所謂「詩眼」）中古典今情的密相關合之處。詩人所驅使的故實往往範圍甚大，但所取者則僅在其中一點，這就不能不從全詩的結構與氣氛以及個別字句的表裡意義各方面去反覆推勘了。經過各種層次的循環往復，我們才能大致把握住作者的用心。中國古人解詩大致都守此矩矱，陳先生在《柳如是別傳》中便用的這種方法。西方詮釋學上有名的「詮釋循環圈」(hermeneutical circle) 也無非此物此志。馮先生把〈庚寅廣州中秋作〉從其他同年所作諸詩中孤立了出來，而對典故成分的取捨又採取了一種「從心所欲」的態度。這是典型的削足適履。用這種方式來完成解詩的任務難道也算對陳先生有「敬意」的表示嗎？

討論至此，陳先生從來沒有對中共政權有任何「認同」、「靠攏」的意思已再無懷疑的餘地。馮先生所舉的「事實」和「證據」，經過詳細的分析之後不但沒有一條可以成立，而且適得其反。陳先生一九四九年沒有離開大陸，「是不能也，非不為也」，是由於「意態消沈和避秦無地」。這個斷案在陳先生詩中到處都可以獲得印證。但是馮先生竟一切視而不見，反而說我的「推測缺乏事實根據」。這種「心境」我是很能理解的。但是馮先生既然對這一點一再質難，我也祇好再提出一些新的事實來與馮先生商榷。不過凡是〈晚年心境〉和〈釋證〉兩文中已討論過的詩句，這裡都不再重複（如「浮海宣尼未易師」及〈庚寅春日答吳雨僧重慶書〉中的「桃源今已隔秦人」、「望海蓬萊苦信真」等）。讓我們先引〈庚寅人日〉：

嶺梅人日已無花，獨對空枝感歲華。黃鶴魯連羞有國，白頭摩詰尚餘家。
催歸北客心終怯，久味南烹意可嗟。閉戶尋詩亦多事，不如閉眼送天涯。

這首詩中「黃鶴魯連羞有國，白頭摩詰尚餘家」兩句正是馮先生引來作為反駁我的根據的。馮先生解釋說：

在這裡，陳先生把當年那批藉口「不帝秦」而遠走高飛的「魯連」們譏之為「羞有國」；而自己則與他們不同，決意留下，因為他的家就在大陸。

首先我要指出「黃鶴魯連」大概是指胡適，即〈王觀堂先生輓詞〉中所謂「魯連黃鷂績溪胡」。陳先生一九四八年十二月十五日和胡適同機離開北平。現在胡適已去美國，而陳先生尚留在大陸，故有此感慨之語。但是「羞有國」是不是「譏之」呢？這完全是馮先生的有色眼鏡在作祟。陳先生既認為「誰問神州尚有神」，他對於這個「非驢非馬之國」也不會感到光榮的（關於「非驢非馬之國」一語的出處，見〈晚年心境〉文。不但如此，他後來更有「非死非生又一秋，不夷不惠更堪羞」之詩句，可見他同以此「非驢非馬之國」為「羞」。這兩句詩不見于《詩存》，但見引於胡守為《陳寅恪傳》）。「白頭摩詰尚餘家」則正是說他自己由於家累之故，不能「遠走高飛」。馮先生增字解經，把陳先生為什麼才留下來的意思完全說顛倒了。如果我僅僅這樣提出一種相反的解釋，馮先生當然大可爭辯，而讀者也不易在各執一詞的情況下判別誰是誰非。所以我必須另舉確證，使「白頭摩詰尚餘家」一語的涵義再也沒有游移的餘地。陳先生一九四九年一月十六日由上海乘「秋瑾號」輪船，十九日到達廣州。他在船上寫了一首詩，題曰：〈丙戌春旅居英倫療治目疾無效取海道東歸戊子冬復由上海乘輪至廣州感賦〉。詩曰：

> 又附樓船到天涯，東歸短夢不勝嗟。求醫未獲三年艾，避地難希五月花。
> 形貌久供兒女笑，文章羞向世人誇。毀車殺馬平生志，太息維摩尚有家。

我在〈釋證〉中已指出「五月花」指十七世紀初英國清教徒因避國內宗教迫害而駛至美洲的第一艘船。這至少可以說明陳先生不是沒有「乘桴浮於海」的念頭。他的「難希」兩字正可與「浮海宣尼未易師」中的「未易」兩字互證。他並未視古今中外因種種原因而遠走高飛的人為可恥。他自己早在一九三九年便曾正式接受了英國牛津大學的聘約，不過因歐戰爆發，未能成行而已。但是他自己何以沒有這樣做呢？最後兩句便是答案。「毀車殺馬」是用蘇東坡的詩意。東坡〈捕蝗至浮雲嶺山行疲苦有懷子由〉第二首之二第七句：

殺馬毀車從此逝。

陳先生身在海船之上，心中浮起「避地難希五月花」之念，東坡「從此逝」的詩句自然也會使他聯想到東坡〈臨江仙〉的詞句：「小舟從此逝，江海寄餘生。」然而這不過是遐想而已，回到現實世界，他並不真是維摩詰，他還有妻女在，所以只好「太息」了。可見〈庚寅人日〉的「白頭摩詰尚餘家」和「太息維摩尚有家」意思完全一致，都是沈痛自傷之辭。馮先生所引的兩句詩恰恰可以說明陳先生沒有浮海「是不能也，非不為也」。

陳先生的「意態消沈」在〈庚寅人日〉中也流露得很明白，「閉戶尋詩亦多事，不如閉眼送天涯」還不夠消沈嗎？（按：孟郊〈寄張籍〉：「天子只尺不得見，不如閉眼且養真。」即陳詩「不如閉眼」之所本。張籍自元和六年患目疾，《張司業集》與《昌黎集》中皆有詩可證）《詩存補遺》中有下面這首〈葉遐厂自香港寄詩詢近狀賦此答之〉（己丑）也給這個問題的解答添了新資料：

道窮文武欲何求，殘廢流離更自羞。垂老未聞兵甲洗，偷生爭為稻粱謀。
招魂楚澤心雖在，續命河汾夢亦休。忽奉新詩驚病眼，香江回憶十年遊。

詩是一九四九年寫的，當在陳先生已決定不再流離之後。此中「招魂」、「續命」一聯最可見他是用什麼樣的心情在等待著變局的到來的。證據如此明白，說陳先生留在大陸不走並非出於任何政治動機（「認同」或「靠攏」）似乎不算過分吧！

我曾一再說過，陳先生是「文化遺民」，不是忠於一家一姓的「政治遺民」。我說他沒有向中共政權「認同」或「靠攏」，並不含蘊他曾經向國民黨政權「認同」或「靠攏」過。他祇認同於中國文化的基本價值。我在〈晚年心境〉中已舉出一九五二年〈呂步舒〉一詩，說明他不忍看見兒子清算父親、學生鬥爭老師這一類的現象。《詩存補遺》中又有一九五〇年所寫〈春秋〉一詩，詩云：

石碏純臣義滅親，祭姬一父辨人倫。春秋舊說今皆廢，獨諱尊賢信是真。

此詩第一句節用《左傳》「君子曰」的評語（隱公四年），第二句用祭仲之女雍姬「人盡夫也，父一而已」的故事（《左傳》桓公十五年）。陳先生重「人倫」而痛惡「大義滅親」的意識十分鮮明。中國的政治傳統雖強調「大義滅親」，但個別學人反對此說者甚多。如宋代洪皓《春秋紀詠》中〈石碏大義滅親〉一首即云：「惡吁及厚篤忠純，大義無私遂滅親。後代姦邪殘骨肉，屢援斯語陷良臣。」（見趙與時《賓退錄》卷二，並可參看其子洪邁《容齋續筆》卷二「二傳誤後世」條）陳先生此詩即仿洪皓之體。末句說中共只守「為尊者諱」這一條春秋大義，即專搞對毛澤東的個人崇拜。陳先生初嚐中共統治的滋味，便已抓住了它的本質。這更說明他為什麼一開始便對中共政權感到可怕。這首詩不但可與〈呂步舒〉互相參證，而且恰好可作〈庚寅廣州七夕〉中「領略新涼驚骨透，流傳故事總魂銷」兩句的註腳。在馬列主義「階級鬥爭」的理論煽動之下，許多知識分子演出了「大義滅親」的人倫慘劇。陳先生晚年詩文中反映這一方面情況的作品觸目皆是。陳先生是一位學人，因此在個人關懷方面，他特別重視「獨立之精神、自由之思想」。在消極方面，他不能忍受「墨儒名法道陰陽，閉口休談作啞羊」。在積極方面，他更不能撰寫歌功頌德的黨八股。早在一九五〇年他的〈文章〉一詩便說：

八股文章試帖詩，宗朱頌聖有成規。白頭宮女哈哈笑，眉樣如今又入時。（見《詩存

補遺》）

「朱」字又是一個雙關字，在清代是指朱子官學，在一九五〇年當然是指「紅」色的馬列主義了。所以他特別要聲明他的《柳如是別傳》，「不似遵朱頌聖文」（見下冊，頁八五九）。一句話，他對中共政權的嚴厲批評完全是從中國文化和學術自由的立場上出發的，與黨派觀點毫無關係。他屢發「誤佳期」、「誤芳時」之嘆，依我的推測，關鍵即在於他完全未料到一九五〇年六月二十五日韓戰的爆發。一九四九年八月五日美國政府公布《白皮書》，即是對中國內戰決不再插手的明白表示（一九五〇年一月五日杜魯門並且公開聲明，美國不擬干涉臺灣問題）。陳先生當時對美國的觀感，有〈青鳥〉一詩可以為證。如果他早知道有這種發展，他是會聽從陳夫人的意見，浮海入臺的。至少從他個人生活而言，他可以不受政治的直接干擾。因為他雖然未向國民黨政權認同，但「國民黨把他當國寶」是周揚也公開承認的（見《編年事輯》，頁一五六）。以上的推測可以從他在庚寅（一九五〇年）一年，先後詩作中獲得印證。在韓戰以前，他的感受是「避秦無地」，所以〈春日答吳雨僧重慶書〉中有「望海蓬萊苦信真」之句。「望海」一詞專指臺灣，此可與〈霜紅龕集．望海詩〉互證。但是韓戰以後，他的想法開始轉變了。故〈廣州七夕〉有「海上潮通」、「佳期自誤」之句，〈廣州中秋作〉有「欲上高寒問今夕」之句，最後更有〈霜紅龕集．望海詩〉。《柳如是別傳》所謂「遼海之事變愈奇，長安棋局未終」，是和這些詩消息相通的。

這是外在形勢的一方面。再就他在中共政權下的內在感受而言，他已聽到「大義滅親」種種「銷魂故事」，這才深知「吳剛斤斧」的厲害，「領略」了「驚骨透」的「新涼」。陳先生在韓戰前後的心理變化在他的詩中是脈絡分明的。

陳先生雖然「望海」，此「望」字所涵的意義也有「怨望」、「責望」的一面。他雖有期望國民黨反攻大陸的意思，但他未嘗不知道這是相當渺茫的事。〈望海詩〉中「不生不死最堪傷，猶說扶餘海外王」兩句便同時表明了他的看法。此外〈論再生緣校補記後序〉中「點佛弟之額粉，久已先乾」一語也同樣說明了這一點。這個故事的結尾是難陀從此便離開了國中第一美人孫陀利，沒有回來了（見日本駒澤大學所編《禪學大辭典》下冊，頁九七三引「永平知事清規」及赤治智善《印度佛教固有名詞辭典》，頁四四三～四四四）。這裡特別值得注意的是為什麼儘管希望渺茫，他卻依然「望海」，依然要「同入興亡煩惱夢」？

我在〈釋證〉中曾聲明，我研究陳先生晚年詩文只有「歷史意義」，並無「現實意義」。我的基本立場是史學上的求真，因此不能考慮政治上發生什麼效果。我的目的是希望盡量弄清楚陳先生詩文的全面意涵。我也自承學力太有限，不足以承擔這個任務。陳先生說他對錢牧齋、柳如是的詩文或「多不得其解」、或「瞠目結舌，不知所云」。這在陳先生是謙詞，但在我而言，面對陳先生的作品，卻實有此感。馮先生說：「在陳寅恪先生晚年的詩作中確有一部分是針對中共當時所推行的一些錯誤政策而發的，這類作品，余先生都詳細引述了。不過，也不見得全都解釋正確。」這個評斷我在原則上是接受的。不過馮先生所舉的例子卻不能使我信服。他堅持「平生所學唯餘骨，晚歲為詩笑亂頭」是作者的初稿，而「供埋骨」、「欠斫頭」則是後來定本。馮先生並舉出陸龜蒙詩和《晉書》等作為此兩語的根據。從辭書中查出詞語的出處並不困難。問題是意思究竟通不通？陳先生原詩第四句「然脂功狀可封侯」下自註云：「時方箋釋河東君詩。」他的學問並未中斷。馮先生解釋「唯餘骨」三字未免太牽強了。至於「亂頭粗服」我尚未見過如此截取一半來使用的例子。如清初女詩人洪夢梨〈病中送西京還虞山〉首句「亂頭粗服送君行」，即其證（見王應奎《柳南隨筆》卷三）。何況馮先生所引「亂頭粗服」諸例都是讚美之詞，有什麼可「笑」呢？古代詩人改句自是常事，但詩史上著名的例子都是字句的推敲，決無意思相去如此之遠的（如賈島的「推」「敲」、王安石「春風又綠江南岸」的「綠」字，蘇東坡「淵明為小邑」後三字改為「求縣令」等，意思都未變）。我想馮先生最反感的是我把不通之句歸之「中共官方的改筆」。我的話確是推測，並無確據。所以我並不堅持。我現在只能說，這是諱改的結果，但已無法斷定出於何人之手了。

馮先生從政治的層面看問題，不能接受我對陳先生「晚年心境」的解釋，這是很自然也很正常的事。他雖然對我的文字感到「十分失望」並「產生極大疑惑」，但他畢竟肯承認我所解的陳詩大部分是正確的。這確不失為一種「實事求是」的態度，與馮先生相較，汪榮祖先生對陳先生詩文的理解便太為字面所限了。馮先生曾舉出幾首詩說明陳先生晚年也有心情開朗的時候。這一點本不成問題，而且與我所說的心情「愈來愈沈重」並不發生衝突。人都有心理防衛機能，中國也早有「黃連樹下彈琴」一句俗語。這是屬於兩個心理層面的問題。汪先生的取徑略有不同。他一方面把陳先生的痛苦感受盡量化約到「目盲」這一點上，另一方面也努力去尋找他的苦中作樂的痕跡。但是他有點濫用心理分析，竟推斷陳先生寫《柳如是別傳》時已化身為錢牧齋、陳臥子，對柳如是的驚才絕豔發生了一種「投射」之戀（《史家陳寅恪傳》，頁二二一～二二三），這實在未免過於離奇。他甚至把「塗脂抹粉厚幾許，欲改衰翁成姹女」這首眾笑獨泣的自傷自誓之作也當作陳先生興致很高的證據（《史家陳寅恪傳》，頁一九〇），而竟不知末句「黃花一枝秋帶雨」究作何解。最令人驚訝的是〈異代春閨夢裡詞〉一章。汪先生力駁「寄托」之說，卻對《論再生緣》中的詩文在字面上也發生了嚴重的誤解，姑舉兩例。一、陳先生曾自述考證此書「耗去日力不少」。「日力」一詞至少有兩千年的歷史了。但汪先生似乎對它比較陌生，竟誤為「目力」，而且寫了數百字的推論（《史家陳寅恪傳》，頁二一〇～二一一）。他是想用這一點來說明陳先生對《再生緣》彈詞早有研究，所以不是晚年有感而發之作。二、他解釋《論再生緣》文末所附七律兩首之第一首，竟振振有詞地說「文章我自甘淪落」之「我」是指陳端生，不是陳先生自己，與第二首「論詩我亦彈詞體」之「我」不同。試問古今那一位對詩的格律具備常識的人會這樣用「我」字呢？陳先生詩題中明說「癸巳秋夜，聽讀……感賦二律」。詩云：

地變天荒總未知，獨聽鳳紙寫相思。高樓秋夜燈前淚，異代春閨夢裡詞。
絕世才華偏命薄，戍邊離恨更歸遲。文章我自甘淪落，不覓封侯但覓詩。

陳先生是一九五二年夏天遷入嶺南大學東南區一號樓上的，這個「樓」正是汪先生在一九八二年二月去親自訪問過的（《史家陳寅恪傳》，見頁一八九及注十）。所以「高樓秋夜燈前淚」便是陳先生一九五三年（癸巳）秋夜在「東南區一號樓上」「聽讀」「異代春閨夢裡詞」所流的淚。這樣清楚明白的詩句也能別生新解嗎？但是汪先生說：「前二聯顯指《再生緣》一書的撰寫。」（《史家陳寅恪傳》，頁二一七）難道汪先生有什麼證據可以證明《再生緣》都是陳端生在「高樓秋夜」含「淚」寫成的麼？誠然，據陳先生的考證，《再生緣》前十六卷是從乾隆三十三年秋晚到三十五年春暮寫成的。《再生緣》始屬稿雖在秋天，但這一段時間卻是陳端生「一生最愉快之歲月」（見《寒柳堂集》，頁五二）。她不會有「燈前淚」的。《再生緣》的最後一卷，即第十七卷，則極可能是含「淚」寫成的，然而這一卷的續撰始於乾隆四十九年春二月的「芸窗」之下，既不在「秋夜」，更不在「燈前」（同上，頁五四～五五）。汪先生是研究陳先生著作的專家，似乎不應該如此輕率地下結論吧。陳詩的最後兩句是不可分的，「文章我自甘淪落」之「我」若指陳端生本人，那麼她是不是在清代可以「覓封侯」呢？陳端生說的是「悔教夫婿覓封侯」，並不是她自己悔「覓封侯」。難道陳詩中的「我」字是指陳端生的「戍邊」夫婿范某嗎？陳詩有無「寄托」，此處可以置之不論。但汪先生為了推翻「寄托」說竟把全詩解得如此支離破碎，這就失去寫傳記所應有的嚴肅態度了。正是由於輕率，汪先生所以才完全不需要任何證據而毫不遲疑地說陳先生《論再生緣》「原無意正式出版」（《史家陳寅恪傳》，頁二〇九）。他並且能忍心地說，陳先生所謂「自由思想」，不是我們一般所了解的涵義，而是「別有所指」，即「不受『對偶韻律所束縛』，不『墮世俗之見』」（《史家陳寅恪傳》，頁二一五～二一六）。汪先生如果堅持陳先生的晚年作品全無文外之旨，因此衹能根據字面來解釋，那也未嘗不可。但他又不肯（事實上也不可能）謹守這一原則，有時還是要去猜測陳先生那些隱晦的詞句，而不幸又往往猜錯。例如他把「看花愁近最高樓」中的「最高樓」誤解為翁文灝（《史家陳寅恪傳》，頁八四）。事實上我在〈晚年心境〉中早已點出了此語何指，汪先生倘若多考慮一下中國舊詩的傳統便決不會犯這種錯誤了。翁文灝何人，足當「最高樓」之稱乎？又如〈青鳥〉一詩，我也說明是有感於《白皮書》而作，連馮衣北先生也承認我的解釋「不錯」。但汪先生似乎頗忌諱我的〈晚年心境〉一文，對我的解釋完全不敢接觸（他在〈後記〉雖點名批判我的假設，但仍不敢提及該文之名）。因此他別出心裁，認定〈青鳥〉所謂「傳書」乃指傅斯年催陳先生來臺的函、電（《史家陳寅恪傳》，頁一八五）。汪先生竟不想想，傅斯年的函、電會多至「玉箋千版」，而且還要「費編裁」嗎？何況「玉箋千版」明用「玉版」（見《史記．自序》），這更是非官方文書莫屬的。然而汪先生最後反而說陳先生雖留學日、歐、美多年，但他「不求學位，因而失去較為嚴格的現代西洋史學訓練之機會」（《史家陳寅恪傳》，頁二五六）。這樣的論斷實出人意表。汪先生一方面給陳先生作心理診斷，咬定他在精神極度痛苦的垂暮之年竟對三百年前的柳如是「投射」一種「心已醉而身欲死」之戀，另一方面又惋惜陳先生沒有獲得「學位」，以致外文不精，「不足以為通解彼邦學術巨著之鎖匙」，對「史學理論」也少有發明。他甚至說陳先生學習了一、二十種外文「亦不免多岐亡羊」。這一類的說法都不免令人費解。我深知汪先生是敬重陳先生的史學的人，但不幸他寫《史家陳寅恪傳》時，也許因為顧忌太甚，以致對陳先生的「晚年心境」頗多不盡不實之辭。而陳先生的「晚年心境」則是我們理解他晚年著作的主要關鍵，把這一關鍵性的問題徹底弄清楚，在史學研究上不但很有意義，而且更是十分必要的。

現在我願意借這個機會修正〈釋證〉一文中的兩點重要的疏漏。

一、關於汪中〈弔馬守真文．序〉中「在本初之弦上」一語，我最初在《三國志》中未能查出。後承臺灣讀者王禮卿、楊承祖來信見告，乃在《文選》注中。《文選》卷四十四陳孔璋（琳）〈為袁紹檄豫州〉李善注引《魏志》云：

> 曹公曰：卿昔為本初移書，但可罪狀孤而已。惡惡止其身何乃上及父祖耶？琳謝罪曰：矢在弦上，不可不發。

我在原文中所引袁紹以箭弩著稱云云，其實全不相干。我很感謝王、楊兩先生的指示（《明報月刊》今年九月號也有讀者童德淦先生投書提示此語出處，並此誌感）。

但〈弦箭文章〉一詩的本意如何，尚有斟酌餘地。我在〈釋證〉中據《漢書》注中解「鉅公」為「天子」，因而斷定此詩乃責毛澤東而作。最近臺灣陳文華先生撰文商榷（〈何罪「斫頭」〉，見《商工日報》民國七十三年八月廿日第十二版），指出李賀〈高軒過〉中有「文章鉅公」一語，即指過訪之韓愈與皇甫湜。所以此詩諷刺對象是中共文化頭子，而不是毛澤東。我覺得此解在字面上比我的說法更有根據。我當時把「鉅公」孤立了起來，沒有想到「文章鉅公」，確屬疏忽。那麼「文章鉅公」究竟指誰呢？陳先生詩必是有感而發，所以仍待進一步考證一九六一年或稍前大陸上文章涉及陳先生本人者，才能決定。我現在只能想到郭沫若一九六一年五月四日在《光明日報》上所發表的〈再生緣前十七卷的作者陳端生〉一文。但不敢下斷語。

但此說在字面上雖然可補我的原解之不足，卻仍不能完全取代我的原解。我相信在字面之後還有更深一層涵義。我為什麼這樣說呢？這是因為陳先生必知「鉅公」可作「天子」解，他很可能故弄狡獪，利用詩的「曖昧語義」(ambiguity)。他生平最注意中國文字中所深藏的意義雙關等隱微之處（見本書〈古典與今典之間〉）。所以我解他的詩文寧失之深，毋失之淺。而且清代翟灝《通俗編》卷十八〈稱謂〉篇關於「鉅公」兩字即引張晏「天子曰鉅公」，並特別加按語曰：「世或以謂公卿，誤甚。」這是治漢學者所必備的參考書，陳先生不可能不知。蘇東坡烏臺詩案中「世間唯有蟄龍知」之句，即可作兩解。陷害東坡的人如王禹玉說「龍」指天子，但章子厚（惇）為他開脫，便說：「龍非獨人君，人臣皆可言龍也。」（見丁傳靖輯

《宋人軼事彙編》卷十二引《聞見近錄》）陳文華先生也不贊成「卑田院」指馬列主義。他引俗文學中「卑田院」為乞兒大本營，解「不出卑田院裡遊」之意為「只落得乞討為生」。這一點我不同意。「卑田院」指乞兒大本營與我的原解並不衝突，且其事甚早。蘇東坡嘗言：「上可陪玉皇大帝，下可陪卑田院乞兒。」（見《宋人軼事彙編》卷十二引《悅生隨抄》與《蓼花洲閒錄》）無論是唐代貧民或宋代乞兒都恰好符合「無產階級」(Proletariate) 一詞拉丁文的原義，即古代羅馬社會上最低的一個階級。陳先生通拉丁文，用此詞以代「無產階級專政」的馬列主義，是很順理成章的。陳詩最後兩句「鉅公漫詡飛騰筆，不出卑田院裡遊」，指「筆」之飛騰變化終不出卑田院的範圍，並不指「鉅公」本人的結局。這似乎是無可疑的。如此解釋，則「鉅公」無論何指，詩意仍然是貫通的。

二、關於陳先生所引《霜紅龕集．望海詩》，我當時手頭無此書，未加校核。今查宣統三年山陽丁氏所刊四十卷本（十二卷本乃乾隆原刻），此詩在卷三，題名〈東海倒坐崖〉，並非〈望海〉。全詩共十句，陳先生僅截取後半段。據丁寶銓輯《傅青主先生年譜》（附在丁氏刊本之後），青主此詩作於順治十六年己亥（一六五九年），時年五十三。《年譜》此年云：

先生南游，浮淮渡江，南至金陵。復過江而北至海州（在江蘇境內）。

同條引〈朝沐篇〉有羅振玉案語曰：

是時南中舟山、臺灣之師連年入海泝江。己亥（張）蒼水方破金陵，先生南游適在此數年。觀篇中「憎臣兮五百田客」語，疑先生殆有浮海之志。唯篇中又有「薜荔兮離離，不遑衣之兮臣母老矣」語，殆又以惓惓老母，故不果與？

同條又有羅氏案語云：

〈東海倒坐崖〉詩云：「一燈續日月，不寐照煩惱。佛事憑血性，望望田橫島。不生不死間，云何為懷抱。」知先生是時尚屬望于海東也。

我們現可以更進一步斷定陳先生〈望海詩〉正是讀了《年譜》羅振玉案語有感而作。我們可以舉出三層理由：第一，陳先生不用〈東海倒坐崖〉原題，改稱傳詩為〈望海〉，即從羅氏「屬望于海東」一語而來。第二，陳先生所引四句全出羅氏原引，但略去中間兩句。這無疑是因為「望望田橫島」的語義過於顯露。第三，陳詩暗用張蒼水〈上延平王書〉似乎正是從上文羅振玉案語中提到蒼水破金陵之事聯想所及。這樣一來，陳先生寫「不生不死」之詩的思路和意向便更為清楚了。陳先生說解釋古典「更須引其他非最初，而有關者，以補足之，始能通解作者遺辭用意之妙」。這一原則在他自己的詩中又再度獲得了一次證實。

又傅青主〈望海詩〉首句「一燈續日月」，我在〈釋證〉中曾說這是隱語，「日月」是「明」的代號。這一點並不錯。但是在字面上說，日、月、燈則又是佛家故典，這也應該指出。宋代永亨《搜采異聞錄》中有下面一則故事：

> 王荊公主經義局，因言佛書有日月燈光明佛，燈光豈足以配日月。呂惠卿曰：「日煜乎晝。月煜乎夜，燈煜乎日月所不及，其用無差別也。」公大首肯。

傅青主的詩句必驅使此一故實，可以斷言。所以如果清廷找他的麻煩，他是有辭可遁的。這是中國「隱語」詩的一個特點，即字面、字裡各寫一義、各有根據。陳寅恪先生的隱語詩也是如此，「七夕」、「落花」、及「鉅公」等都具有顯、隱兩義。通過傅詩雙關用法，我們便更能體會到陳詩的深度了。

一九八四年八月卅一日初稿，九月廿五日重訂

古典與今典之間
——談陳寅恪的暗碼系統

箋釋陳先生晚年詩文涉及一個獨特的方法論的問題。我願借此機會加以較有系統的說明。關於這個問題，我雖先後在〈晚年心境〉和〈釋證〉兩篇長文中隨處有所點明，但都語焉不詳。〈釋證〉發表以來，凡是對中國舊詩傳統具有素養或熟悉陳先生晚年著作的讀者對我的解釋大體上都沒有異議，偶有商榷也僅僅限於局部枝節的方面。但是也有少數讀者，或由於未曾細讀陳先生的詩文，或因為對舊詩所涉甚淺，總不免疑心我的解釋有些地方過於深曲，甚至「穿鑿」。對於後一類的讀者，我實在沒有辦法，而且也無必要，使他們完全信服。如果這一類的讀者一定要追問到底，那麼我祇有請他們去熟讀陳先生的著作，尤其是《柳如是別傳》。「舊書不厭百回讀，熟讀深思子自知」，「讀書百遍，其義自見」，這些老話在今天還是有嶄新的意義的。

陳先生晚年的詩大體可分為兩類：第一類是古典和今典各僅一層的詩，如〈青鳥〉、〈呂步舒〉等詩，我們只要考出其中關鍵詞語的出處（如「玉版」、「無醬」、「借租」等）及當時的大事，便可獲得確解。第二類則比較困難，不但其中古典、今典不止一層，而且往往還藏了他自己獨創的祕碼（如雙關語、歇後語、諧音字等，不一而足）。關於這一類的詩，我們無法將其中五花八門的手法化約為一條或幾條通則。他寫這一類的詩有時真是使出了渾身解數，使人應接不暇。其中較簡單的如〈霜紅龕集．望海詩〉已涵了四層古典：傅青主原詩是最表面的一層，《傅青主先生年譜》中的羅振玉按語是第二層，虬髯客的傳奇是第三層，張蒼水〈上延平王書〉是最深的一層。這四層之中，第一、第三層是明的，第二、第四層則是暗的。而且暗的如果考不出來，明的也解不透徹。其最複雜的例子則是〈唯見林花落〉一詩。此詩的今典便有兩層：一層是蘇共清算斯大林，一層是毛澤東袒護斯大林；其古典也有三層，杜甫〈別房太尉墓〉是表面的一層，陳寶琛的〈感春〉、〈落花〉諸詩是烘托全詩主旨的一層，陸游〈花時遍遊諸家園〉則是隱在內部的一層。除此之外，這首詩還包含了藏名、諧音種種祕碼，其複雜的情形真是一言難盡。所以關於陳先生第二類的詩，我們只能個別處理，一字、一音、一詞、一句都不能輕輕放過，這是所謂由局部來解全詩。但是另一方面，我們又必須通讀他晚年甚至早年的全部詩文來斷定某一首詩或一篇文章的涵義。例如〈贈吳雨僧〉的「弦箭文章」也須和早年的〈閱報戲作二絕〉以及《柳如是別傳》中所用的「本初弦上之箭，黃祖腹中之語」相參證始得其命意所在。〈論唐高祖稱臣於突厥事〉必須與《唐代政治史述論稿》以及一九四五年所寫〈玄菟〉、〈時議〉諸詩參伍以求始能明其指歸。又如「北歸」問題，倘非通解一切有關詩句，並參考《再生緣》中「北歸端恐待來生」的自註以及《柳如是別傳》中論錢牧齋「隨例北遷」各節便無法瞭解他的晚節中最重要的一件大事。這則是所謂以全體來說明局部。而且這種循環往復的詮釋也不是一次即可了結的，有時必須來回多次才能比較澈底地解決一個具體的問題。如果我們的目的是全面地掌握他的晚年心境，那麼這個循環圈不但必須不斷地擴大，並且圈子更是繞不盡的。

以上所說雖似曲折幽深，其實甚為平實，陳先生本人的著作便完全根據這一循環詮釋的方法，《柳如是別傳》尤其是一個最突出的例子。他說：

> 自來註釋詩章，可別為二。一為考證本事，一為解釋辭句。質言之，前者乃考今典，即當時之事實。後者乃釋古典，即舊籍之出處。（《柳如是別傳》，頁七）

這是從部分解全體的途徑。但是他又說：

若錢柳因緣詩，則不僅有遠近出處之古典故實，更有兩人前後詩章之出處。若不能探河窮源，剝蕉至心，層次不紊，脈絡貫注，則兩人酬和諸作，其辭鋒針對，思旨印證之微妙，絕難通解也。（頁一二）

這便是由全體來通解局部的途徑了。這種循環往復的解釋法也不是陳先生所獨創的；他是繼承並發揮了清代解經的樸學傳統。清初黃宗羲在〈萬充宗墓誌銘〉中說：

充宗以為非通諸經不能通一經，非悟傳注之失則不能通經，非以經釋經則亦無由悟傳注之失。何謂通諸經以通一經？經文錯互，有此略而彼詳者，有此同而彼異者。因詳以求其略，因異以求其同，學者所當致思也。何謂悟傳注之失？學者入傳注之重圍，其於經也，無庸致思。經既不思，則傳注無失矣，若之何而悟之？何謂以經解經？世之信傳注者過於信經……充宗會通各經，證墜輯缺，聚訟之議，渙然冰釋。（《撰杖集》）

這顯然是經學上以全體解部分的方法。清代中葉的戴震則說：

經之至者道也，所以明道者其詞也，所以成詞者字也。由字以通其詞，由詞以通其道，必有漸。（《與是仲明論學書》，見《戴震文集》卷九）

這是乾嘉經學所強調的「讀書必先識字」的理論，其重點在於由部分以通全體。陳先生出身乾嘉經史之學，但卻不為末流「往而不復」的片面性所限，重新打通了詮釋循環圈。不但如此，他更把這個循環圈擴大應用到文史研究方面。這是他超越乾嘉的真正關鍵所在。我們祇要把上引《柳如是別傳》中所標舉的兩條「義例」和黃宗羲、戴震的方法論加以對比，即可見其學術淵源之所在。

但是陳先生在研究錢柳姻緣詩的時候，卻遇到了傳統經學上所沒有的特殊情況，即因避時忌或其他原因而產生的種種隱語。關於時忌的隱諱，這是人人都知道的。陳先生在《別傳》第五章開宗明義即鄭重言之，而箋釋牧齋《投筆集》時尤反覆致意。這種隱諱，用方中履的話來說，便是所謂「諱忌而不敢語，語焉而不敢詳」（見《汗青閣文集》卷下〈吳孝隱先生墓誌銘〉）。明清之際的遺民一方面不甘埋沒其志節和當時的事實，然而另一方面又不敢明言，因此被逼折入了一條自創隱語系統的曲徑。隱語的方式千奇百怪，因人因事而異，錢牧齋以弈棋為隱語即是一例（參看《別傳》，頁一〇一四～一〇一五）。但牧齋借歷史來暗示一己當身的遭遇和感慨尤其值得注意。陳先生在討論牧齋《杜詩箋注》和朱鶴齡（長孺）《杜詩輯注》時特別指出：

> 細繹牧齋所作之長箋，皆借李唐時事，以暗指明代時事，並極其用心抒寫己身在明末政治蛻變中所處之環境。實為古典今典同用之妙文。長孺以其與少陵原作無甚關係，概從刪削，殊失牧齋箋注之微旨。（頁一〇〇〇）

陳先生不但深明牧齋的隱語，而且他晚年更有意識地在詩文中創造自己的暗碼系統。即以上引這段話來說，它表面上是談錢註杜詩，而其實正是向讀者鄭重透露他自己箋釋錢柳姻緣詩的隱情。所以這是一條極重要的伏線，千萬不可放過。我以前已指出，《論再生緣》和《柳如是別傳》中隨處附入他自己感慨的詩篇，是他晚年著作中一個極不尋常的變體。他是在告訴讀者，這兩部書不是單純的歷史考證，其中都有他自己在內。現在看到這一段話，這一點便更無可疑了。他也是「極其用心抒寫己身在政治蛻變中所處之環境」；他的《別傳》尤其是「古典今典同用之妙文」。《別傳》一方面寫錢柳，一方面講他和陳夫人的關係。他沒有聽從陳夫人的意見，及早浮海去臺灣，便是《別傳》中最重要的「今典」之一。所以牧齋《投筆集》和杜甫〈秋興〉八首先後共十三疊，他卻特別對第三疊最為重視。這固然是因為此疊「乃專為河東君而作」（頁一一七二），但同樣重要的一個原因則是此疊題為「八月初十日小舟夜渡，惜別而作」。他說：

> 第三疊「小舟夜渡，惜別而作」八首，殆因此時延平之師雖敗於金陵，然白茆港當有鄭氏將領所率之船舶，牧齋欲附之隨行，後因鄭氏白茆港之舟師，亦為清兵所擊毀，故牧齋隨行之志終不能遂，唯留此八首於通行本《有學集》中，以見其微旨，但以避忌諱，字句經改易甚多，殊不足為據。此疊八首，不獨限於個人兒女離別之私情，亦關民族興亡之計。吾人至今讀之，猶有餘慟焉。（頁一一六八）

這一段話更不啻是把他自己的心事和盤托出。他用「殆因」兩字解釋牧齋有隨鄭氏舟師浮海去臺灣之意，即見其為推測之辭，並無確證。若再參以下文推測辛丑逼除，牧齋自白茆港移居城內，而河東君仍留居芙蓉莊，「殆以為明室復興尚有希望，海上交通猶有可能。較之牧齋之心灰意冷，大有區別」（頁一一八三）。這便更和陳夫人去香港而他自己堅持留在廣州的情事若合符節了。陳先生關於錢柳欲去臺灣的推測縱未必可信，但是他借錢柳之事暗指他和陳夫人「所處之環境」卻已昭然若揭。他怎樣解釋錢牧齋的《杜詩箋注》，我們便得怎樣解釋他的《錢柳姻緣詩箋釋》。即使他的解釋或不免失之深曲，我們「以其人之道還治其人之身」卻仍然是萬無一失的。在方法論上，這是理解《柳如是別傳》的主要關鍵所在。

這一方法同樣可以施於解釋他自己的詩章上面。讓我就常見的幾種手法舉例略作說明。他在《別傳》第二章中說：

> 明末人作詩詞，往往喜用本人或對方，或有關之他人姓氏，明著或暗藏於字句之中。斯殆當時之風氣如此，後來不甚多見者也。（頁一七）

他所舉之例甚多，如河東君〈次韻答牧翁冬日泛舟詩〉：「越歌聊感鄂君舟」、「春前柳欲窺青眼」、「年年河水向東流」等句，分藏「柳河東君」四字。又如〈春日我聞室作，呈牧翁〉詩：「此去柳花如夢裡，向來煙月是愁端。畫堂消息何人曉，」並「珍重君家蘭桂室，東風取次一憑闌。」等句，分藏「柳如是河東君」六字。他所指出分藏姓名雖非全依一定的順序，並且個別之字也可以用音同形近者代替（如「何」之於「河」）。我相信他的說法大致是可信的。因為中國藏名詩的傳統很古老，遼代宣懿皇后（一〇四〇～一〇七五年）的〈憶古詩〉

便已被人指為有「藏名」之嫌了（見王鼎《焚椒錄》）。縱使我們對他的說法存疑，我們仍然可以放心大膽地用他的原則來讀他自己的詩。所以〈唯見林花落〉中分藏「斯大林」、「俄羅斯」、「共產黨」等名字便決無穿鑿附會的嫌疑。

又關於詩中具有明暗雙重或多重古典的問題，陳先生說：

> 又牧翁「有美一百韻」，甚誇河東君，廣引柳姓世族故實。讀者似以為牧翁既稱柳如是為河東君，因而賦詩，遂博徵柳姓典故，以資藻飾。殊不知牧翁取柳姓郡望，號之為河東君者，不過由表面言之耳。其實牧翁於此名稱，兼暗寓《玉臺新詠》「河東之水向東流」一詩之意，此名巧切河東君之身分，文人故作狡獪，其伎倆可喜復可畏也。（頁三二）

「文人故作狡獪，其伎倆可喜復可畏」也是夫子自道的話。我們以此意來解析〈弦箭文章〉一詩便可知他明用「文章鉅公」，而暗中實用「天子」之「鉅公」，確然無疑。他解釋歸玄恭送給牧齋的春聯：「居東海之濱，如南山之壽」，說玄恭表面上是用《詩經》、《孟子》的成語，但實際上則從庾信〈哀江南賦〉之「畏南山之雨，忽踐秦庭。讓東海之濱，遂餐周粟」

脫胎而來，乃「暗寓惋惜之深旨，與牧齋降清，以著書修史自解之情事最為切合」(《別傳》，頁二)。他的深層解釋誠極見匠心，至於玄恭本意是否如此則已難確言。但是他在這裡卻指示了我們如何去通解他自己的詩章，即在詩表面的古典之外還必須注意隱蔽的古典。

我在〈晚年心境〉和〈釋證〉兩文中曾一再提醒讀者注意他在詩中的自註，如一九五四年〈無題〉詩末句、《論再生緣》中「北歸端恐待來生」，以及「天上素娥原有黨」的註語。這並不是我疑心生暗鬼，我其實正是根據他自己的提示去理解的。他在討論錢牧齋〈柳如是過訪山堂，枉詩見贈。語特莊雅，輙次來韻奉答〉詩中的自註說：

> 又牧齋不於此詩其他諸句，著明所用《西京雜記》雲谿友議《維摩詰經・柳氏傳》之典故，轉獨於第肆及第柒捌等句，不憚煩勞，特安蛇足。豈以河東君或松圓未讀《李翰林集》及《玉臺新詠》耶？由是言之，牧齋之自註，必有深旨，非淺人粗讀所能盡解也。(頁五二七)

我們必須懂得「自註必有深旨」這句話才能「盡解」他的詩意，否則便難逃「淺人粗讀」之譏了。

最後讓我再談談陳先生在一九六五年為〈與劉叔雅論國文試題書〉一文所寫的〈附記〉中的一節，以結束這篇討論。他在這篇〈附記〉中解釋他為什麼三十年前在清華大學國文入學試中要出「孫行者」為對子的題目。他說：

> 其對子之題為「孫行者」，因蘇東坡詩有「前生恐是盧行者，後學過呼韓退之」一聯。「韓盧」為犬名，（原註：見《戰國策・拾齊策・欲伐魏》條及《史記・柒玖・范雎傳》）「行」與「退」皆步履進退之動詞，「者」與「之」俱為虛字。東坡此聯可稱極中國對仗之能事。馮應榴蘇文忠公詩註肆伍未知「韓盧」為犬名，豈偶失檢耶？抑更有可言者，寅恪所以以「孫行者」為對子之題者，實欲應試者以「胡適之」對「孫行者」。蓋猢猻乃猿猴，而「行者」與「適之」意義音韻皆可相對，此不過一時故作狡獪耳。又正反合之說，（英時按：此指原文所云凡上等對子皆具正反合之三階段，即黑格爾的辯證法）當時惟馮友蘭君一人能通解者。蓋馮君熟研西洋哲學，復新遊蘇聯返國故也。今日馮君尚健在，而劉胡並登鬼錄，思之不禁惘然！（見《金明館叢稿二編》，頁二二七～二二八）

先說幾句題外的話。文末提到馮友蘭，說他是當時唯一懂辯證法的。其言外的譏刺之意是很顯然的。事實上，三十年代中國的黑格爾專家之中，馮友蘭的名字是連邊也沾不上的（可參看賀麟〈康德、黑格爾哲學東漸記〉，《中國哲學》第二輯，一九八〇年三月）。以寅恪先生平日立言之慎，他似乎不應該隨便說這樣的外行話，所以他這裡是指馮氏在中共當權後的表現而言的。換言之，盡棄己說而歸宗於馬克思主義（「正反合之說」），馮友蘭是表現最突出之一人。我們必須記得，馮友蘭的《中國哲學史新編》這時剛剛印行不久（第一冊完稿於一九六二年五月，〈題詞〉七律一首以毛澤東比孔子並自稱已「換骨脫胎」則在六月。修訂本是一九六四年出版的），寅恪先生此語一定是有感而發的。其次則文末特別提及胡適之、劉叔雅已逝世，結以「思之不禁惘然」一語。這是他借此機會對胡氏表示悼念之意。大陸學人在「文革」以前的文字中公開提到胡氏之名則必加惡言，否則在不得不涉及時只好隱去其名。連寅恪先生的舊文重印也不例外。例如他的〈西遊記玄奘弟子故事之演變〉一文，原有「胡適教授西遊記考證亦引之」一句話。但是在《金明館叢稿二編》中，這句話已變成「近人西遊記考證亦引之」了（頁一九六）。這是誰的改筆姑不置論。我舉此〈附記〉之文是要指出：像他這樣提到胡適不加惡言，且致懷念之意，是三十年來中共政權之下從所未有之事。從這裡我們也可看出寅恪先生決不肯放過任何一個可以表達他的真正意向的機會。他的晚年詩文為什麼不易通解，為什麼必須往「深曲」處求，以及我們為什麼對其中每一字每一句都不能掉以輕心，這篇〈附記〉的最後幾句話已提供極為明確的解答。他在短短的五十餘字之內便一方面斥責了馮友蘭，另一方面又悼念了胡適之。

回到正題，再說東坡一聯。《戰國策》、《史記》雖是東坡爛熟於胸的作品，但是他此處是否自覺地暗用「韓盧」之名卻頗難證實。因為以嚴格的順序而言，「盧」在「韓」前，是「盧韓」而非「韓盧」。《戰國策》說「韓盧者，天下之壯犬也」。《史記索隱》則補充曰：「是韓呼盧為犬。」《索隱》的解釋似不甚妥當。「盧」本是獵犬，《詩經·齊風·盧令》可證，古今皆無異辭（唯王闓運《詩補箋》謂盧即驢，恐不可從）。所以「韓盧」應即指韓國產的一種兇猛的獵犬。後世註此詩者都未往「韓盧」上去聯想，殊不足怪。祇有陳先生的獨特的思路和豐富的文史知識才會使他的理解深曲至此。無論此說能否成立，我們都可以由此而悟到他自己的詩篇中必然隱藏了一層又一層的暗典。這樣看來，如果說他的「鉅公」只有「文章鉅公」的表層古典，沒有「天子」的裡層古典，那便很難使人相信了。〈附記〉中又說「行者」與「適之」的「意義音韻皆可相對」，這也是極值得注意的話。「行者」與「適之」的意義相對是一望可知，然而音韻何以也能相對呢？其實他這裡即指雙聲的關係而言。原來「行」與「適」意義相通而子音相近，「者」與「之」則是雙聲。這便足以證實〈唯見林花落〉中的

「共斷腸」就是「共產黨」的諧音了。「斷腸」與「產黨」不僅雙聲，而且疊韻，即六朝人所謂「反語」，如「東田」的反語便是「童顛」之類（參看趙翼《廿二史箚記》卷十二「六朝多以反語作讖」條）。陳先生對這一伎倆還會不熟悉嗎？這篇〈附記〉是他的最後文字之一，其中涵義甚為複雜（詳見下文〈文史互證．顯隱交融〉）。但其作用之一無疑即在提供一條線索，指示讀者怎樣去破解他的晚年詩文中的暗碼系統。〈附記〉已點明了他是「故作狡獪」；這句話是和《別傳》中所謂「文人故作狡獪，其伎倆可喜復可畏」遙相呼應的。我們如果仍然視而不見、聽而不聞，那便未免太愧負此翁的苦心孤詣了。

總之，陳先生晚年詩文中埋藏了一套獨特的暗碼系統，但他同時又到處留下線索，指點我們怎樣去鑿通這套系統。我的〈釋證〉便是完全依照他的指示而寫成的。我持以解釋他的晚年詩文的一套方法也就是他解釋錢柳姻緣詩的方法。這套方法是獨特的，因此不能隨便擴大運用到其他不同類的作品上去。換句話說，它只能用來解釋遺民的隱語詩文。在這一範圍內，這套方法的有效性是無可置疑的。祇要運用得謹慎，它決不致引起穿鑿附會的流弊。我希望這篇短論可以基本上澄清關於陳先生詩文的解釋方法的問題，我已儘可能地用最淺顯的語言說明我為什麼必須採用這樣一種特殊的方式來闡發陳先生的晚年心境，但由於他的詩文本身極盡深曲複雜之能事，要想通俗化到「老嫗都解」的程度，那是辦不到的。所以最後我祇好說我的釋證不過是「姑妄言之」，讀者也不妨「姑妄聽之」可也。

本文撰於一九八四年九月

文史互證・顯隱交融

——談怎樣通解陳寅恪詩文中的「古典」和「今情」

陳文華先生的〈何罪「斫頭」〉（《商工日報》，民國七十三年八月廿日）對我所釋陳寅恪的兩首詩有所質難，特別是〈贈吳雨僧〉的七絕四首之四（即〈弦箭文章〉）。我讀後甚感「舊學商量」之益。陳文華先生同時又提出了「俗成暗碼」和「自創暗碼」的兩個系統和「法則」的問題，這便涉及如何通解寅恪先生詩文的基本方法和觀點，比個別詩章的解釋更有意義。所以我特寫此文以答雅意。但此文並不是專為答覆陳文而作，因為我想借此機會澈底澄清一下我為什麼對寅恪先生的少數詩文採取了一種近乎「猜謎」或「索隱」的解釋方式。

讓我先談一談陳文關於〈弦箭文章〉一詩的新解說。陳文的主旨是認為此詩所斥責的是中共的文化頭子，而不是毛澤東。作者舉出李賀〈高軒過〉一詩中曾明用「文章鉅公」一語，指當時文壇領袖韓愈、皇甫湜等人。所以此詩之「鉅公」應依此作解。這是陳文中一條最有力的證據，足以正拙作之失。我當初沒有想到李賀詩句，把「文章」和「鉅公」完全分開了，確是一個大疏忽。因此我很感謝陳文華先生的指正。此外陳文又說我把「蓬萊清淺水西流」解得太「深曲」，「飛騰」也嫌「離奇」。這些指摘都有道理。「蓬萊」一句也可以照字面解釋，不必深求。「飛騰」的原始用法確是和龍、鳳、神仙的「飛騰變化」有關，陳文專以「雄健」為說也並不夠全面。不過「鉅公」若僅指「文章」而言，則陳說是妥當的。整個說來，陳文華先生的新說在文字根據上很堅強，應該接受。我的原解確有「解過頭了」(over-interpretation)的毛病。但是全面地考慮了寅恪先生的晚年詩文的特殊風格之後，我覺得我的原解仍不妨暫予保留，算是「聊備一格」。我為什麼不肯完全放棄呢？這是因為「鉅公」若依《漢書．郊祀志上》的解釋（「天子」），全詩依然是可以貫通的。寅恪先生晚年所寫的「自創暗碼」之詩往往兼具「顯義」和「隱義」兩層，我現在還不敢斷定〈弦箭文章〉一詩僅有「文章鉅公」的表面涵義。關於這一點，我們只要通觀他晚年一切詩文便不難發現。寅恪先生的晚年詩文還在不斷出現（詳後），說不定將來我們還可以找到新的證據，足以坐實我的「隱義」之說。所以，我願意承認陳文華先生的新說是目前最合理的一種解釋，我的舊說最多不過足資談助而已。我並不是不肯「割愛」，更不是「護短」，因為這一首詩如何解釋並不能動搖我們對寅恪先生晚年思想狀態的全面判斷。下面我要進一步申述我所以要保留的三層理由。

第一，寅恪先生必然知道「鉅公」有「天子」之義是可以斷言的。他在這種地方最喜歡運用詩的「曖昧語義」(ambiguity)，一語雙關尤其合他的口味（後詳），而且也是中國文學的老傳統。蘇東坡烏臺詩案中有一句幾乎送命的詩句：「世間唯有蟄龍知。」陷害他的人如王禹玉向神宗說：「陛下飛龍在天，乃不敬，反欲求蟄龍乎？」但是他的朋友章子厚（惇）為他開脫則說：「龍非獨人君，人臣皆可言龍也。」（見丁傳靖輯《宋人軼事彙編》卷十二引《聞見近錄》）寅恪先生當然知道這個故事，他的「鉅公」也未嘗不可君臣兩用。

第二，關於「卑田院」指「無產階級專政」的馬列主義，我依然維持前說。陳先生以俗文學（元曲）中的「卑田院」指「乞丐大本營」是不錯的，但與我的說法（「施貧」）並無衝突。唐代卑田院所施的貧人也可以包括乞丐。至少宋代已是如此，如蘇東坡曾說：「上可陪玉皇大帝，下可以陪卑田院乞兒。」（《宋人軼事彙編》卷十二引《悅生隨抄》和《蓼花洲閒錄》）但這恰好是「無產階級」(proletariate) 一詞的拉丁文原義，指古代羅馬社會上最下層的窮人。我們必須知道，寅恪先生已不只是中國舊傳統中的文人，他是通解拉丁文的。陳文華先生似乎把「自創的暗碼」和「俗成的暗碼」兩個系統分得太清楚了。例如以「東海」、「南山」為頌祝之詞可算是「俗成的暗碼」了（其實「俗成」已是「明碼」）。歸玄恭送給錢謙益的春聯「居東海之濱，如南山之壽」，三百年來讀者都以為是用《詩經》、《孟子》成語。但寅恪先生指出，此聯實是暗用庾信〈哀江南賦〉中「畏南山之雨，忽踐秦庭；讓東海之濱，遂餐周粟」，寓有惋惜之意（《柳如是別傳》，頁二）。這就是說，玄恭在「俗成暗碼」之中又加上了一層「自創的暗碼」。而且玄恭此一暗碼也僅此一見，故錢謙益引以自豪，而阮葵生《茶餘客話》中則疑為牧齋「自為」。歸玄恭能在「東海」、「南山」的成語之中加上一層〈哀江南賦〉的暗碼，寅恪先生何以不能用「卑田院」的貧民、乞丐暗指拉丁文中的「無產階級」呢？不但如此，寅恪先生畢生注重詩文中兼具「古典」和「今典」兩面；他的著作中所發掘的「今典」不計其數。「古典」是「成語暗碼」，「今典」即所謂「自創暗碼」也。正因如此，寅恪先生才能常常發千載之覆，「自創暗碼」本來便是不得已而「隱」的，豈能多「露」一些線索，使人人都能一猜而中呢？李商隱的詩便是因為其中「自創暗碼」多失去了「線索」，所以才成為千古疑案。我們必須了解，詩人以「自創暗碼」寫作時最重要的是發洩自己的滿腔孤憤，不是弄文字猜謎的遊戲的。「自創暗碼」的詩人隱約地有一個系統，但決不可能先訂好了一個系統，然後一一依之而行。換句話說，「暗碼系統」因個別的詩人而異，寅恪先生的系統也是獨特的。由於他最重「古典」與「今典」之間的「關鎖貫通」，所以我才特別注意他在「古典」之中所藏的「今典」（當然不可能在所有「古典」之中都一律藏一個「今典」，那便無法寫詩了）。而「卑田院」這個「古典」則恰好和「無產階級」的「今典」相通。更重要的是

「鉅公漫詡飛騰筆，不出卑田院裡遊」這兩句詩是必須一口氣連著讀的。可見作者是說「鉅公」一枝上下飛騰的筆（也就是「文章」），無論如何也出不了「卑田院」的範圍。這裡一點也看不出來有「鉅公」本人「只落得乞討為生」的下場意思。陳文華先生太執著於「乞丐」一義，解釋得反而比我更「深曲」了。「弦箭文章」是指「文成即發出，有如箭在弦上，不由自主」。我這一解並沒有錯，錯的反而是陳文華先生。拙文引寅恪先生「牧齋既已是袁紹弦上之箭，豈能不作黃祖腹中之語乎」一語，即是此意。現在已查出此語出自《文選》卷四十四陳琳〈為袁紹檄豫州〉李善注引《魏志》之文。原文正是「矢在弦上，不可不發」（我已另有短文補正）。我原來所引袁紹箭弩傷人諸語全不相干。陳文華先生是被我的資料誤導了。這裡也可見解這種「自創暗碼」的詩，稍一不慎即易陷入「深曲」。我覺得以「卑田院」指馬列主義，無論施之於文化頭子或毛澤東本人都是貫通無礙的。但若果指「文化頭子」，則其人又是誰？這卻一時不易解答。這恐怕要細考一九六一年秋七月以前大陸上所刊布的與陳先生有關的文章。我現在只能考出此年五月四日郭沫若在《光明日報》上刊有〈再生緣前十七卷的作者陳端生〉一文。但仍不敢十分確定。總之，〈弦箭文章〉一詩中主要字眼都有含混的歧義（「飛騰」亦然），這是無疑的。

第三，也是最重要的一點，寅恪先生對古人隱語的挖掘實已「深曲」到了不可思議的地步。這尤以晚年《柳如是別傳》一書為然。我們只要讀此書第二章關於河東君姓名之推測一章，即可知他是怎樣專在看來毫無可疑的「俗成暗碼」中尋找種種音義方面的「自創暗碼」。有許多地方，連我自己也不敢完全相信他那過於「深曲」的推測。這在全書都是如此。即以上引「東海」、「南山」一聯而言，我們又何嘗真能斷定歸玄恭一定是採用了〈哀江南賦〉中的涵義？但是寅恪先生的推測是否成立，完全是另一個問題。他這種特殊的思路卻對我們有一個重大的暗示，即對於他的隱晦詩文，我們必須儘量地往「深曲」處去求解，不但一字一句不能放過，每一個字的音和義都必須仔細推敲。我們寧可失之於深，不可失之於淺，恰到好處則不過是箋詩的理想而已。答覆陳文華先生的商榷，暫止於此。以下我要更具體地說明我在解釋寅恪先生晚年詩文時所持的方法與觀點，因為這才是本文的主要用意之所在。

我相信，讀我的釋證文字而覺得我過於「深曲」者絕不僅陳文華先生一個人。我還可以進一步斷言，凡是有這種感覺的讀者一定不曾細讀寅恪先生的晚年著作，如《柳如是別傳》與《寒柳堂集》。讀者但以一般的中國文學傳統為準則，就我所釋證的部分去判斷，有時自不免對我所言將信將疑。這是不足為異的，並且也早在我的意料之中。所以我現在要鄭重聲明，我對寅恪先生晚年詩文的解說方法是極其獨特的；它只能適用於寅恪先生這一位極其獨特的作者，而決不能推廣到任何其他人的作品上去。我們必須記住，他是一個貫通中外的學者，是對中國文字最為敏感的詩人，是「通古今之變」的史學家，是對傳統的文化價值「愛之若性命」的中國人，是對現實政治全無牽涉但卻具有深切關懷的公民，同時又是出身於一個特殊家世而帶有濃厚的悲觀意識的「文化遺民」。在二十世紀的中國，這些條件再也沒有第二個人能全部具備了。不用說，他中年雙目失明也更加深了他對人生的痛苦感受。但是我們決不能把這件事渲染得太過，否則我們便將陷入化約論的謬誤而低估他的生命境界了。大陸上有些官方人士總以為從他們的標準看，中共政權對他已算是相當優禮有加，因而不相信他會對中共有如我所說的那樣「充滿著敵意」。這更是從極端庸俗的觀點去測度他，也更接觸不到他的精神的深處了。

我雖然從這一獨特的觀點來詮釋寅恪先生的晚年詩文，但是我仍然儘量嚴格地遵守一般文史研究的客觀標準。如果沒有相當確實的根據，我決不憑主觀想像去猜測他的詩文的涵義。這不是說我在釋證過程中可以完全不犯錯誤。事實上，由於我的學力和寅恪先生相去太遠，疏漏是無可避免的。像陳文華先生所提出的「文章鉅公」即是一個眼前的例子。又如最近接到中國佛教史專家陳觀勝先生 (Kenneth Ch'en) 給我一封英文信（七十三年八月二十五日寫的），他指出我把難陀 (Nanda) 和阿難陀 (Ananda) 誤為一人了。難陀是釋尊的異母弟，這才是寅恪先生「點難陀之額粉」一語之所指。不過在我的能力範圍以內，我總是力求不流於穿鑿附會。以寅恪先生談傅青主〈望海〉詩那首「不生不死」之詩而言，如果我沒有在《柳如是別傳》中找到了引文，我便不敢斷定陳詩首二句是用張蒼水〈上延平王書〉的。現在我又發現寅恪先生的直接出處是來自丁寶銓輯《傅青主先生年譜》順治十六年條下的羅振玉案語，這個問題的解決便已完全符合一般考據學的標準了。

事實上，寅恪先生晚年詩文的絕大部分仍是可以循常態的考證方法獲得確解的。只有極少數如「七夕」、「落花」之類才是需要用獨特的方式去求解的「自創暗碼」，而且即使是「自創暗碼」也還是要和「俗成暗碼」參互求證。例如詠斯大林的〈落花〉詩，我現在已進一步考出，杜詩「又見林花落」出自〈別房太尉墓〉，不但杜詩也寫的是一個剛剛死去不久的人，而且「太尉」也相當於斯大林生前的「元帥」頭銜。不僅此也。陳詩「林花天上落紅芳」和結句「春陰終護舊栽棠」又暗用了陸游的一首七絕：

為愛名花抵死狂，只愁風日損紅芳。綠章夜奏通明殿，乞借春陰護海棠。

這首詩更可確定是詠斯大林的了。毛澤東雖然「為愛名花抵死狂」，但花已到了非謝不可的地步，只有乞玉皇大帝借「春陰」才能「護」得住。這當然是不可能的妄想了。

為了進一步討論怎樣解釋寅恪先生詩文中的「俗成暗碼」和「自創暗碼」的問題，讓我再各舉一例來分別說明我所用的方法和根據。這兩個例證都是最近才出現的，而且極為有趣。我想通過它們（特別是第二例）來說明為什麼有時我解釋寅恪先生的詩文不得不往「深曲」處去尋求？又為什麼儘管初看似是「深曲」得近乎「主觀臆測」，而事實上仍然具有堅強的客觀基礎並且可以獲得證實。

七十三年八月份的香港《明報月刊》二二四期上有一篇馮衣北先生的〈也談陳寅恪先生的晚年心境──與余英時先生商榷〉。「馮衣北」也許是一個化名，這篇文章毫無疑問地是代表大陸官方對我的第一篇文字的反應（即〈陳寅恪的學術精神和晚年心境〉）。馮先生曾舉出好些「證據」，證明寅恪先生留在大陸是表示在政治上向中共政權「靠攏」。他的「證據」經過分析之後，沒有一條可以成立。我已另文反駁，此處不談。這裡只說兩點：第一，他指出自一九五五年起，寅恪先生被推選為「中國人民政治協商會議第三屆、第四屆全國委員會的常務委員，直至逝世」。第二，寅恪先生在一九五九年十月一日，於收聽了劉少奇在「國慶」大會上發表的講話後，曾貼出一聯於宅門云：「六億人民齊躍進，十年國慶共歡騰。」這是馮先生所舉的許多「事實」和「證據」中的兩項。我當然可以輕易地對這兩個「事實」加以否定，因為這種片面之詞本不值得識者一笑，原作者也不懂得史學上所謂「事實」與「證據」

的確切意義。更妙的是馮先生事先已在文章中預料我必然會對此幾條「事實」加以「挑剔」。

但是我考慮到僅僅矢口否認其真實性是不夠的。我必須積極提出第一手的資料來證明寅恪先生決不可能參加中共的「人民政協」，也不可能承認中共十月一日的「國慶」。無巧不成書，大陸一九八二年再版的《寒柳堂集》中增補了十二首詩，收在《詩存補遺》中。其中一半海外已流布過，只有一九四九年（己丑）三首和一九五〇年（庚寅）三首是我前所未見的，我在一九四九年三首之中便剛好發現了一條我所要的資料，即〈報載某會有梅蘭芳之名戲題一絕〉（己丑）。詩曰：

> 蜂戶蟻（原註：音娥）封一聚塵，可憐猶夢故都春。曹蜍李志名雖眾，只識香南絕代人。

中共的「人民政協」是一九四九年九月底在北平召開的，這時中共尚未進入寅恪先生執教地的廣州。但此詩正是為「人民政協」而作的，因為梅蘭芳也是「政協代表」之一，所以名見報端，引起大家談論的興趣。這首詩對當時所有參加「政協」的「靠攏分子」可以說是極盡冷嘲熱諷之能事。第一句「蜂戶蟻封」暗用了黃山谷有名的兩句詩：「蟻穴或夢封侯王，蜂房如自開戶牖。」(這也是山谷自己得意之句,見《王直方詩話》)上句用唐代傳奇的「邯鄲夢」,形容這些「代表」都在螞蟻國中作侯王之夢;下句則形容群蜂一湧而出的雜亂之狀。寅恪先生借黃詩之力,只用了四個字,便已將所有「靠攏分子」的形象刻劃得入木三分了。最後結以「一聚塵」三字更顯示出他的史家的眼光。「聚塵」是聚沙成土的意思,如賈至有「萬里平沙一聚塵」之句。寅恪先生則借以喻此會決無成就,達不到任何「團結」的願望,因為沙是聚不起來的。第二句字面上是可憐自己何以還懷念這個不成樣子的故都,但實際上則是借此點明此會的所在地。所以詩題的「某會」必指一九四九年中共在北平召開的「人民政協」,至此已再無懷疑的餘地。第三、四兩句尤見作者的命意所在。第三句的典故出於《世說新語》的〈品藻篇〉:

> 庾道季云:「廉頗、藺相如雖千載上死人,懍懍恆有生氣;曹蜍、李志雖見在,厭厭如九泉下人。人皆如此,便可結繩而治,但恐狐狸猯貉噉盡。」

寅恪先生又只用「曹蜍、李志」四個字,借《世說新語》之力,便把所有「政協代表」都罵作九泉之下的死人了。最後一句說他在許多曹蜍、李志之外只認得一個梅蘭芳當然更是挖苦到了頂點，完全不為其他「代表」留半點餘地。解明了這一首詩，寅恪先生一九四九年留在大陸是由於「避秦無地」，不曾存有任何政治動機，便獲得了百分之百的證實。他對「政協」的評價如此，那麼馮先生所提出他被任命為「常務委員」一事還有「證據」的價值嗎？不但如此，在《詩存補遺》中還有一首一九五〇年的七律，題為〈庚寅仲夏友人繪清華園故居圖見寄不見舊時手植海棠感賦一律〉。其前四句云：

小園短夢亦成陳，誰問神州尚有神。（原註：不信神州尚有神，王湘綺〈圓明園〉詞句）吃菜共歸新教主，種花真負舊時人。

這時他已生活在中共新政權之下，但他卻比王闓運更進一步認定中國已經死亡，連問問神州是不是還有神也都是多餘的事了。而「吃菜」一句更公然將毛澤東比作「吃菜事魔」的摩尼教教主如方臘之流的人物。如果「鉅公」不是指毛澤東，至少這句詩已為我們提供了最可靠的證據，使我們確知毛澤東在他的心目中只是一個奉行外來邪教的教主而已。在這樣堅強的史證之前，如果還要堅持寅恪先生曾向中共「靠攏」之說，那自然是學術討論以外的問題了。

第二個例子是馮衣北先生所引的那副門聯。如果這個門聯確是寅恪先生親撰，那麼從字面上看，他在一九五九年十月一日的確曾擁護過毛澤東的「大躍進」，也公開慶祝過中共的「國慶」。馮先生預料我必然會否認此聯的真實性，因為他本人恐怕也不免有些疑惑。「大躍進」現在已被中共官方正式否定了（見《鄧小平文選》，頁二五八～二六〇），怎麼寅恪先生對這樣一個全國人民都痛恨的錯誤政策竟會表示出這樣熱烈的情緒呢？我初看此聯確曾疑心它是中共官方的偽造品。但經過再三推敲之後，我始恍然大悟，原來此聯確出自寅恪先生之手，是任何人也假造不出來的。馮先生不明寅恪先生的「自創暗碼」，竟送給我這樣一條絕好的材料。事實上，上聯「六億人民齊躍進」是唐人歇後體，其語未畢。「六億人民齊躍進」到什麼地方去呢？「躍進」火坑？「躍進」地獄？還是「躍進」深淵？這就要讀者自己去決定了。但是何以知道陳先生用的是唐人歇後體呢？這裡必須一提寅恪先生的〈讀東城老父傳〉。此文初稿是民國三十一年發表在《中央研究院歷史語言研究所集刊》第十本合訂本上的。但寅恪先生在一九五八年四月的鈔本上有增補。這在蔣天樞所編的《陳寅恪先生編年事輯》上記載得很清楚（頁一八五）。增補了什麼呢？我們只要比較一下舊本和現在《金明館叢稿初編》的增補本，問題便馬上可以澄清了。原來初本只討論了〈東城老父傳〉中的「兩事」，增補本則增為「三事」，而所增之事正是關於唐人歇後體的問題，讓我節引其中一段：

寅恪案：鄭五（英時按：即鄭綮，字蘊武，唐昭宗時以「歇後體」著稱）作「歇後體」詩，「故使落調」。胡三省注《通鑑》，釋「歇後」之意云：「歇後者，敘所以為詩，而歇後語不發。」……今姑以意揚之，無論所歇落者為格調，抑或語辭，但必是與上文高低相反，或密切聯繫，前者乃兩唐書格調之說，後者乃《通鑑》胡注語辭之釋。學者當兩存之，以待詳考。茲有可注意者，即此歇後詩體流行以前，社會一般文字中，必有僅舉語辭之半，而待讀者悟其未發之下半者……寅恪昔歲讀鄭傳，未能通解。今以暇日補證舊稿……以求通人之教正。一時臆度所及，殊不敢自信，慚老學之無成，憶宿疑之猶在，殘年廢疾，益深燭武、師丹之感矣。（《金明館叢稿初編》，頁三〇二～三〇三）

讀了這一段鄭重言之，感慨系之的話，我們應該瞭解他是如何重視「歇後體」了吧！此段增補在一九五八年，正是「大躍進」開始的那一年，「六億人民齊躍進」則是次年十月一日寫的。此語正符合所謂「與上文高低相反」、「僅舉語辭之半，而待讀者悟其未發之下半者」。時間如此密合，證據如此堅明，我們還能不承認這是「歇後體」嗎？事實上，如他所說的唐人歇後體是他以前治史所特加注意的一個問題。而且早在一九五四年（甲午），他已用過此體來諷世。他在〈無題〉一詩中曾有「回首卅年題尾在，處身夷惠泣枯魚」之句，並自註云：

昔年跋春在翁有感詩云，處身於不夷不惠之間。

所指者即〈俞曲園先生病中囈語跋〉。原文說：

吾徒今日處身於不夷不惠之間，託命於非驢非馬之國。（見《寒柳堂集》，頁一四六）

可見此註也用的是「歇後體」，屬於他所謂「與上文密切聯繫」的一類。原跋寫於一九二八年，那是北伐尚未結束的混亂時代，王國維已在前一年自沈。所以寅恪先生痛感中國是一個「非驢非馬之國」。但一九五四年時中共政權已建立四年多了，而且可以說是中共的全盛時期，他卻仍有此感。不過他已不敢明言，只好運用「歇後體」了。

上聯既是歇後體，下聯「十年國慶共歡騰」又何指？寅恪先生豈非已公開對十月一日的「國慶」表示「認同」了嗎？其實凡是讀過我以前釋證陳詩的人一定可以發現：下聯的關鍵正在一個「共」字。這是他「自創暗碼」中的一個雙關字。他的意思是說，所謂「十年國慶」

只有「共」產黨才會「歡騰」。可見他的隱義和顯義恰好相反。他根本不承認十月一日是六億人民的「國慶」，更不承認這是他的「國慶」。從結構上看，此聯亦妙不可言。他把「六億人民」和「共」產黨分別地寫在一副對聯的兩邊，用中共的術語說，便是「處在對立面」。所以此聯的字面和謎底也是配合得天衣無縫，與〈落花〉異曲同工。我已指出〈落花〉詩的「飄墮人間共斷腸」之「共」字是「共」產黨之「共」，並且「斷腸」也是「產黨」的雙聲疊韻。這在不熟悉寅恪先生自創的暗碼系統的讀者，一定覺得太鑿了，難免不疑信參半。我在釋證〈落花〉詩時，僅有此孤證。不過由於全詩的意義經過分析後是貫通的，符合詮釋學上所謂「以全體解明部分，以部分解明全體」的「詮釋循環圈」(hermeneutic circle)，因此我相信讀者對全詩的解釋尚不致發生懷疑。至於我所說的「共斷腸」三字，是否可靠，這就難說了。也許有人會覺得太「深曲」，可能只是巧合而已。現在有了這個聯語，我的說法的可信程度便大為增高了。後來我又在以前解釋過的一首詩中發現了一例。當時我尚未鑿開寅恪先生的整個暗碼系統，所以視而不見。這是他在一九五四年所寫的〈聞歌〉。詩曰：

江安淮晏海澄波，共唱梁州樂世歌。座客善謳君莫訝，主人端要和聲多。

「梁州樂世歌」是朝廷歌功頌德的玩意兒。所以此「共」字也指共產黨，也即是第四句的「主人」。「座客」是罵那些附和共產黨的知識分子。此詩是說，共產黨自己謳歌太平，要知識分子隨聲附和，而這種「善謳」的人（「座客」）也真是多得令人驚訝。「主人」是「共」產黨，「座客」是靠攏的知識分子；主（「共」）唱而「客」和。此處「共」字的用法和上述下聯中的「共」字用法完全一致。在字面上作「共同」解，在意義的底層則專指「共」產黨。把這三個「共」合在一起看，其雙關義是非常明顯的；但分別地看，不深知寅恪先生詩風的人便未必都能首肯我的解釋了。他在寫以上每一首作品時，其實都是單獨使用的，而且主要是為了自我發洩。

在當時的環境中，他的正式學術著作如《論再生緣》、《柳如是別傳》以及《金明館叢稿》等都還看不到發表的希望。他寫的這些詩和聯語主要只有一位讀者，即陳夫人。除了極少數深知的友生以外，他也不敢輕易示人，更不敢奢望出版了。所以我們不能責望他造出一套完整的系統，然後有計畫地埋藏在作品中。因此要求每一個暗碼都出現兩次以上是不近情理的，因為這必須假定他是生活在文字傳播大體正常的社會之中，而且還要假定他是一個為寫詩而寫詩的詩人。他自然也不會完全沒有「傳世」之想；但這在當時只能是幻想。他寫詩是「為己」的成分遠大於「為人」的。即以上述的對聯而言，他的歇後體和雙關暗碼都是孤立的，別人未必看得出來，他更不希望時人能立即通解其意。他貼出此聯是為了洩憤的。不但當時大陸無人看出，直到今天也是如此。否則馮衣北先生便決不會用它作為反駁我的「證據」了。此聯經我的解釋之後，其為反諷是毫無可疑的。以寅恪先生的文字風格和為人風範而言，他即使要向中共認同、對中共歌功頌德，也可以寫得比此聯更雅致、更得體些。他何致於如此不顧身分，貼出這樣一副淺露、庸俗，甚至肉麻的對聯呢？他難道不怕別人起疑心嗎？但這些都是事後有先見之明的話。以他當時的處境而言，除此之外，他已別無他法可以表示他對中共及其「大躍進」的憤恨了。事實證明他的辦法確已成功地愚弄了共產黨人，所以一直到今天中共還記得此聯，並且提供給馮衣北先生為寫文章反駁我的資料。而馮先生也深信不疑，把它公開了，這真是一件極有趣的事情。我舉此一例以說明我們為什麼決不能輕易放過寅恪先生晚年詩文中的一字、一音，為什麼不能以研究文學史的一般眼光來看待他的作品。這個例子也說明，寅恪先生未刊的詩文還在不斷地出現之中，他的《詩存》只保留了已成作品的一半左右，現在的孤證將來也許便不是孤證了。我們又何妨多提出一些假設，以待將來的求證呢？

我希望這篇文字足以澄清有關釋證寅恪先生晚年詩文的方法和觀點的問題。他的詩文的涵義大體都能用一般文史互證的方式來斷定。然而也有極小一部分是必須通過「猜謎」和「索隱」的方式才能完全解開的。這是因為他本來製造的就是「謎語」和「隱語」。但是「猜謎」和「索隱」卻不是憑主觀臆測便能奏效的，其中牽涉到許多複雜的解釋程序。除了和歷史大事互相印證以外，還必須善用「詮釋循環」的方法。不但此「謎」與彼「謎」之間往往互相關鎖，而且「謎」詩與非「謎」詩之間也常有循環往復的聯繫。這種詮釋方法是決不能和紅學中的「索隱」派相提並論的。通過這種方法所獲得的成果，其有效性大致是有客觀的保證的。最有趣的一個例子是關於寅恪先生和他的夫人當年因渡海來臺灣問題所發生的嚴重分歧。我在詩中發現了許多線索，都是寅恪先生對陳夫人表示歉意的，後悔沒有聽從她的意見。可是最初我只有一個傳說作根據，而這個傳說又被大陸方面一部分人矢口否認。我的證據雖然越積越多，卻始終得不到事實的支持。不料最近馮衣北先生的文章竟無意中把這件事完全證實了。馮先生雖然對我的結論「十分失望」，但是他終不能不在我的解釋的基礎上和我「商榷」。所以他只得說：「在陳寅恪先生晚年的詩作中確有一部分是針對中共當時所推行的一些錯誤政策而發的，這類作品余先生都詳細引述了。不過，也不得全都解釋正確。」最後這一句話我自然不能否認。不過他說得很無力，因為他舉的唯一例子恰好是站不住的。

馮衣北先生的反感完全是從政治觀點出發的。這是他的嚴重誤解。我研究寅恪先生的晚年詩文根本沒有政治動機，更不是為了「反共」，儘管結果確對當時的中共政權不利。我的主要目的是尋求一個歷史的真象，想看看像寅恪先生這樣一位愛護中國文化的人是怎樣在中共政權之下生存的？他想些什麼問題？他如何和他的環境奮鬥？他最感到痛苦的是什麼？他還有沒有什麼希望？他的終極關懷又是什麼？更重要的，他生平所持的一切文化價值和他的深刻的歷史知識，在這一嚴重的考驗之下，究竟對他本人發生了什麼作用？這些價值和知識有沒有發生變化？這便是我研究寅恪先生晚年詩文所想尋求的一些中心問題。因此，我也盼望我的讀者也和我一起來想想這些問題，不要讓任何狹隘的政治觀點來限制我們對寅恪先生的瞭解！

一九八四年九月三日於美國康州之橘鄉

著書今與理煩冤

——汪榮祖先生〈贖有文章供笑罵〉讀後

承《人間》編者寄來汪榮祖先生〈贖有文章供笑罵〉（以下簡稱〈汪文〉）的影印本，是對我的〈陳寅恪晚年心境新證〉（以下簡稱〈新證〉）的反響。汪先生情見乎辭，讀後不勝歉然。我十分願意見到此文早日在《人間》版刊出（按：該文已載七十四年一月廿四日《人間》版）。為了表示對汪先生的尊重，我也願意續寫一篇文字，澄清一些不必要的誤解，但決不涉及個人的情緒。

我的〈新證〉原是專為答覆中共官方代言人馮衣北而作，辭鋒不免尖銳。不幸汪先生的《史家陳寅恪傳》（以下簡稱《陳傳》）在無意間所反映的某些觀點有與〈馮文〉合併討論的必要。在同一篇論戰文字中評及《陳傳》，下筆輕重之際自難把握得恰到好處，但是我自問對汪先生個人並無「惡意」。〈新證〉評論所及事實上僅限於《陳傳》關於陳寅恪先生晚年的生活與思想那一部分，而不是概括全書，一筆抹殺。我所指摘的幾條雖都見於原書，但一經從原文中抽離而出，終不能不與原意有所出入。不過這是一切書評所無法避免的困難，也不是出於有意的周內。我相信這些「或有時而可商」（陳先生論王國維語）的部分都是汪先生的偶然疏失，任何人的著作也都不能全免。我在〈新證〉中已說明汪先生是敬重陳先生的人。我的指摘是從客觀效果著眼，重點不在主觀用心。《陳傳》中若干容易引起讀者（尤其是不深知陳先生的讀者）誤會的論斷，不但顯然違反了汪先生的本旨，而且還會給陳先生的「晚年心境」蒙上一層陰影。我之不能已於言者，其故端在於是。《陳傳》就事論事，於時賢亦多訾議，不稍假借。其間孰是孰非乃另一問題，但這是值得提倡的風氣。我對《陳傳》有所商榷意亦在此。不過真理雖重要，人情亦當珍惜。所以本文以〈汪文讀後〉為副題，不取針鋒相對的「答覆」。

我原來計劃寫一短文。但話說得太簡潔了，又怕引起汪先生更多的誤解。唯本文亦不取枝節的辯難方式，而集中討論兩個中心的問題。這也可以說是我如何運用思想史的方法以研究陳先生詩文的一種「現身說法」。其中涉及較為複雜而微妙的詮釋學 (hermeneutics) 方面的問題，時令人有「言語道絕」之感。我一向不願抽象地談一般性的「方法論」，此文或可看作我的特殊「方法論」的具體陳述。在取材方面，我又增釋了陳先生的詩文而為前此所未及者，我儘量避免重複以前已說過的話。我認為祇有這樣做才有更積極的意義，也不致浪費《人間》的篇幅和讀者的時間。但在商榷學術異同時，我仍然一本所知所信，信筆直書，決不作世俗客氣語。這一點必須說明在先，希望獲得汪先生的諒解。

一、關於陳寅恪的詩文與心境問題

陳先生的心境主要隱藏在他的詩篇之中，但他的晚年考證之作如《論再生緣》與《柳如是別傳》也同樣有寄托自己「心曲」的地方。他在從事純粹考證的工作時當然是以解決客觀的歷史問題為主，可是他之所以特選這兩位女作家為研究的題目，則不是「為考證而考證」這個說法所能解釋得了的。我在《陳寅恪晚年詩文釋證》中（按：此指本書一九八四年初版，以下簡稱《釋證》）早就指出《柳如是別傳》「在事實的層面所研究的是錢柳姻緣及復明運動。在這個層面上，陳先生的考證解決了無數複雜而深微的問題，在史學上有重大的突破。但是在意義層面上，此書卻絕不僅限於三百餘年前的明清舊聞，而處處結合著當前的『興亡遺恨』，尤其是他個人的身世之感」（見本書，頁六〇～六一）。我從來沒有說陳先生的每一項枝節的考證都與感懷身世有關。陳先生在考證陶淵明〈桃花源記〉時曾明白分該文有「寓意」和「事實」兩個組成部分，我論他晚年考證之作也都分開這兩個層次。要推翻我的說法是可以的，但是必須先答覆以下幾個問題：一、陳先生晚年為什麼「著書祇贈頌紅妝」？而「紅妝」之中又特別選中陳端生和柳如是兩人？有一位史學界的朋友曾向我慨嘆陳先生晚年著作取其小而遺其大，惋惜他為什麼不對中國史上研究已有心得而尚未及寫出的重大問題加以論斷，卻偏偏以「獅子搏兔」之力選這樣無關輕重的個人傳記作為考證的對象。客觀地從中國史學的全面需要上說，我很同情這位朋友的想法。但這正是問題的關鍵所在：《論再生緣》與《柳如是別傳》兩書都是與他自身的「切己之感」(personal concern) 分不開的。前者引起他「禪機早悟，俗累終牽，以致暮齒無成」的感慨，後者更牽動了他所謂「明清痛史新兼舊」的「興亡遺恨」。這兩點都有明確的文字可證，並不是我的「推測」或「猜度」。反對者決不能對此明證置之不理而一味搖頭便能解決問題的。二、陳先生為什麼單單在這兩部晚年著作中到處附錄自己感慨的詩篇？而前此的一切專著包括《元白詩箋證稿》在內卻從來沒有這樣的情形的呢？如果我們想用劉知幾「茲亦為例不純」的話來作解答，但偏偏陳先生又是一位對著書的「體例」講究得最到家的人。他把個人感慨的詩篇安插在全書的各處，豈不明明告訴我們這兩部考證之作與以前的都不相同，其中處處都有他自己在內嗎？他在〈六十六歲初度〉詩中說：「考評陳范文新就，箋釋錢楊體別裁。」這豈不是明白表示這兩部著作是「新體別裁」嗎？他在一九六四年（甲辰）編論文集時，把中年的一首〈無題〉詩附在考證李德裕一文的〈附記〉之後，並說這是「紀念當日個人身世之感」（見《金明館叢稿二編》，頁五一）。這豈不又是他故意留下線索，暗示我們應該怎樣讀他那些附有己詩的晚年著作嗎？三、為什麼《柳如是別傳》這部晚年考證之作中流露出那麼許多恰好和他的詩篇足以彼此呼應的地方？我這裡所指的絕不限於他們夫婦為去留而爭執之事（就我現在所知，這個問題已不必再討論）。《別傳》中反覆致意的「牧齋隨例北遷」、「晚節」、「遺民心曲」、「心懸海外之雲」等，都在先後詩中出現過（有的不止一次）。難道這都是偶然巧合嗎？

陳先生堅拒「北歸」尤其是晚年生命中一件大事。這件事在《柳如是別傳》中固然特別顯豁，但即在《論再生緣》中也早有透露。除了我已舉的「北歸端恐待來生」詩句的自註之外，書中所附〈甲午（一九五四年）嶺南春暮憶燕京崇效寺牡丹及青松紅杏卷子有作〉兩首七絕之第一首也是講的這件事。「天涯不是無歸意，爭奈歸期抵死賒」，這豈不明明告訴讀者他是「不肯」而不是「不想」北歸嗎？我斷定這兩部考證之作中同時也包括了作者的「切己之感」在內，這是有大量的「內證」作支持的。我們還能找到一個更合理的解釋嗎？

汪先生對我的《釋證》有一種基本誤解，即認定它是我個人的政治觀點的產品，所以他一則說《釋證》中陳先生的「心境」，其實大部分是我自己的「心境」，再則說，稱陳先生為「遺民」即是政治解釋的確據。儘管我曾一再說明我解釋陳先生的「晚年心境」是從文化觀點，而不是政治觀點出發，但汪先生似乎始終把我的正面說明看作一種「飾詞」。所以現在我決定不再作任何自辯。但是我必須從方法論的觀點對這個問題稍加澄清。十餘年前我已指出史學家研究歷史有一種主觀因素是無法完全驅除的，史學家祇有把主觀提昇到自覺的境地才能化主觀為客觀。另一方面史料是具有客觀性的（雖然史料中仍雜有種種記載者的主觀成分）。以自覺的主觀和客觀的史料相互激盪，史學家可以逐漸揭露歷史事實的真相（不過所謂真相仍具有程度不同的相對性，須視史學家本人的自覺境界和方法嚴格與否而定。參看我的《歷史與思想》中〈史學、史家與時代〉一文）。近十年來現象論、詮釋學在史學研究方面所造成的影響更加強了我的看法。以汪先生所舉的康有為為例，他的變法的主觀動機確與他撰寫《新學偽經考》與《孔子改制考》有關。但是「偽經」與「改制」的觀念不是他首創的，他在這裡是繼承了今文經學（特別是廖平）的傳統。而今文經學之所以興起，則又有古代經典上與歷史上的客觀根據，若全無客觀根據，今文經學的傳統是無從形成的。《偽經考》、《改制考》兩部書，尤其是前者，對後來的史學疑古運動又有重要影響。康氏學說及疑古派史學都有推衍過當的地方，我們已不能盲目信從，但是古籍確有真偽問題則已成無可否認的事實。這是主觀與客觀互相激盪而揭露歷史真相的一例。我自然也有我的主觀，但是在解釋陳先生晚年詩文時，我儘量把主觀中一切自己能夠察覺到的政治或其他偏見放在一邊，不讓這些因素干擾我對詩文的客觀理解。我所不能完全排除的主觀成分則是詮釋學所謂與解釋對象（如陳先生的詩文）相應的一種「預解」(preunderstanding)，這種相應的「預解」不但不能排除，而且是絕對必要的，否則我將無法了解陳先生的詩文究竟說的是些什麼，其意向何在。包特曼 (Rudolf Bultmann) 說，一個人解釋藝術作品或詩能否成功，基本上決定於他是不是為作品所激動。這也就是說解釋者和原作者之間有沒有精神上的共鳴。解釋者的共鳴能力即是一個最重要的主觀因素。陳先生晚年之於陳端生與錢、柳都有此共鳴，所以才會把全部生命投入《再生緣》與錢柳因緣詩的考證中去。我們研究陳先生晚年心境的人首先便要追問：陳端生以及錢、柳的作品為什麼以及在什麼地方激動了他的心弦？他的助手說他晚年是以「驚天地、泣鬼神的氣概」鑽研錢柳因緣詩，這是最值得我們重視的一條史料。他此時所追求的已不是一般所謂客觀史實，而是一種「真了解」。什麼叫「真了解」？用他自己的話說：

所謂真了解者，必神遊冥想，與立說之古人，處於同一境界，而對於其持論所以不得不如是之苦心孤詣，表一種之同情。（〈馮友蘭中國哲學史上冊審查報告〉）

這裡所說的尚不止「他人有心，予忖度之」、「心知其意」、或西方一般所說的「同情的了解

(empathy)」。甚至柯靈烏 (R. G. Collingwood) 所謂「設身處地重演古人的意境」都不全恰當。

通過最近詮釋學的發展，我們應該知道陳先生真正的意思正是伽德默 (Hans-Georg Gadamer) 所說的「境界的交融」(fusion of horizons)。陳先生所常常強調的「古典今情，合而為一」也與此有密切的關係。而所謂「合一」，又不真是變成了一個，而是「一而二、二而一」。解釋者至此境界，則既與古人為二，又與古人為一。一而二者，因為自己與古人畢竟各有其「境界」(horizon)；二而一者，因為自己與古人又同在一個歷史傳統之內。此所以伽德默最後必強調「傳統」(tradition)，但傳統不是僵死的東西，而是隨時在變動之中（詳見 *Truth and Method* 一書的 second part，第二章第一節）。陳先生研究錢柳時確已與錢柳「處於同一境界」。此時他與錢柳之間已泯而難分；他為錢柳「發皇心曲」也就是為自己「發皇心曲」。他是在考證，但又不止於考證。這種精神若擴大至極，便成宇宙間事皆己份內事，或天人合德。這是古今宗教家、聖人、哲人、藝術家、詩人等所同具的一種至高的精神。所以我們又決不能把它化約為心理分析所說的下意識。

陳先生研究古人詩文的最後目的雖在求古人之「心」或「意」，但是在研究過程中他卻是原其「心」而不略其「跡」，得其「意」而不忘其「言」。這是和他的史學訓練分不開的。「跡」即歷史，「言」即語言，這兩者都是具有客觀性的，必須通過考證訓詁才能完全確立。

而考證訓詁則屬於實證方法。在西方學術傳統中，詮釋方法與實證方法各有來源，前者淵源於神學、文學，後者起於自然科學。這兩者一向有互相對立與排斥的趨向，直到最近才漸見溝通。但在中國文史傳統中「得意忘言」與「訓詁明而後義理明」卻往往交互為用，相反而實相成。陳先生對這兩套方法尤其能靈活運用而無施不可。他的著作之所以使讀者感到有探索不盡的深度，這也是原因之一。以上所論極為簡略，但或足為了解陳先生的學術精神更進一解。

我探索陳先生的晚年心境基本上即是以他的晚年著作為範例。我完全承認有自己的主觀，但這種主觀已提升到自覺的層次，是一種相應的「預解」。首先，他的晚年詩文的確激動了我，否則我便不會對他發生那麼大的興趣。憑著這種「預解」，我的「境界」才能和他的「境界」在某些點上達到了「交融」的程度。如果我對他的詩文的理解大體上相差不遠的話，這至少證明詮釋學所說的「預解」確有其事，不是騙人的。我在「神遊冥想」之際，有時真覺得已和他「處於同一境界」，他的「心境」和我的「心境」至此確已難分辨。但這不是如汪先生所說，我以自己的「心境」代替了陳先生的「心境」。相反的，這是陳先生的「心境」變成了我的「心境」。另一方面，我深知，我和陳先生的「心境交融」，遠遠達不到陳先生和錢柳之間的「心境交融」的高度。這主要是由於我對陳先生晚年詩文的理解缺乏「存在的」實感。

陳先生晚年的生活遭遇和錢柳有許多類似之處，我在《釋證》中其實只談了一小部分。別的不說，只看他和錢牧齋都必須用隱語傳心曲這一點，即可知他於牧齋詩文會有多麼深刻的存在的實感了。包特曼特別重視「存在的了解」(existential understanding) 便因為解者在前人文字中感受到和自己的存在有密切關係的問題，然後才能如實地體會到其中真味。此時解者與所解的文字之間便發生了一種「活的關係」(living relationship)（參看 Josef Bleicher, *Contemporary Hermeneutics*，頁一〇五～一〇六）。魯迅說高鶚能續《紅樓夢》是因為他未成進士「閒且憊矣」，「故於雪芹蕭條之感，偶或相通」（《中國小說史略》，頁二五二）。他所說的也正是「存在的了解」。在「存在的實感」這一點上，我自問不及陳先生遠甚。

不但如此，以時代、身世、教養等而言，陳先生和錢牧齋甚至可以說是屬於同一「傳統」或「文化世界」，雖則這個「傳統」或「文化世界」也一直在變動之中。而我和陳先生則真成「隔世」了。所以我才說，我對陳先生的「心境」相當同情，但並不一定完全同意。這也是在主觀條件上我的《釋證》比不上陳先生的《別傳》的地方。

汪先生說我所講陳先生的晚年心境主要是「政治心境」。我不知道汪先生的意思是不是說文化與政治沒有關係，而且也不應該發生關係。但陳先生本人的看法顯然不是如此，陳先生說：

世人或謂宗教與政治不同物，是以二者不可參互合論。然自來史實所昭示，宗教與政治終不能無所關涉。（〈陳垣明季滇黔佛教考序〉）

又說：

任公先生高文博學，近世所罕見。然論者每惜其與中國五十年腐惡之政治不能絕緣，以為先生之不幸。是說也，余竊疑之。嘗讀元明舊史，見劉藏春（秉忠）姚逃虛（廣孝）皆以世外閒身而與人家國事。況先生少為儒家之學，本董生國身通一之旨，慕伊尹天民先覺之任，其不能與當時腐惡之政治絕緣，勢不得不然。……此則中國之不幸，非獨先生之不幸也，又何病焉？（〈讀吳其昌撰梁啟超傳書後〉）

我寫陳先生的晚年心境竟至不得不特寫他的「政治心境」，這不但是陳先生的不幸，而且更是中國的不幸。著作出版和自由講學大概可以算是汪先生所說的「文化」吧！但是陳先生晚年既不能教書，舊論文集和新撰《論再生緣》也都不能出版，這是什麼道理呢？套用陳先生的話：「誰實為之，孰令致之，豈非文化與政治終不能無所關涉之一例證歟？」

陳先生畢生關心現實政治，上引〈讀吳其昌撰梁啟超傳書後〉說得再清楚也沒有了。不過他的關心政治是從文化的觀點出發，不是從政治的，尤其不是從黨派的觀點出發。所以他的「文化心境」便寄托在他的「政治心境」之中。我的看法祇不過如此。據我初步估計，他晚年（一九四九年起）的詩，現存者大約百題左右，其中有三分之一（約三十餘題）是涉及政治的，其中如〈七夕〉五首、〈唯見林花落〉、〈己丑夏日〉、〈哀金圓〉、〈青鳥〉、〈望海〉、〈舊史〉、〈辛卯廣州端午〉、〈卜式〉、〈男旦〉、〈呂步舒〉、〈癸巳廣州苦熱〉、〈聞歌〉、〈貧女〉、〈丁酉五日客廣州作〉、〈梅蘭芳〉、〈文章〉、〈春秋〉等則是百分之百的「政治詩」（稍有不純者皆未列入）。我根據這些詩寫他的晚年心境，請問有何妙法可以避得開政治呢？

汪先生的《陳傳》比較不太注重他的晚年詩作，當然可以儘量避開「政治心境」。但《陳傳》引述了不少一九四九年以前的詩，似乎並無意避開他的早年和中年的「政治心境」。以《詩存》而言，早年和中年的詩才六十餘題，僅佔三分之一強。但若并晚年佚詩（約百題）計之，則晚年詩作多於早中年約三至四倍。所以寫他的晚年自然不能不以這一批詩為最重要的基本傳記材料。汪先生寫的是《陳寅恪傳》，不是「陳寅恪學術評介」，未能充分利用這批原料已未免可惜。但這在汪先生胸中自有權衡，他人不便妄測。我的〈晚年心境〉一文事實上等於是《陳傳》的拾遺補闕。汪先生不願引為同調並不足怪，但怎麼還責備我表彰陳先生晚年的「政治心境」呢？

我雖然著重地分析了陳先生晚年的「政治心境」，但是我的一切個別的和全面的結論最後都歸結到文化觀點上面。我一直認定，無論是痛恨極權統治還是「望海」，陳先生個人的終極關懷始終是文化價值、學術自由這一方面的問題。所以我特別杜撰了「文化遺民」一詞來形容他。這個名詞雖出杜撰，其意義則早已存在，從顧炎武的「亡國」與「亡天下」之辨，到陳先生「論王國維之死」，都說的是「文化遺民」。在「遺民」上面加上「文化」兩字正是取消其原有的政治涵義，此理至明。若〈汪文〉所云，得毋稍嫌深文周內且不免「字源之謬誤」(fallacy of etymology) 乎？

《釋證》一書也並不是專講陳先生的「政治心境」。事實上，有的政治詩我並沒有箋釋。如〈貧女〉一首譏刺中共先「定調子」然後逼他寫文章，〈卜式〉一首藉漢代事為「民族資本家」辯護，都是顯例。至於我講到的「政治心境」則都是「有詩為證」的。我儘量不存成見，看他的詩如何說便隨著如何解。所以好些結論連我自己也感到意外。在詮釋和理解的過程中，我儘量把自己拋開（詮釋學家所謂 "self-surrender" 或 "open oneself to text"）。因此我不先抱某種成見，如「以陳先生的史識，他決不可能有如何如何的想法」之類。最近《王國維書信集》出版了，我們知道他一度曾對張勳復辟抱有極大的希望，對張勳本人（「黃樓」）也相當推崇，這頗出人意外。一向崇拜王國維的張舜徽甚至說：「王國維若非先死，一定會去參加偽滿小朝廷的。」這話也許過火了，但可見我們推測歷史人物的「心境」只能根據第一手材料說話，不能唯先入之見是從。這種「先入之見」，在中國傳統中是根深蒂固的，「聖人決不如是」便是其最典型的表現。王國維的「史識」又豈在陳寅恪之下乎？在這種地方我們正當如陳先生所言，「對於其持論所以不得不如是之苦心孤詣，表一種之同情」（與「同意」與否無關）。陳先生〈望海〉之類詩作未必即是政治認同，不過可看作他在極端苦悶中一種「思變」的情緒而已。

陳先生在詩中雖偶有「遐想」，但回到現實世界他的理智仍是清澈的，他知道在可見的未來局勢是不會變化的。所以他才寄望於後世，把自己的晚年著作比之「所南心史」。不但《論再生緣》是他的「心史」，《柳如是別傳》也同樣是「心史」，否則何以說：「欲將心事寄閒言？」（《別傳》，頁六）又何以兩書皆附入感慨興亡之詩？書是考證，詩是「寄托」，但二者又不能截然分開，古典今情，融合為一。盲翁能「然脂冥寫」，而不盲者反視而不見，人間可悲而復可笑之事寧有過於此者乎！何以知《柳如是別傳》也是他的「心史」？此亦「有詩為證」。詩曰：

珍重承天井中水，人間唯此是安流。（《別傳》，頁六）

鄭所南藏《心史》的鐵函是在蘇州承天寺井中發現的。此詩專為釋證錢柳因緣詩而作，又載之《別傳》首章。《柳如是別傳》是他的「心史」還有懷疑的餘地嗎？汪先生在《陳傳》中說〈論再生緣校補記後序〉的「所南心史」之語是否定之意，是「駁斥海外議論的婉轉之筆」，不知於《別傳》之為「所南心史」又將作何說？豈亦「駁斥海外議論的婉轉之筆」耶？其「婉轉」又何在耶？

現在我們要進一步追問：陳先生詩文中屢用「所南心史」，他究竟何所取義？崇禎十三年刊七卷本《心史》林古度〈序〉云：

宋德祐間吾閩鄭所南先生，隱于吳門。憤宋亡國。誓留此身以報國讎，不婚不宦。年已垂老，慮身沒而心不見知于後世，取其詩文，名曰心史。（余嘉錫《四庫提要辨證》卷二十四，集部五《心史》條所引）

陳先生在《別傳》中曾有專節討論林古度（見頁九五〇～九五八），他自然讀過這篇林〈序〉，

〈序〉文的前半段和陳先生不盡合，但「年已垂老，處身沒而心不見知于後世，取其詩文，名曰心史」這幾句話字字都可以震動他的心弦，也和他的晚年詩文若合符節。可見他屢提《心史》即取義於此。他的《別傳》不但從頭至尾為錢柳「發皇心曲」，也隨處為其他遺民表彰心事。陳名夏（字「百史」）為寧完我所告發，以「留髮復衣冠」事處絞。陳先生論之曰：

> 夫百史辯寧完我所訐各款皆虛，獨於最無物證，可以脫免之有關復明制度之一款，則認為真實。是其志在復明，欲以此心告諸天下後世，殊可哀矣。（頁一一六二）

「留髮復衣冠」是中國文化的象徵（相對於滿清而言），正如「道統」、「人倫」（見〈論韓愈〉一文）也是中國文化的象徵一樣（相對於馬列主義而言）。陳先生此論並無「證據」，完全是「與古人處於同一境界」而得來的「真了解」，透露了深刻的「存在的實感」。他也「處身沒而心不見」，所以要在晚年詩文中「以此心告諸天下後世」。從他特別重視「留髮復衣冠」一案來看，他的「心」始終是「文化心」而不是「政治心」。此「心」不但藏在詩中，也藏在《論再生緣》和《柳如是別傳》中。讀這兩部書若祇見其滿紙考證而完全看不出他的「晚年心境」，那不但是陳先生個人的悲劇，更是對他「愛之若性命」的中國文化的絕大諷刺。

二、關於怎樣解釋陳詩的問題

汪先生此文說了一些有關中國詩的傳統的話。我祇想把討論限制在陳先生本人的詩上。關於解釋陳詩的方法問題，我先後已寫了兩篇文字（〈文史互證．顯隱交融〉與〈古典與今典之間〉，均已收入本書）。所以此處祇就〈汪文〉相涉之點略作說明。

我並沒有釋證全部陳寅恪《詩存》。《釋證》所解說的都是足以透露「晚年心境」的詩。凡是經過解釋的詩，我都已儘可能地加以考證和分析，務求對每一首詩的大體意向能夠把握得住。在考證分析的基礎上，我才提出對每一首詩意的理解。這大致是陳先生箋證元白詩和錢柳因緣詩的方法，也就是上文所說的詮釋與實證交互為用的辦法。但這也不是說考證必然在前，理解一定在後，因為詮釋循環的本身即要求解者不斷地迴環往復。解釋的對象是陳詩，因此解者又必須對陳詩的傳統淵源有相應的基本認識，這與前面所說的「境界交融」復不同，那是屬於主觀方面的事。陳先生所承受的詩的傳統則是客觀的。由於陳先生所掌握的舊詩資源極其豐富，這一部分的工作是相當困難的。我只能在能力和時間許可的情況下，儘量追溯他的某些詞句是從某家某詩來的，但距離完備之境遠甚。這是陳先生所謂第二、第三出處的問題。這一部分除非他自己加註（如〈王觀堂先生輓詞〉之例），任何人也沒有辦法完全弄清楚。

我所釋證的詩還有另一重困難，即隱語問題。當然不是每一首、每一句都有隱語，但我所能發現的也已不少。大概說來，這是明清之際遺民詩的特有傳統，不過他有時也參用六朝「反語」和唐人「歇後體」之類。他的隱語隱然成一系統，然而又不能加以形式化。宗教、形上學、詩、藝術這一類的不能接受形式化處理的「知識」，往往可以借重詮釋學的方法而獲得通解。所以我所說的「解開暗碼」，即是詮釋學的用語(decoding)。這已經是一種常識了，毫無任何故弄玄虛的意思。

汪先生此文大致認為我解釋陳詩是「猜謎」、「索隱」之類。他的話也不算錯。不過我從不「胡猜」、「亂索」，所「猜」者必須先確定其中有「謎」，所「索」者亦必有「隱」。困難首先在如何才能確定詩中有「謎」有「隱」；其次則是既「猜得」、「索得」之後又如何才能舉出足以令人信服的證據。不過陳詩中特別難「猜」難「索」的「謎」和「隱」並不太多。我初寫〈晚年心境〉一文時並未發現他的隱語系統，我所用的只是一般的文史考證方法。

我對這一整套解釋陳詩的方法和程序雖有信心(因為這不是我發明的)，但是我所解的是否首首都恰到好處則完全是另一問題。我現在祇敢說，我所「猜」的大體上可說「雖不中亦不遠」，至於詩中某句、某字如何確解則仍有商量的餘地。說到最精微的地方，我們唯有接受

「詩無達詁」那句老話。所以我對於別人提出的合理而有根據的不同解釋是欣然接受的。

「鉅公」即是一例。我之所以沒有完全放棄舊解，而仍把它放在「聊備一格」的地位，其理由已詳述於〈文史互證・顯隱交融〉及〈新證〉等文中。汪先生似乎認為既有「文章鉅公」，我便不能再保留「天子」之「鉅公」，即只能有一解。但在另一些地方，他又嫌我太「執著」，不能像神韻派那樣的「意到神會」。當然，汪先生這兩種相反的批評都可能是對的。因為詩本來不容一概而論，有的是「詩無達詁」，必須「意到神會」，有的則不容有二解。總之，一切要看具體的對象而定。陳先生解前人之詩是如此，我解他的詩也是如此。但是「鉅公」一典恰好有兩義，和陳先生所講歸玄恭對聯中的「東海南山」是一類的，在中國文學傳統中叫做「雙關兩意詩」（見趙翼《陔餘叢考》卷二十四），而且文字具有「多重意義」(multiple meaning) 或「雙重意義」(double meaning) 又是一種相當普遍的文化現象，西方中古解《經》(*Bible*) 亦用此法。所謂「雙重意義」，用呂柯 (Paul Ricoeur) 的話說，即「其意義效果在指一事的同時又指另一事，但並不礙其仍指前一事」（見 *The Conflict of Interpretation*，頁六三）。「東海南山」和「鉅公」都完全符合這個標準。讀者應該看出，我把「天子」一解放在「聊備一格」的地位是出於非常謹慎的態度。

汪先生大概認為我是「胡猜」，所以他說：「不如『猜』『鉅公』為馬克思，他既是『文章鉅公』，又是共產世界的『天子』。」這當然是笑話，認不得真。不過我倒願意借這個笑話說明「猜謎」也是很嚴肅的事。汪先生如果有相應的「預解」，他便會知道，以陳先生對中國經史傳統的了解，他無論如何不至於把馬克思看作「天子」的。為什麼呢？「天子」必須在「位」。馬克思「有德無位」（〈中庸〉語），最多衹能比作孔子，是「素王」而不是「天子」。汪先生這一「猜」是沒有任何可能性的。《禮記》說：「儗人必於其倫。」陳先生深明此義，決不會「比儗不倫」的。說到這裡，我正巧另有一「猜」，也是關於馬克思的。陳先生一九五六年（丙申）有〈從化溫泉口號〉二首：

火雲蒸熱漲湯池，待洗傾城白玉脂。可惜西施心未合，衹能留與浴東施。（原註：醫言患心臟病者不宜浴此泉）

曹溪一酌七年遲，冷暖隨人腹裡知。未解西江流不盡，漫誇大口馬禪師。（原註：余日飲溫泉水一盞）

從字面上看，第一首寫溫泉浴，第二首寫飲溫泉水，毫無可疑。但是照我的「猜測」這兩首正是典型的「雙關兩意詩」。第一首是說馬克思主義與中國不合，「東」、「西」各有不同，

「合」於「東施」者未必「合」於「西施」，反之亦然。第二首正是斥馬克思的。馬禪師即馬祖，曾有「一口吸盡西江水」的著名話頭（見《景德傳燈錄》卷八）。西江水在此比喻歷史，馬克思的唯物史觀講「盡」了人類歷史的發展，陳先生不信這種「漫誇大口」的話，因為歷史之流是無窮無盡的，以「馬」祖比「馬」克思這是陳先生的「擬人必於其倫」。第二首的一、二兩句也有「言外之意」。「七年」指他到廣州的年數，但同時也恰好是他生活在中共政權統治下的年數。他「日飲溫泉水一盞」也正和他天天接觸到馬克思主義的宣傳一樣。但到底冷暖如何祇有他心裡明白（詩題的「口號」兩字也是雙關語，兼指宣傳口號）。

我想我這一「猜」大概又「不中不遠」。但是還有如何求證的問題。依照詮釋循環，我們在以部分解全體之後，還必須以全體解部分。第一步，這兩首詩要合成一整體來看。如果沒有第二首的「馬禪師」，單「猜」第一首的「東施」、「西施」便有危險。另一方面，沒有第一首的「東」、「西」不合，單「猜」第二首的「馬禪師」也不免有穿鑿附會之嫌。所以這正是佛經上所謂「兩束蘆葦，互倚不倒」。

第二步，我們還得試從他的全部思想和作品來解開這兩首詩。這一步的證立有時要靠運氣，不過這次的運氣比較好。第一，他認為馬克思主義與中國國情不合，這一點不但是他一貫的看法，而且他在一九五九年和周揚的談話時又重新提起，即「尺寸不要差得太遠」的那番話（見本書，頁一三～一四）。第二，以「馬」字為馬克思的暗碼還有其他的證據嗎？他在其他詩中也偶有用「馬」字的。但是我們又不應「疑心生暗鬼」，把一切可疑的字都一律誤認作暗碼。所以我們不能說凡是「共」字必指共產黨，凡是「馬」字必指馬克思。那不但穿鑿，而且機械。總之，一切要根據具體的分析才能判斷。據我的了解，下面這句詩中的「馬」則確是暗碼：

講校生涯傷馬隊。（〈答沈得霖陳植儀夫婦〉）

此句用陶淵明〈示周續之、祖企、謝景夷三郎〉：「馬隊非講肆，校書亦已勤。」據昭明太子〈陶淵明傳〉（見四部叢刊本《箋注陶淵明集》末）：「三人共在城北講『禮』加以讎校。所住公廨近於馬隊，是故淵明示其詩云……。」所以僅從字面言，陳先生用陶詩已是譏刺中共不尊重學者。但「馬隊」又有今典，即中共在一九四九年以後的一貫口號——大學要培養「馬克思主義思想的專家隊伍」（讀者如果一定要找實例，可看《毛澤東選集》第五卷，頁四七二）。「馬隊」恰好可作這句口號的簡稱。陳先生此句乃自「傷」無法用馬克思觀點講授歷史。「馬隊」兩字明指古典、暗用今典，又是天衣無縫。故「馬」字為馬克思的暗碼，至此已獲得本證。我在《釋證》中所「猜」的陳詩大率皆類此。這次不過是故意示人以璞，把「猜」的過程和盤托出而已。我對此「謎底」雖頗有自信，但決無意強人從己。還是那句話，我「姑妄言之」，讀者不妨「姑妄聽之」可也。

我在〈新證〉中曾說：「從辭書中查出詞語的出處並不困難。」這話是對馮衣北說的，但涵義不是譏刺。馮衣北強辯「唯餘骨」與「笑亂頭」是陳先生的初稿，並無諱改之事。他舉出陸龜蒙「貫穿學問骨」及《晉書》等「亂頭粗服」之文為證。但「亂頭」一語，他並未引實例。清初女詩人「亂頭粗服送君行」一句詩還是我代他找的，但顯然與「笑亂頭」風馬牛不相及。他這兩個典都是從《佩文韻府》中抄出來的。其中「亂頭」一條，《韻府》即引「亂頭粗服」之文而無詩例，可見清初編此書時尚亦未覓得。

「學問骨」一條《韻府》所引則正是陸詩。但是馮衣北卻說：「以上都非難得罕見之書。」這話不但裝腔作勢，而且全無學術誠實。所以我在查得證據確鑿之後，才說了上面那句話。不過我仍為他稍留餘地，沒有全部說破。汪先生不明底蘊，貿然替馮衣北打抱不平，以這句話來「反唇相稽」，未免太性急了。我對自己說的話是可以完全負責的，馮衣北決無抵賴的餘地。但是汪先生能一一指出我在《釋證》中所引的「古典」分別出於那些「辭書」嗎？即使《釋證》中有些「古典」也見於「辭書」，汪先生又如何確切地證明我是從「辭書」中

「查」出來的呢？汪先生已做過我說那句話時的查核工夫嗎？

我已說過，我並不是譏刺馮衣北「查辭書」，這是註詩的正當程序。從《事類賦》、《初學記》到《佩文韻府》都是為寫詩註詩而編輯的。中國古典多如牛毛，誰也不能一一記清其原始出處。陳先生撰《柳如是別傳》也同樣參考過《佩文韻府》。但是陳詩的難解之處不在最初之典，而在他所謂「非最初而有關者」。這就不是一般辭書、類書所能為力的了。《釋證》對一般習見之典根本不加註解，因為我的工作的性質與傳統註家截然不同。而且我的毛病恰好是相反的，即辭書查得不夠勤，否則便不至於漏註「文章鉅公」之典了。這一典在《佩文韻府》中一索即得。這種「想當然耳」的話若出於外行之口，我將一笑置之。但汪先生是讀過陳先生詩文的人，應該深知此中甘苦，難道陳詩的深度僅在於其中驅使了一些「古典」嗎？事實上陳詩中的僻典極為有限；偶有僻典也不是一般辭書上可以找得到的。

讓我舉兩例子來說明解釋陳詩的特殊困難。陳先生丁酉〈答王嘯蘇君〉有「東坡夢裡舊巢痕，惆悵名存實未存」之句。蔣天樞先生說是「悼清華僅存其名」（《編年事輯》，頁一七四），這自是確解。問題是作者何所取於東坡之句？若認真註詩，則其間便大有曲折在。此句「古典」已點明是用東坡的「九重新掃舊巢痕」（〈六年正月二十日復出東門仍用前韻〉），根本不必查考。但是陳先生用此典則又暗寓陸放翁之文與李義山之詩。放翁〈施司諫註東坡詩序〉云：

> 昔祖宗以三館養士，儲將相材。及官制行，罷三館，而東坡蓋嘗直史館。然自謫為散官，削去史館之職久矣。至是史館亦廢，故云：新掃舊巢痕。其用字之嚴如此。而鳳巢西隔九重門則又李義山詩也。（四部叢刊本《渭南文集》卷十五）

元豐改官制乃宋代政治史上一大事，陳先生以此喻中共一九五二年對各大學之院系調整。而他本人和清華之離合亦與東坡之於史館，情事宛符。再加上義山「鳳巢西隔九重門」又與清華園之地理位置（西郊）完全相同。此其所以必借用東坡詩句之故。套用放翁的話：「其用典之嚴如此。」

又如陳先生〈春盡病起〉中「早來未負蒼生望，老去應逃後死羞」兩句並無「古典」。但是以詩意言，上句反用錢牧齋〈甲申元日〉之「衰殘敢負蒼生望」（《初學集．東山詩集》末），下句則反用牧齋〈後秋興之十二〉之「苦恨孤臣一死遲」（《投筆集》），並有感於查初白〈拂水山莊〉之三：「死無他恨惜公遲。」（《敬業堂集》卷十六）但以詩格言，其「早來」、「老去」一聯則仿自柳如是名句「此去柳花如夢裡，向來烟月是愁端」之松江體（「春日我聞室作」《東山詩集》一）。合錢魂柳魄於一身，尤足見此老詩律之細。聊舉此兩例以示所謂陳詩的深度決非一句大言欺人的空話。而陳先生所謂「神遊冥想，與古人處於同一境界」者正是建築在這種「思想還原」的基礎之上。如果不深察古人之「跡」，僅憑「胡猜」「亂想」，又豈能真得古人之「心」乎？

汪先生又引「溫柔敦厚」一語作為駁我對某些陳詩理解的根據。這也是不能成立的。「溫柔敦厚」並不是「溫吞水」或「和稀泥」。孔子說：「唯仁者能好人，能惡人。」溫柔敦厚的詩人對該罵的人或事還是一定要罵的，否則豈不成了「鄉愿」？我自問確不能盡遵汪先生「溫柔敦厚」之教，即汪先生本人亦豈能毫無「知之匪艱，行之惟艱」之感乎？《詩．小雅．四月》：「先祖匪人，胡寧忍予？」鄭玄箋：「我先祖匪人乎？」孔穎達《正義》：「出悖慢之言，明怨恨之甚。」以「溫柔敦厚」為其主要特色的《詩經》中儘有「罵天」、「罵人」之辭（詳見錢鍾書《管錐編》第一冊，頁一四四～一四八）。《書．湯誓》：「時日曷喪，予與女偕亡。」則是咒罵暴政的名句。蘇東坡更以「嬉笑怒罵」著稱於史，他何嘗不「溫柔敦厚」？陳先生在一九四九年以前的詩中照樣也有罵人的詩。寫「弦箭文章」、「權門奔走」的「文人」不是被他比作《石頭記》中劉姥姥、《水滸傳》裡王婆婆嗎？這還不夠侮弄嗎？〈哀金圓〉罵得還不夠厲害嗎？他不又明說《別傳》乃「怒罵嬉笑」之作嗎？

〈七夕〉詠板門店和談中的「洗紅妝」，我原說「不敢強作解人」。但是如果真有〈湯誓〉之意也不足為異。讀者不必把自己特有的「溫柔敦厚」強加於作者身上。至於「曹蜍、李志」之必當作「厭厭如九泉下死人」解更是沒有爭辯的餘地。我解此典全據原文，未增減一字，並未犯汪先生「言過其實」之戒。〈汪文〉在此處特起波瀾，實出意表。這兩個名字和這句描述語根本無法分開。用羅素的描述理論（theory of description）來說，這是專有名詞（「曹蜍、李志」）具有「固定描述語」（definite description 即「厭厭如九泉下死人」）的一個典型例子。這比「屍居餘氣」之為楊素的代字，其關係還要密切百倍，因為楊素尚有其他事跡見於正史，不可遽以小說家言為定。曹蜍、李志之名之所以能流傳至今則全憑「厭厭如九泉下死人」這一特徵。所以袁枚才說：「古來曹蜍、李志，又轉以庸庸而得存其名。」（《隨園詩話》卷三）陳先生若僅欲泛舉，何以單單選中了這兩個名字呢？說「張三、李四」可也，說「生張熟魏」更可也。平仄亦毫無不協。「張三李四」見於王安石詩（〈擬寒山拾得〉二十首），「生張熟魏」見於魏野詩（沈括《夢溪筆談》卷十六「藝文三」），都通得過典雅的標準。而且整首詩都是罵這些代表的，此句更無法強作別解。「蜂戶蟻封」四字用黃山谷「蜜房各自開牖戶、蟻穴或夢封侯王」（〈題落星寺〉三首之一。按〈新證〉所引出《王直方詩話》，上下句顛倒文字亦小異）。「蜂戶」形容這些代表一湧而出之狀，「蟻封」則說他們人人爭作「封侯」之夢（按：此句正宜與下文所將討論的「不覓封侯但覓詩」相對照)。這種刻劃衹有比「厭厭如九泉下死人」更難看相。〈汪文〉中引陳先生論李義山「益德冤魂終報主」句以為「溫柔敦厚」之證，與此也全不相應。「冤魂」指已死之人，「厭厭」則並未斷氣，即是「屍居餘氣」之意，粵語謂之「過氣」(陳先生時在廣州，應熟悉這句常用的粵語)。義山與李文饒的關係又豈能和陳先生與這群代表之間的關係相提並論?溫柔敦厚離不開人際關係的親疏。「親不失親，故不失故」即是一種「敦厚」。但陳文「匪獨與詩人敦厚之旨不合，按其文理又不可通」一語，其重點在下半之「文理」，不在上半之「敦厚」。這是「匪獨……抑又」句法的特色，西文亦然。推陳先生之意，蓋謂義山詩中用「冤魂」無一不指已死之人，如〈哭劉司戶〉三首之「復作楚冤魂」，〈灞岸〉之「幾處冤魂哭虜塵」皆其例。陳先生與張爾田有雅故，所以不肯舉例明駁，此確是「敦厚」處。其實陳先生文中所言「敦厚」尚是陪襯，「文理不通」始是最有力之客觀的駁斥。「溫柔敦厚」則是一種主觀判斷，往往因人而異，何能僅恃此為史學上的論據?經過具體分析之後，我看不出這一段以討論「文理」為重點的文字何以能證明「曹蜍、李志」不作「厭厭如九泉下死人」解，除非陳先生本人「文理不通」以致濫用典故。陳先生既能在一九三〇年用「劉姥」、「王婆」之典，何以一九四九年他便不能用「曹蜍、李志」之典?他與這些代表既非深交，又未咒其死，僅僅視之為「屍居餘氣」又何傷乎「溫柔敦厚」?

最後我不能不再談談《論再生緣》文末的第一首七律，因為汪先生此文在這首詩上又花了很大的功夫。汪先生說文末兩詩「一首傷端生，一首自傷」（按：既云「傷端生」，則是陳先生為主體矣）。這個說法我大體上同意，但第一首末兩句已是「自傷」，其中「我」字是陳先生自稱，不是代端生立言。

第一首是陳先生傷端生，故句句都是從作者的立場出發。首二句「地變天荒總未知，獨聽鳳紙寫相思」。試問是誰「未知」、是誰「聽」？當然都是作者自己。這兩句詩中都分別有「我」字，只是未寫出來而已。「聽」什麼呢？故有第三、四句：「高樓秋夜燈前淚，異代春閨夢裡詞。」（按：李義山〈碧城〉之三「收將鳳紙寫相思」之下即接以「武皇內傳分明在」之句。陳詩剪裁即取法於此，尤可證其決非「代言體」）作者說他秋夜在高樓一面聽「異代春閨夢裡詞」一面流淚。這兩句絕不可能是作者以端生口吻說的話，因為有「異代」兩個字在。只有從陳先生的觀點才能說他與端生是「異代」，端生怎麼能和自己成為「異代」之人呢？第五、六句：「絕世才華偏命薄，戍邊離恨更歸遲。」這又是作者同情端生「命薄」和夫婿「戍邊」。如果是端生自傷之詞，她怎麼會稱讚自己是「絕世才華」呢？最後兩句結語：「文章我自甘淪落，不覓封侯但覓詩。」這是因傷端生而連帶引起自傷。此「我」字與第二首第七句「論詩我亦彈詞體」是同一個我，即作者本人。我在〈新證〉中說古今詩人無如此用「我」

之理，又說陳端生在清代不可能「覓封侯」。汪先生對此兩語都發生了奇怪的誤解。不但中國古代詩文有代言體（明清八股文尤其如此），西方亦然，即所謂 prosopopoeia。我的同事史景遷 (Jonathan Spence) 寫的康熙帝 (*The Emperor of China*) 仍用此體。但代言體必是通篇全以古人語氣出之，如汪先生所舉李商隱〈四皓廟〉詩即是一例，故首句「羽翼殊勳棄若遺」即暗用《詩經》「棄予如遺」。然而陳詩前六句都是作者口氣，何能在第七句忽轉為代端生立言？我所謂詩的格律不允許如此用「我」字者即指此。

至於「覓封侯」，我的理解是求功名、入仕途，此與汪先生的「追求名利」確頗有出入，但好在相去不遠，不必細究。我說陳端生在清代不可能「覓封侯」是指她不可能真像《再生緣》中孟麗君那樣去女扮男裝考狀元，然後拜相。難道汪先生認為陳端生如果不寫《再生緣》，而改習八股文，她便可以求得功名了嗎？（七、八兩句若依汪先生之解，即是此意）我說此「我」字是陳先生自稱正是把「覓封侯」解作「求功名、入仕途」之意。這兩句詩的關鍵是在憑「文章」覓「封侯」。陳先生「文章甘淪落」（寫「欠斫頭」的詩文）所以才「不覓侯」。如果他不甘淪落（寫「遵朱頌聖」文字），他早就「封侯」了（如出任「所長」）。這兩句詩不但不可能是代陳端生立言，而且也不可能是傷端生之辭。只有視為陳先生自誓之詞才能講得通。以時間推斷，這兩句詩恰恰反映了他拒絕「北歸」的「心境」（據蔣天樞說，他在一九五三年九月中旬在廣州時「已聞師言有人促返北京。」見《編年事輯》，頁一四五）。汪先生的鍥而不捨至少產生了一個積極的效果，使我們弄清楚了這兩句詩的歷史背景和確切涵義。

這首詩既無典故，又層次分明，正是屬於上文所謂「不容有二解」的一類，實在不需要如此費周章。汪先生因為要堅持「我」字是代言體，即陳端生自稱，竟請出王船山來發言，罵在詩中「求出處」和「考證事理」的人為「酸迂不通」。他竟忘了陳先生正是以詩考史的第一大家，如《元白詩箋證稿》與《柳如是別傳》是其代表作。汪先生又為了這個「我」執，而歸宗於神韻派，欣賞王漁洋「詩中地名，只取興會神到」，「道里（〈汪文〉誤為『理』）遠近，不必盡合」，他又忘了現代最愛考證詩中「道里遠近」的正是陳先生，如〈連昌宮詞〉及〈秦婦吟〉皆其顯例（我卻從未考證過詩中地理）。汪先生忘了「投鼠忌器」的古訓，以致「項莊舞劍，意在沛公」，卻先傷了項羽。幸而陳先生有先見之明，早已防備著神韻派的「劍」了。所以他在《韋莊秦婦吟校箋》中說：

> 此乃依地理系統及歷史事實以為推證，不得不然之結論。若有以說詩專主考據，以致佳詩盡成死句見責者，所不敢辭罪也。（《寒柳堂集》，頁一一九）

這是陳先生預先向神韻派告罪。不過神韻派理論是一事，實踐又是一事。王漁洋論詩諸作中考證前人詩中地理、人名、事實者先後何止數百條。故張宗柟纂輯《帶經堂詩話》特闢「考證」一門。其中卷十八〈辨析類〉四十八條，所辨詩中人、地、事之誤者比比皆是。他的「道里遠近不必合」之說則別有隱情。他所選《唐賢三昧集》，其中地理有誤，閻若璩——又是一個好在詩中考證「道里遠近」的人——曾加彈正（見《潛邱劄記》卷五〈與趙秋谷書〉），故有此解嘲的話。趙執信（秋谷）《談龍錄》云：

> 《唐賢三昧集》初出，百詩謂余曰：「是多舛錯，或校者之失，然亦足為選者累。（下舉地名之誤數則，從略）」余深韙其言，寓書阮翁，阮翁後著《池北偶談》，內一條云：「詩家惟論興會，道里遠近，不必盡合……」云云，蓋潛解前語也。噫！受言實難。（見第十三則，人民文學出版社排印本，一九八一年。按：張宗柟輯《帶經堂詩話》數引《談龍錄》與漁洋說相參證，獨於卷三此條暗駁秋谷之說，而不著其名，蓋曲為之諱。但他亦不得不言「此神到之作古人有之，後人正藉口不得」。）

汪先生若知此中隱情，也許便不肯引漁洋為知己了。先把事實考查清楚再講「微言大義」，不也正是汪先生的主張嗎？

汪先生又問我：「〈己丑夏日〉中『自我失之終可惜』的自我（按：仍當說『我』，不是『自我』。此處『自』作『由』解），難道指陳氏自己嗎？」當然不是。但此中又有曲折似為汪先生所忽略。「自我失之」是引用成語，若加上引號便不致誤解這是代言體了。《梁書》卷二十九〈高祖三王傳〉記梁武帝語：「自我得之，自我失之，亦復何恨！」同詩下句「使公至此早皆知」也是用典，其中「至此」兩字且是成語。《史記．項羽本紀》，劉邦對項羽說：「今者小人之言，令將軍與臣有郤。」項羽答曰：「此沛公左司馬曹無傷言之，不然籍何以至此。」這是「使公至此」的出處。合起來看，這兩句是以古喻今，上句以「耄年委事群倖」的梁武帝為比，下句則以剛愎自用而又聽「小人之言」的項羽為比，不但「擬人必於其倫」，用事精當，且以成語對成語使人不覺。故「自我失之」之「我」固非陳先生自指，但亦決非代言體。試問若非成語，則上句之「我」與下句之「公」同指一人，安能如此混用？「文章我自甘淪落」不是引用成語，又何能與「自我失之終可惜」混為一談乎？

關於這首「我」的詩，我所能言者已盡於此。我在此衹是做最後一次的努力，希望把問題澈底澄清，決無與汪先生爭勝負之念。汪先生若必欲堅持己見，我也決不再饒舌了。高明的文史老輩今天所在皆有，此事其實亦不難片言而決。汪先生倘以為海外的人或有偏見，則不妨將此詩逐字逐句加以解說，遍寄大陸上的耆學宿儒，當不難獲得定論。

陳先生的《柳如是別傳》是為錢、柳「發皇心曲，以俟百世」而作，故曰「著書今與洗煩冤」。但是他又說：「欲將心事寄閒言。」因此他的「心事」和錢、柳的「心曲」又已混而難分。我先後所寫有關陳先生的文字也起於為他「洗冤」之一念。唯一不同的是我的文字中並沒有自己的「心曲」。十幾年前我寫《方以智晚節考》，即以「發潛德之幽光，表遺民之心曲」自任。今天釋證這位「文化遺民」的詩文，用心依然一貫。我寫的既是「洗冤錄」，至少在自覺所及之處，我總是儘量避免為陳先生添造「冤案」，尤其不會為自護前失而堅持曲解他的文字。有意歪曲和無心疏失之間畢竟存在著一道不可踰越的鴻溝。

本文繼續深入地發掘了陳先生的「晚年心境」，也從較新的角度闡釋了他的「學術精神」。所以本文不是消極辯難之作。偶有與汪先生商榷異同之處也是次要的，其目的仍在去偽以存真。以我個人而言，如果沒有新史料出現，關於陳先生晚年詩文的釋證已經到了結束的階段了。

本文撰於一九八五年

陳寅恪《論再生緣》書後

近偶自友人處借得海外油印本陳寅恪先生《論再生緣》一書，據所附「校勘表」知原書亦為油印，固未嘗正式出版也。此書流傳情況至為不明，書成年月，遂亦無明確之記載，然稍考書中所附載之詩及案語，則知此書實作於一九五三及一九五四年之間，茲請先證明成書年代：

陳先生於〈蒙自南湖作〉詩中云註：「寅恪案，十六年前作此詩……。」是知書成之際上距陳先生在蒙自時已逾十六年，陳先生原執教清華大學，其南遷時間與北大同，據錢穆先生《國史大綱》之〈書成自記〉云：「二十六年秋……學校南遷……取道香港，轉長沙，至南嶽。又隨校遷滇，路出廣西，借道越南，至昆明。文學院暫設蒙自……則二十七年之四月也。……秋後，學校又遷回昆明。」則陳先生此詩必作於二十七年滯留蒙自之數月間。自二十七年下推十六年為民國四十三年，即西曆一九五四年。又書末附詩兩首之序言有云：「癸巳秋夜，聽讀清乾隆時錢唐才女陳端生所著《再生緣》……。」癸巳為一九五三年，蓋陳先生聽讀《再生緣》之時也。今按此書考證甚繁，決非短期內可成之作，陳先生雙目失明，材料之搜集與爬梳，處處須有人為之助力，則所需時日必更長。書中有一處記考證之經過云：「寅恪初疑陳端生之夫范某為乾隆時因收藏《顧亭林集》獲罪，議遣戍而被赦免之范起鳳。後又疑為乾隆間才女陳雲貞之夫，以罪遣戍伊犁之范秋塘。搜索研討，終知非是。然以此耗去日力不少，甚可嘆，亦可笑也。」可見此書非倉卒可成。今姑推定此書之寫作始於一九五三年秋，而成於一九五四年，雖不中當亦不甚遠也。英時之所以如此斷斷於年代之考定者，固不僅出於對先生考證學之傾慕之忱而故為東施之效顰，而實亦由於成書年代之確定足以反映陳先生撰述之動機及其時代之背景，關係陳先生近數年來身陷大陸之思想狀況者，至大且鉅。陳先生云：「寅恪讀《再生緣》，自謂頗能識作者之用心，非泛引杜句，以虛詞讚美也。」今英時草此文亦猶先生之意也！

今按陳先生此書之作蓋具兩重意義，其一為藉考證《再生緣》作者陳端生之身世以寓自傷之意，故一則曰：「偶聽讀《再生緣》，深感陳端生之身世，因草此文。」再則曰：「江都汪中者，有清中葉極負盛名之文士，而又與端生生值同時者也。作〈弔馬守真文〉，以寓自傷之意……。」其二則為藉《論再生緣》之書而感慨世變，以抒發其對當前之極權統治之深惡痛絕之情，此層則為本文後節所欲三致其意而暫時不能不擱置者也。茲請先申論其感懷身世一點。

陳先生自抗戰初期即患目疾，而當時醫藥條件不佳，一誤再誤，終至雙目失明。以先生之「絕世才華」及其史學造詣之深，又值最能著述之年（病目時大約才過五十），而遽失雙目，其內心之痛苦殆不可以言喻。此種病苦積之既久，自不能不一求傾吐，而《再生緣》作者陳端生之遭遇頗有可以與陳先生相通者，此《論再生緣》一書之所以作也。故〈序文〉中有云：

> 衰年病目，廢書不觀，唯聽讀小說消日，偶至《再生緣》一書，深有感於其作者之身世，遂稍稍考證其本末，草成此文，承平豢養，無所用心，忖文章之得失，興窈窕之身思，聊作無益之事，以遣有涯之生云爾！

夫陳端生為乾隆時寫彈詞之才女，而陳先生則當代隋唐史之權威，前者中年殂歿（陳端生卒時約四十餘），後者壽逾從心；前者生當清代太平鼎盛之日，而後者則遭逢近世離亂之秋，二人身世之不相侔者亦已多矣！今併而論之，果有說耶？英時細繹《論再生緣》一書，知陳先生之所以「深感」於端生者蓋有數事焉：

其一則同為「禪機蚤悟，俗累終牽」，致所欲著述者終不能成。此點但引陳先生原文一節即可以明之：

> 嗚呼！端生於乾隆三十五年輟寫《再生緣》時，年僅二十歲耳。以端生之才思敏捷，當日亦自謂可以完成此書，絕無疑義。豈知竟為人事俗累所牽，遂不得不中輟。雖後來勉強續成一卷，而決非全璧，遺憾無窮。至若「禪機蚤悟」，俗累終牽，以致暮齒無成，如寅恪今日者，更何足道哉！

此節所以嘆息於端生者，句句皆自傷之辭，文顯義明，固不待詳說。然其間猶有可得而深析微辨者，吾人平昔讀陳先生之專著，如《唐代政治史述論稿》、《隋唐制度淵源略論稿》以及近年出版之《元白詩箋證稿》，頗怪其自謙太過，止於稱其著述為「稿」；自今視之，則陳先生之自謙，蓋有由焉！推先生之意，殆欲於晚年融匯其畢生治隋唐史之所得，寫成鉅構以勒為定本。以先生之才識「當日亦自謂可以完成此書，絕無疑義。豈知竟為人事俗累所牽，遂不得不中輟」至於「雖後來勉強續成一卷，而決非全璧，遺憾無窮」者則自況病目後之著述如《元白詩箋證稿》及在大陸出版之《歷史研究》中所發表之數篇論文也。竊又疑「俗累終牽」之語固不僅指病目之事，而尤在暗示撰述環境之不自由，《元白詩》等稿之續成已頗為勉強。此說雖似太鑿，但若與後文比觀，則不得不謂之信而有徵矣！

其二感於端生之「絕世才華偏薄命」，遂不能自抑其哀思。夫端生之夫以累謫成，及遇赦歸，未至家而端生已卒，此誠可謂之薄命。至若陳先生則少時以世家子弟遊學四方，歸國後執教清華大學，名滿天下。雖五十以後雙目失明，而學術界固猶拱之若連城之璧。抑更有進者，吾國名史家而目盲者在前有左丘明，在後有錢大昕；辛楣病目已在衰暮，固似視陳先生為差幸；而「左丘失明，厥有《國語》」其遭遇較之先生固更有令人同情者在也。今以先生擬之於端生之薄命，得毋不倫之甚邪？雖然，此固先生之所以自許者，陳先生自述其讀《再生緣》之別感中有云：

> 有清一代乾隆朝最稱承平之世。然陳端生以絕代才華之女子，竟憔悴憂傷而死，身名湮沒，百餘年後其事蹟幾不可考見。江都汪中者，有清中葉極負盛名之文士，而又與端生生值同時者也，作〈弔馬守真文〉，以寓自傷之意，謂「榮期之樂，幸而為男」。

（見《述學別錄》）今觀端生之遭遇，容甫之言其在當日，信有徵矣。然寅恪所感者，則為端生於《再生緣》第一七卷第六五回中「豈是蚤為今日讖」一語，二十餘年前，九一八變起，寅恪時寓燕郊清華園，曾和陶然亭壁間清光緒時女子所題詠丁香花絕句云：

故國遙山入夢青，江關客感到江亭。不須更寫丁香句，轉怕流鶯隔世聽。

鍾阜陡聞蔣骨青，也無人對泣新亭。南朝舊史皆平話，說與趙家莊裡聽。

詩成數年後，果有蘆溝橋之變，流轉西南，致喪兩目。

又於「北歸端恐待來生」下自註云：「寅恪案，十六年前作此詩，句中竟有端生之名『豈是蚤為今日讖』耶！噫！」復云：「自是求醫萬里，乞食多門，務觀趙莊之語，意『蚤為今日讖』矣！」觀乎此，則陳先生之所以弔端生之薄命者，亦正所以傷自身之飄零也。其自比於端生，猶別有一旁證焉！陳先生於解釋才女戴佩荃題端生〈織素圖次韻詩〉「頗耐西南漸有聲」之句後，進而曰：「然寅恪於此尚不滿足，姑作一大膽而荒謬之假設，讀者姑妄聽之可乎？」此所謂「大膽而荒謬之假設」者，據陳先生云：「頗疑端生亦曾隨父往雲南，佩荃詩所謂『西南漸有聲』者，即指是言……。」實則端生夫謫不歸，深閨獨怨，當其父赴雲南臨安府同知之任時，攜之同往，藉以稍減其別鳳離鸞之感，此亦情理所可有者，未見其如何特別「大膽而荒謬」之處也。陳先生於此鄭重言之，殆毋因處處以自身之遭遇與端生相比擬，突發現此一特殊相同之點，而不敢自信，遂作是語耶？故後文論《再生緣》中「白芍送臘」「紅梅迎春」等句，疑與雲南氣候未能相符時，復下一轉語曰：「但寅恪曾遊雲南，見舊曆臘盡春迴之際，『百花齊放』（英時按：此括號係原有，殊為奇特，然亦無以解之也。姑誌之以存疑），頗呈奇觀。或者端生之語實與雲南臨安之節物相符應，亦未可知也。」

其三則感於端生之生不逢辰，故前引文中已有「容甫之言其在當日，信有徵矣」之語，意謂端生以才女而生當「女子無才便是德」之時代中，無怪其遭逢坎坷，抱恨以終也。陳先生於論及《再生緣》之思想時云：「端生此等自由及自尊即獨立之思想，在當日及其後百餘年間，俱足驚世駭俗，自為一般人所非議，……抱如是之理想，生若彼之時代，其遭逢困阨，聲名湮沒，又何足異哉！又何足異哉！」陳先生之所以於端生之不能見容於當世，一再致其嘆息者，實以彼自身今日之處境殊有類乎才女之在往昔。故文末有云：「又所至感者，則衰病流離，撰文授學，身雖同於趙莊負鼓之盲翁，事則等於廣州彈絃之瞽女。榮啟期之樂未解其何樂，汪容甫之幸亦不知其何幸也。」合而觀之其意不亦顯然歟？

昔王國維先生自沈之後，陳先生嘗撰有輓詞一篇，其序言中論王先生之死因有云：當一文化變遷之時，凡為此文化所化之人必感痛苦，其承受此文化之量愈閎，則所感之痛苦亦必愈深。今按陳先生本人亦正是深為中國舊文化所化之人。當王觀堂先生死時，彼已有「神州禍亂何時歇，今日吾曹皆苟活」之感觸，則在今日其內心之痛苦，更不言可知矣！《元白詩箋證稿》中有一段極沈痛之文字，而頗易為讀者所忽略，玆迻錄於下，以供參證焉。

縱覽史乘，凡士大夫階級之轉移升降，往往與道德標準及社會風習之變遷有關。當其新舊蛻嬗之間際，常是一紛紜綜錯之情態，即新道德標準與舊道德標準，新社會風習與舊社會風習並存雜用，各是其是，而互非其非也。斯誠亦事實之無可如何者，雖然，值此道德標準社會風習紛亂變易之時，此轉移升降之士大夫階級之人，有賢不肖拙巧之分別，而其賢者拙者常感受痛苦，終於消滅而後已。其不肖者巧者則多享受歡樂，往往富貴榮顯，身泰名遂。其故何也！由於善利用或不善利用此兩種以上不同之標準及習俗以應付此環境而已。（頁七八）

吾不知今日中國大陸士大夫階級中由於「善應付此環境」而致「富貴榮顯，身泰名遂」之徒如馮友蘭者讀此等文字後作若何之感想，吾讀此文則似覺眼前有一賢而拙之士大夫階級之人如陳寅恪先生者，由於不勝其歷史文化之重負及因之而生之痛苦感，而漸有趨於消逝之象。抑又有進者，今日大陸賢而拙之士大夫「恐止陳先生一人或極少數人而已！」（借用陳先生論端生語）而此一人或少數人又必四顧茫茫，雖欲求一知己而不可得焉。於何徵之？曰：此可由陳先生論端生之妹長生之語知之者也。陳先生之言曰：

> 觀其於織素圖感傷惓戀，不忘懷端生者如此，可謂非以勢利居心，言行相符者矣！嗚呼！常人在憂患顛沛之中，往往四海無依，六親不認，而繪影閣主人於茫茫天壤間，得此一妹，亦可稍慰歟？

嗚呼！何其言之哀，使人不忍卒讀，以至於如是之深且切耶？雖然，此已不僅為自傷，而實別有觸於世變，即本文之所欲深論者也。陳先生論庾子山與汪彥章文詞之美嘗云：

> 庾汪兩文之詞藻固甚優美，其不可及之處，實在家國興亡哀痛之情感，於一篇之中，能融化貫澈……。

英時按：吾人若取陳先生論庾汪之文者以論陳先生此書，亦殊無不合之處。習讀陳先生之學術著作者，當深知先生行文向極簡潔，不事枝蔓。獨《論再生緣》一書之體裁與以往之撰述迥異其趣：其中不僅隨處流露家國興亡之感慨如前文所已備舉者，且起首結尾皆以此類感慨為始終。先生治史頗究心於文體，而往往有精美之論，則此書之別成一格必有深心存乎其間，可不待論矣！或者有人焉，以吾說為不足信，而視陳先生之感慨不過抒其一己之哀思。然試以先生所謂「家國興亡哀痛之情感於一篇之中，能融化貫澈」之旨衡之，當知其必不然也。若進而一察下文所引詩文，則《論再生緣》一書實以寫「興亡遺恨」為主旨，個人之感懷身世，猶其次焉者耳！茲先迻錄其一九五四年春所作之七絕二首於下：

> 甲午嶺南春暮憶燕京崇效寺牡丹及青松紅杏卷子有作
>
> 回首燕都掌故花，花開花落隔天涯。天涯不是無歸意，爭奈歸期抵死賒。（原註：改宋人詞語）
>
> 紅杏青松畫已陳。興亡遺恨尚如新。山河又送春歸去，腸斷看花舊日人。

是知此書之寫「興亡遺恨」，作者固已點出之矣！而尤足以顯出陳先生對極權統治下學術文化狀態之反應者，則為書中論思想自由之文：

> 吾國昔日善屬文者，常思用古文之法，作駢儷之文。但此種理想能具體實行者，端繫乎其人之思想靈活，不為對偶韻律所束縛。六朝及天水一代思想最為自由，故文章亦臻上乘，其駢儷之文遂亦無敵於數千年之間矣。……故此等之文，必思想靈活之人始得為之，非通常工於駢四儷六，而思想不離於方罫之間者，便能操筆成篇也。今觀陳端生《再生緣》第一七卷中自序之文，與《再生緣》讀者梁楚生第二十卷中自述之文，兩者之高下優劣立見。其所以致此者，鄙意以為楚生之記誦廣博，雖或勝於端生，而端生之思想自由，則遠過於楚生。撰述長篇之排律駢體，內容繁複，如彈詞之駢體者，苟無靈活自由之思想，以運用貫通於其間，則千言萬語，盡成堆砌之死句，即有真實情感，亦墮世俗之見。……故無自由之思想，則無優美之文學，舉此一例可概其餘。此易見之真理，世人竟不知之，可謂愚不可及矣。

此節痛斥極權統治者箝制思想，窒息文學之愚昧，誠可謂情見乎辭。夫吾國文學之價值問題，以非屬本篇範圍，茲不置論。然就吾國文學之發展環境言，則雖在上為殘暴之君亦未嘗對文學有何控制駕馭之事，此事實之昭然而無可曲解者。故吾人實可謂中國文學自三百篇以降皆在思想自由之氣氛中成長者也。有清一代最以文字獄著稱，而乾隆一朝尤為酷烈。然試一察當時之文學作品，如南方彈詞之《天雨花》與北方說部之《紅樓夢》，當時稱之為「南花北夢」者，均為吾國文學史上不朽之傑構。而陳先生所擊節稱賞之《再生緣》彈詞亦成於乾隆之世，可知文化統治之鐵腕猶未嘗及於文學也。故陳先生所謂「無自由之思想，則無優美之文學」，固國人所習知之真理。信如是，則陳先生斥之為「愚不可及」之「世人」者，舍今日大陸之極權統治者而外，更復何所指乎？又至可注意者，陳先生此書之撰述，依吾人上文之推定，在一九五三與一九五四年之間。此一期間亦正值國內大舉清算「資產階級文學觀」之前夕。俞平伯之《紅樓夢研究》最初受攻擊之時間為一九五四年之九月，次年五月復有清算胡風之事（英時按：胡風向中共提出報告，抗議對文學之箝制則早在一九五四年之七月，此亦至可注意之點也）。今陳先生之書是否遲至一九五四年九月尚未殺青，殊無可考。以情理度之或當稍前（英時按：陳先生書中已引及甲午春暮之詩，則此書之成最早亦當在一九五四年夏季也）。唯攻擊「新紅學」之公開化雖在九月，以中共慣常之作風推之，則其事之醞釀必已早始於數月之前。陳先生在此「山雨欲來」之際，精神上亦必感受極深之苦悶，故於寫此書時遂不覺處處流露其對思想不自由之厭惡之情，而婉轉不能自已。總之，陳先生此節文字實有為之作而非泛論之辭，則可以不待煩言而決者也。

雖然，陳先生固熟讀史乘之人，思想之壓制，文學之摧殘，縱可奏效於一時，亦絕不能行之於久遠。此所以書中論及端生祖父陳句山及其《紫竹山房詩文集》之消沈隱晦，為至可玩味之文也。玆不避繁長而節錄於下：

句山雖主以詩教女子，然深鄙彈詞之體。此老迂腐之見囿於時代，可不深論。所可笑者，端生乘其回杭州之際，暗中偷撰《再生緣》彈詞。逮句山返京時，端生已挾其稿往登州以去，此老不久病沒，遂終身不獲見此奇書矣。即使此老三數年後，猶復健在，孫女輩日侍其側者，而端生亦必不敢使其祖得知其有撰著邨姑野媼所惑溺之彈詞之事也。不意人事終變，「天道能還」，（原註：《再生緣》第一七卷第六五回首節云：「問天天道可能還。」）《紫竹山房詩文集》若存若亡，僅束置圖書館之高閣，博雅之目錄學者，或略知其名，而《再生緣》一書，百餘年來吟誦於閨幃繡闥之間，演唱於書攤舞臺之上。近歲以來雖稍衰歇不如前此之流行，然若一取較其祖之詩文，顯著隱晦，實有天淵之別，斯豈句山當日作才女說，痛斥彈詞之時所能料及者哉！

此番議論，質言之，即少陵所謂「爾曹身與名俱滅，不廢江河萬古流」之意是已，吾人若取此段文字與作者執筆時之思想背景，如上文所已指陳者，會合而觀之，則不唯更能得作者意指之所歸，抑且可以想見此一老史學家之信念之堅為何如也！

抑更有可悲者，近十年來，吾國舊有之藝術，其稍幸者，則或亡其實而猶存其名，其不幸者，則已被視為封建之餘孽，而形跡並滅之矣！如彈詞者即屬於不幸之一類也。故陳先生撰此書時已於彈詞之「衰歇」深致其慨嘆。然此一源遠流長之藝術之衰歇，固非先生所忍見者，先生之言曰：

> 今寅恪殊不自量，奮其譾薄，特草此文，欲使《再生緣》再生，句山老人泉底有知，以為然耶？抑不以為然耶？

夫《再生緣》為吾國舊文化之產物，其中所表達之思想，如女扮男妝、中狀元之類，即在昔日士大夫觀之，已不免於陳腐庸俗之譏，更何論乎今日耶？此類作品若欲流行不衰，其先決之條件厥為產生此種作品之文化環境不變，或即有所改易亦未至根本動搖此文化基礎之境。否則即使無外施之強力，恐亦不能逃於物競天擇之命運也。陳先生畢生寢饋史籍，寧不解此？

處今日大陸之境遇，陳先生又豈真能自信其可憑一紙之力使《再生緣》再生歟？此實情理之絕不可通者。今英時不辭譏罵，欲為陳先生強作解人。頗疑陳先生欲使之再生者不徒為《再生緣》之本身，其意得毋尤在於使《再生緣》得以產生及保存之中國文化耶？否則皮之不存，毛將焉附，而陳先生又何獨厚於一《再生緣》哉！果如是，則陳先生一人之所嚮往者亦即吾輩今日流亡海外之士及天下蒼生所日夜焚香祈禱之事也。雖然，吾實不能無疑而更不能無憂。以如此之人心，如此之世局，欲挽漢家十世之阨，吾誠不知何術以致之，此陳先生所以寄望於「人事終變，天道好還」，其志為可悲而其情尤為可憫也。昔宋時女真入汴，悉擄宋室君主后妃宗室以北去，而汪彥章代廢后告天下手書，有「雖舉族有北轅之釁，而敷天同左袒之心」之句，陳先生引之，以為是趙宋四六之文之冠。情在言中，意出絃外，誠先生所謂「古典今事，比擬適切」者也。而吾人唯一可引以自慰者，豈亦在斯乎？豈亦在斯乎？

吾既寫吾讀寅恪先生《論再生緣》之感想竟，茲再錄先生附載於書後之七律數首於下，並略加解說焉：

蒙自南湖作

景物居然似舊京，荷花海子憶昇平。橋頭鬢影還明滅，樓外笙歌雜醉醒。南渡自應思往事，北歸端恐待來生。黃河難塞黃金盡，日暮人間幾萬程。

昆明翠湖書所見

照影橋邊駐小車，新妝依約想京華。短圍貂褶稱腰細，密卷螺雲映額斜。赤縣塵昏人換世，翠湖春好燕移家。昆明殘劫灰飛盡，聊與胡僧話落花。

詠成都華西壩

茂草方場廣陌通，小渠高柳思無窮。雷車乍過浮香霧，電笑微聞送遠風。酒醉不妨胡舞亂，花羞翻訝漢妝紅。誰知萬國同歡地，卻在山河破碎中。

（乙酉冬夜臥病英倫醫院，聽人讀熊式一君著英文小說名《天橋》者，中述光緒戊戌李提摩太上書事。憶壬寅春隨先兄師曾等東遊日本，遇李教士於上海。教士作華語曰：「君等世家子弟，能東游，甚善。」故詩中及之，非敢以烏衣故事自況也。）

沈沈夜漏絕塵譁，聽讀佉盧百感加。故國華胥猶記夢，舊時王謝早無家。文章瀛海娛衰病，消息神州競鼓笳。萬里乾坤迷去住，詞人終古泣天涯。

（丙戌春以治目疾無效，將離倫敦返國，暫居江寧感賦。）

金粉南朝是舊遊。徐妃半面足風流。蒼天已死三千歲，青骨成神二十秋。去國欲枯雙目淚，浮家虛說五湖舟。英倫燈火高樓夜，傷別傷春更白頭。

（癸巳秋夜，聽讀清乾隆時錢唐才女陳端生所著《再生緣》第一七卷第六五回中，「惟是此書知者久，浙江一省徧相傳。髫年戲筆殊堪笑，反勝那，淪落文章不值錢」之語及陳文述《西泠閨詠》第一五卷繪影閣詠家××詩，「從古才人易淪謫，悔教夫婿覓封侯」之句，感賦二律。）

地變天荒總未知。獨聽鳳紙寫相思。高樓秋夜燈前淚，異代春閨夢裡詞。絕世才華偏命薄，戍邊離恨更歸遲。文章我自甘淪落，不覓封侯但覓詩。

一卷悲吟墨尚新，當時恩怨久成塵。上清自昔傷淪謫，下里何人喻苦辛。彤管聲名終寂寂，青丘金鼓又振振。（原註：《再生緣》敘朝鮮戰爭）論詩我亦彈詞體，（原註：寅恪昔年撰〈王觀堂先生輓詞〉，述清代光宣以來事，論者比之於七字唱也）悵望千秋淚濕巾。

英時按：陳先生以上七律七首，起自民國二十七年，即西曆一九三八年，迄於癸巳，即西曆一九五三年，在時間上恰包括自抗戰發生至中共興起一段期間。若就此一段歷史之發展階段言，則前三首寫抗戰時之景象，中二首書國共內戰時羈旅國外之感慨，最後二首蓋透露身居中共統治下之心境也。七首之詩，安排如此，此正陳先生所謂「家國興亡哀痛之情感，於一篇之中，能融化貫澈」者，亦《桃花扇》「離合之情，興亡之感，融洽一處，細細歸結，最散最整，最幻最實，最曲迂，最直截」之感也。故此七首之詩者，分而讀之則詩，合而觀之直是當代之史耳！至於詞意之纏緜悱惻，低迴不盡，讀者自能知之，不待更添蛇足矣！又陳先生屢引端生「蚤為今日讖」之語，以證其「趙莊負鼓」之言不幸而驗，驟視之，則似書中所附諸詩果皆所以寄一己之感慨者。然細按以上七首詩中之文義，幾無一句不寓傷時之意。是知「蚤為今日讖」者，蓋謂此一「地變天荒」之結局已早在預料之中；觀夫蒙自、昆明、成都三首，則作者之意固已顯然可見。感懷身世即所以憑弔興亡，斯又其證也！

本文撰於一九五八年

「弦箭文章」那日休？

關於陳寅恪先生的晚年詩文，我先後曾屢加詮釋，大體上已告一段落，不擬再繼續討論了。但今年（一九八五年）七、八月兩期的《明報月刊》又刊出了署名「馮衣北」的〈陳寅恪晚年心境的再商榷〉（以下簡稱〈馮文〉）。這是代表某一部門中共官方的「弦箭文章」，其中並無值得一駁的具體內容。執筆者自然是奉命而行，正是汪中所謂「如黃祖之腹中，在本初之弦上」。對於〈馮文〉作者的用心之苦，我祇有同情，並無反感。〈馮文〉如僅是某一個人的議論，則我實無答覆的興趣。但由於作者的名字祇是一個代號，其背後是官方的某一部門，這就使我不能不再說幾句話，作一交代。

〈馮文〉作者這次學乖了，再也不肯提供任何直接材料。相反地，〈馮文〉所引的內部傳說（如「同意接受政協委員」），則是屬於既無可證實、也無可反證的一類。這種片面之詞自然是無法討論的。本文只想澄清兩點基本事實：一是陳夫人的香港之行，二是陳先生的「暗碼系統」，但所論將儘量求簡，以免多佔《明報月刊》的篇幅。

在未入正題之前，我願意指出一點，即〈馮文〉的主旨是在否認陳先生「畢生與實際政治絕緣」之說。因此作者極力製造一種印象，說陳先生自一九四九年十月起便積極地擁護中共政權，並且對中共「感恩」不已。所以關於「領略新涼驚骨透」，作者說：

> 正確的理解是「不意共產黨待我如此之厚」。

但作者也覺得「驚」字難以安頓，因此接著下一轉語：

> 其中著一「驚」字，雖然頗有出於意料之意，但「透骨新涼」並非貶語則甚明。

如此說詩，誠足解頤。可惜作者又忘記了「時間問題」。一九五〇年「七夕」，陳先生仍執教於私立嶺南大學，此時他所踐者乃禹貢九州相承之土，所食者亦非中共所種之毛。然則他所「感」何「恩」，豈中共「不殺之恩」乎？〈馮文〉解「領略新涼驚骨透」為「感恩」之意，並漫引幾句不相干的詩句以曲成其說，豈「新涼」二字即可作「恩德」解乎？又何以能證明陳先生此句必本於所引陳簡齋等詩耶？且所引諸句皆明以「涼」與「恩」或「德」同舉，如此始可以「涼」為「恩」。今陳句並無「恩」、「德」字樣，而明著「驚骨透」之語。若依〈馮文〉的邏輯，凡「涼」至「透骨」者即是「恩德」，則「路有凍死骨」豈不更當「感恩」乎？更可笑的是，馮衣北在第一篇「商榷」中明明斬釘截鐵地說「新涼透骨」是「對陳夫人的思念語」，怎麼現在竟變成了是對中共「感恩」之意呢？〈馮文〉解詩好像清末民初人論古韻通轉，一切韻皆可互通，則所有古韻都可化約為一韻。用通俗的比喻說，這是把葡萄藤硬扯過來，拼命纏繞在黃瓜、茄子之上。〈馮文〉通篇所用都是這種「扯藤繞瓜法」。舉「領略新涼驚骨透」一句即可概其餘。

關於陳夫人的香港之行，〈馮文〉作者在發現了「時間」確有問題之後，現在「澄清」了他的說法，即陳夫人最初在一九四九年負氣欲去香港未果，但「結果」到了「一九五〇年夏秋之際，陳夫人還是去了香港」。作者這一「結果」先後延續了一年以上，這當然是我最初所無法猜想得到的。不過關於陳夫人香港之行的動機作者並未作相應的修正，即仍是與陳先生意見不合，堅持要去臺灣。陳夫人氣性如此之大且久，更不是我的想像所能及的了。不知〈馮文〉作者是否故意在暗中幫我的忙，因為照他這一新說，陳先生夫婦為了去臺灣所發生的爭執和裂痕是極其嚴重的。這便進一步坐實了我所推測的《柳如是別傳》中的主題之一：借錢柳關於去留問題的歧見來表示他深悔當時沒有聽從陳夫人的先見之明。但是史學研究必須「實事求是」，我不能因為〈馮文〉的新說有助於我的假設即盲從陳夫人「結果」在一九五〇年仍「負氣」而有香港之行的論斷，因為這是與事實不符的。關於陳夫人一九五〇年的「香港之行」，〈馮文〉說：

> 也許余先生還會提出另一個「時間問題」，那就是一九五〇年，廣州分明已經置於中共的管轄之下，陳夫人怎麼還能隨便去香港呢？這其實很容易回答。因為五十年代初期在穗、港兩地生活過的人大都會記得一個事實——雖然中共於一九四九年十月進入了廣州，但直到一九五一年二月以前，穗、港交通仍一如其舊，人們可以自由出入，除了購車船票外，並不需要辦理任何出入境手續。一九五一年春後，來往者才需要經過批准，但無非是例行手續，並不嚴格。至於進一步封關，那要遲到一九五二年。這是有案可查的。所以陳夫人於一九五〇年到香港小住，在當時是十分平常的事情。

〈馮文〉作者為了補救前文中的漏洞，顯然作了一些調查工作，把中共封關的時間弄清楚了。

但可惜他的調查工作還是沒有到家，竟沒有注意香港這一方面的情形。大約在一九五〇年春夏之交，香港政府因為從大陸湧入的難民太多，已開始嚴格地限制入境了。這裡我恰好可以用親身的經歷來說明當時的情況。一九五〇年年初我從北京燕京大學來港省親，我當時並無意在香港這個殖民地社會中生活下去，所以在同年的陽曆七月我決心仍回燕大繼續學業。不知為了什麼緣故，我所乘的火車在石龍竟停留了四、五個小時。在這幾個小時之內，我的思想發生了一種劇烈的波動。我一直在思索著：是否我的父母比國家更需要我的照顧？我的「小資產階級溫情主義」終於戰勝了「愛國主義」，我決定在火車到達廣州之後便立即折返香港。但當時出境雖然自由，而香港的邊界管制則已十分嚴格，非持有香港的證明文件或居民證者一概不准入境。所以唯一的辦法是賄賂香港邊境的警察，我在廣州旅舍中找到了一個「黃牛黨」，以一百元港幣（這在當時不是一個小數目）的代價打通了回港的道路。我還清楚地記得在邊境交界處，深圳這邊的「黃牛黨」和羅湖方面的香港警察彼此以點頭示意，使我得以不經詢問而重新踏上香港的土地，這是我個人生命史上的一個最重要的轉捩點，所以至今記憶猶新。不但如此，由於當時邊境受賄的警察只限於一二人，我還必須走一大段小路，繞到粉嶺車站搭乘火車，以免受到其他未曾受賄的警察的阻撓。我記得當時曾經過一段很長的英軍的駐防地區。

從我的這次親身經歷，我可以百分之百地斷定陳夫人不可能在一九五〇年的陰曆「七夕」之前再隻身前來香港，尤其不可能因「負氣」之故，說走便走。陳夫人決不會像我那樣去買通香港警察偷渡入境，可不待言。她當然可以事先通過香港的朋友（如馬鑑先生）為她取得某種證明文件。但這便是有計劃的長時間的預謀，而不是一時「負氣」之舉了。而且〈馮文〉作者也完全承認，陳夫人此次香港之行，其目的是在逼陳先生同去臺灣。難道在這種困難情況之下，她還能希望雙目已盲的陳先生追蹤而至麼？又據〈馮文〉作者所云，陳先生此時已有「不意共產黨待我如此寬厚」之感，果真如此，則陳先生的一舉一動當然早在中共注意之中，他還能隨時離穗來港而不受任何阻撓麼？〈馮文〉作者不瞭解當時香港政府對待難民的政策，竟把陳夫人的香港之行推遲到「一九五〇年夏秋之際」，並企圖以此掩飾第一篇文字中所鬧的笑話，其結果卻是鬧了一個更大的笑話。據〈馮文〉所言，陳夫人的香港之行還在我最後一次從廣州到香港的經歷之後，這是只有在《天方夜譚》中才能發生的故事。這真不能不使我對這位「弦箭文章」的作者抱著無限的同情了。我在一九五〇年夏天的那次經歷決不是獨一無二的，今天在海外和香港的華人之中一定還有不少人可以證實我的經驗。而且香港一九五〇年的舊報紙仍在，這更不是難以查證的。

其次，我還要再說幾句關於「暗碼系統」的話。我在前文〈著書今與理煩冤〉中已說明

「暗碼」一詞主要是取自今天西方文學批評和思想史研究所常用的詮釋學術語 (code)，其中毫無神祕不可解的意味。稍有深度的作者在他的詩文中都自覺或不自覺地運用一套特殊的語言以表達他的特殊的思想或感受。讀者如果抓住了作者一套特殊的語言，便能解開他的作品的特有意涵。這一「解開暗碼」的程序即是詮釋學所說的 decoding。這是一種普遍性的文化和語言現象，古今中外，大體上都可適用。即以今天中國大陸上的文學性或思想性的作品而言，「暗碼系統」也是廣泛存在的。海外的讀者如果僅為其馬列主義的外衣所眩惑，而不解其特有的「暗碼」，則往往不能「心知其意」。中國古典文學自然也不是例外。不過由於陳先生在晚年詩文中有意地繼承並發展了明清之際的隱語傳統，因此便使我們的解開暗碼的工作增添了一層曲折。但這仍是一種普遍性文字現象。中國所謂「雙關兩意」，在西方即是「雙重意義」(double meaning) 或「多重意義」(multiple meaning)。西方中古解釋《聖經》便常用此法。所謂「雙重意義」，照呂柯 (Paul Ricoeur) 的說法，即「其意義效果在指一事的同時又指另一事，但並不礙其仍指前一事」（參看呂柯的 *The Conflict of Interpretations*, Northwestern University Press, 1974，頁六三）。這也正是中國文學史上所謂「雙關兩意」的特色。所以如果有人否認陳先生晚年詩文中有「暗碼系統」，事實上便暴露了他根本未具備起碼的文學常識，最妙的是〈馮文〉作者一方面矢口否認陳先生詩文中存在著「暗碼系統」，另一方面卻不斷地在我發掘出來的「暗碼系統」的基礎上進行討論。最明顯的例子是〈霜紅龕集·望海〉那首詩。〈馮文〉說：

如果這首詩光有前面三句，那麼余先生便會成為「贏家」了。但它一共有四句。余先生全力以赴地「釋證」前三句，卻根本無視第四句的存在，但陳先生的態度和立場，恰恰就集中地體現在第四句上——「霜紅一枕已滄桑」，「霜紅」指「霜紅龕」——傅青主的龕名。「一枕」猶言「一夢」，暗喻明末遺民的反清復明事業。

我之所以未釋第四句，是因為這一句很顯白，無須解說。這是註詩的常識。配合前三句來看，「霜紅一枕已滄桑」無非是感慨傅青主的「興亡夢」已成陳跡，而他自己的「興亡夢」也不免將落空，因為國民黨退守臺灣又成一「不生不死」之局，和三百年前之事如出一轍。「滄桑」一典正指事變的重複，所謂桑田變滄海，滄海又變桑田，否則麻姑何以三度見滄桑之互易乎？〈馮文〉作者竟挖空心思，把這七個字推行成一篇洋洋灑灑六七百字的史論，這還能算是「解詩」嗎？陳先生若非自覺與傅青主的歷史處境相同，他還會寫下「同入興亡煩惱夢」之句嗎？這個「同」字若不指詩人自己，又指誰呢？尤其令人困惑的是〈馮文〉作者承認我所解的前面三句足以使我成為「贏家」，但他僅解釋了第四句卻竟又使我頓時從「贏家」變成了「輸家」。一首詩一共四句，〈馮文〉作者所解的「一句」便敵我所解的「三句」而有餘，這真可以說是得「一句頂一萬句」的真傳了。和這樣的作者「商榷」，我當然是必敗無疑的（補註：今天已真相大白，這首〈望海〉詩原來是為悼念傅斯年而作。因此第四句所指不是明遺民的復明運動，而恰恰是當時臺灣的國民黨政權。這樣一來，我又從「輸家」變成「贏家」了。可發一笑）。

不過我所揭示的陳先生的「暗碼系統」畢竟是一個相當麻煩的東西，它之所以是「系統」便因為它確可以通解陳先生晚年的「政治詩」，這是會使〈馮文〉作者不勝其「商榷」的。例如〈馮文〉仍舉「從今飽吃南州飯，穩和陶詩晝閉門」兩句為陳先生心境恬適之證。但其奈「穩和陶詩」為隱語何？更其奈此詩之本於黃山谷「子瞻謫南海，時宰欲殺之，飽吃惠州飯，細和淵明詩」（〈跋子瞻和陶詩〉）何？

最近我又發現了陳先生在一九六六年所寫的〈丙午春分〉七律一首，這是我所見到的他的最後作品。原詩如下：

洋菊有情含淚重，木棉無力鬥身輕。雨晴多變朝昏異，晝夜均分歲序更。白日黃雞思往夢，青天碧海負來生。鄣羞茹苦成何事，悵望千秋意未平。（胡守為《陳寅恪傳略》，收入《文史哲學者治學談》，岳麓書社，一九八二年，頁四二引）

這首詩寫於「文革」風暴的前夕，總結了他在中共統治下十七年的心路歷程，悔恨之情溢於言表。第二句道出己身在極權政治下的「無力」感，第三句斥中共的「多變」，都一望可知，不須詮釋。第七句則回顧十餘年來的生活，以「鄣羞茹苦」四字概括之，尤淒惋沈痛之至。這四個字，是典型的遺民語言，其中「鄣羞」兩字最能表現他堅決不與新朝合作的志節。陳先生一九五九年春有「逃羞」之句（「老去應逃後死羞」見《編年事輯》，頁一五七所引〈春盡病起〉），一九六六年春則更說「鄣羞」，其精神方向始終是一貫的。這是第一手史料中所透顯的陳先生的真人格，決非任何毫無根據的誣枉之辭所能歪曲的。我這樣說，其意決不是從政治觀點上頌揚他。如果有人認為他太「頑固」、「封建」、「落後」、或「不識時務」，我也不想為他辯解。我已一再說過，陳先生是「文化遺民」。他一生背負了一副非常沈重的傳統精神的包袱，他所奉守不渝的是中國文化中他認為仍然合情合理的一些基本價值。但他同時又經過了西方近代文化的洗禮，特別看重個人意志之獨立與學術思想之自由，因為在他看來這些價值同時也是中國知識分子的傳統中所早已具有的應然之義。因此，對於一切違背了這些基本價值的作法他無不深惡痛絕。中共自一九四九年起，對外則堅持「一面倒」，對內則堅持馬列主義的「清算」、「鬥爭」，並全面而有計劃地摧毀知識分子的「獨立之精神、自由之思想」。至少在「文化遺民」的陳先生看來，他的基本價值系統已受到最嚴重的全面挑戰；他不能不守住這一道最後的文化防線。這便是陳先生的「遺民志節」之所在，而「非所論於一人之恩怨，一姓之興亡」（〈王觀堂先生紀念碑銘〉中語）。在中共政權之下，當然也還有少數其他學人如熊十力、梁漱溟等，同樣希望守住中國文化的防線。但是沒有人能做到像陳先生那樣絕不妥協，絲毫不打折扣的地步。這是一個極值得研究的特殊文化現象，即中國文化中究竟有些什麼精神資源竟能塑造出像陳先生這樣的人物？這些精神資源對於今天的中國知識分子還有意義嗎？它們在中國未來的文化發展中還能發揮新的生命力嗎？我個人對於陳先生晚節的研究主要是為了提出這一類具有客觀意義的歷史文化問題。這首〈丙午春分〉恰好在這一方面為陳先生提供了一個帶有總結性的「晚年定論」。

即以暗碼系統而言，這首詩也有特別值得注意的地方。如「鬥身輕」中的「鬥」字便兼指「鬥爭」之「鬥」而言。而「白日」、「青天」一聯則更可玩味。我已指出他在〈癸巳七夕〉中所用「碧海青天」乃是臺灣的暗碼，此首的「青天碧海負來生」之句則再度地證實了這一點，以「白日」對「青天」尤使這一暗碼無置疑之餘隙。十六年以後他仍然追悔當年沒有及時浮海遠行，故曲終雅奏，自感「郭羞茹苦」，一事無成，「悵望千秋」，其意又何能平乎！

我先後所釋證陳先生晚年詩文已不下十餘萬言。我所獲得的一些結論都是反覆推勘第一手證據而來，至少在我自己嚴格的反省之下，我是能夠心安理得的。最早的一篇〈陳寅恪論再生緣書後〉寫於一九五八年，尚在陳先生生前。《論再生緣》在香港出版也當由我負責，不過〈關於出版的話〉卻不是我寫的。這件事當時曾給陳先生招來麻煩，一直鬧到中山大學黨委書記那裡（見胡守為《陳寅恪傳略》，頁四一）。我的〈書後〉也應該是陳先生所知道的，如果我的推測過於荒謬，他祇要出來稍作說明便可以把問題澄清了。但他卻始終保持緘默。他在一九六四年所寫的〈校補記後序〉，字面上只有「傳播中外，議論紛紜」一語，而暗地裡則說海外人士的議論是「知我」（詳見〈晚年詩文釋證〉中的分析）。我當時在〈書後〉曾指出《論再生緣》之作具有兩重意義：「其一為藉考證《再生緣》作者陳端生之身世以寓自傷意。」「其二則為藉《論再生緣》之書而感慨世變，以抒發其對當前之極權統治之深惡痛絕之情。」現在我讀到胡守為先生的《陳寅恪傳略》其中有云：

> 他寫《論再生緣》，也借作者陳端生的遭遇，感懷身世，顯得與現實生活不協調。（頁四一）

除了「極權統治」一語是胡先生所絕對不能同意的以外，他的說法豈非基本上證實了我的推斷嗎？何況《傳略》又說陳先生「反對以馬列主義為學術研究的指導思想」，並視馬列主義為一種「桎梏」呢？「馬列」、「桎梏」云：和我所說的「極權統治」不過是名詞不同或程度有別而已。如果我在一九五八年僅僅根據《論再生緣》一書而推測出來的陳先生的思想狀態大致不誤，那麼我現在便更有理由相信：我根據大量原始材料而寫成的〈晚年心境〉和〈詩文釋證〉諸篇，應該是雖不中、亦不遠吧！

以「馮衣北」署名的兩篇「商榷」都是「弦箭文章」。其主要用意和基本性質是和一九七八年廣州《學術研究》的編者按語完全一致的，即強調陳先生始終是擁護共產黨、感激毛主席的。不過由於時移世異，馮衣北的戰略和戰術都不能不有所改變而已。我細讀兩篇「商榷」，覺得其中並沒有任何理由足以逼我修改我的結論。相反地，第一篇「商榷」倒是加強了我的立論的根據。對於這種「弦箭文章」，我本可以置之不理。我先後兩次的文字反應是出於兩個原因：一是新材料的發現足以使我們更全面地建立起陳先生的暗碼系統，其次則是為了對「弦箭文章」的作者本人表示一種尊重和同情。「弦箭文章」是最難下筆的，這位作者已足以繼蹤陳琳和禰衡而無愧。至於這兩篇「商榷」之所以完全沒有發生任何客觀的說服力，恐怕只能由袁紹和黃祖來負責了。好在「弦箭文章」從來是為了「表態」而寫的。就這一點說，這兩篇「商榷」的作者已經勝利地完成他的任務了。我的一切有關陳寅恪晚年詩文的文字都已問世，其間是非得失當由讀者來下最後的判斷，我自己是沒有資格再說什麼話的。所以我願意在此鄭重地聲明：今後如果還有「弦箭文章」出現，恕我將不再理會了。

一九八五年八月九日，於新加坡旅次

跋新發現的陳寅恪晚年的兩封信

一、引　子

一九八四年我在美國遇見吳雨僧（宓）先生的一位晚年弟子，我們的談話很自然地轉到陳寅恪先生和吳先生的交誼方面。我當時曾問他：有沒有機會聽到吳先生談及陳先生晚年的情況，他告訴我一些有關吳、陳兩先生的事實，頗有助於我對陳先生晚年詩文的理解。例如陳先生一九六一年〈贈吳雨僧〉四絕之二有「幸有人間佳耦在」之句，如果不是因為他告訴我吳先生晚年再結婚的事，則此句便無從索解。關於這一點，我已在〈陳寅恪晚年詩文釋證〉中有所說明。最後他說，他記得還保存有陳先生晚年給吳先生的一封信札，但經過多年的動亂，他不敢保證是否還能覓得。但他答應我，如果找得到，一定寄一副本給我。他回大陸已經兩年了，這件事我也忘記了。

今年年初我從香港回美，發現他在一九八六年十二月一日從美國中西部寫給我一封信，問我是否仍在耶魯，因為他攜有陳先生的手跡，願意寄贈。我大喜過望，立即和他取得聯繫。元月十五日他用掛號寄來了陳先生的原札，是兩件而不是一件。原來他收藏了兩件，卻誤記為一件了，所以他自己也說是「喜出望外」。我收到後，心中十分感動，真正親切地體會到「人心不死」那句老話。中國大陸上的知識分子，雖然經過三十多年的嚴酷壓制，仍然強烈地嚮往著陳先生所謂「獨立之精神、自由之思想」（〈王觀堂先生紀念碑銘〉）。這種嚮往之心只要外在的政治壓力稍稍鬆弛一下，便在一夜之間普遍地復甦了。以我所接觸過的中年文史學者而言，他們沒有一個不是對陳先生的晚年遭遇抱著無限的同情。他們都對我的《陳寅恪晚年詩文釋證》感到極大的興趣，並不是因為這部書有什麼重要的學術價值，而是因為這本書不但道破了陳先生的晚年心事，而且也直接或間接地觸動了他們靈魂最深處的創傷。即以這位吳先生的弟子而言，他為了一句偶然的諾言，竟在臨出國的前夕，「下定決心，澈底清書，翻箱倒櫃，終於找到」（來信中語）。這還不夠說明：他對陳、吳兩先生抱著多麼濃厚的感情，對於兩先生愛護中國文化的精神又持著多麼深刻的敬意嗎？

這兩封信能夠歷浩劫而倖存，是完全要歸功於贈者的一番苦心。為了不負他的苦心，我已決定把這兩封原件轉贈給普林斯頓大學的葛思特東方圖書館 (Gest Oriental Library)，以便永久保存。今天中共的政局再起波瀾，首當其衝的仍是知識分子。在「反資產階級自由化」的口號之下，中國大陸似乎又大有李長吉所謂「黑雲壓城城欲摧」之勢。學術文化界剛剛才綻露一點自由的蓓蕾，一夜之間又變成李商隱所謂「已落猶開未放愁」的情況了。由於考慮到可能給贈者增加意外的困擾，我在這裡不得不隱去他的姓名，這是要請讀者原諒的。

二、釋　文

陳寅恪致吳宓書〔圖一〕

雨僧兄左右：七月卅日來書，頃收到，敬悉。因爭取時間速復此函，諸事條列於下：

（一）到廣州火車若在日間，可在火車站（東站即廣九站）僱郊區三輪車，直達河南康樂中山大學，可入校門到大鐘樓前東南區一號弟家門口下車。車費大約不超過二元（一元六角以上）。若達（英時按：「達」當是「搭」之筆誤）公共汽車，則須在海珠廣場換車。火車站只有七路車，還須換14路車來中山大學。故搭公路車十分不方便。外來旅客頗難優先搭到。故由武漢搭火車時，應擇日

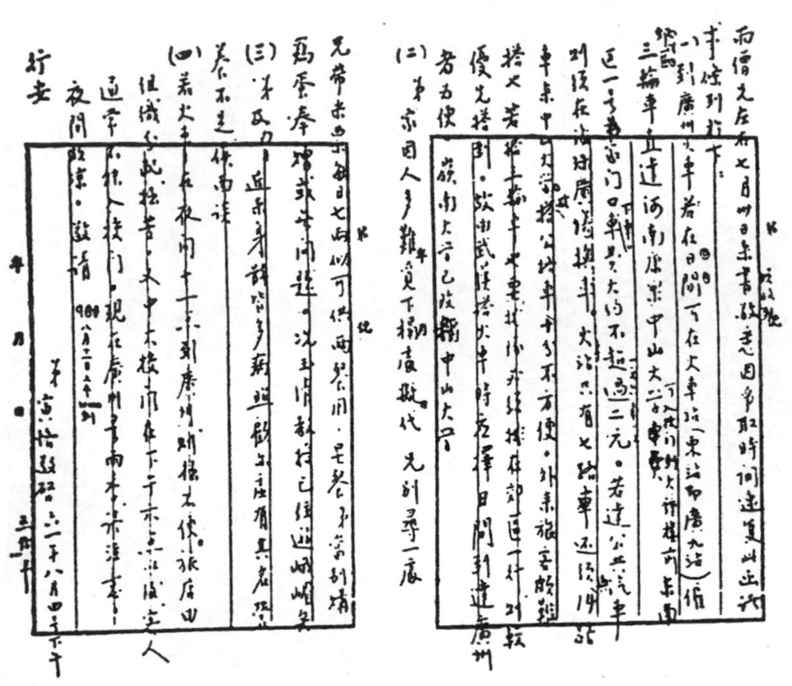

雨僧兄左右：七月卅日來書敬悉。因多取時間，遂復此函。
（一）弟决到校。兄到廣州火車若在日間，可在火車站（東站即廣九站）僱三輪車直達河南康樂中山大學東南區一號弟家，車費不超過二元。若坐公共汽車，則須在海珠廣場換車，大站只有七路車。[illegible]車中[illegible]擠，甚不方便。外來旅客頗難搭火車，若搭二等[illegible]，[illegible]對較優。先搭到武漢，[illegible]時再擇日間到達廣州者爲便。嶺南大學已改稱中山大學。
（二）弟家人多，難覓下榻處，擬代兄別尋一處，[illegible]
兄帶米票每日七兩[illegible]可供兩餐之用，早餐弟當別備。
爲[illegible]奉贈[illegible]。
（三）弟及內子近來身體皆多病，照顧不能周到，其居[illegible]，
[illegible]不足之處尚請原諒。
（四）若火車在夜間十一時到廣州，則極不便。旅店由組織分配，極苦。大中大校門在下午十時即關閉，
通常不能入校門。現在廣州亦[illegible]。
敬請
行安
弟寅恪敬啟　一九六一年八月四日下午

圖一　陳寅恪致吳宓書手迹

間到達廣州者為便。嶺南大學已改稱中山大學。
（二）弟家因人多，難覓下榻處。擬代兄別尋一處。兄帶米票每日七兩，似可供兩餐用，早餐弟當別購雞蛋奉贈，或無問題。冼玉清教授已往遊峨嵋矣。
（三）弟及內子近來身體皆多病，照顧亦虛有其名，營養不足，俟面談。
（四）若火車在夜間十一點到廣州，則極不便。旅店由組織分配，極苦。又中大校門在下午六點以後，客人通常不能入校門。現在廣州是雨季，請注意。夜間頗涼。敬請

行安

弟寅恪敬啟六一年八月四號下午五點半

陳寅恪致劉永濟書〔圖二〕

弘度兄左右：久未箋候，甚歉。數月前聞唐長孺君言，兄近日不下樓，豈行走不便耶？念念。前日接　吳雨僧兄函云，日內先到漢訪　兄，再來廣州。請轉告　雨兄，在漢上火車前二三日用電報（因郊區電報甚慢）告知何日何時乘第幾次車到穗。當命次女小彭（或其他友人）以小汽車往東站（即廣九站）迎接。因中大即嶺南舊址，遠在郊外，頗為不便。到校可住中大招待所，用膳可在本

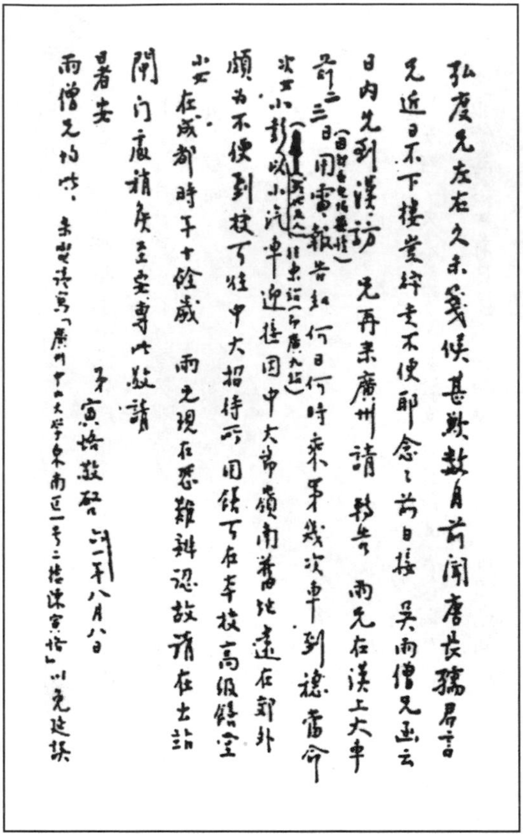

弘度兄左右：久未箋候，甚歉。數月前聞唐長孺君言
兄近日不下樓，豈體中不快耶？念念。前日接吳雨僧兄函云
日內先到漢訪兄，再來廣州。請轉告雨兄在漢上火車
前二三日（西曆日期必須要註）用電報告知何日何時乘第幾次車到穗，當命
次女小彭以小汽車迎接（火車是入廣州東站（不是廣九站））。因中大前嶺南舊址遠在郊外，
頗為不便，到校可住中大招待所，用飯可在本校高級餐室。
小女在成都時年十餘歲，雨兄現在恐難辨認，故請在出站
閘門處稍候，至要至要。專此敬請
著安
弟寅恪敬啟　六一年八月六日
雨僧兄均此。　來電請寫「廣州中山大學東南區一號二樓陳寅恪」以免延誤

圖二　陳寅恪致劉永濟書手迹

校高級膳堂。小女在成都時年十餘歲，雨兄現在恐難辨認，故請在出閘門處稍候，至要。專此敬請

暑安

弟寅恪敬啟六一年八月八日

雨僧兄均此。來電請寫「廣州中山大學東南區一號二樓陳寅恪」，以免延誤。

三、跋　語

蔣天樞《陳寅恪先生編年事輯》卷下辛丑一九六一年條云：

秋七月，老友吳雨僧宓自重慶來廣州。詢先生近況，賦詩答之。別時又贈以四絕句。

上面兩封信便是為了接待吳先生來訪而寫的。第一封給吳先生的信當是直接寄至重慶的，因為其時吳先生正任教於重慶西南師範學院。這封信上有鋼筆注語：「1961年八月十一日上午10:00到。」疑是吳先生親筆。第二封信是寫給武漢劉永濟（弘度）先生的，因為吳先生要先到武漢大學拜訪劉先生。這封信是請劉先生轉告吳先生有關在廣州接車的新安排。

這兩封信都是在一九六一年八月寫的。又據《編年事輯》同條所引吳雨僧《日記》，吳先生記他與陳先生談話是在一九六一年八月三十日。我們由此可以推斷吳先生來訪當在八月下旬。《編年事輯》繫吳先生來訪在「秋七月」，這是根據陳先生〈辛丑七月雨僧老友自重慶來廣州承詢近況賦此答之〉的詩題。但詩題中的「七月」是指舊曆，在陽曆已是八月了。所以這兩封信可以使我們更精確地斷定陳、吳兩先生「暮年一晤」的時間。

此時陳先生目盲已久，自然不能親筆寫信。從書法推斷，這兩封信顯然都是由陳夫人唐篔女士代筆的，因為字跡和《論再生緣》油印本署名題簽（「瑩題」）及〈欠斫頭〉詩稿是完全一致的。致吳先生信中所述搭車等細節自然也不是陳先生所能弄得清楚的，但信中的大意當出陳先生口授。故此兩信雖是代筆，卻仍然與陳先生的手跡有同等的史料價值。

這兩封信中涉及了好幾個人，他們和陳先生的關係也應該稍加說明。

吳宓字雨僧，在信中所涉諸人之中和陳先生相識最久，也相知最深。據《吳宓自編年譜》：

一九一九年一月底二月初，陳寅恪君來到美國。先寓康橋區之 Mt. Auburn 街，由俞大維君介見。以後宓恆往訪，聆其談述，則寅恪不但學問淵博，且深悉中西政治、社會之內幕，……述說至為詳切。（轉引自《編年事輯》卷上民國八年條）

一九二五年陳先生受聘為清華國學研究院導師（次年始就職），吳先生是研究院的主任。兩人在清華同事逾十年。吳先生對陳先生的學問最為傾倒，所以他後來說：

> 始宓於民國八年在哈佛大學得識陳寅恪，當時即驚其博學而服其卓識。馳書國內諸友，謂「合中西新舊各種學問而統論之，吾必以寅恪為全中國最博學之人」。今時閱十五六載，行歷三洲，廣交當世之士，吾仍堅持此言。且喜眾人之同於吾言。（見《空軒詩話》第十二條）

他們兩人之間詩文往復不絕，而吳先生尤其隨時注意陳先生的動態和思想傾向，他的《日記》中保存了許多有關陳先生的文字和事跡。這次他決意到廣州相訪，也是為了要當面瞭解陳先生的晚年心境。關於兩人會面後的情況我已在本書中有詳細的分析，此處不贅。吳先生在文革時期「歷盡種種精神折磨和肉體摧殘。於一九七七年一月十七日含冤去世」（據〈西南師範學院為吳宓教授平反昭雪通知〉，見《編年事輯》卷下己酉一九六九年條）。

劉永濟字弘度，也是陳吳兩先生的詩友。陳先生《詩存》中有〈辛未（一九三一年）九一八事變後劉宏度自瀋陽來北平既相見後即偕遊北海天王堂〉和〈己卯（一九三九年）春日劉宏度自宜山寄詩言擬遷眉州予亦離昆明往英倫因賦一律答之〉兩詩。吳先生也曾在《空軒詩話》中提到「（曾）約界君……嘗偕宏度（原註：劉永濟君）訪予於清華」（見第二十四條）。可見他和劉先生也相識已久。此時劉先生任教於武漢大學，故陳先生在給他的信中特別提到最近從唐長孺先生那裡獲悉他的近況。唐先生是魏晉南北朝史專家，一直在武漢大學歷史系執教。

這裡應該順便補充一下有關陳先生在一九三九年去英國執教的經歷。關於上引〈己卯春日答劉宏度〉詩中所云「往英倫」之事後來陳先生在〈第七次交代底稿〉中說：

> 彼時（按：一九三九年）接到英國牛津大學漢學教授之聘，將欲啟程，因第二次歐戰爆發，不能去。（《編年事輯》卷中民國二十八年條引）

這是陳先生的供狀，自屬可信。但在此之前他也曾申請劍橋大學的漢學教授職位，其事知者甚少。考一九三八年七月三十日胡適從倫敦寫給傅斯年的信說：

> 已電約 Temterley（按：即 Professor Harold Temperley，印本誤為 Temterley），日內下

Cambridge 去。

Cambridge 大學中國教授 Moule（按：即 Reverend A. C. Moule，印本誤為 Monle）退休，寅恪電告 Cambridge 願為候選，他們將展緩決定，以待商榷。Pelliot 允為助力。我已寫一推薦書，昨交去。大概不成問題。（見胡頌平編著《胡適之先生年譜長編初稿》，臺北，聯經出版公司，民國七十三年，第五冊，頁一六三九。又《胡適的日記》第十三冊，一九三八年七月二十九日條也云：「寫一短文，推薦陳寅恪兄為 Cambridge 大學教授。」）

這是當時推薦人之一的第一手史料，最可信賴。大約當時劍橋大學因漢學教授出缺，曾函各地專家，徵詢他們是否願意被提名為候選人。陳先生覆電稍遲，已近截止日期，所以劍橋大學才不得不延期決定人選。英國大學聘人制度照例要有推薦人。陳先生的推薦人除了胡適之先生以外還有法國的漢學大師伯希和 (Pelliot)。所以胡先生判斷聘任「大概不成問題」。

今天回顧這件往事，陳先生一九三九年的英倫之行受阻於歐戰，無論對他本人或世界漢學界而言，都是最值得惋惜的。如果他去了劍橋或牛津大學，他的雙目便決不致失明，而晚年的學術成績也決不會衹是兩部感慨興亡和自傷身世的《論再生緣》和《柳如是別傳》了。

從他一九三八年「電告 Cambridge 願為候選」一事看來，我們便更能懂得他在一九四八至四九年期間所寫「避地難希五月花」和「白頭摩詰尚餘家」兩句詩的涵義了。又據梁嘉彬先生在一九七〇年三月二日在《清華校友通訊》新卅二期上給該刊編者的一封信上說：

> 寅師何以不來臺灣，外間多有揣測之詞。據弟所知，當大陸將全部淪陷時，寅師在廣州有函，托友調查臺灣房屋地價租錢，為準備來臺之計，後以廣州已淪陷未果。（收在俞大維等《談陳寅恪》，頁一〇八）

這條資料我雖早已見到，但因為沒有看到其他第一手文件，我在寫《陳寅恪晚年詩文釋證》時未予引用。現在看來，我未免過於謹慎。梁先生之兄梁方仲先生其時也在嶺南大學任教，和陳先生是同事，因此他所說陳先生有信托人打聽臺北住屋情況的話是不應完全抹煞的。中共方面現在至少也承認了「在一九五〇年七夕之前，陳先生在詩作中曾經對新政權多次表現出疑慮不安」的事實（見馮衣北〈陳寅恪晚年詩文及其他——與余英時先生商榷〉，廣州，花城出版社，一九八六年，頁五～六）。因此在一九四九年十月之前，陳先生極可能為陳夫人的決心所動，轉而有意遷往臺北，只是時間上已來不及了。陳先生在一九三八年既肯主動地電告劍橋大學願為候選人，那麼他在一九四九至五〇年這一段「疑慮不安」的時期豈能完全沒有動過「浮海」之念？陳先生最後未能離開廣州固是事實，但我們決不能說他自始至終從來沒有考慮過「避地」的問題，因為「避地難希五月花」、「浮海宣尼未易師」等詩句已澈底地否定了這種推測了。將來陳先生「托友調查臺灣房屋」的信如果出現，這個問題當可獲得更進一步的澄清。

陳先生在〈與吳宓書〉中特別提到「冼玉清教授已往遊峨嵋」，當是由於吳先生來函中表示想同時訪晤冼玉清女士。《編年事輯》卷下己丑條云：

> 本年嶺大冼玉清教授《流離百詠》印成，贈先生一份，為題曰：「大作不獨文字優美，且為最佳之史料。他日有編《建炎以來繫年要錄》者必有所取資，可無疑也。」《流離百詠》述八年抗日戰爭中逃亡經歷。

冼玉清也是一位女詩人，和陳先生在嶺大同事時曾有詩文往復。《詩存》中尚有〈題冼玉清教授修史圖〉七絕兩首，成於庚寅（一九五〇年），其第一首曰：

流輩爭推續史功，文章羞與俗雷同。若將女學方禪學，此是曹溪嶺外宗。

陳、冼相識也許是始於廣州，至於吳先生與冼玉清女士是否舊識，現在尚無材料可資判斷。

最後，我們要討論一下〈與吳宓書〉中的一段話：

（三）弟及內子近來身體皆多病，照顧亦虛有其名，營養不足，俟面談。

這段話暴露了中共所謂「照顧」陳先生的真相，最可注意。首先必須說明，一九六一年中國大陸仍在因「六億人民齊躍進」而招致的「三年災害」期間，「營養不足」是一般人民的普遍遭遇。但陳先生夫婦的處境則尤為困難。《編年事輯》卷下辛丑一九六一年條下引陳小彭女士的信說：

本年，香港陳某寄來食品包裹一，內裝白糖、火腿及其他食物，先生將包裹交給校黨委全部退還。

我們都知道，在「三年災害」期間，香港開設了許多專門向大陸寄遞食品的商店，以便海外僑胞經常接濟國內的親友。但是一般人可以接受海外食品的接濟，而陳先生則由於受到中共的「特別照顧」，竟不敢領取包裹，只好交給「校黨委」全部退還。這位「香港陳某」大概是陳先生的門生故舊之類的人物。他寄食品給陳先生是出於個人對師長的敬愛，並不是代表「國民黨」或「帝國主義」，陳先生又何以必須表現出一副「不食周粟」的大義凜然的樣子呢？難道他真的不需要「營養」嗎？又難道他平生堅持「一介不取於人」的原則嗎？讓我們先看看他在抗日戰爭期間「不食周粟」但接受學生食品接濟的事實。據藍文徵（孟博）先生的回憶：

> 太平洋戰事爆發時，他正執教於香港，香港淪陷，他一家四口生活十分艱難，將衣物換食物，生活物質極端缺乏。（日本）司令派憲兵隊照顧陳家，送去好多袋麵粉，但憲兵往屋裡搬，陳先生陳師母往外拖，就是不吃敵人的麵粉。……之後輾轉到了重慶。重慶時住俞大維家，我去看他，當時四口全病倒了，不能起床，我上街買了三罐奶粉送去，想再多買一罐也沒有，陳先生說：「我就是缺乏這個，才會病成這樣！」香港的生活太苦了。（見《談陳寅恪》，頁九八～九九）

可見陳先生夫婦確不食敵人的東西，然而對學生的好意則是欣然領受的。他們並沒有孤介到不近人情的地步。那麼陳先生為甚麼在重慶的時代可以接受藍文徵先生的餽贈，而在一九六一年竟必須退還「香港陳某」的食品包裹呢？這兩種情況有甚麼不同呢？這是值得讀者好好去思索一番的。

陳先生在〈與吳宓書〉中特別要聲明「照顧亦虛有其名」也是極不尋常的。這當然是由於吳先生相信了中共的一貫宣傳，因而在來信中有「特別照顧」的話。這個聲明之所以極不尋常是因為他們兩位馬上便要見面了，而陳先生卻竟迫不及待地先在信中矢口否認「照顧」之說。讀者當可看出，這封信明明是為了「爭取時間」而即寫即發的。其中一共條列四事，而三條都是關於接待的安排，確有時間性。唯獨這一條是不急之務，儘可等待見面後再從容訴說。但這一條恰好如實地反映了他的「晚年心境」，即他決不願承受「照顧」的虛名。中共對外一向宣傳「黨和政府對陳寅恪先生的工作和生活給予妥善的照顧」，而事實上則是口惠而實不至。即以退還香港的食品包裹而言，這原是「取不傷廉」的事。那位中山大學的「校黨委」如果對陳氏夫婦當時「營養不足」、「身體多病」的慘狀稍存「照顧」之心，便一定會力勸他們留下享用，豈能真的忍心代他退回去？這當然不是否認，在中共領導階層中也確曾有少數個人關懷過陳先生的生活。這些少數個人自幼受中國文化的薰陶，良知並未盡泯。但是中共作為一個政治集體而言，則是永遠在「黨天下」的最高原則的支配之下，並絕對地遵循著「絕對權力使人絕對腐蝕」的規律而活動。它在有「統戰」的需要是儘可以各種可愛的姿態出現，但是祇要「黨」的利益稍受威脅便立刻會露出本相。這是「黨天下」制度的本質使然。因此我們必須在中共的「黨」和個別「黨員」之間加以區別，根據每一個具體情況進行分析。上面關於中共對陳先生的「照顧」的問題的分析便是指前者——「黨」而言的。而且我相信陳先生所說的「照顧虛有其名」也指的是「黨」而不是個別的「黨員」。

事有湊巧，最近讀到一篇回憶陳先生的文字恰好可以和信中所提及的「照顧」互相印證。貝司先生〈一面之緣——回憶陳寅恪先生〉一文特別談到「國寶」問題。據作者說，中共把陳先生當作「國寶」是起於斯大林在毛澤東一九五〇年訪蘇聯時問到陳先生的行蹤。原文說：

> 斯大林為何提起老先生呢？原來在他的著作《中國革命問題》一書中，引用過先生著作中所提供的一些資料。這當然是件十分榮耀的事。稱先生為「國寶」的典故即源由此。後來在經濟困難時期，物資供應極端缺乏：一位大區書記曾在黨的會議上提到先生是「國寶」，親自下令予以特別照顧。如此看來，「國寶」之說，諒非虛假。（見《明報月刊》，一九八六年十二月號，頁七二）

這個傳說我也聽見過，但無法證實或否證。周揚一九六二年八月十日在大連創作座談會上的講話，只說「國民黨把他當國寶」（《編年事輯》卷下己亥一九五九年條引），似乎中共並未以「國寶」視之。貝文中所說「經濟困難時期」即指三年災害；「大區書記」當是當時中南局書記陶鑄。陶鑄個人對陳先生的「照顧」大概是事實，有陳先生〈我與陶鑄的接觸〉一篇交代文字可證（見《編年事輯》卷下壬寅一九六二年條）。但陶鑄祇能偶然對陳先生有「特別照顧」，而經常性的「照顧」政策則必須由中山大學「校黨委」來落實。一落到「校黨委」的層次，情形便完全不同了。上面我們已經看到陳先生多麼怕「校黨委」，收到香港的食品後立即交給他退還。現在再看另一個例子：

一九五九年《論再生緣》的油印本流出香港後，被某出版商據以翻印，又在小冊子之前寫了一篇〈關於出版的話〉……香港《大公報》一位記者把這小冊子帶回廣州，交給陳寅恪。陳對這篇〈出版的話〉非常不滿，即把書送到中山大學黨委書記馮乃超處，並說明自己沒有送書到香港出版。當時馮乃超指出，〈出版的話〉無非想挑撥他同黨的關係，陳表示同意這一分析。（胡守為《陳寅恪傳略》，收在《文史哲學者治學談》，岳麓書社，一九八四年，頁四一）

這件事當然相當嚴重，陳先生自不敢不向「校黨委」報告，更不敢不「同意」他的「分析」。值得注意的是陳先生的辯解中有一半是真的，另一半則是假的。他確沒有同意《論再生緣》在香港出版，但油印本則是他自己托人帶到香港去的。牟潤孫先生在〈敬悼陳寅恪先生〉中告訴我們：

> 我到香港後，陳先生曾托朋友帶出來幾本《論再生緣》油印本，也送給我一本。（見《談陳寅恪》，頁六五）

這位托帶的「朋友」我也認識，陳先生顯然不肯向中山大學「校黨委」說真話。他對於直接「照顧」他的「校黨委」只有畏懼，絕不信任。陳先生和中共官方的關係如此，他所得到的「照顧」又如此，而外面卻廣泛地流傳著他在「經濟困難時期」受到「特別照顧」，試想他的心中積蓄了多少的憤懣？現在吳雨僧先生也為流言所誤，以此相詢，陳先生的修養再好也忍無可忍了。他在〈與吳宓書〉中迫不及待地要聲明「照顧亦虛有其名」，正是出於這種心理。

貝司先生回憶他和陳先生「一面之緣」的時間「大概是一九六二年的夏天」，其實應該是一九六三年的夏天。因為陳先生右腿骨跌折是一九六二年的六月十日，他在醫院住了半年多，直到一九六三年一月二十一日才抬回家（見〈第六次交代底稿〉，引於《編年事輯》壬寅一九六二年條下）。貝司先生和他見面時，他的腿已經斷了。貝文中有一段關於「國寶」的對話如下：

先生平易近人和風趣健談，增加了我的勇氣，終於向他提出心中早已存在的問題。

「大家都說先生是『國寶』呢？」

「國寶？國寶！哈……」先生笑完後，問道：「你看我似國寶嗎？腿拐、眼瞎，成個廢物了……」

我感到先生的笑聲裡，不無淒涼，忙道：

「先生對國家民族的文化貢獻巨大，國寶之榮，當之無愧！」

先生沒有回答，低頭想著什麼。

「你是外語系的？教那種語？」先生顯然不願再談國寶之事。（見《明報月刊》，一九八六年十二月號，頁七三）

「左丘失明，厥有《國語》；孫子臏腳，而論兵法。」陳先生深明此理！他的「淒涼」決不是因殘廢而來的自拋自棄，否則他便不會以「驚天地、泣鬼神的氣概」來撰寫一部《柳如是別傳》了。他不願意談「國寶」之事是因為他明明是像「廢物」一樣被棄置在一邊，但在社會上竟負有受到「照顧」的虛聲。例如貝司先生以為在「經濟困難時期」中共曾對他「予以特別照顧」，殊不知他們夫婦雖在「營養不足」、「身體多病」的情況下，卻連香港寄來的食品也不敢留下。但是物質上得不到「照顧」、身體上成了「廢物」尚不是陳先生最感痛苦的事。最使他難堪的則是他自覺在精神上已比「廢物」還要不如。不錯，中共的政策是要讓他活下去，並且還繼續為他提供研究和寫作的條件。但是他的新舊著作都是「出版無日」的（這是他在一九六二年對陶鑄和胡喬木說的話。見〈第六次交代底稿〉，《編年事輯》壬寅一九六二年條所引）；而已經出版的文字則又徒然成為「笑罵」的對象。吳雨僧先生這次來廣州，主要便是希望瞭解他的晚年心境。他在〈辛丑七月雨僧老友自重慶來廣州承詢近況賦此答之〉一詩中明白地答覆了這個問題：

留命任教加白眼。

他活著不過是繼續受人鄙視而已，這豈不是比「廢物」還不如嗎？在貝司先生來訪的前後，他又寫下了下面的詩句：

> 臏有文章供笑罵。（〈壬寅（一九六二年）小雪夜病榻作〉）
> 任他嗤笑任他嗔。（〈甲辰（一九六四年）元旦〉）

這就解開了貝司先生關於他「低頭想著什麼」之謎了。

陳先生是一個極為敏感的人，在他的文史研究中，關於歷史人物的心理活動的分析佔有相當高的比重。他對於高層統治者的種種隱微的機心（如宇文泰、李世民、武則天等）尤其有深刻的瞭解。因此他一開始便看穿了中共對他的所謂「照顧」是屬於什麼性質。「欲改衰翁成姹女」（一九五二年）和「艾詡人形終傀儡」（一九五三年）等詩句便是以生動的比喻來表達他的內心感受。說得更明白一點，這不過是一種「廢物利用」而已。但不幸他不能像馮友蘭先生那樣，死心塌地甘為被「利用」的「廢物」（馮先生有詩曰：「善救物者無棄物，善救人者無棄人。賴有東風勤著力，朽株也要綠成蔭。」見《三松堂自序》，三聯書店，一九八四年，頁一八七），自始至終拒絕成為「姹女」和「傀儡」。到一九六一年吳雨僧先生來訪時，他已淪落到「留命任教加白眼」的境地，那是絲毫不足為異的了。負責落實「照顧」政策的

「校黨委」自然也是最敏感的政治動物，對於一個不但毫無「利用」價值而且有時還招惹麻煩的「廢物」，「照顧亦虛有其名」更是事有必至的了。

一九八七年二月廿二日敬跋於美國康州之橘鄉

「後世相知或有緣」

——從《陳寅恪的最後二十年》談起

最近三、四年來，中國大陸上忽然掀起了一股「陳寅恪熱」。《吳宓與陳寅恪》（吳學昭著，一九九二年）和《陳寅恪詩集》（陳流求、陳美延合編，一九九三年）都是北京清華大學出版社印行的，這兩部書提供了不少新的資料。大陸學術界近來常有大、小規模的討論會，探究陳寅恪的文化觀念和史學成就，報刊雜誌有關陳寅恪的文章更是不計其數。通過陳寅恪的研究，大陸學者似乎在認真地重新考慮中國傳統文化在現代世界的定位問題，其意義是深遠而重大的。

在這股「陳寅恪熱」的新潮流下，最近又出現了一部引起各方注目而且頗為敏感的新書：陸鍵東著《陳寅恪的最後二十年》（北京，三聯書店，一九九五年）。這本書的作者利用各地檔案和實地調查訪問，將陳寅恪最後二十年的具體生活經驗和盤托出。大陸學者已一再集會討論了這本書，新華社且發電訊報導，足見它深深觸動了學術思想界的心靈。「陳寅恪的最後二十年」這個論題是我在十多年前引發的，此書對這件事也從大陸內部的視野上給予了分析和評論。作為「始作俑者」我自覺有責任對這本書給予一個嚴肅的回應。但本文不僅談這部新著，而且涉及其他問題和新發現的陳詩的若干闡釋，希望讀者指教。

從我個人的立場說，我當然十分歡迎陸先生這部新著，因為它為我的《陳寅恪晚年詩文釋證》提供了最可靠的歷史根據。十年前從官方的觀點質難《釋證》的人都說他們「訪問」了與陳寅恪有關的人物，深知他的生活狀況；根據他們所獲得的「事實」，我的《釋證》是站不住的。我對自己的看法雖未因此而動搖，但是我完全不能對質難者所列舉的「事實」進行任何討論，因為我沒有「訪問」、「調查」的機會，在這一方面自然也就沒有發言的權利。陸鍵東先生的最大貢獻便是做了我十分想做但完全不可能做的事，更重要的是他的實地調查是以從北京、廣東省、到中山大學的現存檔案為主要對象，有關當事人的訪問紀錄則處於次要的輔助地位。這樣獲得的史料是人人可以重新檢證的客觀存在。這是史學上所謂「史事重構」的唯一途徑，古今中外都是如此。所以《陳寅恪的最後二十年》出版以後，我便用不著再說任何話為我的《釋證》作申辯了。

陸鍵東先生對我的《釋證》也給了最大限度的承認。他說：

一九六三年陳寅恪曾作〈感賦一律〉，內有句云「後世相知或有緣」。客觀地說，余英時或許可算陳寅恪「後世相知」者。……一九五八年余氏二十八歲時，在閱讀了陳寅恪《論再生緣》後即發表〈陳寅恪先生論再生緣書後〉一文，這是海外第一篇評論《論再生緣》的文章。二十多年後余英時再續前緣，寫下十多萬字的研究心得。剔除其濃烈的政治傾向，余英時對陳寅恪生平學術的理解大致不差。（頁五〇一）

作者在書中雖然沒有引徵一句我對於陳氏詩文的解釋，但是我完全瞭解他的困難。上引的一段話他實在已說到極邊盡限了（至於「政治傾向」云云，則不值一駁，讀者可參看本書〈書成自述〉一文）。

我願意借這個機會澄清一下大陸讀者對於我的《詩文釋證》的一種可能發生的誤解。這部書的原本在大陸是見不到的，讀者可能讀到的是馮衣北《陳寅恪晚年詩文及其他》（廣州，花城出版社，一九八六年）中〈附錄〉所收各文，但仍非全豹。馮書對我的批判共四十四頁，以大號字排版，而我的文字五篇共一六七頁，則以小號字排印為「附錄」。陸鍵東先生告訴我們：

在胡喬木的指示下，廣東省委有關方面開始布置寫論戰文章。此重任落在六十年代畢業于中山大學中文系的一位寫手身上。反駁文章先後在一九八四、一九八五年香港《明報月刊》登出。（原註：署名「馮衣北」。頁三六二～三六三）

胡喬木組織文章反駁我的事，我當時便聽說了。所以我說「馮衣北」的代號大概取義於「憑依北京」。但是如果不是陸鍵東先生調查得這樣一清二楚，我無論怎麼說也都是「空口無憑」。我對於「馮衣北」毫無芥蒂之心。但是由於「馮衣北」憑依著胡喬木的意思和我「論戰」的事在大陸學術界內部已廣為流傳，沒有讀過我原書或僅僅讀了「馮衣北」的書的人難免不發生一種錯覺，以為我的《釋證》在政治上偏袒國民黨。但是我相信讀完我的全書而不存成見的人一定會消除這種疑慮。我願意用我和周一良先生的一段交往對此作一說明。周先生當年是大家公認可以傳陳寅恪先生之學的後起健者。我和周先生唯一的一次接觸是在一九八九年五月，他應邀來普林斯頓大學作學術報告。在我們未見面之前，他對我的《釋證》曾抱著一種存疑的態度，但在讀了《釋證》全本之後，他的看法基本上改變了。一九九三年他在〈從陳寅恪詩集看陳寅恪先生〉（《讀書》，一九九三年九月號）中說：

陳先生看清了國民黨的腐敗，所以堅決不去臺灣；對中國共產黨不了解，持觀望態度，所以留在廣州。余英時先生最初的文章中說陳先生開始就打算離開大陸，那是片面的議論，蔣輯《編年事輯》可為證明，余先生自己後來也放棄此說。（英時按：這是誤解，我並無此說）一九八九年五月我重訪普林斯頓大學，承余先生以最後結集成書的《陳寅恪晚年詩文釋證》見贈。我讀後覺得雖個別地方或許失于求之過深，近乎穿鑿，但就總體說來，這部《釋證》是觸及陳先生心事的，是研究晚年陳寅恪的人不可不讀的。（頁一三五）

文中所謂「觸及陳先生心事」，周先生在大陸也許不便公開寫出，其實今天也沒有多大的忌諱可言。所以下面我要引一段周先生在一九八九年五月三十日給我的一封信，作為補充：

寅老《詩文釋證》此次讀後，始較全面了解閣下觀點。一良自來認為，寅老于國共雙方各打五十板，三十年代即稱「非驢非馬」之國。大陸解放前夕，顯無去臺之意，一不願跟國民黨走，二亦畏動亂、畏顛沛流離也。其留大陸之非「政治遺民」而是「文化遺民」，一良亦夙持此見，寅老與王觀堂有一脈相通之處，固極明顯。此次讀大作後，

> 深感對于寅老留大陸後後悔未泛海去臺之分析論證，頗為精闢。此點實寅老思想（如吳雨僧所認識）發展之自然結果，不必為寅老諱也。一良曩讀寅老晚年著作，有兩疑問：一、考據著述中何以一再羼入表達自己思想感情之詞語以及詩句；二、晚年不總結魏晉隋唐史研究成果，可以駕輕就熟，水到渠成，而費驚人之毅力追尋錢、柳事，用意究何所在。今讀大著，久蓄之疑得以冰釋，不禁稱快！大作實可作讀《柳如是別傳》之導讀指南也。尊著謂寅老詩文遣詞用字皆有深意，完全正確。如〈論魏書司馬叡傳〉一文開端，曾略敘昔年與一良討論情況，頗富感情。一良當時在美讀到，甚受感動。而蔣編全集所收此文，乃刪去此段文字。此無它，寅老目一良為「曲學阿世」（贈蔣序中語），故不願再存此文也！一良自信頗能理解寅老用心，然亦絕無怨懟之意，絕不因此而改變對寅老之崇敬及感情。史家知人論世，不當如是耶？

我當時讀了周先生的長函，心中也十分感動，並不是因為他認可了我的「分析論證」，而是因為他不惜現身說法，以維持「史家知人論世」的公正立場。此即章學誠所謂的「史德」。稍後周先生還把「曲學阿世」的話公開寫在他的自傳上（見《中國史研究動態》，一九九〇年第十一期），這更加深了我對他的尊敬。

我在《釋證》中提出一個說法：陳先生一九四九年不肯去臺灣，但陳夫人唐篔女士則持相反的意見，以致曾一度隻身負氣去香港。最後還是朋友們把她勉強勸回廣州的。但隨著陳先生對生活感受的逐漸深化，他終於後悔當時沒有聽陳夫人的話，浮海遠引。他的《柳如是別傳》便貫穿了自己的悔恨和對陳夫人的先見的欽服。我的論證和分析都十分曲折複雜，因此陳夫人的香港之行當時也成了一個聚訟的焦點。但是我建立這一說法完全根據詩文本身的內證，至於陳先生在日常生活中究竟遭遇了什麼樣的痛苦經驗，我則無從知道。現在讀了《陳寅恪的最後二十年》，才知道陳寅恪的「生命磨難的第一折」是在一九五四年九月啟幕的；啟幕的人便是中山大學一位「在各種場合隨意瀟洒地嘲笑陳寅恪」的副校長兼黨委書記（見頁一四四～一四六）。這也恰好是陳寅恪開始研究錢柳因緣的一年。此後一折又一折的磨難也都詳載在《最後二十年》中，我當年所無法提供的外在證據終於齊備了。周一良先生早在一九八九年便斷定陳先生「留大陸後，後悔未泛海去臺」是他的「思想發展之自然結果」，他真不愧是「頗能理解寅老用心」而且尊重客觀證據的歷史家。

關於陳夫人的香港之行，《最後二十年》也第一次提出了文獻的證據。據一九六二年〈陳序經談高校工作和知識分子問題〉（廣東省檔案館館藏檔案），陳序經為了接回陳夫人曾「親自跑到香港找了一個多月，最後在一個旅館將唐篔找到，陪著她回到廣州」（頁三八～三九）。

可見這一次陳氏夫婦關於去留問題的爭執是多麼嚴重。我在《釋證》中曾以此次的爭執為線索解讀《柳如是別傳》。陳先生一九五五年〈中秋夕贈內〉一詩，結語是「終負人間雙拜月，高寒千古對悠悠」。我曾為「終負人間雙拜月」的涵意反覆推究，最後終於發現此句出於錢謙益《移居詩集》中「雙雙拜月」一句詞。因此我說：陳先生此句是向陳夫人表示他在「移居」的問題上「背負了陳夫人的意願」（見本書，頁一〇三～一〇五）。我自信已得其確解，更無疑滯。祇是當時陳夫人去港問題尚待證實，或未必能堅讀者之信。今天這個問題已澈底解決了，我必須感謝陸鍵東先生的辛勤努力。但是陸先生把陳夫人去港的時間定在一九五〇年則似乎晚了一年。陳夫人去港必在一九四九年十月十五日中共進入廣州之前，因為我發現了一條有力的新證據。陳垣在一九四九年十一月十四日給他的長子陳樂素的信末云：

> 簡琴翁（按：簡經綸，一八八八～一九五〇年）來信……又云寅恪夫人對時局認識不清，尚疑為大亂將至，亦新聞也。（《陳垣來往書信集》，上海古籍出版社，一九九〇年，頁七〇五）

所說的「新聞」即是陳夫人的香港之行，決無可疑。簡經綸是番禺人，其時大概在廣州；他的原信可惜未收在《陳垣來往書信集》內，今已無從查考。我推斷這是他在十月十五日以後寫信給陳垣，附帶報告了廣州的一些近聞。陳夫人去港是學術文化圈子中轟傳一時的事件，故簡氏也走筆及之。但是這個問題的最後定案還需要有人再檢查一次有關檔案。

《最後二十年》一書主要是考查與陳先生的「磨難」有關的外在事實，而不太注重陳先生詩文中所表達的內心感受。這是作者自定的界線，無可非議。不過為此自限也必須付出相當的代價。姑引兩三例以資說明。原書頁一〇八引一九五五年〈余季豫先生輓詞〉二首之二。這是新發現的詩篇，值得特別注意。詩云：

> 當年初復舊山河，道故傾談屢見過。
> 豈意滔天沈赤縣，竟符掘地出蒼鵝。
> 東城老父機先燭，南渡殘生夢獨多。
> 衰淚已因家國盡，人亡學廢更如何。（亦見《詩集》，頁九七）

作者說：「詩中含蘊的『古典』、『今典』重重疊疊……後人若要通理解此詩，大概不起陳寅恪于九泉，不易矣。」這話說得過分了。此詩詞旨明曉，祇有「東城老父」、「掘地蒼鵝」二典。前者作者上文已提及，我在《釋證》中也早講過（本書，頁四七～四九）。所以嚴格地說，此詩祇有「蒼鵝」一典需要解釋。《晉書．五行志中》：

孝懷帝永嘉元年二月，洛陽東北步廣里地陷，有蒼白二色鵝出，蒼者飛翔沖天，白者止焉。……陳留董養曰：「步廣，周之狄泉，盟會地也。白者，金色，國之行也。蒼為胡象，其可盡言乎？」是後，劉元海、石勒相繼亂華。（中華書局標點本，冊三，頁八六四。此事又見同書卷五〈孝懷帝紀〉永嘉元年五月條。冊一，頁一一七）

徐陵〈東陽雙林寺傅大士碑〉云：

雖復五胡內鼎，蒼鵝之兆未萌。

清代吳兆宜《徐孝穆集箋註》卷五註此句即引《晉書．五行志》之文。可知蒼鵝句指五胡亂華。陳先生不用「陷地」而用「掘地」也有深意，「掘」字表示這次「胡亂」是中國人自己主動挖出來的，「陷」則是被動的。

原書頁一二〇引一九五三年〈答北客〉也是新發現的詩（《詩集》，頁八二）。詩云：

多謝相知築菟裘，可憐無蟹有監州。柳家既負元和腳，不採蘋花即自由。

此詩一句一典，作者僅指出末句出柳宗元之「欲採蘋花不自由」，是不夠的。首句用《左傳》，人所習知，以「菟裘」指中古史研究所所長的職位。第二句出蘇軾〈金門寺中見李西臺與二錢唱和四絕句戲用其韻跋之〉第二首的末句：「但憂無蟹有監州」。初典出自歐陽修《歸田錄》卷二：

國朝……始置諸州通判，既非副貳，又非屬官。故嘗與知州爭權，每云：「我是監郡，朝廷使我監汝。」舉動為其所制。……往時有錢昆少卿者，家世餘杭人也，杭人嗜蟹，昆嘗求補外郡，人問其所欲何州，昆曰：「但得有螃蟹無通判處則可矣。」至今士人以為口實。（中華書局標點本，一九八一年，頁三一）

陳先生改用東坡句顯然是以自稱「監郡」的通判比之可以「制」所長的黨委書記。第三句兼採劉禹錫〈酬柳柳州家雞之贈〉中之「柳家新樣元和腳」與蘇軾〈柳氏二外甥求筆跡〉二首之一「君家自有元和腳」句。「元和腳」者，柳公權書法自成一家，流行元和間，故劉禹錫云然。陳先生一九二七年〈寄傅斯年〉有句曰：「正始遺音真絕響，元和新腳未成軍。」（《詩集》，頁一七）以「正始遺音」喻舊學，而以「元和新腳」喻當時流行的新學。〈答北客〉之「柳家既負元和腳」，用法相同，但改指馬列主義的新史學。故此句意即中共以馬列主義自負，強人人接受。前三句既通解，則末句「不採蘋花即自由」是特意反柳宗元原句而用之，意思是說我不就所長的職位便可以保持我的自由了。此「自由」兩字便是他平時一再強調的「自由思想」、「自由意志」，其涵義是現代的。我記得當年嚴復譯穆勒《群己權界論》(J. S. Mill, *On Liberty*)，討論「自由」一詞，便引用過柳詩此句。陳先生引柳句也不是偶然的。他的思路之曲折幽深，真令人歎為觀止。

最後的一例是陳先生一九五七年給劉銘恕的信。《最後二十年》頁二一三引原信有云：

> 弟近來仍從事著述，然已捐棄故技，用新方法，新材料，為一遊戲試驗。固不同于乾嘉考據之舊規，亦更非太史公沖虛真人之新說。

陸鍵東先生論此信特別重視「捐棄故技」、「新方法」、「新材料」等語，未及其他。其實更值得重視的是「亦更非太史公沖虛真人之新說」這句話。試想太史公和沖虛真人都是老古董，怎麼忽然變成了「新說」呢？其實陳先生這裡用的正是我一再指出的暗碼系統。太史公是司「馬」遷，沖虛真人是「列」禦寇，他其實是說，他研究歷史決不用「馬列主義」啊！此陳寅恪之所以成其為陳寅恪也。

一九九六年六月十九日於普林斯頓

陳寅恪與儒學實踐

陳寅恪（一八九〇～一九六九年）自始至終是一位專業史學家。他在史學研究的領域內，先後經歷過三次重要的發展階段，充分表現出他的原創力的異常豐富。但這不是本文的主旨所在，姑不深論。本文討論他和儒家傳統的關係，涉及他的史學著作之處，也以此為限。

首先我要作三點澄清：第一，陳寅恪既未自稱儒家，也沒有企圖建立現代儒學的新系統。他的儒學觀僅散見於詩文議論之中，是否能清理出一個整齊的系統，也大成問題。我在這篇文字中，更無意作這種系統化的整理。第二，他從未正式參加過任何倡導儒學的運動。由於和梅光迪、吳宓等人的私交，以及思想傾向的接近，他早年對於「學衡派」的基本立場是相當同情的。但是他在《學衡》上先後僅發表過兩篇短文（〈與妹書〉、〈與劉叔雅教授論國文考試題〉）和一首長詩（〈王觀堂先生輓詞〉），他並未參加「學衡派」的「人文主義」運動（參看吳學昭《吳宓與陳寅恪》，一九九二年，頁二九）。第三，他也從未以儒學史的專家自居。從他的各種論著中，我們可以斷定他對儒家原始經典和後代的詮釋都是相當熟悉的，其例不勝枚舉。所以他常常說的「不敢治經」或「不敢讀三代兩漢之書」之類的話，是決不可信的謙詞。但是在他有關中國哲學史或宗教史的重要論文之中，道家和佛教的份量確是遠超過儒學。例如有關佛、道的，我們可以隨手便舉出〈禪宗六祖傳法偈之分析〉、〈支愍度學說考〉、〈天師道與濱海地域之關係〉、〈武盟與佛教〉、〈逍遙遊向郭義及支遁義探原〉、〈陶淵明之思想與清談之關係〉等名篇，流傳與影響都十分廣遠。相形之下，他在儒學史方面的研究，則祇發表了一九五一年所寫的〈論韓愈〉（刊於《歷史研究》，第二期，一九五四年五月）一篇論文。而且由於時代關係，此文幾乎沒有引起學術界的注意。

從以上三點來說，陳寅恪在二十世紀的中國儒學史上並不佔任何特殊的地位。但是孔子早說過：「始吾於人也，聽其言而信其行；今吾於人也，聽其言而觀其行。」（《論語．公冶長》）又說：「有德者必有言，有言者不必有德。」（〈憲問〉）這是儒學最顯著的特色，即以精神價值的重要性在生活中的實踐而不在理論上的思辨。兩千多年來，儒學內部關於知行問題雖有種種爭論，而此一精義始終未失。一九一九至二一年間，曾與陳寅恪數度暢談的白璧德 (Irving Babbitt) 是「學衡派」的精神導師。他僅從《四書》的譯本中，便察覺到孔子倡導的主要是「身教」（exemplification），其具體的成就是造成一個個值得敬仰和效法的人格，因此和柏拉圖之注重抽象的道德理念大異其趣（見 *Democracy and Leadership*，p261, 308～309）。如果從「聽其言而觀其行」的角度來看，那麼陳寅恪的儒家資格是無比卓越的。用傳統儒家的語言說，他「信道之篤、守道之嚴」在同輩的學人之中，昭乎確乎可當「未之或先」四個字。

要想深入認識這一層，我必須追溯到他的家世教養。我近來反覆研讀他的《寒柳堂記夢未定稿》的殘稿，才恍然明白他晚年最後一部書為什麼是寫他的家世和自敘。表面上他自稱其書以司馬光《涑水記聞》和陸游《老學庵筆記》為楷模，好像祇是為了保存清末世變的一些真實掌故。其實這不過是一部分的，然而並非最重要的動機。孟子說：「晉之《乘》，楚之《檮杌》，魯之《春秋》，一也。其事則齊桓、晉文，其文則史；孔子曰：其義則丘竊取之矣。」（《孟子．離婁下》）陳寅恪的史學著作，特別是重要的專著，都有事、文、義三個層次，而尤以他自己「竊取之義」最為重要。但是我必須立刻補充一句，他不是一成不變地遵守著這個儒家史學的傳統，而是更新了、也擴大了「義」的內涵。這一點不在本文範圍之內，姑止於此。那麼《寒柳堂記夢》的「義」究竟何在？最扼要地說，在於指出他晚年志節的家世淵源。讓我引他自己的話來說明這一點。他說：

抑更可附言者，寅恪幼時讀〈中庸〉至「衣錦尚絅，惡其文之著也」一節，即銘刻於胸臆。父執姻親多為當時勝流，但不敢冒昧謁見。偶以機緣，得接其豐采，聆其言論，默而識之，但終有限度。……至寒家在清季數十年間……先祖僅中乙科……其仕清朝，不甚通顯……年過六十，始得巡撫湖南小省。在位不逾三載，竟獲嚴譴。先君雖中甲科，不數月即告終養。戊戌政變，一併革職。後雖復官，迄清之末，未嘗一出。然以吏能廉潔及氣節文章頗負重名於當代。清季各省初設提學使。……擬定先君為湖南提學使，是時熊秉三丈希齡適在京師，聞其事，即告當局謂先君必不受職。……又清帝遜位後，陳公寶琛任師傅，欲引先君相佐，先君辭以不能操京語。（《寒柳堂集》，頁一六七～一六八）

《記夢》殘稿之末又云：

先祖先君革職，歸寓南昌，不久，先祖逝世，先君移居金陵，以詩歌自遣。……未幾袁世凱入軍機……知先君摯友署直隸布政使毛實君丈（慶蕃），署保定府知府羅順循丈（正鈞）及吳長慶提督子彥復丈（保初）……皆令電邀先君北遊。先君復電謂與故舊

聚談，固所樂為，但絕不入帝城。非先得三君誓言，決不啟行。（同上，頁一八二）

這兩段殘稿不但說出了他的儒家教育的來源，而且也透露出他寫《記夢》的深層動機。析而論之，可得三點。第一，他幼年讀〈中庸〉，對其中某些儒家的價值觀念便已「銘刻於胸臆」，因而規範著他的社會行為。可見傳統的儒家教育自有其潛移默化之功，並不必然全流入無意義的記誦一途。第二，儒家價值之所以能在他的心中生根，自然得力於其祖父和父親的「身教」。他的祖父的「吏能廉潔」和父親的「氣節文章」都是活生生的人格示範，足以和他所讀的儒家經典互相印證。但陳寅恪一生未入仕途，故父親的「氣節文章」對他發揮了更深刻的示範作用。第三，正因如此，他在這兩段殘稿中竟一而再、再而三地表彰他父親的「氣節」，即在戊戌被革職以後，再也不肯接受清廷的官職。尤其是記袁世凱託其父的摯友電邀勸駕的一次，他用斬釘截鐵的口氣說他的父親「絕不入帝城」。陳寅恪在一九五三年不理會許多朋友和學生的一再敦促，堅決拒絕出任北京科學院中古史研究所所長的職位。這是他晚年生命史上必須特筆大書的第一大事。這件事雖然早有傳聞，但在第一手史料未出現之前，我們究竟不知其詳。所以十餘年前我讀《寒柳堂記夢》，對陳三立「絕不入帝城」的描述，並未留下深刻的印象。但有關此事的基本檔案現在已經面世，而事件本身的輪廓也已大致清楚了（後詳），我們重讀《記夢》殘文便不能不發生一種敏感，即陳寅恪有意借《記夢》昭告後世，他自己的拒不北返是繼承了他父親「絕不入帝城」的「氣節」。他平生所實踐的精神價值，基本上得力於家傳的儒學教養，在這裡得到了確實的印證。

據俞大維說，陳寅恪早年對十三經大部分能背誦。他特別重視《禮記》中的精粹篇章，如〈大學〉、〈中庸〉、〈禮運〉、〈坊記〉等；他認為這些作品置之世界著作之林也屬最上乘，所以應該是中國知識人都能熟讀成誦的（見〈懷念陳寅恪先生〉，收在《陳寅恪先生論文集》上冊卷首，臺北，九思出版社，一九七七年，頁一四）。以俞大維對陳寅恪的關係而言，這番話決無半分誇張。他的文字中流露出他可不假思索，隨時隨地舉儒家格言，與自己的生活經驗相印證。試看下面這一段《記夢》中的話：

> 《小戴記・曲禮》曰：「醫不三世，不服其藥。」先曾祖至先君，實為三世。然則寅恪不敢以中醫治人病，豈不異哉？孟子曰：「君子之澤，五世而斬。」長女流求，雖業醫，但所學者為西醫。是孟子之言信矣。（《寒柳堂集》，頁一六八）

這決不是一般所謂「掉書袋」。《記夢》是他晚年「失明臏足」以後的口述之作，由助手整理成文。可見這些儒家經典在他胸中已熟極而流，故能張口即出。但這不僅是背誦而已，儒家若干中心價值實早已和他的精神生命融為一體。這是朱熹所說的「淪肌浹髓」、「切己體驗」，較之現代社會學家所謂「內化」更為深切而允洽。

早年特殊的儒家教育決定了陳寅恪的價值取向；他一生立身處世的基本規範和精神動力都淵源於此。但價值的規範與動力決不可和價值的經驗內容混為一談。陳寅恪的價值規範與動力誠然是由儒家傳統提供的，然而他沒有，而且也不可能，原封不動地接受傳統儒家價值的經驗內容。在〈王觀堂先生輓詞序〉中，他曾用《白虎通》的「三綱六紀」來界說「中國文化」；但同時卻又下一轉語曰：「其意義為抽象理想最高之境，猶希臘柏拉圖所謂 Idea 者。」（《寒柳堂集．寅恪先生詩存》，頁六）這一轉語立刻便顯示出他心中的「綱紀」已非儒家相傳之舊物，而是通過柏拉圖的 Idea 化成超越時空的抽象理境了。我們都知道，陳寅恪早年曾習古希臘文，讀過原本哲學、史詩、戲劇等。一九一九年他在美國哈佛大學習梵文時，曾對西方古典文化和中國傳統文化的異同優劣，作過下面的對比。據吳宓《日記》是年十二月十四日條所載，他說：

中國之哲學美術，遠不如希臘。不特科學為遜泰西也。但中國古人，素擅長政治及實踐倫理學，與羅馬人最相似。其言道德，惟重實用，不究虛理。其長處短處均在此。長處即修齊治平之旨；短處即實事之利害得失，觀察過明，而乏精深遠大之思。……而救國經世，尤必以精神之學問（謂形而上之學）為根基。乃吾國留學生不知研究，且鄙棄之。不自傷其愚陋，皆由偏重實用積習未改之故。此後若中國之實業發達，生計優裕，財源浚闢，則中國人經商營業之長技，可得其用。而中國人當可為世界之富商。然若冀中國人以學問美術等之造詣勝人，則決難必也。（引自吳學昭《吳宓與陳寅恪》，北京，清華大學出版社，一九九二年，頁九～一〇）

陳寅恪下筆為文，一向嚴謹，從不肯放言高論，經虛涉曠。這是朋友間的閒談，由吳宓記錄了下來，才能保留到今天。吳宓當時在《日記》中特別註明，此段「盡錄陳君之語意」，故大體可信。我引此段是因它恰好為我們瞭解〈王觀堂先生輓詞序〉提供了背景的材料。「綱紀」既為抽象的理境，則其經驗的內容自必隨時代而變動。關於這一點，他在〈序〉中已言之甚顯，所以我們決不能誤解他是在維護譚嗣同所極力摧破的「三綱」舊說。恰恰相反，在摧破舊三綱方面，他和譚嗣同並無分歧。他在《論再生緣》中表彰才女陳端生，有以下的特筆：

端生心中於吾國當日奉為金科玉律之君父夫三綱，皆欲藉此等描寫以摧破之也。端生此等自由及自尊即獨立之思想，在當日及其後百餘年間，俱足驚世駭俗，自為一般人所非議。……抱如是之理想，生若彼之時代，其遭逢困阨，聲名湮沒，又何足異哉！又何足異哉！（《寒柳堂集》，頁五九～六〇）

在《柳如是別傳》中，他對男女平等的觀念則有更激烈的表示。他引徐樹丕《識小錄》「再記錢事」條：

柳姬者與鄭生姦，其子殺之。錢與子書云：「柳非鄭不活，殺鄭是殺柳也。父非柳不活，殺柳是殺父也。汝此舉是殺父耳。」

又引林時對《荷牐叢談》云：

當謙益往北，柳氏與人通姦，子憤之，鳴官究懲。及歸，怒罵其子，不容相見。謂國破家亡，士大夫尚不能全節，乃以不能守身責一女子耶？此言可謂平恕。

最值得重視的是陳氏對錢謙益在這件事上的評論。他說：

依活埋道人（按：即徐樹丕）所引，則深合希臘之邏輯。蒙叟精於內典，必通佛教因明之學，但於此不立聖言量，尤堪欽服。依明州野史矍翁（按：即林時對）所述，則一掃南宋以來貞節僅限於婦女一方面之謬說。自劉宋山陰公主後（按：指山陰公主欲廣置面首事），無此合情合理之論。林氏乃極詆牧齋之人，然獨許蒙叟此言為平恕，亦可見錢氏之論，實犂然有當於人心也。（下冊，頁八六九～八七〇）

初看這一番議論，似乎比陳獨秀、胡適還要激進。但是他在寫《別傳》的同時，卻仍然毫不遲疑地推重孔子的儒道。吳宓《日記》一九六一年八月三十日記陳寅恪的思想狀態說：

然寅恪兄之思想及主張，毫未改變，即仍遵守昔年「中學為體，西學為用」之說（中國文化本位論），……但在我輩個人如寅恪者，則仍確信中國孔子儒道之正大，有裨於全世界，而佛教亦純正。我輩本此信仰，故雖危行言殆，但屹立不動，決不從時俗為轉移；……云云。（引自《吳宓與陳寅恪》，頁一四三）

第二天早上《日記》又記陳氏自述，有云：

安居自守，樂其所樂，不降志，不辱身。（同上，頁一四四）

這更刻畫出一個典型儒者的風範。吳宓《日記》以上兩段都是節引之文，其所省略的文字恐多忌諱，以致我們仍未能窺其全豹，這是很可惜的。

如果說吳宓的記述是第二手史料，未可全信，那麼讓我們再引他自己的話以證實他對儒家的認同。一九六四年六月，在《柳如是別傳》剛剛完稿以後，以前清華研究院的學生蔣天樞從上海來廣州拜訪他。在蔣天樞臨別之前，他不但將生平所有著作詩文都鄭重托付給了這位唯一可信任的弟子，而還寫了一篇序和三首詩以道其學術托命之意。這一序三詩都寫得沈痛之至，他的儒家情操也因此表露無遺。〈贈蔣秉南序〉的後半段說：

默念平生固未嘗侮食自矜，曲學阿世，似可告慰友朋。至若追踪昔賢，幽居疏屬之南，汾水之曲，守先哲之遺範，託末契於後生者，則有如方丈蓬萊，渺不可即，徒寄之夢寐，存乎遐想而已。嗚呼！此豈寅恪少時所自待及異日他人所望於寅恪者哉？雖然，歐陽永叔少學韓昌黎之文，晚撰《五代史記》，作義兒馮道諸傳，貶斥勢利，尊崇氣節，遂一匡五代之澆漓，返之淳正。故天水一朝之文化，竟為我民族遺留之珍寶。孰謂空文於治道學術無裨益耶？蔣子秉南遠來問疾，聊師古人朋友贈言之意，草此奉貽，庶可共相策勉云爾。（《寒柳堂集》，頁一六二）

文中「曲學阿世」是從轅固生斥公孫弘以來，儒家歷世相傳，引為大戒，可不必說。但「侮食自矜」一語則尚有曲折，宜略加解釋。此語取自錢謙益〈西湖雜感序〉中之「侮食相矜，左言若性」。陳寅恪在《柳如是別傳》中曾釋之曰：

牧齋用此典以罵當日降清之老漢奸輩，雖己身亦不免在其中，然尚肯明白言之，是天良猶存，殊可哀矣。（下冊，頁一〇二三。詳見本書，頁五三～五四）

所以他特借用此語於〈贈蔣秉南序〉中。此〈序〉以王通、歐陽修自期，「貶斥勢利，尊崇氣節」，不但處處可以證實吳宓的觀察，而且更可與以後所撰《記夢》中述其先德的「氣節文章」相呼應。所以此〈序〉最集中地表現了他的行為規範和精神活動確是從儒家傳統中潛移默化而來。至於他贈蔣天樞的三首詩，蔣先生在一九七九年編《詩存》及一九八一年編《詩存補編》時尚不敢收入。蔣氏死後，這三首詩才得在陳流求、陳美延重編的《陳寅恪詩集》（北京，清華大學出版社，一九九三年）中露面。詩曰：

音候殷勤念及門，遠來問疾感相存。鄭王自有千秋在，尊酒慙難與共論。（原註：君於《詩經》、《楚辭》皆有論著，惜寅恪於此未嘗深研，故不能有所補益也）

草間偷活欲何為，聖籍神皋寄所思。擬就罪言盈百萬，藏山付託不須辭。

俗學阿時似楚咻，可憐無力障東流。河汾洛社同邱貉，此恨綿綿死未休。（頁一二四）

第二首「擬就罪言盈百萬」句，主要是指《柳如是別傳》。可見他晚年「草間偷活」便是為了寫此書，其沈痛不在司馬遷〈報任安書〉之下。第三首之河汾指王通，已見〈序〉文；洛社指司馬光等的「洛陽耆英會」。此詩致慨於儒家的講學結社都在「俗學」的洪流之下同歸於盡，其所感者深矣。

〈贈蔣序〉中「未嘗侮食自矜，曲學阿世」的「氣節」是他晚年一刻不能去懷的中心價值。因此在第二年（一九六五年）四月〈先君致鄧子竹丈手札二通書後〉中又用另一方式表達同一觀念。他說：

> 寅恪過嶺倏逾十稔，乞仙令之殘砂，守傖僧之舊義，頹齡廢疾，將何所成！（《金明館叢稿二編》，頁二五三）

所用二典雖似簡單，其中則仍大有文章在。研究他晚年思想狀態的人，於此不宜輕輕放過。「乞仙令之殘砂」表面上是說葛洪。杜甫〈奉寄河南韋尹丈人〉詩「濁酒尋陶令，丹砂訪葛洪」；又〈贈李白〉「未就丹砂媿葛洪」。據《晉書》卷七二本傳葛洪「聞交阯出丹，求為句漏令」，故云「仙令」。如果解此句為苟延殘命，自亦可通。但是我們不能忘記，他在《柳如是別傳》中曾引過《太平廣記》中葛洪《神仙傳》「王遠傳」一條。其文略曰：

> 麻姑……即求少許米來。得米，擲之墮地……視其米，皆成丹砂。（中冊，頁七八六）

所以「丹砂」即是「米」，「殘砂」即是「殘米」。葛洪既是縣令，則成為官方的代號。「乞仙令之殘砂」實在便是說「向官方求乞殘米」——這豈不正是「侮食」的意思嗎？

「守傖僧之舊義」出《世說新語．假譎》篇，他在〈支愍度學說考〉中曾詳加考證（見《金明館叢稿初編》，頁一四一～一六七）。但他此處用典則直接出於他在一九四〇年為陳垣《明季滇黔佛教考》所寫之〈序〉。其言曰：

> 嗚呼！昔晉永嘉之亂，支愍度始欲過江，與一傖道人為侶。謀曰：用舊義往江東，恐不辦得食，便共立心無義。既而此道人不成渡，愍度果講義積年。後此道人寄語愍度云：心無義，那可立，治此計，權救飢耳。無為遂負如來也。憶丁丑之秋，寅恪別先生於燕京，及抵長沙，而金陵瓦解。乃南馳蒼梧瘴海，轉徙於滇池洱海之區，亦將三歲矣。此三歲中，天下之變無窮。先生講學著書於東北風塵之際，寅恪入城乞食於西南天地之間，南北相望，幸俱未樹新義，以負如來。（《金明館叢稿二編》，頁二四〇～二四一）

可知「守傖僧之舊義」便是「未嘗曲學阿世」，斷無可疑。但一九四九年以後，陳寅恪屢屢用「傖僧舊義」一典，如一九五一年〈送朱少濱教授退休卜居杭州〉第二句便是「江東舊義雪盈頭」（《詩集》，頁七一）。我初不解他何以特嗜此典，後讀《陳垣來往書信集》（上海古籍出版社，一九九〇年），始若有所會。陳垣在一九五四年致「佚名」函云：

解放以後，得讀《毛澤東選集》，思想為之大變，恍然前者皆非，今後當從頭學起，惜衰老時覺不及耳。一九四九年四月二十九日，遂有與胡適一封公開信，今後還將由謝山（按：全祖望）轉而韶山。

至今整整五周年，月前遇夫先生（按：楊樹達）來信索閱此書，以其中所說太幼稚，不敢寄去。又月前遇夫先生來信，欲追踪高郵（按：王念孫、引之父子）。余復書，遇夫何必企高郵，高郵又何足盡遇夫。遇夫生當今之世，近聖人之居，當法韶山，不應以高郵自限。遇夫未復我也。

足下也生近聖人之居，不當仍守曩昔舊習，（下缺。頁七九六。按：《復楊樹達書》見頁三六五～三六六）

一九四一年陳垣在《清初俗諍記．小引》中也曾說過「不佞少讀儒書，不嫻內典」的話。今讀此函，一再用「聖人」兩字推尊韶山，則儒家結習之深，亦未始不可謂之「淪肌浹髓」矣。陳寅恪縱未見此書，亦當曾聞其「心無」之新說，此時南北相望，恐終不能無所感觸，此其所以不能忘情於「傖僧」之典歟？

陳垣〈給胡適之先生一封公開信〉發表在一九四九年五月十一日的《人民日報》上（《來往書信集》，頁一九一～一九五），海外也轟傳一時。這時胡適已在紐約，他的《日記》中一連好幾天都提到它。茲錄其原文於下，以了此一段有趣的公案。《胡適的日記》第十六冊六月十九日條：

> 昨晚倪君帶來所謂〈陳垣給胡適的公開信〉的英譯本（見于共黨所出的《遠東通訊》〔*Far Eastern Bulletin*, vol. II, no. 22, June 4, '49〕）。其第一段引我給他最後一信的末段(Dec. 13, '48)，此決非偽作的。全函多下流的幼稚話，讀了使我不快。此公老了。此信大概真是他寫的？

六月二十日條：

> 今天又細讀〈陳垣公開信〉英譯本，更信此信不是偽造的。可憐！（按：「偽造的」下的句點，後來改為問號）

六月二十一日條：

今日倪君送來〈陳垣公開信〉的中文本（《華僑日報》，六月十五），我讀了更信此信不是假造的。此公七十歲了，竟醜態畢露如此，甚可憐惜！

六月二十四日條：

我今天細想，陳垣先生大概不至于「學習」的那麼快，如信中提及「蕭軍批評」，此是最近幾個月前發生的事件，作偽的人，未免做的太過火了！

六月二十五日條：

（蔣）廷黻與我均疑陳援菴的公開信是他先寫了一信，共產黨用作底子，留下了一小部分作「幌子」（如第一節），另由一個黨內作者偽造其餘部分。

這封信困擾了胡適整整一個星期。這是他從信其真到疑其偽的整個思想過程。後來他終於根據最後的結論寫成了一篇跋文，發表在一九五〇年《自由中國》二卷三期（〈共產黨統治下絕沒有自由——跋所謂陳垣給胡適的一封公開信〉）。諷刺的是胡適的第一感是完全正確的，但他的轉念卻越轉越錯。不過他的〈跋〉文從文字上斷定陳垣不可能寫出那樣歐化句法的流利白話文，還是有相當的理由。以文體而言，這封信在陳氏《書信集》中確是顯得太突出、太不調和了。我希望這個最後疑點將來可以獲得徹底的澄清。以情理推想，陳寅恪在廣州時，似乎不可能不知道這封發表在香港報紙上的公開信（補註：關於這封公開信的撰寫經過，現在已由陳垣的孫子出面說明。文字確是青年人起草的，但內容得到了陳垣本人的認可。見陳智超《胡適與陳垣》，收在李又寧主編《胡適與他的朋友》第三集，紐約，天外出版社印行，一九九七年一月，討論見頁一三三～一三五）。

現在我們要進一步研究，陳寅恪一生追求的正面價值究竟是什麼？我想最直截簡單的辦法是借用他在一九二九年所撰〈王觀堂先生紀念碑銘〉中的幾句話，作為討論的出發點。其詞曰：

士之讀書治學，蓋將以脫心志於俗諦之桎梏，真理因得以發揚。思想而不自由，毋寧死耳。斯古今仁聖所同殉之精義，夫豈庸鄙之敢望。先生以一死見其獨立自由之意志，非所論於一人之恩怨，一姓之興亡。嗚呼！樹茲石於講舍，繫哀思而不忘。表哲人之奇節，訴真宰之茫茫。來世不可知者也，先生之著述，或有時而不章。先生之學說，或有時而可商。惟此獨立之精神，自由之思想，歷千萬祀，與天壤而同久，共三光而永光。（《金明館叢稿二編》，頁二一八）

這篇銘詞和上面提到的〈王觀堂先生輓詞序〉先後呼應，同在強調儒家的中心價值具有超越時空的「精義」。根據這一解釋，我們對於儒家價值的理解，便不應膠著在具體的經驗內容上面。以「讀書治學」之「士」而言，他們獻身於真理的具體方式雖然因歷史條件的限制而千變萬化，各有不同，但卻又殊途同歸，體現了一種永恆而普遍的精神價值——他特別稱之為「獨立之精神，自由之思想」。

讀者自不難察覺，由於他的西方學術的深厚修養，陳寅恪在這裡已用西方為參照系統而對中國「士」的傳統進行了現代的轉化。文中「不自由，毋寧死」六個字顯然是“Give me liberty or give me death”的譯文。這是十八世紀美國革命時期 Patrick Henry 的名言，似乎早在清末便已譯成此六字（譯者尚待考）。不但如此，他把「士」所應當體現的價值概括成「獨立之精神，自由之思想」二語，更是畫龍點睛之筆。這說明他在學術、宗教、思想、文化等方面毫不猶豫地採取了自由、開放、多元的立場，並堅決反對任何方式的「定於一尊」。從這一方面說，他和「五四」新文化運動在出發點上是一致的，即主張兼容並包。他這一近於自由主義的 (liberal) 立場，當然曾受到西方文化的啟發，但卻又不能完全看作是舶來品。他認為中國的文化傳統從來便包孕著一種比較寬容的精神。前引他在一九一九年十二月十四日和吳宓的長談中，便有下面這一段話：

> 然惟中國人之重實用也，故不拘泥于宗教之末節，而遵守「攻乎異端，斯害也已」之訓，任儒、佛（佛且別為諸多宗派，不可殫數）、回、蒙、藏諸教之並行，而大度寬容 (tolerance)，不加束縛，不事排擠，故從無有如歐洲以宗教牽入政治。千餘年來，虐殺教徒，殘毒傾擠，甚至血戰百年不息，塗炭生靈。至于今日，各教各派，仍互相仇視，幾欲盡鏟除異己者而後快。此與中國人之素習相反。（吳宓《日記》引自《吳宓與陳寅恪》，頁一二）

文中引「攻乎異端，斯害也已」一語出於《論語》；此語自來有種種不同的解釋，今不具論。

從上下文看，陳寅恪顯然將此語理解為「攻乎異端」是有害之事。今天許多人都不免把陳寅恪看作是一個「文化保守主義者」，但看上引文字，可知這種簡單化的「標簽」(label) 決不可輕信。說他「保守」，祇有在下面這個具體的意義上才能成立：他絕不同意「五四」主流把一切罪惡都歸之於中國文化傳統，必欲徹底鏟除之而後快。相反的，他認為中國文化自有其獨立而不可磨滅的價值，是幾千年來自然而然地發展出來的，因而與中國人的生活方式相適應。在西方文化入侵以後，中國文化已發生重大的變化，而且也不得不繼續在變中求生存與新的發展。但是無論如何變，中國文化的主體終不應完全拋棄。如果拋棄了這個主體，則民族與國家都將失去其獨立與尊嚴，而「變」也毫無意義了。正是基於這種認識，他才在三十年代初寫了下面這一段廣為人知的話：

> 竊疑中國自今日以後，即使能忠實輸入北美或東歐之思想，其結局當亦等於玄奘唯識之學，在吾國思想史上，既不能居最高之地位，且亦終歸於歇絕者。其真融於思想上自成系統，有所創獲者，必須一方面吸收輸入外來之學說，一方面不忘本來民族之地位。此二種相反而適相成之態度，乃道教之真精神，新儒家之舊途徑，而二千年吾民族與他民族思想接觸史之所昭示者也。(〈馮友蘭中國哲學史下冊審查報告〉，《金明館

叢稿二編》，頁二五二）

這裡必須指出，文中「北美或東歐之思想」一語不是泛說，而特有所指；前者是杜威的實驗主義，後者則是馬克思主義。「五四」以來，這是在中國知識界最為流行的兩派西方思想。陳寅恪為了避免引起爭議，故代之以地理名詞，這是他的一貫風格。我們分析他的文化觀，可得一明確的印象，即不承認一切文化都循一定的歷史階段而演進——此說起於社會進化論(Social Darwinism)，但有種種變相；他更不相信歷史的發展有普遍的規律，可以適用於每一民族與社會。因此在他看來，每一文化都有其獨特的個性；各文化之間有異同優劣可資比較，也可互相吸收改易，但不可能以彼易此。在這種理解之下，他便不可能承認中西文化之異是因為中國比西方在所有方面都落後一個歷史的階段。他堅持中國人決不應為了吸收西方優點以更新自身之故而根本拋棄其文化主體，其基本的理據便在於此（這一問題所涉甚廣，此處不能詳加論證）。這一文化觀在「五四」後的中國知識界是極不受歡迎的；關於這一點，他自己有很深的感受，故在很多篇文字中都流露出來。說得最明白是一九四五年〈讀吳其昌撰梁啟超傳書後〉中的幾句話。其言曰：

> 余少喜臨川新法之新，而老同涑水迂叟之迂。蓋驗以人心之厚薄，民生之荼悴，則知五十年來，如車輪之逆轉，似若合於所謂退化論之說者。是以論學論治，迥異時流，而迫於事勢，噤不得發。（《寒柳堂集》，頁一五〇）

「五四」以後，思想主流受實證論與社會進化論的影響極深，反中國文化傳統的潮流愈演愈烈，而陳寅恪卻逆流而行，正如吳宓所說，他繼續主張「中國文化本位論」並「仍確信中國孔子儒道之正大，有裨於全世界」。在這個意義上，他當然可以當「文化保守主義者」的稱號而無愧。但這決不是單純的主觀態度的問題，其中更涉及客觀認知的問題。他的文化觀點之所以「迥異時流」，是因為他對中外歷史的認識根本與「時流」不同。最近幾十年來，由於史學和人文學術各方面的新發展，無論是實證論或社會進化論都已受到最嚴重的挑戰。在意識形態之爭基本上已告結束的今天，陳寅恪的文化觀反而和新一代的世界文化思潮越來越接近。這真是歷史的諷刺。

以上略述陳寅恪關於中國傳統和西方文化兩方面的論斷，旨在說明他一生追求的正面價值，一方面在根源上本於儒家的精神，而另一方面又以西方為參照系統而呈現出現代的風貌。這正是他所說的「相反而適相成之態度」。在字面上，〈王觀堂先生紀念碑銘〉所謂「獨立之精神，自由之思想」，不但是現代的語言，而且是西方觀念的譯文。但一究其底蘊，則其背後的道德動力，基本上是由儒學傳統所提供的。〈贈蔣秉南序〉所言「平生固未嘗侮食自矜，曲學阿世」及「貶斥勢利，尊崇氣節」，恰恰是他本人一生實踐了「獨立之精神，自由之思想」以後的證詞。〈蔣序〉中所用的則純粹是傳統儒家的語言。但這兩種完全不同的語言所描述的卻是同一精神狀態：「尊崇氣節」與「未嘗曲學阿世」便是「獨立之精神、自由之思想」的具體表現。這是毫無可疑的。所以我認為早年的〈王碑〉（一九二九年）和晚年的〈蔣序〉（一九六四年）是兩篇息息相關的文字，可以使我們瞭解他怎樣調整傳統的儒家價值，以通向現代的轉化。但我必須指出，他並沒有將這種轉化當作一種普遍原則提出來；這祇能看作是他個人怎樣通過現代的方式，實踐「讀書治學之士」的傳統「氣節」的一種示範。因此最重要的是看他的實踐歷程。

關於陳寅恪一生實踐其「獨立之精神，自由之思想」的經過，現在出現了第一手的新史料，值得鄭重討論。一九五三年十一月下旬，他以前的學生汪籛受命到廣州請他到北京就任科學院歷史第二所（即中古史研究所）所長。汪籛在十一月二十一日晚，將郭沫若與李四光的信交給了陳寅恪，第二天早上，陳寅恪便堅定地給予了否定的答案。關於整個事件的過程，後來記錄在汪籛所寫的一份長逾萬言的報告書中——〈陳寅恪的簡史及學術成就〉。據汪籛的報告書，「連續兩天，陳寅恪『怒罵』那些與他相熟、並加入了民主黨派的朋友，稱之為『無氣節、可恥』，比喻為『自投羅網』」（見陸鍵東《陳寅恪的最後二十年》，北京，三聯書店，一九九五年，頁一〇六）。最重要的是報告書所載陳寅恪〈對科學院的答覆〉一段自述，是由汪籛筆錄的。全文已收在《陳寅恪的最後二十年》中，以下僅摘錄最有關係的部分，以為討論的根據。陳寅恪說：

我的思想、我的主張完全見于我所寫的〈王國維紀念碑〉中。……我認為研究學術，最主要的是要具有自由的意志和獨立的精神。所以我說：「士之讀書治學，蓋將以脫心志于俗諦之桎梏。」「俗諦」在當時即指三民主義而言。必須脫掉「俗諦之桎梏」，真理才能發揮，受「俗諦之桎梏」，沒有自由思想，沒有獨立精神，即不能發揚真理，即不能研究學術。……對于獨立精神，自由思想，我認為是最重要的，所以我說「唯此獨立之精神，自由之思想，歷千萬祀，與天壤而日久，共三光而永光」。……獨立精神和自由意志是必須爭的，且須以生死力爭。……一切都是小事，惟此是大事。碑文中所持之宗旨，至今並未改易。

我決不反對現在政權，在宣統三年時就在瑞士讀過《資本論》原文。但我認為不能先存馬列主義的見解，再研究學術。我要請的人，要帶的徒弟都要有自由思想、獨立精神。不是這樣，即不是我的學生。你（按：指汪籛）以前的看法是否和我相同我不知道，但現在不同了，你已不是我的學生了，所有周一良也好，王永興也好，從我之說即是我的學生，否則即不是。將來我要帶徒弟也是如此。

因此我提出第一條：「允許中古史研究所不宗奉馬列主義，並不學習政治。」其意就在不要有桎梏，不要先有馬列主義的見解再研究學術，也不要學政治。不止我一人要如此，我要全部的人都如此。

因此我又提出第二條：「請毛公或劉公給一允許證明書，以作擋箭牌。」其意是毛公是政治上的最高當局，劉少奇是黨的最高負責人。我認為最高當局也應和我有同樣的看法，應從我說。否則，就談不到學術研究。

最後他又加上一段：

你要把我的意見不多也不少地帶到科學院。碑文你帶去給郭沫若看。……碑是否還在，我不知道。如果做得不好，可以打掉，請郭沫若做，也許更好。郭沫若是甲骨文專家，是「四堂」之一，也許更懂得王國維的學說。那麼我就做韓愈，郭沫若就做段文昌，如果有人再做詩，他就做李商隱也很好。我的碑文已流傳出去，不會湮沒。（引自《陳寅恪的最後二十年》，頁一一一～一一三）

這是一九四九年以後中國知識階層史上一篇別開生面的大文字。我們必須瞭解當時知識分子的特殊處境，才能懂得這篇文獻的歷史價值。對這種處境刻劃得最傳神的還是陳寅恪的「詩史」。請看下面所引的詩句：

八股文章試帖詩，宗朱頌聖有成規。（〈文章〉，一九五一）

改男造女態全新，鞠部精華舊絕倫。太息風流衰歇後，傳薪翻是讀書人。（〈男女〉，一九五二）

墨儒名法道陰陽，閉口休談作啞羊。屯戌尚聞連涓水，文章唯是頌陶唐。（〈癸巳六月十六夜月食……〉，一九五三）

這便是汪籛奉命來廣州之前，陳寅恪所見到一般知識分子的精神狀態，或是「宗朱頌聖」、

「頌陶唐」，或是變成了「改男造女態全新」的「男旦」，即使是最能「不降志、不辱身」的也不過「閉口休談作啞羊」而已（關於這些詩的詳解，見本書頁四五～四九，一三九～一四〇）。陳寅恪在這種處境下竟能「以生死力爭」知識分子的「獨立之精神，自由之思想」，後世讀史者必能在這個「谿刻陰森慘不舒」（〈經史〉，一九五〇年）的世界中感受到一股巨大的精神力量。

這股力量來自他的深厚的儒家教養，這是顯而易見的。他所一再強調的「真理」其實便是傳統儒家所謂「道」的現代詮釋；以「生死力爭」、獨立、自由之精神以追求「真理」，即是「守死善道」；「最高當局……應從我說」，即是道尊於勢或理尊於勢；「從我之說即是我的學生，否則即不是」，即是「道不同不相為謀」。傳統儒者信仰「道」是永恆的，「不為堯存，不為桀亡」，陳寅恪對「真理」的信仰也是如此。所以他說：「真理實事終不能磨滅，豈不幸哉？」（《柳如是別傳》上冊，頁二八三）最後他用韓愈〈平淮西碑〉比他自己的〈王碑〉，而要郭沫若做段文昌，未來的詩人再做李商隱，這更是儒學史上政治力量不能摧毀「真理」的著名故事。他說這番話時，心中一定會記起他的世丈馬通伯（其昶）注〈平淮西碑〉之語。其言略曰：

李商隱有〈讀韓碑詩〉，長篇甚美。有「公之斯文不示後，曷與三五相攀追」之句。東坡有〈臨江驛〉小詩云：「淮西功業冠吾唐，吏部文章日月光。千載斷碑人膾炙，不知世有段文昌。」則二公之文，不待較而明矣。（見馬其昶《韓昌黎文集校注》，香港，中華書局，一九七二年，頁二七五）

通過陳寅恪的實踐，我們可以瞭解儒家的精神價值怎樣能夠在現代最困難的情況下依然不絕如縷。

陳寅恪追求「獨立之精神，自由之思想」當然不是從一九四九年以後才開始的。正如他所說的，一九二九年他寫〈王碑〉時，國民黨的三民主義是他心目中的「桎梏」。據吳宓《日記》一九二七年六月二十九日條：

又與寅恪相約不入（國民）黨。他日黨化教育瀰漫全國，為保全個人思想精神之自由，只有捨棄學校，另謀生活。艱難困窮，安之而已。（引自《吳宓與陳寅恪》，頁四九）

抗戰期間國民黨大力推行「黨化教育」，又發起向蔣介石「獻九鼎」，他在〈癸未（一九四三年）春日感賦〉中便寫了下面的句子：

讀書漸已師秦吏，鉗市終須避楚人。九鼎銘辭爭頌德，百年麤糲總傷貧。

他不涉政治，更與任何政黨無關，但他堅持「獨立之精神，自由之思想」則是一貫的。我可以毫不遲疑地說，他的儒家價值已和現代西方自由主義的精神融化為一體了。一九四〇年八月十四日傅斯年給胡適的一封長信中談到中央研究院選舉院長的情形，說：

此事，有若干素不管事之人，卻也熱心。如寅恪，矢言重慶之行，只為投你一票。……次日晚翁（文灝）、任（鴻雋）出名請客，談此事，寅恪發言，大發揮其academic freedom（學術自由）說，及院長必須在外國學界有聲望，如學院之外國會員等，其意在公，至為瞭然（彼私下並謂，我們總不能單舉幾個蔣先生的祕書，意指翁、朱〔家驊〕、王〔世杰〕也）。（見耿雲志主編《胡適遺稿及祕藏書信》，黃山書社，一九九四年，第三十七冊，頁四五四）

可見他的學術和文化觀點雖和胡適相異，但自由主義的立場則和胡適是基本上一致的。

不可否認的是：一九四九年以後，陳寅恪對於「獨立」、「自由」的要求與渴望遠比以前為強烈。前面所引《論再生緣》中「自由及自尊即獨立之思想」的話便是明證。此文撰於一九五三年九月至五四年二月，正在汪籛來訪的前後。其中最值得注意是下面一句話：

> 故無自由之思想，則無優美之文學，舉此一例，可概其餘。此易見之真理，世人竟不知之，可謂愚不可及矣。（《寒柳堂集》，頁六六）

可見他寫《論再生緣》的動機之一是舉例以證明「自由之思想」為人人可得而見的「真理」。文中「愚不可及」的「世人」指誰，已不言可喻。現在〈對科學院的答覆〉的新史料出現了，《論再生緣》中「自由」、「獨立」的涵義更無爭議的餘地，為什麼他在一九四九年以後對於「獨立」、「自由」的關懷特別顯得無比的強烈呢？周一良先生在〈從陳寅恪詩集看陳寅恪先生〉文中告訴我們：

> 儘管一九三〇年有「最是文人不自由」的慨嘆，但他還是享有足夠的餘裕與寬鬆，本

> 著獨立之精神與自由之意志來從事學術研究的。(《讀書》,一九九三年九月號,頁一三三)

但是一九四九年以後,他的「足夠的餘裕與寬鬆」也被剝奪的一乾二淨了。這時他唯一能「以生死力爭」的祇剩下「不降志、不辱身」的自由了。所以〈答北客〉(一九五三年)一詩云:

> 多謝相知築菟裘,可憐無蟹有監州。柳家既負元和腳,不採蘋花即自由。

此詩的確解已詳見〈後世相知或有緣〉一文中,這裡不再重複。但是他始終把「自由」看作現代「讀書治學之士」的最高價值,顛沛必於是,造次必於是,則在此詩中顯露無遺。

但是陳寅恪的「獨立之精神、自由之思想」並不限於個人的層次;他同樣將這一最高原則用之於國家、民族的集體上面。據吳宓在一九六一年九月一日所記陳寅恪的談話,他「堅信並力持」:

> 必須保有中華民族之獨立與自由,而後可言政治與文化。若印尼、印度、埃及之所行,

不失為計之得者。反是，則他人之奴僕耳。——寅恪論韓愈闢佛，實取其保衛中國固有之社會制度，其所闢者印度佛教之「出家」生活耳。（《吳宓與陳寅恪》引《日記》，頁一四五）

這一段記錄極為重要，使我們瞭解他為什麼一開始便不能接受毛澤東的「一面倒」政策。一九五三年他有〈詠黃籐手杖〉一詩，其中有兩句云：

擿植便冥行，幸免一邊倒。（《陳寅恪詩集》，一九九三年，頁八三）

值得注意的是此詩下句在最初印本《詩存》（一九八〇年）中則作「幸免兩邊倒」。這顯然是因為蔣天樞先生當初編印《詩存》時尚心存顧忌，改「一」為「兩」。其所以有顧忌者，正因為「一邊倒」是譏刺毛澤東的「一面倒」的（見〈論人民民主專政〉一文，一九四九年）。陳寅恪對蘇聯一向抱著疑懼的態度。一九四五年國民黨與蘇聯簽訂「中蘇友好條約」及蘇聯進兵東北，他先後寫下了不少詩句，表現了極大的憂憤，如〈玄菟〉：

漢關從此又秋陰。

如〈漫成〉：

如今萬里成甌脫。

如〈乙酉八月二十七日閱報作〉：

乍傳降島國，連報失邊州。

他有時老實不客氣地把蘇聯比作隋末稱霸東亞的突厥。在〈余昔寓北平清華園嘗取唐代突厥回紇吐蕃石刻補正史事今聞時議感賦一詩〉中，憤慨地說：

受虜狼頭世敢訶。

隋末中國群雄包括李淵、世民父子都曾受突厥的「可汗」封號和旗幟（狼頭纛），故他作此語。吳宓在當年的《日記》中說：

> 時宋子文與蘇俄訂約，從羅斯福總統雅爾達祕議，以中國東北實際割讓與蘇俄。日去俄來，往復循環，東北終非我有。此詩（按：指〈玄菟〉）及前後相關數詩，皆詠其事而深傷之也。（見《吳宓與陳寅恪》，頁一一八）

一九四五年的中蘇協定已使他憤慨如此，對於一九四九年以後的「一面倒」的政策他當然更有「是可忍，孰不可忍」之感了。所以他才在一九六一年特別強調「必須保有中華民族之獨立與自由，……反之，則他人之奴僕耳」。他認為印尼、印度、埃及之所行「不失為計之得者」，正因為這三個國家都不肯「一面倒」，而在美、蘇之間採取了「民族之獨立與自由」的立場。但他在一九五一年春天，還曾一度抱著「與人為善」的心理，希望毛澤東能效法唐太宗，在國力轉強以後，毅然改絃易轍，不再繼續「向突厥稱臣」。因此他在〈論唐高祖稱臣於突厥事〉一文的結尾，感慨系之地說：

舊記中李唐起兵太原時稱臣於突厥一事，可以推見者，略如上述，此事考史者所不得為之諱，亦自不必為之諱也。至後來唐室轉弱為強，建功雪恥之本末，軼出本篇範圍，故不涉及。嗚呼！古今唯一之「天可汗」（按：唐太宗），豈意其初亦嘗效劉武周輩之所為耶？初雖效之，終能反之，是固不世出人傑之所為也。又何足病哉！又何足病哉！

（《寒柳堂集》，頁一〇八）

這個願望當然很快便幻滅了。

我們必須瞭解陳寅恪這一徹底失望的經過，然後才能懂得他在一九五五年〈余季玉（豫）先生輓詞〉二首之二的沈痛心情。這是一首最近才發現的逸詩，詩曰：

當年初復舊山河，道故傾談屢見過。豈意滔天沈赤縣，竟符掘地出蒼鵝。東城老父機先燭，南渡殘生夢獨多。衰淚已因家國盡，人亡學廢更如何。（《詩集》，頁九七）

這簡直是一首亡國、亡天下的哀詩。首二句記他與余嘉錫的過從明明是抗戰以後的事，何以接著竟致慨於中國（「赤縣」，「赤」字尤當注意）已沈淪在滔天洪水之中了呢？「蒼鵝」典出於《晉書．五行志》，指永嘉之亂中國亡於五胡。但他用此典又暗藏了徐陵〈東陽雙林寺傅大士碑〉中一句話：

> 自火運將終，民無先覺，雖復五胡內鼂，蒼鵝之兆未萌。（詳釋見本書〈後世相知或有緣〉一文，此不重出）

可知在他的心目中，「一面倒」已使中華民族喪失「獨立與自由」，而降為「他人之奴僕」了。但這還不僅指社會、政治體制而言，更重要的是文化上也完全為「胡化」所征服，變成了蘇聯的附庸。這層意思特別表露在「東城老父機先燭」這句詩中。陳寅恪早在一九四一年便寫了〈讀東城老父傳〉一文，一九五七～一九五八年又做了兩次增補。此文所表現的現實關懷之一是外國的思想風俗在中國的影響不斷擴大的問題。在這一關懷下，他鄭重地討論了陳鴻祖《東城老父傳》所言唐代「少年有胡心」（見《金明館叢稿初編》，頁三〇三～三〇六）的歷史背景。抗戰勝利後他回到北平，有〈丁亥（一九四七年）春日清華園作〉七律一首，其中有「藁街常是最高樓」和「老父東城有獨憂」兩句直接與此文有關。「藁街」是漢代長安的「蠻夷邸」，他借以諷刺當時美國人在華的優越地位。「老父東城」則是自喻，表示他擔憂美國風氣的不良影響。但在一九五一年〈改舊句寄北〉中，他將上一句中的「常」字改為「翻」字，下一句中的「有」字改為「賸」字——即成「藁街翻是最高樓」和「老父東城賸獨憂」。這顯然是因為一九四九年以後蘇聯不僅代替了而且遠遠超過了以前美國在華的地位。換句話說，他認為毛澤東的「一面倒」已使中共和蘇聯的關係變成「唐高祖稱臣於突厥」一樣了（詳解見本書，頁四七～四九）。

經過以上的分析，我們便能確切地認識到他為什麼會在一九五五年有「竟符掘地出蒼鵝」之感，視當時中國為一「五胡亂華」之局。因為他所謂「胡」不繫於種族，而繫於文化，中國人深染「胡化」即是「胡人」（此義詳見《唐代政治史述論稿》上篇）。「蒼鵝」在《晉書・五行志中》原來是因「地陷」而「出」。他以「蒼鵝」入詩，則改「陷」為「掘」。這是為了點明一九四九年以後的「胡亂」與晉代不同：這一次是「胡化」的中國人自己主動地「亂華」。這明明是斥責中國人皈依外來的馬列主義，因而摧毀了文化上獨立自主的精神。一九五〇年夏天他有「吃菜共歸新教主」的詩句（見《詩集》，頁六三），這是以摩尼教比喻馬列主義。一九六一年他又說：「吏部終難信大顛」（〈寄懷杭州朱少濱〉，《詩集》，頁一一三），堅決地表示他不能信從馬列主義正如韓愈不能接受佛教一樣。這句詩尤其和前引吳宓《日記》（一九六一年九月一日條）中「寅恪論韓愈闢佛」一段若合符節（關於這個問題，他的〈論韓愈〉一文最為重要。見《金明館叢稿初編》，特別是「呵詆釋迦，申明夷夏之大防」一節，頁二九三～二九四）。由此可見，他在〈對科學院的答覆〉中「不宗奉馬列主義」的主張，決不僅僅是為少數個人爭取學術研究的自由；更重要的是他「堅信並力持：必須保有中華民族之獨立與自由」（上引吳宓《日記》中語）。

前面我已指出，他一生力爭「獨立之精神，自由之思想」；「獨立」與「自由」是現代觀念，但在現代觀念的後面，卻貫注著傳統儒家的道德動力。這是陳寅恪通過實踐而賦予儒學以現代意義的具體示範。現在我要更進一步指出，他追求「中華民族之獨立與自由」和他爭取知識分子的獨立與自由不但在旨趣上互相貫通，而且在精神根源上也同樣出於傳統的儒學。用他自己的傳統語言來表述，這一追求民族的集體獨立與自由即是「申明夷夏之大防」。所以他晚年撰《柳如是別傳》，在個人的動機之外，也「藉此以察出當時政治（夷夏）、道德（氣節）之真實情況，蓋有深意存焉」（吳宓《日記》中語，見《吳宓與陳寅恪》，頁一四五及蔣天樞《陳寅恪先生編年事輯》，上海古籍出版社，一九八一年，頁一六五所引）。「夷夏之辨」是儒家最古老的傳統之一，其源至少可上溯至孔子。但是清末以來，同持「夷夏之辨」的儒家也有種種不同的主張。如前所述，陳寅恪並不是排斥一切西方觀念和制度的極端文化保守主義者。相反地，他的基本態度是開放的，即所謂「一方面吸收輸入外來之學說，一方面不忘本來民族之地位」。他這一開放型的「夷夏之辨」又得之於家傳的儒學薰陶。他告訴我們：

> 咸豐之世，先祖（按：陳寶箴）亦應進士舉，居京師。親見圓明園干霄之火，痛哭南歸。其後治軍治民，益知中國舊法之不可不變。後交湘陰郭筠先侍郎嵩燾，極相傾服，許為孤忠閎識。先公（按：陳三立）亦從郭公論文論學，而郭公者，亦頌美西法，當時士大夫目為漢奸國賊，群欲得殺之而甘心者也。至南海康先生治今文公羊之學，附會孔子改制以言變法。其與歷驗世務欲借鏡西國以變神州舊法者，本自不同。故先祖先君見義烏朱鼎甫先生一新「無邪堂答問」駁斥南海公羊春秋之說，深以為然。據是可知余家之主變法，其思想源流之所在矣。（《寒柳堂集》，頁一四九）

這一段自述指出清末變法有兩個源頭：一是「歷驗世務」派，以他的先世與郭嵩燾為代表，欲借鏡西方以變法，但仍「不忘本來民族之地位」；一是「附會」派，以康有為為代表，欲假孔子之名而行「用夷變夏」之實。朱一新批評康有為便著眼於此。由於「附會派」未嘗「歷驗世務」，專走烏托邦的玄想之路，因此數傳之後終於導致馬列主義的「亂華」。毛澤東特別推崇康有為的《大同書》，決不是偶然的。陳寅恪承其家傳儒學，終其一生持「夷夏之辨」的立場而絕不動搖。一九五四年一月他有〈答龍榆生〉七絕二首，其二云：

空耗官家五斗糧，何來舊學可商量。謝山堇浦吾滋愧，更愧蓉生闢老康。（《詩集》，頁八三）

這又是新發現的詩篇之一，最能表現他晚年為民族文化爭獨立與自由的精神。謝山是全祖望，堇浦是杭世駿。前者一生表彰明遺民的民族氣節，後者則因力主「泯滿漢之見」而幾罹死刑。龔自珍有〈杭大宗逸事狀〉一文，寫杭世駿受清廷迫害的情狀，極盡冷諷之能事。但最值得我們玩味還是末句「更愧蓉生闢老康」。蓉生即朱一新，老康即康有為。到了晚年，陳寅恪仍不忘其「先祖先君」對朱一新闢康有為「用夷變夏」的賞識。他為什麼感到「更愧」呢？這當然是因為他已不能效法朱一新公開對馬列主義「辭而闢之」了。

最後，讓我引吳宓《日記》中的一節紀事來結束本篇。一九六一年吳宓到廣州後，陳寅恪立即介紹他讀熊十力的《乾坤衍》，因此他一連三天都在陳家細讀此書。這可見陳寅恪對儒學的新動向是隨時密切關注的。但吳宓記陳寅恪的談話竟說：

若丆翁之《乾坤衍》猶未免比附阿時，無異康有為之說孔子托古改制以贊戊戌維新耳。

（《吳宓與陳寅恪》，頁一四五）

此處「猶未免比附阿時」一語出自他的口中是特別有份量的，因他自己之「未嘗侮食自矜，曲學阿世」是早已由實踐證明了的。不但如此，這句話也使上引「更愧蓉生闢老康」的現實針對性完全透明化了。我初讀這一段話，曾感到很大的震動。十四年前（一九八二年）我寫〈陳寅恪的學術精神和晚年心境〉一文時，曾說：

熊十力與梁漱溟兩位先生也是極少數能在中共壓力下堅持原則與信仰的人。但是梁先生至少在最初兩年內曾一再公開檢討過自己的「錯誤」，並且有限度地承認中共領導的「正確」；熊先生則在《原儒》中把「周禮」比附成社會主義，又在《乾坤衍》中把古代的「庶民」比附為「無產階級」。這些不得已的適應自然並無損於他們兩位人格與思想的光輝，雖則這種適應也多少反映了他們對中共所標榜的社會主義理想曾受到一定程度的炫惑。在陳先生的言行中則連此類無關輕重的適應也渺無痕跡可尋。（見本書，頁一五）

但是我萬萬沒有料到，我的觀察和論斷竟會有一天在陳寅恪自己的話中獲得印證。陳寅恪不是系統的思想家，他並沒有告訴我們儒學怎樣才能在理論上完成從傳統轉向現代的歷程。但是他卻以身示範，在實踐上證明了儒家的若干中心價值，即使在最艱難的現代處境中仍然能夠發揮出驚人的精神力量。

一九九六年七月八日完稿於臺北旅次

試述陳寅恪的史學三變

引言

在近代學術界，陳寅恪特別以淵博著稱。從中國傳統的觀點說，他可以算是「通儒」；從西方啟蒙時代的標準說，他近於「百科全書派」。因此他並不僅僅是一位現代所謂「專家」。但是通觀他畢生的著述，其主要貢獻確是在史學方面。就這一層面而言，我們仍有必要對他的史學觀念作一較全面的論述。

西方漢學界現在已有人注意陳寅恪的史學思想，但研究工作剛剛開始，尚有待深入發掘（參看 Axel Schneider, "Between *Dao* and History: Two Chinese Historians in Search of a Modern Identity for China," *History and Theory*, vol. 35, no. 4 [December, 1996], pp. 54~73.）。從史學史

的角度看，陳寅恪史學觀念和實踐及其先後變遷是我們所必須首先釐清的問題。這些變遷不僅在他各階段的著作中有清楚的表現，而且還可以直接取證於他自己的陳述。這便說明他的史學思想是在世變逐步激化下自覺發展而成。從他的著作年表看，這一發展歷程明顯地經過了三個階段。不久以前我為英國一家書局(Fitzroy Dearborn Publishers)主編的《史家與史籍百科全書》(*Encyclopedia of Historians and Historical Writing*)寫「陳寅恪」條，便已特揭此義。但限於字數，未能暢發。這篇文字是對於上述英文短記的擴大和加詳，不過仍然只能提供一個綱要（關於三階段說，嚴耕望《治史答問》，臺北，臺灣商務印書館，一九八五年，頁八○～八一所言，與我的看法完全相同）。

陳寅恪的治學範圍雖廣，但他的興趣好像自始即偏向史學。無論如何，據文獻記載，在三十歲前後他已決定選擇史學為他的專業了。吳宓記一九一九年陳寅恪和他在美國哈佛大學初識的情況說：

> 陳君初到時，云：「我今學習世界史。」遂先將英國劍橋大學出版之 *Cambridge Modern History* 十餘巨冊全部購來，續購 *Cambridge Ancient History* 及 *Cambridge Medieval History* 共約十巨冊，成一全套。

以上所記是根據當時日記，自屬第一手資料。後面又加一條按語：

> 陳君後專治梵文及波斯文、阿拉伯文等，則購書只限于專門，少而精，不同以前之辦法矣。（見《吳宓自編年譜》，北京，三聯書店，一九九五年，頁一九一）

這段事實是我們以前不知道的，但卻相當重要，因為它說明陳氏曾經歷了一個「學習世界史」的自覺階段。對於我們瞭解他中年以後研究南北朝、隋、唐史的全面構想而言，這一點具有關鍵性的作用。例如他分析隋唐帝國所運用的若干基本概念如民族集團、宗教勢力、社會階段、地域背景、經濟制度、皇位繼承、語言變遷、武力消長、通婚狀況之類，都流露出他對歐洲歷史具有相當深度的認識。

但吳宓的記載也不盡正確。一九一九年時，《劍橋近代史》十四卷已出齊（最早由 Lord Acton 於一八九六任主編，未及完成而卒。最後一卷刊於一九一二），其餘中古與古代部分則尚在編撰過程中。《劍橋中古史》八卷，由 J. B. Bury 策劃，H. M. Gwatkin 主編。第一卷刊於一九一一年，第二卷刊於一九一三年，但第三卷一九二二年才出版，最後一卷則完成於一九三六年。《劍橋古代史》最初由 Bury 親自主編，在他一九二七年逝世後，由別人續成。但全書十二卷，刊行年代是一九二三至一九三九年。依此推計，陳寅恪在一九一九年祇能購買到《劍橋近代史》的全套和《中古史》第一、第二兩卷，決不可能收齊上古、中古史「成一全套」。頗疑吳宓自編《年譜》時已混入後來在清華共事時期的追憶。若所測不誤，則陳氏收集劍橋史系列在一九一九年以後仍未中斷。

劍橋史系列今天已發展到史學的各個專業部門，如經濟史、美國史、內陸亞洲史、中國史、日本史等，但風格仍然遵守最初的傳統，即由各國專家分工合作。艾克頓 (Acton) 的原始構想在本世紀初確為西方史學界的一個最重要的創舉。英語世界的歐洲史研究通過劍橋史的系列而大為提高。艾克頓當時執英國史學界的牛耳；他對所謂「科學的史學」具有無比的信心。他之所以肯承擔劍橋史計劃的大任，主要是因為他認定這是實現史學理想的一個最難得的機緣。通過國際合作，他深信各門專家都可以運用嚴格的科學方法寫出絕對客觀的篇章，從而呈現出全史的真面貌。所以十四卷本的《劍橋近代史》出版以後，曾獲得史學界的一致推重，認為是西方史學的一個最具權威性同時也是最新的總結。因此這部巨著不但在英國發生了無可比擬的影響，而且也為整個西方史學史開創了一個新紀元（詳見 Sir George Clark, "General Introduction: History and the Modern Historian," in *The New Cambridge Modern History*, vol. I: *The Renaissance*, 1957, xvii～xxxvi.）。續編上古和中古史的貝利 (J. B. Bury) 也同具艾克頓的信念，他的名言——「歷史是一種科學，一點不多也一點不少。」——是盡人皆知的。總之，全部劍橋史在本世紀上半葉所一度享有的崇高聲譽不是今天新一代史學家所能夠想像的。

陳寅恪在一九一九年明白宣稱他「學習世界史」並系統地購買劍橋史，這一事實說明他已正式接觸了西方史學的主流。他當時及稍後具體研究的科目雖集中在古典與中亞語言，但這些不過是治史的準備工作，其目的並不在語言學本身。他很早便接受了清代考證學的傳統，認定治史必自文字訓詁入手，因此對西方「科學的史學」一派自然投契。但西方史學又有要求綜合與匯通的一面，超出了考證個別史實的境界。我們必須著眼於這一面，才能認識到西方史學對他的影響所在。他回國以後雖然致力於專業研究，但對於西方史學的發展狀況仍然繼續留意。例如一九三〇年十月中華文化基金會的編譯委員會討論史學名著的翻譯問題，由胡適、陳寅恪和傅斯年共同商議。胡適提出的書目中包括古羅特 (G. Grote) 的《希臘史》，吉朋 (Edward Gibbon) 和蒙遜 (Theodor Mommsen) 的《羅馬史》、以及格林 (J. R. Green) 的《英國史》。但中古與近代和其他的國別史部分則尚無公認的經典名著，因此書目中也羅列了不少當時流通較廣的通論作品。陳寅恪對這種薰蕕相雜的辦法頗不滿意，他說：「前四人懸格過高，餘人則降格到教科書了。」傅斯年則建議譯《劍橋中古史》(按：當時尚未完卷)，這也許代表了他和陳寅恪的共同意見（《胡適的日記》，臺北，遠流出版公司，一九九〇年，第十冊，一九三〇年十月十九日條）。從這番討論中，我們可以看出陳氏對於世界史研究的現狀大體上是很清楚的。前引吳宓《年譜》的按語說陳寅恪以後「購書只限于專門，少而精」，這句話也值得注意。據他自述：「一九二一年離開美國，重赴德國，進柏林大學研究院，研究梵文及東方古文字學等。」（引自蔣天樞《陳寅恪先生編年事輯》，上海古籍出版社，一九八一年，頁四六）他重回柏林大學以後，治史已進入專業化的階段。這時歐洲的東方學領先世界，在通過古東方語言研究東西文化與民族互相交通的歷史這一方面，成績卓著。他在史學上由通而專，因此轉入東方學的領域，即他後來所說的「殊族之文，塞外之史」。

第一變：「殊族之文，塞外之史」

一九二三年他在〈與妹書〉中的自白可以代表他第一階段的史學取向。〈書〉略云：

> 我現在必需之書甚多，總價約萬金。最要者即西藏文正續《藏經》兩部及日本印正續《大藏》，其他零星字典及西洋類書百種而已。若不得之，則不能求學。我之久在外國，一半因外國圖書館有此項書籍。一歸中國，非但不能再研究，並將初著手之學亦

> 棄之矣。……西藏文《藏經》，多龍樹馬鳴著作而中國未譯者。即已譯者亦可對勘異同。我今學藏文甚有興趣，因藏文與中文係同一系文字，如梵文之與希臘、拉丁、及英、俄、德、法等之同屬一系。以此之故，音韻訓詁上大有發明。因藏文數千年已用梵音字母拼寫，其變遷源流較中文為明顯。如以西洋語言科學之法，為中藏文比較之學，則成效當較乾嘉諸老，更上一層。然此非我所注意也。
>
> 我所注意者有二：一歷史（唐史、西夏）。西藏即吐蕃，藏文之關係不待言。一佛教。大乘經典，印度極少。新疆出土者亦零碎，及小乘律之類，與佛教史有關者多，中國所譯，又頗難解。我偶取《金剛經》對勘一過，其注解自晉、唐起至俞曲園止，其間數十百家，誤解不知其數。我以為除印度、西域外國人外，中國則晉朝、唐朝和尚能通梵文，當能得正確之解。其餘多是望文生義，不足道也。（〈與妹書〉原刊於《學衡》第二十期，一九二三年八月。此從《陳寅恪先生論集》中轉引。臺北，九思出版社，一九七七年，下冊，頁一四三七～一四三八。標點與訛誤俱經改正）

這封信明白表示他學習藏文的目的在於歷史研究，即唐史、西夏史和佛教史。所以他雖然明知以現代「語言科學之法，為中藏文比較之學」可以在「音韻訓詁上大有發明」，超越「乾嘉諸老」，但卻無意在這一方面一顯身手。藏文如此，推之其他古代與中亞文字，對他而言也無一不是治史的工具。

他在此信中說他已利用國外圖書館所藏的各種語言的文獻著手研究若干問題，這大概是指他回國後發表的一些跋文（如〈大乘稻芉經隨聽疏跋〉、〈童受「喻鬘論」梵文殘本跋〉等）。我們知道，他最早在清華國學研究院所講授的課程主要是佛經翻譯文學、中外關係史研究、年曆學、西人東方學之目錄學等。這些專題都建立在十幾年來他在西方所耕耘的知識領域的上面。他所研治的許多有關語文則正是這些新興學術的基礎。在中外關係史方面，他在一九二九至三一年之間曾發表了〈元代漢人譯名考〉和四篇有關〈蒙古源流〉的研究文字。這一領域在當時歐洲東方學和日本漢學中都屬於最受重視的一支顯學。我們大致可以說，從一九二三到一九三二這十年之間，陳寅恪的史學重點在於充分利用他所掌握的語文工具進行兩個方面的考證：第一是佛典譯本及其對中國文化的影響；第二是唐以來中亞及西北外族與漢民族之交涉。關於這一階段的情況，俞大維〈懷念陳寅恪先生〉一文有扼要的記述：

> 寅恪先生又常說，他研究中西一般關係，尤其是文化的交流、佛學的傳播、及中亞史地，他深受西洋學者的影響。……其他邊疆及西域文字，寅恪先生在中國學人中是首

屈一指的。除梵文外，他曾學過蒙文、藏文、滿文、波斯文及土耳其文。……茲以元史為例，略作說明。……有關係的文字他都懂，工具完備；可惜他……既無安定的生活，又無足夠的時間，未能完成他的心願，留給我們一部他的《新蒙古史》，只倉促寫成《唐代政治史述論稿》及《隋唐制度淵源略論稿》，在他看來不過是整個國史研究的一部分而已。（見《陳寅恪先生論集》卷首，臺北，中央研究院歷史語言研究所特刊之三，一九七一年，頁七～八）

俞大維的話具有第一手史料的性質，其真實性是很高的。他的印象大概主要得自早年同學時期的談論，故符合陳寅恪在第一階段（即一九二三～一九三二年）的史學構想。

但從三十年代初起，陳氏史學逐漸移向第二階段，即開闢魏晉至隋唐的研究領域。一九三五年他撰〈陳垣西域人華化考序〉，說：

寅恪不敢觀三代兩漢之書，而喜談中古以降民族文化之史。（《金明館叢稿二編》，上海古籍出版社，一九八〇年，頁二三九）

這是第二階段史學研究的重心所在，民族與文化的分野尤適於解釋唐帝國統一和分裂的歷史。故他在一九三六年讀韓愈〈送董邵南序〉眉識（引於蔣天樞《編年事輯》，頁一〇二）及一九四一年《唐代政治史述論稿》中，都特別標明此義。在第二階段中他已放棄了寫一部《新蒙古史》的「心願」。俞大維以第一階段的觀念概括陳寅恪史學思想的全部，頗嫌不夠準確。

第三變：「中古以降民族文化之史」

關於從第二階段轉入第三階段，陳寅恪有親切的自述。一九四二年三月他在〈朱延豐突厥通考序〉中說：

> 寅恪平生治學，不甘逐隊隨人，而為牛後。年來自審所知，實限於禹域以內，故僅守老氏損之又損之義，捐棄故技。凡塞表殊族之史事，不復敢上下議論於其間。轉思處身局外，如楚得臣所謂馮軾而觀士戲者。……龔自珍詩云，但開風氣不為師。寅恪之於西北史地之學，適同璱人之所志，因舉其句，為朱君誦之。兼藉以告並世友朋之欲知近日鄙狀者。（《寒柳堂集》，上海古籍出版社，一九八〇年，頁一四四～一四五）

同年十一月又在〈陳述遼史補注序〉中說：

> 寅恪頻歲衰病，於塞外之史，殊族之文，久不敢有所論述。（《金明館叢稿二編》，頁二三四）

同一年之內他兩次說明不再研究「塞外之史，殊族之文」，而第一篇文字更具有正式宣告轉移陣地的性質。由此可見他在進入第二階段之後，即使有「安定的生活」和「充足的時間」，也決不會去完成一部《新蒙古史》的早年「心願」了。

我們必須記住，他寫這兩篇序文時（一九四二年），不但已發表二、三十篇關於魏晉南北朝至隋唐的論文，而且也完成了《隋唐制度淵源略論稿》和《唐代政治史述論稿》兩部體大思精的專著。換言之，這時他進入第二個研究階段至少已有十年之久。就實際成就而言，他在這一階段的創獲遠超過前一階段。誠然，在前一階段佛典跋文和西北史地的考證上，他的多種語文知識發揮了關鍵性的作用，但若與第二階段的論著作一比較，即可發現有一個最顯著的差別。前一階段的跋文與考證，在每一點上他都有突破性的貢獻，發前人和並世中外學者所未發，故篇幅雖都不長而精悍絕倫。但所有這些突破也都限於「點」上，而「點」與

「點」之間則無必然聯繫，因此並不能構成較為完整的「面」。這是因為諸文幾無一不是根據新發現的斷簡殘篇闡幽發微而成。在每一篇之內他的考證已儘可能由「點」推至「面」。由於新出遺文往往互不相涉，各篇考證自然無法構成有系統的整體。但第二期關於中國中世史的論著便截然異趨。其中最有份量的單篇論文如一九三三年刊布的〈支愍度學說考〉、〈天師道與濱海地域之關係〉，不但每篇都有若干突破「點」連結成「線」，再由「線」構成局部的「面」，而且各篇之間也隱然互相照應。至於單冊刊行的《隋唐制度》、《唐代政治史》和《元白詩箋證稿》三部專題研究，則更不在話下了。所以我認為他在進入第二階段之初胸中便有為中世史畫出一整體新圖像的抱負。這正是他為什麼在三十年代決定改絃易轍的主要原因。

他在〈朱延豐突厥通考序〉中所說「寅恪平生治學，不甘逐隊隨人，而為牛後」這句話最值得重視。他早年受晚清西北史地之學的感染，尤其是沈曾植和王國維的影響，因此在歐美留學期間專治「塞外之史，殊族之文」。恰好自十九世紀下半葉以來，歐洲的所謂「東方學」正如日中天，大師輩出。陳寅恪以西北史地之學的中國根基參預歐洲東方學的新潮流，頗有如魚得水的樂趣。中國西北史地之學和歐洲東方學的歷史背景是相同的，即西方帝國主義勢力向亞洲的擴張。但是我們也不能因此得出一種過分偏執的誅心之論，認定歐洲的東方學完全是為帝國主義服務的。西方的擴張確為中亞語言、文字、歷史、考古、地理、風俗各方面的研究提供了直接觀察的機緣，然而歐洲的東方學家之中也有不少人是抱著為知識而知識的觀點從事研究工作的。中國的西北史地之學則更可以說是為了抵抗帝國主義而發展起來的，即陳寅恪所說的：「默察當今大勢，吾國將來必循漢唐之軌轍，傾其全力經營西北。」（《寒柳堂集》，頁一四四）

陳寅恪研究「塞外之史，殊族之文」最初或出於愛國動機，或為顯學所掀動，或兩俱有之，今已無從確知。但無論如何，在深入這一學術領域的堂奧之後，他自然比誰都清楚，以「塞外之史，殊族之文」而言，歐洲的東方學是居於絕對領先的地位。他本人的基礎功力在中國雖然首屈一指，但若與第一流的歐洲東方學家相較，也並不特別超出。所以他承認在中西文化交通、佛教傳播及中亞史地等領域內，深受伯希和 (Paul Pelliot) 等人的影響（見俞大維〈懷念陳寅恪先生〉，前引文，頁七）。而且東方學在歐洲早已形成有規模的傳統，後起者除了在某些「點」上尋求新的突破外，很難取得典範式的新成就。陳寅恪是富於創造力的學人，因此毅然「捐棄故技」，退出第一流東方學家的行列，轉而開闢中國中世史的研究園地。這是「不甘逐隊隨人，而為牛後」一語的真實涵義。

這一轉變可以說是從東方學的立場回到史學的立場。東方學雖然也是史學研究的一支，但性質近於乾嘉的考證，其重點偏於個別史實的建立，而比較不重視司馬遷所謂「通古今之變」。後者在史學中則佔據著中心的位置。轉變後的陳寅恪雖然在個別史實的處理上絲毫沒有放鬆考證的功夫，但卻增加了重視貫通整體和推溯源流的層面。這是熟悉他的論著的人都知道的，毋待贅述。我在這裡衹想提出一點推測，即他之所以有此轉變也許和他早年經歷了一個「學習世界史」的階段不無關係。這一推測今天已無法證實，但我相信雖不中亦不甚遠。

促成陳寅恪轉向的當然還有其他的因素。就所見資料判斷，我想提出下面兩點觀察：第一是王國維的關係。陳寅恪〈王靜安先生遺書序〉曾舉三目以概括王氏的學術，其二曰：

> 取異族之故書與吾國之舊籍互相補正。凡屬於遼金元史事及邊疆地理之作，如〈萌古考〉及〈元朝祕史中之主因亦兒堅考〉等是也。（《金明館叢稿二編》，頁二一九）

這便屬於陳氏所說的「塞外之史，殊族之文」的範圍。王氏雖不通「殊族之文」，但通過日文與英文著作，他對歐洲東方學的發展大勢是相當清楚的（從《觀堂譯稿》所譯斯坦因、伯希和、津田左右吉、箭內亘諸文即可見其一斑，見《遺書》本第十三冊）。他在這一領域中的研究一方面固然受到沈曾植的啟發（見《觀堂集林》卷二十〈九姓迴鶻可汗碑跋〉及卷二十三〈沈乙庵先生七十序〉，《遺書》本第三冊），但另一方面則也頗由於日本學者的敦促。〈元朝祕史中之主因亦兒堅考〉便是應藤田豐八的徵文而刊布在日本《史學雜誌》上的（見《觀堂集林》卷十六，並可參看該文附錄〈致藤田博士書〉兩通，《遺書》本第二冊）。他對於中國方面相關史料的掌握，並世未有其匹，因此在世界「東方學」上也作出了極其重大的貢獻。

陳寅恪自言與王國維的關係是所謂「風義生平師友間」（見〈王觀堂先生輓詞〉），在東方學上尤屬志同道合。陳寅恪初識伯希和於巴黎，即由王國維作書介紹（見〈輓詞〉「伯沙博士同揚搉，海日尚書互倡酬」句蔣天樞註語。《陳寅恪詩存》，北京，清華大學出版社，一九九三年，頁一三）。他們兩人在清華研究院相聚之日雖短（不足一年），但討論學術和時事都十分相契。「塞表殊族之史事」自然是他們之間的論題之一。所以一九二九年陳寅恪在〈靈州寧夏榆林三城譯名考〉中便據新出的蒙文和滿文本改正王國維《蒙古源流校本》及《聖武親征錄校注》中的錯誤，並說：

> 今寅恪以機緣獲見先生當日所未見之本，遂得釋此疑。若先生有知，亦當為之一快也。
>
> （見《金明館叢稿二編》，頁一一四）

一九三六年陳寅恪在給陳述（玉書）的一封覆信中說：

憶十年前王觀堂先生欲作遼史索引，以移剌部名及其問題見語，寅當時亦未研究及此，頗忘其意旨所在。王公旋歿，遺著中亦無文論及此者。即寅心中覺此事尚有未發之覆。（蔣天樞〈師門往事雜錄〉所引，見《紀念陳寅恪先生誕辰百年學術論文集》，北京大學出版社，一九八九年，頁一三）

這封信透露了王、陳兩人當時商討「塞表殊族之史」的樂趣。今天研究科學史發展的人大概都承認一門科學的成長往往要靠同行社群（scientific community）的維繫。功力相等、興趣相投、論題相近的一群科學家在往復辨難、互相挑戰、彼此補正的過程中，新知識的創獲便會層出不窮。科學如此，人文亦然，甚至文學創作也莫不然。陳寅恪論白樂天早期與元微之、李公垂，晚期與劉夢得的詩歌往復，正可作為一個生動的例證。所以中國傳統也說「獨學而無侶，則孤陋而寡聞」（《禮記．學記》）。在二十年代中國東方學的領域內，王國維的旨趣與陳寅恪最多重疊之處，陳垣尚不免稍隔一間。因此王氏的自殺對他而言真有「人琴俱亡」之慟。一九二七年七月六日吳宓抄錄了陳寅恪〈寄傅斯年〉一首新作，原詩如下：

不傷春去不論文，北海南溟對夕曛。正始遺音真絕響，元和新腳未成軍。今生事業餘田舍，天下英雄獨使君。解識玉璫緘札意，梅花亭畔弔朝雲。

此時上距王國維之死不過一個月，第三句「正始遺音真絕響」為此而發，決無可疑。舊學已絕而新學未成，故接之以「元和新腳未成軍」。又據吳宓《雨僧日記》同年六月二十九日條，陳寅恪來訪，相約不入國民黨，以保持「個人思想精神之自由」。萬不得已則「只有捨棄學校，另謀生活」。故第五句「今生事業餘田舍」表達了陳氏當時個人的真實感受。傅斯年那時正在廣州中山大學創辦「語言歷史學研究所」，宗旨與次年成立的中央研究院歷史語言研究所先後一貫。傅氏意氣風發，引進新觀念，要把語言學和歷史學建設成與自然科學同一類的學問（見傅樂成《傅孟真先生年譜》，臺北，傳記文學叢書，一九六九年，頁二三～三〇）。他曾在柏林留學三年，最傾服陳氏的考據之學，並一向引之為同調。但陳氏的史學觀念不盡於此，實證之外尚別有「了解之同情」一境，近於藝術、文學，而遠於科學。故此詩第六句「天下英雄獨使君」是反諷之詞，即否定「唯使君與操耳」一語的下半截，以示其立場實與傅氏有別。他是典型的「文曲星」，其詩尤為迴環曲折，此亦一例。通過這首詩我們可以看出陳寅恪此際陷入了四顧茫然的境地。這是王國維之死在他心理上所造成的一種失落感（關於此詩及其背景，見吳學昭《吳宓與陳寅恪》所引《雨僧日記》，北京，清華大學出版社，一九九二年，頁四八～四九）。他之所以逐漸疏離「塞外之史，殊族之文」恐不能不與「人琴俱亡」之感有所關涉。而另一方面，王國維在學問上的主要成就對陳寅恪也必然發生了啟示作用。誠如他在〈輓詞〉中所說，「考釋殷書開盛業，鉤探商史發幽光」。蓋棺論定，王氏的最大貢獻畢竟在以甲骨文治商史上面。這是自出手眼的創闢，與論「塞表殊族之史事」必須追隨在歐洲甚至日本的東方學之後，迥然不同。中國中世史也恰好出現了大批的新史料，同樣需要與傳世舊籍互相補正。這片廣大的新園地正在等待著陳寅恪去開闢。

另一個促使陳寅恪轉向的也許是二十年代末期流行於中國的兩股史學思潮。一九二九年五月他有〈北大學院己巳級史學系畢業生贈言〉兩首如下：

> 群趨東鄰受國史，神州士夫羞欲死。田巴、魯仲兩無成，要待諸君洗斯恥。
>
> 天賦迂儒自聖狂，讀書不肯為人忙。平生所學寧堪贈，獨此區區是祕方。（《詩集》，頁一八）

這兩首詩致慨於當時中國史學的衰落，以致史學系畢業生都要到日本去進修中國史。他認為這是中國學術界的奇恥大辱。第一首詩中最關鍵的一句是「田巴魯仲兩無成」，必然是指當時中國史學界的兩個有影響力的流派。因此我們首先必須確定田巴、魯仲何所指？從〈王觀堂先生輓詞〉中「魯連黃鷂績溪胡」的詩句，我們很容易斷定「魯仲」即指胡適「整理國故」的一派。其中大概也包括了顧頡剛《古史辨》的分支，因為顧頡剛明白宣稱他是追隨胡適的方法的。陳氏後來自釋〈輓詞〉此句時曾指出魯連的典故出自韓愈〈嘲魯連子〉：

> 魯連細而黠，有似黃鷂子。田巴兀老蒼，憐汝矜爪嘴。（見《詩集》，頁一四～一五。原詩見《昌黎先生集》卷五）

但是若欲進一步解釋「田巴、魯仲兩無成」之句，我們還須引韓詩以下兩句：

> 開端（原註：「魯連」）要驚人，雄跨（原註：「田巴」）吾厭矣。

據此則魯連以「開端驚人」為其特色，而田巴則以「雄跨」為其最顯著的表徵。前者指胡適一派既可確定，那麼後者也可推定為馬克思主義派關於中國史的誇誇其談。一九二七～一九二九時期，由於配合「革命」的需要，這一派知識分子發表了大量的關於中國「封建社會」

的文字，已開稍後「社會史論戰」的先聲（可參看 Arif Dirlik, *Revolution and History, Origins of Marxist Historiography in China, 1919～1937*, University of California Press, 1978.）。陳寅恪未必曾細讀這些文字，但與當時青年學生的接觸中他不可能不發生「雄跨吾厭矣」的感覺。又據《史記》卷八三〈魯仲連傳·正義〉引〈魯連子〉：

> 齊辯士田巴，服狙丘，議稷下，毀五帝，罪三王，服五伯，離堅白，合同異，一日服千人。（見中華書局標點本，第八冊，頁二四五九）

可見田巴在歷史上是象徵一種極端激烈的否定意識，這也恰符合當時中國馬克思主義者的立場。不但如此，陳寅恪在一九五六年曾寫了一首詩，借馬祖來諷刺馬克思的唯物史觀。其中有兩句說：

> 未解西江流不盡，漫誇大口馬禪師。（《詩集》，頁九九。詳解見我的〈著書今與理煩冤〉一文，收在本書中）

這裡所用的「誇」字正與「雄誇」先後一致。以後證前，更可知田巴必指馬克思主義一派的史學議論。一九二九年前後唯物史觀在通俗報刊中所取得的聲勢已足與「整理國故」運動分庭抗禮。郭沫若《中國古代社會研究》便是一九二八～二九年間分篇出現於各種期刊上的（見Dirlik前引書，頁一三七）。事實上，在更早的時期，即一九二三年「科玄論戰」中，陳獨秀已與胡適展開了關於「唯物的歷史觀」的辯論（見胡適〈科學與人生觀序〉附錄三篇，收在《胡適文存》第二集，臺北，遠東版，一九七一年，頁一三九～一五四）。

陳寅恪「田巴魯仲兩無成」中的「兩」字決非泛言，這是他的詩風。例如一九四五年七月他有以南宋喻抗日戰爭的一首詩，其中兩句云：

> 妖亂豫、么同有罪，戰和飛、檜兩無成。（《詩集》，頁四二）

此中每一人名都代表一個具體的對象：「豫」即劉豫，指附敵的偽滿和華北政權；「么」即楊么，指乘機作亂的共產黨；「飛」即岳飛，指蔣介石的抗日政府；「檜」即秦檜，指汪精衛在南京的所謂「和平政權」。第二句更與「田巴、魯仲兩無成」結構一致。根據以上的分析，陳寅恪對於「整理國故」與唯物史觀兩派史學都甚不滿意，這是十分明顯的。但是他是不肯，也不屑與時風眾勢作口舌爭的學人，更沒有提倡理論與方法的通俗興趣。面對著這種潮流，他祇有一句話贈與有志研究史學的青年，即第二首詩中的「讀書不肯為人忙」。這其實是他自己一向遵行的信條。用古人的話說，此之謂「古之學者為己」；用他後來的說法表達之，則正是所謂「平生治學，不甘逐隊隨人，而為牛後」。他既以此自律，也以此勉後學。更進一層說，他在〈王觀堂先生紀念碑銘〉中所強調的「獨立之精神，自由之思想」也與此意先後一貫。故曰：「士之讀書治學，蓋將以脫心志於俗諦之桎梏，真理因得以發揚。」（《金明館叢稿二編》，頁二一八）所以他所大書特書的「獨立之精神，自由之思想」決不應理解為狹義的政治概念，其更重要的涵義當於「脫心志於俗諦之桎梏」一語中求之。「田巴、魯仲」式的史學在他看來正是當時的「俗諦」。一九二九年以後他轉入中國中世史的領域，一方面固然是「不甘逐隊隨人」，故不惜向東方學告別，但另一方面則未始不是由於他要發憤自出機杼，以多方面的創獲來示人以史學的「真諦」。所以上引〈史學系畢業生贈言〉兩首詩在陳寅恪個人的史學轉變史上是特別值得重視的文獻。

陳寅恪的史學在一九四九年以後又經過了一次轉變，這已是盡人皆知的事實。這一次的轉變是被客觀環境逼出來的，我在十幾年前所寫的一系列文字也已詳加說明。所以關於轉變的過程這裡不再重複。但是最近由於新史料的出現，我們仍有必要專從史學觀念上略論其晚年著作的涵義。

第三變：「心史」

陳寅恪在最後階段的主要著作是《論再生緣》與《柳如是別傳》，而後者乃十年心血凝聚而成，尤為重要。讓我先指陳兩書的若干共同之點，然後再談談《柳如是別傳》的史學特色。第一，這兩部作品同以才女為研究的對象。他在一九六一年答吳宓詢近況的七律中說：

留命任教加白眼，著書唯賸頌紅妝。

其下自註云：

近八年來草《論再生緣》及《錢柳因緣釋證》等文凡數十萬言。（見《詩集》，頁一一三）

《錢柳因緣釋證》即《柳如是別傳》的初名。據吳宓《雨僧日記》一九六一年九月一日條，是夜陳寅恪曾向他：

細述其對柳如是研究之大綱。柳心愛陳子龍，即其嫁牧翁，亦始終不離民族氣節之立場：贊助光復之活動。不僅其才之高、學之博，足以壓倒時輩也……總之，寅恪之研究「紅妝」之身世與著作，蓋藉此以察出當時政治（夷夏）、道德（氣節）之真實情況，蓋有深意存焉，絕非清閒、風流之行事……。（《吳宓與陳寅恪》，頁一四五引。誤字已改正）

《日記》所轉述陳氏的研究結論與三年後始完稿的《別傳》完全吻合，自屬實錄無疑。又一九五七年他再題「河東君訪半野堂小影」第二律結句云：

衰殘敢議千秋事，賸詠崔徽畫裏真。（《詩集》，頁一〇二）

更可證專一研究「紅妝」是他晚年的堅定不移的一貫宗旨，決非偶然興到所致。這個宗旨包涵了正反兩個方面。就正面說，他發憤要表彰歷史上有才能、有志節的「奇女子」。因此他斷定《再生緣》的作者陳端生是「當日無數女性中思想最超越之人」，但以「無與男性競爭之機會」，因此心中最感「不平」（《寒柳堂集》，頁五七～五八）。對於柳如是的才學，他更是讚不絕口，稱之為「不世出之奇女子」（《別傳》上冊，頁三四一）。但就反面說，他則刻意以女子的奇才異節反襯出他對男性讀書人而以「妾婦之道」自處者的極端鄙視。一九五二年他有〈男旦〉一詩云：

> 改男造女態全新，鞠部精華舊絕倫。太息風流衰歇後，傳薪翻是讀書人。（《詩集》，頁七五）

當時知識分子紛紛響應「思想改造」的號召，一個個都變成戲臺上扭扭捏捏的「男旦」。甚至也有人想對他進行同樣的「改造」。故同年〈偶觀十三妹新劇戲作〉二首之二云：

> 塗脂抹粉厚幾許，欲改衰翁成姹女。（同上）

我早在〈陳寅恪的學術精神和晚年心境〉一文中已指出他「著書唯贊頌紅妝」是為了表達清

初人所說「今日衣冠愧女兒」的一番意思。但當時祇有內證而無外證。吳宓《日記》雖提及「夷夏」、「氣節」等語，然因《日記》原文有刪略，故不易取信讀者（我最早根據《編年事輯》所轉引《日記》，引文更為簡短）。現在這一點竟然獲得了第一手史料的證實，不可不說是一種意外之喜。一九五三年汪籛奉命去勸說陳寅恪「北返」時，曾留下了下面的記述：

> 連續兩天，陳寅恪「怒罵」那些與他相熟、並加入了民主黨派的朋友，稱之為「無氣節、可恥」，比喻為「自投羅網」。陳寅恪動氣了，恣意評點人物，怒說前因後果，極其痛快淋漓。（見陸鍵東《陳寅恪的最後二十年》，北京，三聯書店，一九九五年，頁一〇六轉述汪語）

有了這段記載，他晚年研究「紅妝」的反面意義便毫無可疑了。

第二，這兩部作品同強調「獨立之精神、自由之思想」。他在《論再生緣》中一則曰：

> 端生心中於吾國當日奉為金科玉律之君父夫三綱，皆欲藉此等描寫以摧破之也。端生此等自由及自尊即獨立之思想，在當日及其後百餘年間，俱足驚世駭俗，自為一般人

所非議。（《寒柳堂集》，頁五九）

再則曰：

《再生緣》一書，在彈詞體中，所以獨勝者，實由於端生之自由活潑思想，能運用其對偶韻律之詞語，有以致之也。故無自由之思想，則無優美之文學，舉此一例，可概其餘。此易見之真理，世人竟不知之，可謂愚不可及矣。（同上，頁六六）

一九五八年我初讀《論再生緣》油印本，即深為其文外之旨之所震撼。唯當時僅恃此孤證，或可為知者言，但對於他所謂「愚不可及」的「世人」，則毫無說服力。這是因為「世人」都假定在一九五三～五四年的大陸，陳寅恪必與所有知識分子一樣，或已「心悅誠服」（《別傳》下冊，頁一〇二四），或則「迫於事勢，噤不得發」（《寒柳堂集》，頁一五〇），決不會再重申他在〈王觀堂先生紀念碑銘〉中的「獨立之精神、自由之思想」。然而一九八〇年《柳如是別傳》終於問世了。陳寅恪在介紹河東君時，又說：

雖然披尋錢柳之篇什於殘闕毀禁之餘，往往窺見其孤懷遺恨，有可以令人感泣不能自已者焉。夫三戶亡秦之志，九章哀郢之辭，即發自當日之士大夫，猶應珍惜引申，以表彰我民族獨立之精神，自由之思想。何況出於婉孌倚門之少女，綢繆鼓瑟之小婦，而又為當時迂腐者所深詆，後世輕薄者所厚誣之人哉！（上冊，頁四）

這裡他不但重彈「獨立精神」、「自由思想」的舊調，而且其言哀、其志悲，使人不忍卒讀。所以合兩書讀之，他晚年治史不僅不是為考證而考證，也不止於為史學而史學。他是要通過史學來維護平生持之極堅的文化價值，獨立精神與自由思想便是其中最重要的兩大項目。他寫《論再生緣》與《柳如是別傳》，表面上似言有清一代祇有柳、陳兩個奇女子最能體現這兩大價值，但絃外之音則在指斥和他同時代的「男旦」已放棄自由與獨立了。

但即使在一九八〇年以後，仍然有人拒絕相信陳寅恪會在新的情勢下繼續堅持「獨立精神」、「自由思想」的原則。直到他那篇〈對科學院的答覆〉（一九五三年十二月一日）重見天日之後，這個問題才算澈底解決了（詳見本書〈陳寅恪與儒學實踐〉一文）。現在我要引一條新出現的第一手史料來加強我的論斷。一九五六年一月十四至二十日中共在北京召開了一次「關于知識分子問題會議」。中共廣東省學校委員會書記兼中山大學副校長馮乃超在十八日這一天作了一次發言，其中有下面這一段話：

中山大學有一個老教授陳寅恪，解放以來他在思想上一直是和我們敵對的，而且還寫詩諷刺過我們。去年（英時按：當作「前年」，即一九五四年。因為陳寅恪雖在一九五三年十二月正式拒絕出任「中古史研究所所長」，但一九五四年初，科學院仍虛位以待）中國科學院聘他任職，他表示：任職可以，但不談馬列，不干政治。直到去年（按：一九五五年）初我們展開對胡適思想批判的時候，他還說某些教授是「一犬吠影，十犬吠聲」。（引自陸鍵東《陳寅恪的最後二十年》，頁一六四。原件是「關于知識分子問題的會議文件之七十一」。並可參看同書，頁一二九～一三五）

這一官方檔案的重要性是顯而易見的。一九四九年以後陳寅恪一直在思想上與中共處於「敵對」的狀態，並且寫詩諷刺中共，都在這個文件中得到了百分之百的證實。更重要的是一九五五年初他竟敢指斥參加「胡適思想批判」的教授們是「一犬吠影，十犬吠聲」。他在文化見解和學術觀點上一向和胡適之間有相當的距離。但站在「獨立之精神、自由之思想」的立場上，他則是同情胡適的（見〈陳寅恪與儒學實踐〉）。由於馮乃超所引的一句話，我們現在才懂得他在一九五四年所寫的幾首詩究竟何所指。「胡適思想批判」的始點是一九五四年十月三十一日中共號召對於《紅樓夢》研究中「胡適派資產階級唯心論的傾向」展開討論。十二月二日中共則決定「展開對胡適資產階級唯心論思想的全面批判」(見曹伯言、季維龍編著《胡適年譜》,安徽教育出版社,無出版年代,但〈編者序〉是一九八六年一月十日寫的,頁七六四)。陳寅恪在一九五四年寫了一首〈無題〉的七律,前四句云:

世人欲殺一軒渠,弄墨然脂作計疏。猧子吠聲情可憫,狙公賦芧意何居。

在「猧子」之下,他特別寫了下面一條長註:

《太真外傳》有康國猧子之記載,即今外人所謂「北京狗」,吾國人則呼之為「哈吧狗」。元微之〈夢遊春〉詩「嬌娃睡猶怒」與〈春曉〉絕句之「狌兒撼起鐘聲動」皆指此物,〈夢遊春〉之「娃」乃「狌」字誤,淺人所妄改者也。(見《詩集》,頁八八)

這首詩我在〈晚年心境〉已作了解釋。但是我當時萬萬想不到他會為胡適抱不平,因此誤以為「哈吧狗」的「吠聲」是衝著他自己而來的。現在有了「一犬吠影，十犬吠聲」這條資料，真相才大白於天下。這條自註反覆說「狗」，既是「北京狗」又是「哈吧狗」，尤見詩人的厭惡之情。所引元詩二句也不是閑文，第一句描寫狗狀，第二句刻劃狗勢浩大，真可謂謔而虐矣。詩的本事既明，則首句「世人欲殺」自然也是指胡適了。這裡他用的是杜甫名句：「世人皆欲殺，吾意獨憐才。」（見《錢注杜詩》卷十二〈不見〉，中華書局，頁四一七）他不但不肯附和，反而特別對胡適表示了思念和同情。「獨立之精神、自由之思想」在他的實踐中再一次得到了體現。基於同一理由，同年〈聞歌〉的「座客善謳君莫訝，主人端要和聲多」大概也是因「胡適思想批判」而作。

第三，他把晚年所寫的兩部著作都看作鄭所南的《心史》。此義我在十幾年前已揭出，茲再綜述如次。一九六四年的〈論再生緣校補記後序〉說：

《論再生緣》一文乃頹齡戲筆，疏誤可笑。然傳播中外，議論紛紜。因而發見新材料，有為前所未知者，自應補正。……至於原文，悉仍其舊，不復改易，蓋以存著作之初旨也。噫！所南心史，固非吳井之藏。孫盛陽秋，同是遼東之本。（下略。見《寒柳堂集》，頁九六）

〈序〉中關於「所南心史」、「孫盛陽秋」二語當與一九五三年九月〈廣州贈別蔣秉南〉二首之二合看。詩云：

孫盛陽秋海外傳，所南心史井中全。文章存佚關興廢，懷古傷今涕泗漣。（《詩集》，頁八〇）

尤當與陳夫人唐篔〈廣州贈蔣秉南先生〉（一九五三年九月）合看。詩云：

不遠關山作此遊，知非嶺外賞新秋。孫書鄭史今傳付，一掃乾坤萬古愁。（《詩集・附唐篔詩存》，頁一六八）

此時《論再生緣》初屬稿，尚未有成篇，但蔣天樞在廣州十日，陳寅恪必已將全文深意告訴了他，所以唐篔詩有「今傳付」之語。陳寅恪對於政治和學術氣候都十分敏感，已預見此文在大陸不可能出版，但在海外或尚有流傳之望。故詩中有「海外傳」與「井中全」之語。無論如何，這一序二詩都證明《論再生緣》確是「所南心史」，再也不留絲毫可以致疑的餘隙。

《柳如是別傳》更是他晚年最感人的一部「心史」。他在〈丁酉（一九五七年）陽曆七月三日六十八初度，適在病中，時撰「錢柳因緣詩釋證」尚未成書，更不知何日可以刊布也，感賦一律〉結句云：

> 珍重承天井中水，人間唯此是安流。（《別傳》，頁六）

鄭思肖（所南）《心史》是崇禎十一年（一六三八年）在蘇州承天寺井中發現的。所以這兩句詩是要告訴讀者《柳如是別傳》（即《錢柳因緣詩箋證》）是他的「心史」，未必能見天日，其涵義與「所南心史井中全」完全一致。他又有〈用前題再賦一首〉，其開端云：

> 歲月猶餘幾許存，欲將心事寄閒言。（同上）

這更是明說他自己的「心事」都寄托在這部大書中，其為「心史」益無可疑。他又引錢牧齋〈復遵王書〉云：

居恆妄想，願得一明眼人，為我代下註腳。發皇心曲，以俟百世。今不意近得之於足下。（同上，頁一一）

這是一種夫子自道。他為錢、柳之詩文「發皇心曲」，但同時也告訴讀者，他自己的詩文中同樣隱藏著「心曲」。以上所引三條都在首章〈緣起〉之中，即所謂「開宗明義」。所以反覆言之者，唯恐讀者不知道《柳如是別傳》是他的「心史」也。

稍知陳寅恪文字風格的人都知道他遣詞用字無不具深意，晚年尤其如此。所以他一再以「心史」比喻晚年的作品決不是順手牽來的一個典故。換言之，《論再生緣》與《柳如是別傳》兩書至少具有鄭思肖《心史》的最突出的特徵。那麼《心史》的特徵何在呢？（關於《心史》，可看余嘉錫《四庫提要辨證》，中華書局，一九七四年，下冊，頁一五二六～一五四三）第一當然是宋亡元興，特別是中國淪為胡化。故鄭氏書中持夷夏之辨特嚴，以致清代四庫館臣不敢「著錄」，僅列之「存目」。第二是如明遺民林古度在《心史》序中所言，「年已垂老，慮身沒而心不見知于後世，取其詩文，名曰心史」。在這兩點上他都和鄭思肖之間發生了異代的共鳴。一九五〇年夏他已有「吃菜共歸新教主」的感慨（《詩集》，頁六二），一九五五年他更寫下「豈意滔天沈赤縣，竟符掘地出蒼鵝」的沈痛詩句。前者指現代的摩尼教征服了中國，後者指新一次的「五胡亂華」。這一全面的「胡化」是他所絕對不能接受的。此中關鍵不在統治集團之為胡為漢，因為他一向認定「胡漢之分，在文化而不在種族」。在《柳如是別傳》中他又重申斯旨（見《別傳》，頁九八二）。〈論唐高祖稱臣於突厥事〉和〈論韓愈〉兩文的深意也在於此。這些文字不但揭示了歷史的真相，而且還有現實的意義。吳宓記述他在一九六一年九月一日的談話有以下這一段：

> 堅信並力持：必須保有中華民族之獨立與自由，而後可言政治與文化。若印尼、印度、埃及之所行，不失為計之所得者。反是，則他人之奴僕耳。——寅恪論韓愈闢佛，實取其保衛中國固有之社會制度，其所闢者印度佛教之「出家」生活耳。（《吳宓與陳寅恪》，頁一四五）

讀了這一段私下談話，我們便可以理解他為什麼和鄭思肖一樣，要特別嚴夷夏之防了。

其次，「慮身沒而心不見知于後世」更是他和鄭思肖異途同歸之所在。鄭氏《心史》詩文相雜，記錄了興亡的事蹟和一己的感慨，陳氏亦然。所不同者，鄭書確以鐵函錮之井中，故可以直言無隱，陳書則並未入井，不能不掩藏在古典和舊史之下耳。《論再生緣》與《柳如是別傳》中竄進了那麼多個人感慨系之而與考證渺不相涉的詩，這是古今中外史學著作中從所未見的變體，然而卻是他晚年寫史的一大特色。他筆下寫的是歷史的世界，心中念念不忘的卻是生活的世界，而且滄桑之感則貫穿在這些詩章之中。寫錢柳因緣而附入「興亡遺事又重陳」（《別傳》，頁七一六）之詩是可以想像的，但是寫乾隆盛世的才女陳端生何以也會引進「興亡遺恨尚如新」（《寒柳堂集》，頁五三）之句呢？事實上，這些詩都是他的「心史」，其中「古典今情」往往合而為一，再也分不清楚了。關於這一層，我以前已多所解說，毋須贅論。但八十年代初我僅能就詩文論詩文，無法從他最後二十年的生活實況中找到確鑿的證據來支持我的解釋。因此動機不同的各派反對論者仍可曲為之說，以致形成一種信者自信、疑者自疑的狀態。今天有關檔案和證詞紛紛出現，我最初所提出的許多假設竟往往顯得失之保守，而不是過於大膽了。試舉一例：我在一九八四年所寫〈陳寅恪晚年詩文釋證〉的長文中，曾推測一九五〇年〈霜紅龕集．望海詩……感題其後〉一首七絕是他關於臺灣的一種感慨。所以在與《柳如是別傳》互相證發之後，我說他和傅青主「同入興亡煩惱夢」，是一個極其嚴重的問題。兩年前大陸上一位老史學家鄭重托人告訴我，這首七絕原來是為悼念傅斯年而作的。我當時誤以為「霜紅」暗示深秋，而傅斯年則死在該年十二月二十日，因此根本便不曾從傅青主聯想到傅斯年。現在我們知道他不但「望海」而且和他「同入興亡煩惱夢」的竟是傳斯年，這首「欠斫頭」詩的問題便比我當初的估計嚴重得不止一倍了（關於此詩問題，可參看馬亮寬〈試論陳寅恪與傳斯年思想之異同〉一文，刊於《柳如是別傳與國學研究》，杭州，浙江人民出版社，一九九五年，頁二五〇～二五一）。現在讓我再從《別傳》中選出一首詩來略作解釋，以明此書的「心史」性質。

一九六三年他有兩首關於《別傳》的律詩，題目極長，曰：〈十年以來繼續草錢柳因緣詩釋證，至癸卯冬，粗告完畢。偶憶項蓮生（鴻祚）云：「不為無益之事，何以遣有涯之生。」傷哉此語，實為寅恪言之也。感賦二律〉。衹看題目，便可知他滿腹「心事」。第二首如下：

> 世局終銷病榻魂，謻臺文在未須言。高家門館恩誰報，陸氏莊園業不存。遺屬只餘傳慘恨，著書今與洗煩冤。明清痛史新兼舊，好事何人共討論。（《別傳》，頁七）

這首詩是在寫完《別傳》末節〈錢氏家難〉之後所作，故詩中本事也集中在錢柳先後為人逼債而死這一點上。「謻臺」即是「債臺」，「文」則指所引「河東君遺囑並其女及婿之兩揭」（《別傳》，頁一二〇三）等文件而言。第五句「遺屬」一作「遺囑」（見《詩集》，頁一二一

「編者註」），但似以「屬」字於義為長，否則便專指「柳夫人遺囑」了。第六句「著書今與洗煩冤」自就全書而論，他的《別傳》是為錢、柳昭雪三百年來所受到的種種誣毀。但是除了這三句是專詠錢、柳之外，也有三句是以詩人自己為主體的。第一句「世局終銷病榻魂」的「世局」當然是指他自己的生活世界。他自上一年「臏足」以後便一直臥在「病榻」之上，因此「銷」他「魂」的「世局」不可能是三百年前的歷史世界。最後兩句寫他自己的感慨，也明白無疑。但第三、四兩句卻值得推敲。第三句出於白居易的兩句詩：

還有一條遺恨事，高家門館未酬恩。（見《白氏長慶集》卷一六〈香鑪峰下新卜山居草堂初成　偶題東壁〉五首之末。《四部叢刊》縮本，頁八七）

據《舊唐書》本傳，「貞元十四年，始以進士就試，禮部侍郎高郢擢升甲科」（《舊唐書》卷一六六，標點本，第十三冊，頁四三四〇）。這是白居易自愧未能報其座主擢拔之恩。第四句也是唐代的故事。王讜《唐語林》卷四〈賢媛〉：

陸相贄知舉，放崔相群。群知舉，而陸氏子簡禮被黜。群妻李夫人謂群曰：「子弟成長，盡置莊園乎？」公曰：「今年已置三十所矣。」夫人曰：「陸氏門生知禮部，陸氏子無一得事者，是陸氏一莊荒矣。」群無以對。（臺北，世界書局本，一九六七年，頁一五一）

故「陸氏莊園業不存」也講的是座主和門生的關係。總之，這兩句詩同是斥責學生對老師忘恩負義（他在《唐代政治史述論稿》中已討論過這兩個故事。見《陳寅恪先生論集》，頁一六一）。從表面上看，這是說錢牧齋晚年及身後，門生輩多有恩將仇報者。但細考文獻，錢氏家難的發動者主要是其族人，而非弟子。〈孝女揭〉中特別提到的「執弟子於門牆」如錢謙光、錢曾二人，同時也是族人（《別傳》，頁一二〇八）。所以陳寅恪這兩句詩用之於錢牧齋，並不完全貼切。很顯然的，他是因錢牧齋而聯想到使他「銷魂」的「世局」。「學生批判老師」無疑是他晚年生活世界的一大特色，這一點已沒有論證的必要了。他的歷史世界和生活世界「合二為一」在此又得到了印證。所以第七句「明清痛史新兼舊」是全詩的畫龍點睛之筆。「舊」指明清之際，「新」指「世局」，詞意昭然。否則錢柳因緣明明是三百年前的「痛史」，有何「新」之可「兼」乎？像鄭思肖一樣，他所目擊的是一場價值世界崩潰的悲劇——「豈意滔天沈赤縣，竟符掘地出蒼鵝！」《柳如是別傳》之所以是他的「心史」便是因為他也像鄭思肖一樣，決心把這一場「地變天荒」（《論再生緣》中詩句，見《寒柳堂集》，頁七七）的悲劇及其演出過程筆之於書，以告天下後世。但是他不能像鄭思肖那樣直抒胸臆，而必須通過三百年前舊悲劇中人（錢、柳）的「心曲」來表達他自己對於眼前另一場新悲劇的「心事」。這是寫雙重的「心史」，其難度之大是不可想像的。《柳如是別傳》與他以前的論著相較，顯然是所同不勝其所異。為了寫這部「心史」，他不得不別出心裁，開闢一條「文史互證，顯隱交融」的新途徑。現在讓我們看看這條路是怎樣開拓出來的。

一九五七年陳寅恪在給友人的信上曾特意談到《柳如是別傳》的撰寫問題。他說：

> 弟近來仍從事著述，然已捐棄故技，用新方法，新材料，為一游戲試驗（明清間詩詞，及方志筆記等）。固不同于乾嘉考據之舊規，亦更非太史公、沖虛真人之新說。所苦者衰疾日增，或作或輟，不知能否成篇，奉教于君子耳。（《陳寅恪的最後二十年》，頁二一三所引《敦煌語言文字研究通訊》一九八八年第一期〈憶陳寅恪先生〉一文）

這是一條最可信的證據，證明陳寅恪為了寫《別傳》，確曾自覺地發展了一套「新方法」。信中有幾個重要的語句應略加解釋。先說「亦更非太史公、沖虛真人之新說」。我已指出這是用隱語（司「馬」遷與「列」禦寇）來表示他決不運用馬列主義的理論（見〈後世相知或有緣〉，《明報月刊》一九九六年七月號）。其次是「捐棄故技」一詞，這是指「殊族之文，塞外之史」，也包括所謂「敦煌學」，即他第一期的史學研究，上面已詳論之。此信未覩全豹，想必前段有論及敦煌材料的話。最後，「固不同于乾嘉考據之舊規」一語很值得注意，下語也極有分寸。他在第二期的《史學研究》中雖已在概念化方面有很重要的貢獻，但處理史料的謹嚴法度仍可說是上承乾嘉考據的舊規。第三期撰寫《柳如是別傳》，他在個別史料的審查上也依然極考據之能事，不過通體而論，此書確已突破考據的樊籬，且全書的構想與意趣也根本不是僅靠考據精詳便能實現的。

但是上引信中「用新方法，新材料，為一游戲試驗」這句話卻最為重要，因為這是他自己對於《柳如是別傳》的一種描述。讓我們從《別傳》與他以前論著最不相同的所在說起。第二期有關中世史的作品都是正規的史學專題或學報論文，因此也都是很嚴肅的文字。《別傳》則不然，它是通過柳如是、錢謙益、陳子龍和其他相關人物的種種活動，寫出明清興亡的一個側面。但這又不是我們通常讀到的那類一本正經的興亡史，而是悲歡離合的故事。在作者劃定的範圍內，這個故事則是首尾完具，並且順著時序一路發展下來的。我在上面已說過，他寫的是一個歷史悲劇的故事。因此書中有一段論悲劇的話必須首先引在下面，因為這是理解全書的關鍵。他在討論柳如是〈金明池　詠寒柳〉中「春日釀成秋日雨，念疇昔風流，暗傷如許」這一句詞時，說道：

「釀成」者，事理必致之意。實悲劇中主人翁結局之原則。古代希臘亞力斯多德論悲劇，近年海寧王國維論《紅樓夢》，皆略同此旨。然自河東君本身言之，一為前不知之古人，一為後不見之來者，竟相符會，可謂奇矣！至若瀛海之遠，鄉里之近，地域同異，又可不論矣。（頁三四〇）

這是籠罩全書的大綱維，不但不限於柳如是的早年，而且也不限於錢、柳因緣。全部「明清痛史」便是由數不清的人物共同「釀成」的一大悲劇。如此強調悲劇原則超時空的普遍性時，他已暗中將自己所親歷的「新痛史」帶了進來。他何以如此偏愛〈金明池　詠寒柳〉這首詞以至於必須用「金明」名其館、「寒柳」名其堂？我們現在又獲得了更深一層的認識。因為唯有如此，《柳如是別傳》才能成為他自己的「心史」，而不僅僅是一部不關痛癢的「相砍書」。〈金明池　詠寒柳〉這首詞之所以使他驚心動魄其實也祇在「春日釀成秋日雨，念疇昔風流，暗傷如許」這一句而已。他告訴讀者，他有「箋釋錢柳因緣詩之意」起於旅居昆明時購得「錢氏故園中紅豆一粒」。其事之有無已不可知，而且也無關緊要。他真正想表達的其實不是這部書的「緣起」，而是他所經歷的新悲劇的「緣起」。換句話說，最遲從抗日戰爭起，這一場大悲劇便已在開始「釀成」了。我們應該記得，在《論再生緣》中他也說他在蒙自的詩句中竟有「端生」之名，「豈是蚤為今日讖」耶？（《寒柳堂集》，頁七六）為什麼那麼巧合，他晚年的兩部「心史」，不遲不早，都種因在抗戰發生後流寓蒙自、昆明的時期？《論再生緣》所附載的詩，上起一九三一年，下迄「聽讀《再生緣》」的一九五三年。在這一時期內，從個人的遭遇說，他始則「流轉西南，致喪兩目」，繼則「求醫萬里，乞食多門」，而終於「身雖同於趙莊負鼓之盲翁，事則等於廣州彈絃之瞽女」；從整個中國說，這是從「九一八」與蘆溝橋之「變」一直發展到「地變天荒」。這豈不正是他所親歷的一場新悲劇的全部過程嗎？所以《柳如是別傳》起首的「灰劫昆明紅豆在」和《論再生緣》結尾的「北歸端恐待來生」及其案語恰好形成了一條常山之蛇，首尾相應，這絕不是偶然的巧合。

與《論再生緣》相印證，我們可以確定《柳如是別傳》是陳寅恪「心史」的一曲雙重奏。這才是他所說的「游戲試驗」的真正涵義。讀這曲雙重奏的時候，我們必不可為他的繁複考證所炫惑。因此越是熟悉他過去著作的讀者便越容易陷入見樹不見林的境地，因為他的考證確是很引人入勝的。他為了柳如是詩中的一個「囨」字，竟遍檢《柳南隨筆》、《明實錄》、

《曲海提要》、《蘇州府志》及其他相關的材料寫了幾千字的考證（頁九二五～九三〇）。我們可以說，書中個別史料和史事，凡是需要考證的，他都已儘量做到了窮源竟流的地步。專以箋證詩而言，《別傳》比《元白詩箋證稿》所費的功夫要深得多。這是必然的，因為明清作者時代在後，所用事與典的來源比唐人超出遠甚。在考證方面，他也有許多顛撲不破的新發現。如陳子龍與柳如是的關係，以前一直在互相衝突的傳聞中隱約存在著，誰也弄不清楚。《別傳》在這一問題上，誠如他所說：「發三百年未發之覆，一旦撥雲霧而見青天。」（頁二八三）至於錢柳因緣之第一次得到最澈底的全面澄清，那就更不在話下了。

但是這部大書的主要貢獻和作者的基本意向卻不在這些細節上。整體地說，《別傳》寫的是一個充滿著生命和情感的完整故事。其中的考據雖精，但這些考據的結果衹不過建立了許多不易撼動的定點。由於點與點之間都是互相關聯的，因此又由點而形成許多線，再進一步則因線的交叉而形成一個比較清晰的網路。考據的功能大概只能到此為止。如果換一個比喻，我們不妨說考據足以搭起一座樓宇的架子，卻不一定能裝修佈置樣樣俱全。而《別傳》則不但是一座已完成的樓宇，而且其中住滿了人。更重要的，樓宇中人一個個都生命力充沛，各依不同的性格而活動。陳寅恪之能重建這樣一個有血有淚的人間世界則不是依靠考據的功夫。他的憑藉是什麼呢？一言以蔽之，是歷史的想像力。他的想像力並不是始於或僅見於《別傳》。事實上他在中世史研究上所取得的重大成就也是由於想像力的運用。但在第三階段之前，也許因為受了「乾嘉考據之舊規」的拘束，他的想像力從來沒有像在《別傳》中那樣騁馳奔放過。這種想像力當然不是胡思亂想；它是基於史家對於人性和人世的內在面所具有的深刻瞭解，因此它必須深入異代人物的內心活動之中而與之發生共鳴。「他人有心，予忖度之」(《詩．小雅．巧言》)兩句詩已得其三昧；陳寅恪早年所說過的「神遊冥想」(《金明館叢稿二編》，頁二四七）也是此物此志。所以史家對於人性、人情、事理懂得越多，挖得越深，他的想像力也越大。但歷史重建所需要的想像力又必須受歷史的客觀情況的約制。每一時代的禮俗、制度、道德觀念、意識形態等都有其特殊性，甚至同一時代也有各地方風俗之異。這些當然都是史家必須首先具備的基本知識。陳寅恪雖然特別讚揚柳如是的「獨立」性格（頁一八四～一八五。這是他的「心史」的流露)，但是並沒有將她想像為一位現代西方式的女性主義者。另一方面，人性、人情與事理又有古今相去不遠的一面，否則歷史研究，甚至一切人文社會的研究都將在理論上不可能成立。後代史家以自己的切身經驗印證以往的史事正是歷史想像力的一個重要組成部分。陳寅恪對此曾現身說法。以一九四二年從香港逃難回內地「身歷目睹之事」與北宋汴京陷落時「極世態詭變之至奇」互相印證，他忽然對於《建炎以來繫年要錄》記載中原來「不甚可解」的事「豁然心通意會」。他最後竟說：「平生讀史凡四十年，從無似此親切有味之快感。」（《金明館叢稿二編》，頁二三四）西方哲學家中有人特別強調史家必須通過「現在」才能真正重建「過去」；「過去」和「現在」之間是無法截然分開的。所以在想像中重建過去，史家往往要以「現在」為「證據」（參看 R. G. Collingwood, *The Idea of History*, Oxford University Press, 1946, pp. 247～249. 較近的討論可看 Eric Hobsbawm, *On History*, New York: The New Press, 1997, chaps. 2, 3 and 18.）。這樣看來，陳寅恪的「心史」二重奏不但不是歷史重建的障礙，反而是《別傳》所以特別獲得成功的根據。通過豐富的想像，他使明清的「興亡遺事」復活了，其中每一個重要的主角都好像重現在我們的眼前一樣。他們的喜、怒、哀、樂，以至虛榮、妒忌、輕薄、負心等等心理狀態，我們都好像能直接感受得到。陳寅恪對於歷史人物的心理活動有深入的認識，對於他們的性格也往往把握得很準確。這不是佛洛伊德 (Freud) 的「心理分析」。他的歷史重建祇是根據人物的行為、談論和詩文，大體上都是自覺層面的事。通過豐富的想像力，他逐步從外在表現進入內心世界。西方史學家寫傳記也大致採取這一立場。甚至佛洛伊德也不得不承認，在通常情況下我們判斷一個人的性格 (human character) 只要根據他在行動和思想上的自覺表現便已夠了。所以史家也並不是必須進入傳主的潛意識之中才能談他的心理活動（參看 Cushing Strout, "Ego Psychology and the Historian," in *History and Theory*, vol. VII, no. 3, 1968, p. 290, note 16.）。

陳寅恪運用歷史想像力重建明清興亡的故事，在《別傳》中到處可見，而且是貫穿全書的主線。我不在這裡舉例說明了。有興趣的讀者不妨細讀「河東君嘉定之游」（特別是頁一四二～一七五）、「半野堂文讌」的一幕（頁五四〇～五六四）、黃毓祺案柳如是營救錢牧齋的經過（頁八八二～九〇六）等處的考證和推斷。這三個故事都寫得很生動，但最關鍵的地方都不是考證所能為力的，而是依靠想像力的飛躍。由於他的想像入情入理，和一切有關史料又配合得絲絲入扣，所以雖不能證實，讀來卻使人有如親見其事。這是想像力駕御考證，而不是全由考證建立起來的歷史事實。在這種地方，史家的想像和小說家的想像是極其相似的。所不同者，史家想像必在一定的時空之內，並且必須受證據的限制而已（參看 Collingwood 前引書，頁二四五～二四六）。

我把《柳如是別傳》和小說相提並論，也許有的讀者會感到難以接受。這其實是他自己的意思。他所說的「游戲試驗」便是指以小說家的想像用之於寫史，使他重構的悲劇故事產生可歌可泣的感人力量。但是他的《別傳》仍然是真實的歷史，毫無虛構。從這一方面說，他的史學境界在最後階段發生了一次跳躍。上引一九五七年的信便流露出這一跳躍所帶來的興奮。《柳如是別傳》完成後，他先後寫了兩次〈稿竟說偈〉。由於此兩偈都有助於我們對他晚年這部大著作的瞭解，讓我抄在下面，並略綴數語，以終吾篇。

一、

刺刺不休，沾沾自喜。忽莊忽諧，亦文亦史。述事言情，憫生悲死。繁瑣冗長，見笑君子。失明臏足，尚未聾啞。得成此書，乃天所假。臥榻沈思，然脂瞑寫。痛哭古人，留贈來者。（《別傳》，頁一二二四）

二、

奇女氣銷，三百載下。孰發幽光，陳最良也。嗟陳教授，越教越啞。麗香鬧學，皋比決捨。無事轉忙，然脂瞑寫。成冊萬言，如瓶水瀉。怒罵嬉笑，亦俚亦雅。非舊非新，童牛角馬。刻意傷春，貯淚盈把。痛哭古人，留贈來者。（《編年事輯》，頁一六三～一六四；《詩集》，頁一二七）

兩偈除末二句外，無一相同，但都屬於「心史」。大體言之，前一偈「述事言情，憫生悲死」即「明清痛史新兼舊」之意；這是他對於兩個時代的大悲劇同表示一種深厚的同情。後一偈中的情感則遠為激越，因為涉及了他一九五八年受批判而不再教學的遭遇，故此偈可當作有關他個人的「心史」讀，與前一偈之為整個時代的「心史」者，重點略有不同。因此我認為二偈應並存於《別傳》之末。今《別傳》僅列前者，不知是否他自己的意思，俟考。據記錄，二偈都撰於一九六四年夏（《詩集》，頁一二六～一二七），唯第二偈「成卌萬言」的「卌」字疑誤。《別傳》大約七、八十萬字，「四十萬言」與原稿實況相差太遠。〈甲辰（一九六四年）四月贈蔣秉南教授〉三首之二云：

> 草間偷活欲何為，聖籍神皋寄所思。擬就罪言盈百萬，藏山付託不須辭。（《詩集》，頁一二四）

詩中「罪言百萬」即指《別傳》，舉成數言，反為近真。我猜想「卌」或是「百」字之訛。此詩明說他晚年「偷活」便是為了寫這部書。書之為「罪言」和詩之「欠斫頭」，取義相同。「草間偷活」取自吳梅村〈賀新郎．病中有感〉：「為當年沈吟不斷，草間偷活。」一九五九年他也寫過「草間有命幾時休」的詩句（《詩集》，頁一〇八）。他一再以吳梅村自況，必有深意。這使我們更能瞭解究竟在何種意義上《別傳》是他的「心史」。

前偈「忽莊忽諧，亦文亦史。述事言情，憫生悲死」和後偈「怒罵嬉笑，亦俚亦雅。非舊非新，童牛角馬」都是他自己對於《柳如是別傳》的體裁和性質的不同描述。前引「游戲試驗」那句話在這裡得到了較詳細的解釋。他是要告訴讀者：《別傳》與他以往的著作大異其趣，因此不受一般史學戒律的拘束。一九五五年〈六十六歲初度〉也有「箋釋錢楊體別裁」之句，可見他對於《別傳》之別出心裁確是「沾沾自喜」，故一再及之（此詩見《寒柳堂集》，頁四一，《詩集》漏收）。

在結束本文之前，我要特別重揭下面這八個字：

痛哭古人，留贈來者。

這兩句是前後二偈同有的。由於表面上看來詞旨顯明，似無深究的必要，我以前一再忽略過去了。最近我才偶然發現了這八個字的來源。一九三九年他在〈劉叔雅莊子補正序〉中說：

寅恪平生不能讀先秦之書。……繼而思之，嘗亦能讀金聖歎之書矣。其注《水滸傳》，凡所刪易，輒曰：「古本作某，今依古本改正。」夫彼之所謂古本者，非神州歷世共傳之古本，而蘇州金人瑞胸中獨具之古本也。由是言之，今日治先秦子史之學，與先生所為大異者，乃以明清放浪之才人，而談商周邃古之樸學。其所著書，幾何不為金聖歎胸中獨具之古本，轉欲以之留贈後人，焉得不為古人痛哭耶？（《金明館叢稿二編》，頁二二九）

我讀到最後一句，才恍然大悟，原來陳寅恪故弄狡獪，竟自我作古，使用了自己創造的「今典」。典據確鑿如此，則此兩語決不能僅依字面求解。他繞了這樣一個大彎子其實是為了表明《柳如是別傳》雖然到處是考證，卻不是專以考證取勝的「樸學」。他寫此書是要效法「明清放浪才人」如金聖歎者，運用小說家的想像，為後世留下一部「胸中獨具」的「心史」。他好像婉轉地告訴讀者：因為全書是由想像構成的，不可能一一證實，他也許在有些地方「誤解」了錢、柳與其他相關的詩文，故「焉得不為古人痛哭耶？」這是我在上面以《別傳》比擬於小說的主要根據。

陳寅恪晚年生活在史無前例的禁網之下，卻始終不肯放棄「獨立之精神、自由之思想」。因此借白居易〈琵琶引〉為喻，他的詩文所透出來的聲音不是「間關鶯語花底滑」，而是「幽咽泉流冰下難」。我曾屢次指出：他晚年詩文特別具有曲折幽深的特色，甚至可以說他到處設下了陷阱，讀者稍一疏忽便不免失足。現在我對他的理解似乎更多了一些。所以我願意借孟子的語調代他回答道：「予豈好曲折幽深哉？予不得已也。」

一九九七年八月一日於普林斯頓

古史地理論叢

錢穆　著

本書彙集考論古代歷史、地理長短散文，主要意義有二：一則古代歷史上之異地同名來探究古代各部族遷徙之跡，從而論究其各地經濟、政治、人文進化先後之序，為治中國古代史者提出一至關重要應加注意之一節目。二為泛論中國歷史上南北兩地域經濟、政治、人文演進之古今變遷，同為治理中國人文地理者所當注意。

秦漢史

錢穆　著

你知道秦始皇如何統治龐大的帝國？焚書坑儒的真相又為何？漢帝國對外擴張遇到什麼樣的問題？重農抑商背後的事實是什麼？賓四先生以嚴謹的史學研究方法，就學術、政治及社會各層面，深入淺出地對秦漢史加以探討。不但一解秦漢史學的疑惑，更能提高讀者的眼界。

中國歷代政治得失

錢穆　著

本書提要鉤玄，專就漢、唐、宋、明、清五代治法方面，敘述其因革演變，指陳其利害得失，要言不煩，將歷史上許多專門知識，簡化為現代國民之普通常識，於近代國人對自己的傳統政治、傳統文化多誤解處，一一加以具體而明白的交代，實為現代知識分子所必讀。

中國史學發微

錢穆　著

史籍浩繁，尤其中國二十五史乃及三通九通，數說無窮。但本書屬提綱挈領，探本窮源，所為極簡要極玄通。讀者即係初學，可以由此得其門戶。中人可以得其道路。老成可以得其歸極。要之，可以隨所超詣，各有會通。人人有得，可各試讀。

國史新論

錢穆　著

中國近百年來，面臨前所未有之變局，而不幸在此期間，智識份子積極於改革社會積弊，紛紛針貶傳統中國政治、社會文化等特質，卻產生中國自古為獨裁政體、封建社會等錯誤見解。錢穆先生務求發明古史實情，探討中國歷史真相。並期待能就新時代之需要，為國內一切問題，提供一本源可供追溯。

中國史學名著

錢穆　著

此書不單講述《史記》、《漢書》、《資治通鑑》等史學名著，舉凡為學之方、治史之道無不散見書中，更見錢穆大師殷殷期勉之意。曾謂：「我們今天的史學，已經到了一個極衰微的狀態之下了。……我希望慢慢能有少數人起來，再改變風氣，能把史學再重新開發出一條新路。」言猶在耳，吾人可不自惕哉！

中華文化十二講

錢穆　著

本書乃賓四先生初定居臺灣期間，在各軍事基地之演講辭，共十二篇，大體討論中國文化問題。賓四先生認為中國文化有其特殊之成就、意義與價值，縱使一時受人輕鄙，但就人類生命全體之前途而言，中國文化必有其再見光輝與發揚之一日。或許賓四先生頌讚或有過分處，批評他人或有偏激處，要之讀此一集，即可見中國文化影響之悠久偉大。

人生十論

錢穆　著

本書為錢賓四先生之講演稿合集，由「人生十論」、「人生三步驟」以及「中國人生哲學」等三編匯集而成。所論人生，雖皆從中國傳統觀念闡發，但主要不在稱述古人，而在求古今之會通和合。讀者淺求之，可得當前個人立身處世之要；深求之，則可由此進窺古籍，乃知中國傳統思想之精深，以及與現代觀念之和合。做人為學，相信本書皆可以啟其端。

中國歷史精神

錢穆　著

中國的歷史源遠流長，其間治亂興替，波譎雲詭，常令治史的人望洋興嘆，無從下手，讀史的人望而卻步，把握不住重點。本書作者錢穆博士，以其淵博的史學涵養，敏銳的剖析能力，帶領讀者得窺中國歷史文化的堂奧，獲得完整的歷史概念，深入瞭解五千年來歷史精神之所在。

國家圖書館出版品預行編目資料

陳寅恪晚年詩文釋證／余英時著.——三版一刷.——
臺北市：三民，2023
面；　公分.——（余英時作品）

ISBN 978-957-14-7530-1（平裝）

848.6　　　111014077

余英時作品

陳寅恪晚年詩文釋證

作　　者｜余英時
發 行 人｜劉振強
出 版 者｜三民書局股份有限公司
地　　址｜臺北市復興北路 386 號 (復北門市)
　　　　　臺北市重慶南路一段 61 號 (重南門市)
電　　話｜(02)25006600
網　　址｜三民網路書店 https://www.sanmin.com.tw

出版日期｜初版一刷 1998 年 1 月
　　　　　二版七刷 2021 年 8 月
　　　　　三版一刷 2023 年 1 月
書籍編號｜S820860
I S B N｜978-957-14-7530-1

三民書局